PAPIERSCHIFFE AUF RAUER SEE

Finn Beck

Verlag:
Zeilenfluss Verlagsgesellschaft mbH
Implerstraße 24
81371 München

Texte: Finn Beck
Cover: Zeilenfluss
Korrektorat: TE Language Services – Tanja Eggerth,
Dr. Andreas Fischer
Satz: Zeilenfluss

ISBN: 978-3-96714-331-7

Papierschiffe auf rauer See

Finn Beck

PLAYLIST

- Lost in You – Three Days Grace
- Back to the Start – Michael Schulte
- Zuhause – Max Giesinger
- Blinding Lights – The Weeknd
- Bad Habits – Ed Sheeran
- Stereo – The Watchmen
- Keeping Your Head Up – Birdy
- Shiny Happy People – R.E.M
- Easy – Kyd The Band, Elley Duhé
- Lights and Sounds – Yellowcard
- Over and Over – Three Days Grace
- Power Over Me – Dermot Kennedy
- Somewhere Only We Know – Keane
- Die Welt steht still – Revolverheld
- Someone You Loved – Lewis Capaldi
- Loving You Is A Losing Game – Duncan Laurence, Fletcher
- The Loneliest – Måneskin
- Always – Gavin James
- I Don't Dance – Sunrise Avenue
- Der letzte Tag – Max Giesinger
- Here Goes Nothing – Michael Schulte
- Turn Off the Lights – Panic! at the Disco

PROLOG

Somehow I found a way to get lost in you. Let me inside. Let me get close to you. Change your mind. I'll get lost if you want me to. Somehow I found a way to get lost in you.

JUNI

Der alte Bus fährt langsam durch die Straßen, während die Sonne immer mehr dem Horizont entgegensinkt. Toni wirft einen schnellen Blick auf seine Armbanduhr, bevor er leise seufzt und sich wieder dem Fenster zuwendet, um die vorbeirauschende Landschaft zu beobachten. Es wird noch mindestens zehn Minuten dauern, bis der Bus an der richtigen Haltestelle ist, und ungefähr weitere zwanzig, ehe er dann zu Fuß am Hohendeicher See ankommt.

Toni legt den Kopf gegen die leicht vibrierende Fensterscheibe und konzentriert sich auf die Musik, die leise durch seine Kopfhörer dröhnt. Das Schaukeln des Busses und die lange, eintönige Fahrt lassen ihn müde werden.

Als der Bus dann endlich vor dem alten, verwitterten Haltestellenschild stoppt, schultert Toni schwungvoll seinen Rucksack und schnappt sich die Gitarre, welche bis dahin im Fußraum neben ihm gestanden hat, bevor er hinaus in die milde Sommerluft tritt. Abseits der Stadt ist es angenehm ruhig und friedlich. Die untergehende Sonne taucht die gesamte Umgebung in ein warmes Licht, die Luft ist erfüllt vom hektischen Summen der Insekten.

Toni macht sich eilig auf den Weg, entlang der Wiesen und Felder, bis er vor sich das Ufer des Badesees sieht. Am Rand des künstlich angelegten Strandes, wo das hohe Gras dem groben Sand weicht, hält er kurz inne, zieht die abgewetzten Turnschuhe aus und setzt dann leise summend seinen Weg fort.

Wenn das Wetter so gut wie an diesem Frühsommertag ist, trifft sich beinahe seine gesamte Schulklasse dort. Direkt rechts am Zugang zum Badesee, unter dem knorrigen Baum. Auch an diesem Abend sind schon jede Menge Decken dort ausgebreitet.

»Hey, Toni! Du bist ja wirklich noch gekommen!« Bevor er ihren Treffpunkt überhaupt erreicht, wird Toni von einer vertrauten Stimme abgelenkt. Er stoppt ruckartig, nur um sich dann dem See zuzuwenden, in dem einige seiner Klassenkameraden schwimmen und miteinander herumalbern. Gerufen wurde Toni von seinem besten Freund Jack, der inzwischen langsam auf ihn zukommt.

Toni schlendert ans Ufer, wartet dort, wo ihm das angenehm kalte Wasser immer wieder über die Füße schwappt. Ein verschmitztes Lächeln stiehlt sich auf sein Gesicht, kaum dass Jack vor ihm zum Stehen kommt und sich die nassen, blonden Haare aus dem Gesicht streicht. »Ich freue mich, dass du hier bist.«

Mit diesen Worten legt Jack einen Arm um Tonis Schultern und geht gemeinsam mit ihm über den Strand.

»Sonst wäre ich die ganze Woche kein einziges Mal hier gewesen. Außerdem fällt es sicher nicht auf, dass ich heute ausnahmsweise etwas früher aus der Musikschule abgehauen bin.« Toni zuckt hastig mit den Schultern. Er hat großes musikalisches Talent, welches sein Vater übergenau ehrgeizig fördert. Aber der fast tägliche Musikunterricht wird Toni immer lästiger. Mittlerweile schwänzt er die Extrastunden nach der Schule häufig.

Kurz bevor die beiden das kleine Lager aus Decken, Körben und Rucksäcken erreicht haben, klopft Jack seinem besten Freund sanft auf die Schulter, ehe er einige Schritte vorauseilt. Toni trottet hinterher.

»Du bist spät dran. Jetzt haben wir schon alles aufgebaut.« Toni wirft Lou einen unbeeindruckten Seitenblick zu, aber der junge Mann mit den mausbraunen, schulterlangen Haaren hat diese flapsige Bemerkung sowieso nicht böse gemeint. Er lächelt trotzdem beschwichtigend und weist auf die freie Decke neben sich.

»Noch früher konnte ich nicht herkommen.« Toni nimmt liebend gerne Platz. Er streckt sich auf der groben Decke aus, lehnt sich weit zurück und stützt sich dabei auf seinen Unterarmen ab. Er blinzelt, weil er in die untergehende Sonne schaut, doch blickt sich trotzdem neugierig um. Die anderen tummeln sich größtenteils noch im See oder spazieren über den langen, schmalen Strand. Auch Jack ist bereits wieder auf dem Weg zum Wasser. Neben ihrem Lager steht ein schlichter Grill, der gerade erst angeheizt wurde.

»Gestern warst du auch nicht hier.« Lous Aussage klingt beinahe anklagend. »War wohl eine anstrengende Woche?«

Toni lässt sich Zeit mit seiner Antwort. Die Augen hat

er mittlerweile geschlossen, er genießt die warme Sonne auf der Haut. »Ich wäre auch lieber hier gewesen.«

Damit ist ihr Gespräch vorerst beendet, zumindest bis die anderen zu ihnen stoßen und sich ebenfalls auf den unterschiedlichen Picknickdecken ausbreiten. Bald kommt auch Jack wieder zu ihnen geschlendert und setzt sich, zugegeben absichtslos, ziemlich dicht neben Toni. Er reicht ihm ein kaltes Bier aus einer der Kühltaschen und wendet sich dann sofort, in ein angeregtes Gespräch vertieft, wieder ab. Toni hingegen schaut weiterhin verstohlen zu seinem besten Freund. Jack sitzt weit nach vorne gebeugt da, die Unterarme auf den überkreuzten Beinen abgestützt. Sein Körper ist mit unzähligen kleinen Wassertropfen benetzt, die langsam durch die letzten warmen Sonnenstrahlen trocknen.

Auch Stunden später sind sie noch zusammen am Strand des Badesees. Ein selbstgemachtes Lagerfeuer erhellt die Umgebung und lässt lange, zitternde Schatten über den Sand tanzen. Mittlerweile ist ein kalter Wind aufgekommen.

Es ist Freitagabend, also sitzen sie noch in großer Runde zusammen. Die meisten bleiben, besonders am Wochenende, bis zum Morgengrauen am Hohendeicher See und gehen erst, wenn die Sonne schon wieder am Horizont hinter dem ruhigen Wasser emporsteigt. Allerdings ist die Stimmung mittlerweile ruhiger, es wird nur noch leise geredet. Die wenigen Pärchen unter ihnen haben sich dicht beieinander auf den Decken ausgebreitet und genießen stillschweigend die Nähe des anderen in dieser idyllischen Nacht.

Toni hat sich nach dem Essen etwas vom Lagerfeuer entfernt und abseits der Decken auf dem langsam kühler werdenden Sand einen gemütlichen Platz zum Sitzen gefunden. Seine Akustikgitarre balanciert er bereits auf den Beinen. Er fährt ein paarmal prüfend über die Saiten des

Instruments, bevor er zufrieden nickt und die ersten, leisen Akkorde spielt.

Sofort richten sich einige neugierige Augenpaare auf den jungen Mann mit den tiefbraunen, leicht gelockten Haaren. Toni merkt das natürlich und ja, er genießt die Aufmerksamkeit, doch gilt seine gesamte Konzentration in diesem Moment dem Song, den er spielt. Jede einzelne Note erfüllt ihn, er bewegt sich kaum merklich zur Melodie, stimmt bald ein und singt mit leicht rauer Gesangsstimme mit. Toni ist in einem Haushalt voller Musik aufgewachsen, und auch wenn ihn die akribische Musikausbildung manchmal nervt, so ist er doch ein begnadeter Sänger. Die Musik ist schlichtweg sein ständiger Begleiter. Erst wenn Toni an einem Instrument sitzt oder zur rauschenden Radiomusik lautstark mitsingt, fühlt er sich wirklich wohl und unbeschwert.

Während er singt, die Lieder spielerisch ausdehnt und fließend miteinander verbindet, lässt Toni auch immer wieder Melodien oder kurze Textpassagen einfließen, die er selbst geschrieben hat. Es drängt ihn einfach, sie auszutesten.

Jack beobachtet ihn dabei neugierig. Er ist dicht beim Lagerfeuer sitzen geblieben, neben Lou und dessen Freundin Emma. Nur gilt sein Interesse momentan ausschließlich Toni, der augenscheinlich alles um sich herum ausgeblendet hat. Scheinbar sogar die beiden Mädchen aus ihrer Parallelklasse, die ihn seit geraumer Zeit anhimmeln und leise miteinander tuscheln.

Toni musiziert noch eine ganze Weile weiter, bevor er sich dazu entschließt, zu den anderen ans Lagerfeuer zurückzukehren. Die Nacht ist kalt, und seine Jeansjacke, vollbestickt mit dutzenden Patches, schützt nur notdürftig vor dem kühlen Wind, der über das Wasser zu ihnen weht.

»Der nächste Bus fährt bald. Wollen wir uns gemeinsam

auf den Nachhauseweg machen?« Jack legt den Kopf schief und schaut sanft lächelnd zu Toni. Seine Wangen sind vom Alkohol leicht gerötet, was im warmen Licht des Feuers wohl nur seinem besten Freund auffällt, der wieder dicht bei ihm sitzt.

»Gerne.«

Im Schein der alten Taschenlampe, die Jack extra mitgenommen hat, machen sich die beiden auf den Rückweg zur Bushaltestelle. Leise miteinander redend folgen sie dem Trampelpfad, vorbei an dunklen Bäumen und still daliegenden Wiesen. Toni geht stetig und mit festen Schritten voraus, während Jack ihm leicht schwankend folgt. Es fällt ihm schwer, einen Fuß sicher vor den anderen zu setzen, der Boden ist immerhin uneben und seine Sicht unangenehm verschwommen. Den Blick hält er konzentriert nach unten gerichtet, die Taschenlampe in seiner Hand schwingt immer wieder hektisch hin und her. Viel getrunken hat Jack nicht, nur ein paar Bier, doch die sind ihm direkt zu Kopf gestiegen.

Wann immer Toni stehen bleibt, sich umdreht und prüfend, aber amüsiert nach Jack schaut, wundert dieser sich, wie sein bester Freund, der viel mehr Alkohol wild durcheinandergetrunken hat, den gefühlt endlos langen Weg zur Bushaltestelle so leichtfüßig zurücklegen kann.

Sie erreichen ihr Ziel gerade, als der alte Bus um die Ecke gefahren kommt. Toni und Jack nehmen auf den hintersten Sitzen Platz, in ihre leisen Gespräche vertieft. Doch die Fahrt zurück in die Stadt dauert lange, weshalb Toni bald müde den Kopf auf die Schulter seines besten Freundes legt. Im Gegensatz zu ihm kann Jack sowieso nicht während der Busfahrt dösen. Er wird also aufpassen, damit sie später auch an der richtigen Haltestelle aussteigen.

Durch das kleine Zimmer dröhnen laute, elektrische Klänge. Toni ist inzwischen schon seit Stunden darum bemüht, mit seiner eigentlich starken Stimme die donnernde Musik zu übertönen. Ohne nutzbares Mikrofon sind die Proben schlichtweg anstrengend.

Außerdem muss er nebenbei auf seine Hände achten, die schnell und gekonnt über die Saiten seiner glänzenden, schwarzen E-Gitarre huschen. Die Songs, welche sie an diesem verschneiten Wintertag üben, sind alle neu und selbst für Toni, der sie geschrieben hat, ungewohnt zu spielen. Er muss immer wieder prüfend auf sein Instrument hinabsehen, um keine Fehler zu machen. Das kommt auch nicht zuletzt davon, dass Toni momentan gerne komplizierte Griffkombinationen einbaut, um möglichst ausgefallene Melodien zu kreieren.

Tonis Gitarre verstummt als Letztes. Die drei anderen Instrumente sind kurz zuvor gleichzeitig und plötzlich verklungen. Die Luft im Raum scheint durch die abrupte Stille zu vibrieren. Nur ein paar letzte erstaunlich leise Töne der E-Gitarre echoen von den Wänden, bevor Toni behutsam eine Hand auf die noch schwingenden Saiten seines Instruments legt. Die ersten Wogen überschäumender Euphorie und allumfassender Zufriedenheit strömen durch seinen Körper, eine ihm bekannte Mischung aus Emotionen, die Toni oft nach dem Singen empfindet. Schwer atmend, aber überschwänglich lächelnd nimmt er eine entspannte Haltung ein und dreht sich glücklich zu den anderen um.

»Das war super!« Toni lacht begeistert auf, seine Augen glänzen vor aufrichtiger Freude. In einer schnellen Bewegung setzt er seine Gitarre ab und fährt sich anschließend durch die dunklen Haare. Zu seiner Begeisterung wirken seine Freunde ähnlich euphorisiert.

Die Band haben sie vor zwei Jahren gegründet. Er, Maik, Daniel und Kaddy. Toni war von Anfang an die treibende Kraft dahinter, ihr Komponist und sofortiger, unangefochtener Bandchef. Er schreibt die Songs, singt und spielt die Leadgitarre. Kathleen, bisweilen von allen Kaddy genannt, zumindest, solange ihre Eltern nicht in der Nähe sind, begleitet ihn mit ihrer weichen, aber kraftvollen Stimme bei vielen Songs und spielt nebenbei Keyboard.

Von ihr kam auch die ursprüngliche Idee, eine Band zu gründen. Allerdings war es zu Anfang nicht mehr als ein scherzhaft gemeinter Vorschlag, den sie das erste Mal laut ausgesprochen hat, als sie an einem verregneten Abend gemeinsam mit Toni durch die hell erleuchteten Straßen Hamburgs schlenderte. Der anhaltende Regen ließ die Wege vor Nässe glänzen, die Straßenlaternen und Reklametafeln tauchten ihre gesamte Umgebung in neongrelles Licht. Lachend und vom Alkohol leicht beschwipst liefen die beiden Teenager nach Hause. Kaddy hakte sich, in ihren Plateauschuhen leicht schwankend, bei Toni unter, während sie kichernd davon schwärmte, gemeinsam mit ihm eine Band zu gründen.

Zu diesem Zeitpunkt hatte Toni bereits allerlei eigene Songs geschrieben, allesamt mit lauter, energischer Melodie, die seine Gesangsstimme eindrucksvoll unterstreicht. Die schwungvolle Rockmusik liegt ihm, außerdem ist Toni sehr selbstbewusst und hat bei Weitem keine Scheu davor, seine selbstkomponierten Werke vorzuführen.

Die ersten kleinen Auftritte hatte er, gemeinsam mit Kaddy, in heruntergekommenen, stickigen Bars, wo ihnen allerdings kaum jemand der mürrischen Stammkunden wirklich zuhörte. Aber das war ihnen zu Anfang egal. Kathleen und Toni teilten die Leidenschaft zur Musik und nutzten diese Auftritte eher als amüsanten Zeitvertreib.

Der Vorschlag, eine eigene Band zu gründen, ging Toni

jedoch nicht mehr aus dem Kopf, sodass er und Kaddy schon wenige Tage später ernsthaft darüber diskutierten. Aber natürlich brauchten sie dafür noch weitere Bandmitglieder. Also wartete Toni nach seiner nächsten Unterrichtsstunde in der Musikschule, in der er mehrmals die Woche Cello- und Klavierunterricht über sich ergehen lässt, auf Daniel.

Daniel ist, im Gegensatz zu Toni, nicht in der Musikschule, um selbst etwas zu lernen. Stattdessen bringt der junge Mann mit den kurzen, schwarzen Haaren zweimal in der Woche Kindern das Schlagzeugspielen bei. Er und Toni haben sich kennengelernt, da sie zufällig an den gleichen Tagen in der Musikschule sind. Dadurch haben sie nach ihrem jeweiligen Unterricht oft noch miteinander geredet, bis eine lose Freundschaft entstanden ist. Zu Tonis Überraschung war Daniel sofort begeistert von der Idee. Wenn es nach ihm gegangen wäre, hätten sie noch am selben Tag damit begonnen, gemeinsam Musik zu machen. Wahrscheinlich wäre Toni am Ende mit jedem anderen Schlagzeuger furchtbar unzufrieden gewesen. Er braucht jemanden wie Daniel, der ähnlich wild und losgelöst spielt, berauscht von der lauten Musik. Am Schlagzeug ist Daniel wirklich ein begnadeter Musiker.

So leicht es war, Daniel in ihre kleine Band aufzunehmen, so schwer war es, Maik davon zu überzeugen. Es war Kathleens Vorschlag, und wahrscheinlich kam er auch nur ihr zuliebe einmal mit zu den Proben. Maik ist ein großer, muskulöser Mann mit sandfarbenen, zerzausten Haaren und tiefbraunen Augen. Er ist knapp vier Jahre älter als die anderen und hat eigentlich nicht viel mit Musik zu tun.

Er arbeitet als Mechaniker in einer kleinen Autowerkstatt und spielt nebenbei im selben Handballverein wie Kaddy. Allerdings trainieren sie in verschiedenen Altersgruppen und haben nie viel Kontakt miteinander gehabt. Gleichermaßen verwundert war Maik, als die junge Frau kurz vor seinem Trainingsbeginn lächelnd und selbstsicher auf ihn zukam.

Er fühlte sich durch ihren Vorschlag geschmeichelt, auch wenn es ihn überraschte, dass Kaddy überhaupt wusste, dass er ein Instrument spielen kann. Denn sowohl der Sport als auch die Musik sind für ihn lediglich ein Ausgleich zu seinem sonst langweiligen Alltag. Maiks erste Reaktion war jedoch, lachend zu verneinen, wobei er Kathleens Hartnäckigkeit stark unterschätzt hat. Sie hat mehrere Wochen lang beharrlich auf ihn eingeredet, bis Maik resigniert nachgegeben hat. Also stand er zur nächsten Probe der drei Teenager unschlüssig auf der Türschwelle, in seiner Hand einen mintgrünen Fender-Bass. Ihm entging Tonis skeptischer Blick bei Weitem nicht, ansonsten war es ein erstaunlich angenehmer Abend. Natürlich war deutlich zu erkennen, dass Maik keine richtige musikalische Ausbildung genossen hat. Im Gegensatz zu den anderen hat er sich das Spielen auf seinem Instrument selbst beigebracht. Es dauert ewig, bis er die ihm vorgelegte Note verinnerlicht hat.

Am Ende ist Maik bei ihnen geblieben, und zu viert haben sie die Band *Milestone* gegründet. Dass sie inzwischen schon zwei Jahre gemeinsam Musik machen und sogar einige größere Auftritte bestanden haben, hätte allerdings besonders Maik nicht erwartet. Er ist bei der Band geblieben, weil es ihm Spaß gemacht hat. Aber in Anbetracht dessen, dass seine Bandkollegen noch um einiges jünger und sprunghafter sind, hat er erwartet, die Band würde sich schnell wieder zerschlagen.

Allerdings ist genau das Gegenteil der Fall, mittlerweile arbeiten sie sogar immer ehrgeiziger und präziser an den neuen Songs, in der Hoffnung, von jemandem aus der

Musikbranche entdeckt zu werden. Die Idee kam von Toni, der in dieser Hinsicht über die Jahre hinweg ein unendliches Selbstbewusstsein entwickelt hat.

»Na ja, jedenfalls besser als gestern.« Daniel lächelt schief und trommelt leise, aber unablässig gegen das Becken seines Schlagzeugs. Wirklich stillsitzen kann er nicht, Daniel braucht immer etwas zu tun. Da reicht es schon, wenn er etwas in den Händen halten und unablässig bewegen kann. Noch besser ist natürlich sein Schlagzeug. Es ist irritierend zu Anfang, aber inzwischen hat sich jeder in seinem Umfeld an diese Unruhe gewöhnt.

Toni schaut gespielt beleidigt zu ihm, bevor er ausgelassen lacht. Daniel hat recht, gestern haben die meisten Songs nicht gut geklungen, aber dafür waren sie an diesem Nachmittag umso besser. Sie reden eine Weile lang miteinander, dicht zusammengedrängt in Daniels kleinem Zimmer inmitten der Dreizimmerwohnung in Bahrenfeld.

Sie proben immer bei ihm, da seine Eltern selten vor dem späten Abend zuhause sind und er der Einzige von ihnen ist, der sein Instrument nicht einfach quer durch Hamburg transportieren kann.

»Wir können übrigens am Sonntag wieder in der Bar auf der Sternschanze auftreten.« Toni erwähnt diesen Vorschlag beiläufig, als wäre es nichts Interessantes. Sofort seufzt Maik unzufrieden. Er mag diese Auftritte in dunklen, schmutzigen Kneipen nicht und würde lieber darauf verzichten. Aber er ist der Einzige, der vehement dagegen ist, und kommt deshalb meist doch widerwillig mit. Außerdem kann er so ein wenig auf seine Bandkollegen aufpassen, denn schon vor zwei Jahren, als sie die Band gerade gegründet hatten, traten sie an solch düsteren Orten auf, wo Wirt und Gästen wohl egal war, wie alt die vier Musiker sind.

»Ach komm schon, Maik, so schlimm wird es nicht.«

Kathleen zwinkert ihm zu, während sie ihre wilde, blonde Lockenpracht zu einem losen Zopf zusammenfasst.

Maik zuckt nur kurz mit den Schultern, bevor er warnend zu Daniel und Toni sieht. »Aber wir bleiben nicht wieder so lange wie beim letzten Mal. Ich muss am nächsten Tag arbeiten. Ach, und ihr beide macht keinen Blödsinn.«

Daniel lacht erheitert auf, als Maik sie streng ermahnt, sichert ihm aber schnell zu, dass er sich benehmen wird. Daniel und Toni sind beide sehr temperamentvoll, und es kommt nicht selten vor, dass sie deswegen in Schwierigkeiten geraten. Im Gegensatz zu Daniel sieht Toni nur skeptisch, fast unzufrieden zu Maik, während dieser in seinem Rucksack wühlt. Nach einigem Suchen zieht er zwei schlichte CD-Hüllen aus der Vorderseite der abgewetzten Tasche und hält sie Toni mit vielsagendem Blick entgegen. »Ich meine das ernst. Du kümmerst dich darum, dass die CDs verschickt werden?«

Toni nickt langsam und nimmt Maik die CD-Hüllen ab. Seit fast einem Jahr schicken sie nun schon Demo-CDs an verschiedene Musikverlage, bisher jedoch ohne Erfolg.

Allmählich packen sie ihre Sachen zusammen, bereit, langsam nach Hause zu gehen. Bei einem vorsichtigen Blick auf die leise tickende Wanduhr schüttelt Kaddy missmutig den Kopf. »Oh nein, ich komme sicher wieder zu spät.«

Ihre Eltern sind streng und erwarten, dass sie pünktlich zuhause ist. Ganz abgesehen davon, dass Kaddys Eltern von der Band sowieso nicht begeistert sind. Für sie ist es reine Zeitverschwendung und die Tatsache, dass ihre Tochter die Nachmittage mit drei jungen Männern verbringt, schlichtweg entsetzlich. Über diese Sorge kann Kathleen jedoch nur müde lachen. Sie hat ihre drei Bandkollegen unglaublich gern, aber lediglich als enge Freunde. Die konsequente Abneigung ihrer Eltern, besonders Toni gegenüber, frustriert sie und hat schon mehrmals zu Streit geführt.

»Soll ich dich fahren?« Maik sieht fragend zu Kathleen und zieht sich seinen schweren Winteranorak an.

»Gerne.« Kaddy lächelt zufrieden und schultert ihre Tasche, ehe sie ihr inzwischen sicher eingepacktes Keyboard ebenfalls anhebt. Immerhin muss sie so nicht durch den kalten Winterwind laufen.

»Willst du auch mitkommen, Toni? Den kurzen Umweg kann ich noch fahren.« Maik klimpert mit seinem Autoschlüssel und sieht augenzwinkernd zu Toni.

Der schüttelt jedoch schnell den Kopf, während er seine Gitarre schultert. »Alles gut. Ich treffe mich gleich noch mit Jack und den anderen.«

Dann verabschieden sie sich auch schon von Daniel und gehen die vier Stockwerke hinunter, bis sie draußen auf der frostbedeckten Straße stehen. Auf dem Weg nach unten hat Toni sich eine grobe, dicke Mütze aufgesetzt und einen langen Schal mehrmals um seinen Hals gewickelt. Zu Beginn ihrer Bandprobe hat es noch geschneit, inzwischen fegt lediglich ein eisiger Wind durch die Straßen. Der Himmel ist weiterhin von grauen, dicken Wolken verhangen. Kaddy sieht prüfend nach oben, während Toni mit festen, schnellen Schritten das alte Gebäude umrundet, um sein Fahrrad zu holen.

Er hat zwar seit Kurzem einen Führerschein, nur überlassen ihm seine Eltern ziemlich ungern eines ihrer Autos. Von daher fährt Toni auch im Winter viel mit dem Fahrrad. Er schiebt sein Rad zur Straße, wo Maik seinen alten, schwarzen Golf aufschließt und für Kaddy schwungvoll die Tür öffnet. Bevor sie einsteigt, verabschiedet sich Kathleen mit einer festen Umarmung von Toni.

»Wir sehen uns dann Samstag zur nächsten Probe. Bis

dahin habe ich auch die beiden neuen Demos zur Post gebracht.« Toni beobachtet, wie Maik den Wagen startet und ihn dann langsam auf die Straße lenkt. Erst als das Auto hinter der nächsten Straßenecke verschwunden ist, steigt er auf sein Rad und fährt los.

Der Weg bis zum Jugendzentrum, wo er sich an diesem Nachmittag mit seinen Schulfreunden treffen will, ist weit, aber Toni stört sich nicht daran. Das einzig Lästige sind der schneidende Wind und die Kälte, die allmählich durch seine dicke Winterkleidung dringen. Toni fährt langsamer als sonst, die Straßen glänzen durch den Frost, der gefährlich über den gesamten Weg kriecht und ihn rutschig werden lässt. Mit leicht quietschenden Bremsen und schlingernden Rädern stoppt Toni letztendlich vor dem kleinen, von außen schon etwas heruntergekommenen Gebäude. Er lässt sein Fahrrad an den dafür vorgesehenen Fahrradständern stehen und betritt mit schnellen Schritten das Jugendzentrum.

Normalerweise treffen sie sich nicht unbedingt dort, aber besonders im Winter ist es eine angenehme Alternative zu ihren Wohnungen oder überfüllten Cafés.

An diesem Tag ist es Martins Idee gewesen, sich dort zu treffen. Er hält sich wahrscheinlich als Einziger von ihnen ganz gerne dort auf.

Das Jugendzentrum ist eine umgebaute, helle Wohnung im ersten Stock eines Wohnblocks in Altona. Etwas abseits der Hauptstraßen ist es zwar ein wenig unscheinbar, wird aber trotzdem von den Jugendlichen der Umgebung viel besucht und gerne als Treffpunkt genutzt.

Die Räume im Inneren sind hell gestrichen, außerdem wurden einige Wände mit bunten, schwungvollen Graffitis dekoriert, die ambitionierte junge Künstler dort gestalten durften. Es gibt einen großen Gemeinschaftsraum, in dem mehrere unterschiedlich gemusterte Sofas aufgestellt sind und wacklige Holzregale den Fundus an verschiedenen

Brettspielen lagern. Ein kleiner Nebenraum, ausgestattet mit einigen Sitzsäcken, einem abgewetzten Billardtisch und einer Stereoanlage, bietet eine weitere Rückzugsmöglichkeit für die Besucher des Jugendzentrums.

An diesem wolkenverhangenen Tag ist der Jugendtreff gut besucht. Kaum dass Toni die knarrende Eingangstür aufgedrückt hat, hört er das aufgeweckte Stimmengewirr und die Musik, die aus den Lautsprechern dröhnt. Außerdem ist es in den Räumlichkeiten herrlich warm. Er sieht sich kurz um, setzt die Wollmütze ab und fährt sich gedankenverloren mit einer Hand durch die Haare. Er braucht einen Moment, dann kann er Jack, Martin und Felix im Gemeinschaftsraum entdecken. Sie haben sich auf zwei einander gegenüberstehenden Sofas ausgebreitet.

Toni geht selbstsicher durch den Raum, verfolgt von missbilligenden Blicken. Er hat die kleine Clique schon bemerkt, die am Tisch nahe der Tür zusammenhockt. Die gleichen Leute, die ihn auch in der Schule nur zu gerne provozieren. Er geht mit fest zusammengebissenen Zähnen an ihnen vorbei, versucht sie, trotz der in ihm aufbrodelnden Wut, zu ignorieren. Bei Martin, Jack und Felix angekommen, lässt er sich sogleich schwerfällig neben seinem besten Freund auf das dunkelblaue Sofa fallen.

»Wie war die Bandprobe?« Jack sieht fragend zu Toni, während dieser seine warme Winterjacke auszieht und achtlos neben sich legt.

»Ganz gut. Wir üben momentan die neuen Songs.« Toni zuckt fast gleichgültig mit den Schultern. Er wartet noch einen kurzen Moment, dann sieht er vorsichtig zu seinem besten Freund hinüber.

Jack trägt einen groben, grauen Rollkragenpullover und schwarze Jeans. Seine blonden Haare sind wild zerzaust und fallen ihm leicht vor die graublauen Augen. Ein sanftes Lächeln umspielt seine Lippen.

Toni merkt deutlich, dass seine Wangen heiß werden und er immer mehr errötet. Er schüttelt möglichst unauffällig den Kopf und reibt seine noch kalten Hände aneinander. Sollte wirklich auffallen, dass seine Wangen glühen, kann er es immerhin auf den Temperaturunterschied zwischen der kalten Luft auf Hamburgs Straßen und der Heizungswärme des Raumes schieben.

»Ich weiß ja nicht, wie du für etwas derart Banales wie deine Bandproben kurz vor den Prüfungen noch Zeit findest.« Felix lacht und behält Toni dabei fest im Blick.

Dieser scheint jedoch unbeeindruckt und gibt seine Antwort nur trocken, desinteressiert zurück. »Ich glaube, ich muss einfach weniger lernen als du.«

Zuerst wirkt Felix noch etwas perplex, auch wenn solch bissige Antworten von Toni nichts Ungewöhnliches sind, doch dann lacht er herzlich und klatscht dabei amüsiert in die Hände. Als er sich wieder beruhigt hat, lehnt sich Felix weit auf dem Sofa zurück und nickt bedächtig. »Wahrscheinlich hast du recht.«

Während die beiden einander necken, zückt Martin vorsichtig ein kleines Silberetui, in dem er ein paar selbstgedrehte Zigaretten aufbewahrt. Nachdem er sich vergewissert hat, dass auch wirklich kein Betreuer des Jugendzentrums in der Nähe ist, reicht er schnell einen der Glimmstängel an Toni weiter. Sie zünden sich beide verbotenerweise eine Zigarette an, wobei Toni immerhin daran denkt, das Fenster in ihrer Nähe zu öffnen, damit der träge Rauch sich nicht im sowieso stickigen Gemeinschaftsraum sammelt. Anschließend lehnt er sich entspannt auf dem Sofa zurück, den Kopf auf der Rückenlehne ruhend und die Beine ausgestreckt. Jacks tadelnden Blick ignoriert Toni geflissentlich. Er raucht seelenruhig weiter, genauso wie Martin ihm gegenüber. Die Asche entsorgen sie in einer leeren Cola-Dose, die vorerst als behelfsmäßiger Aschenbecher dient.

Tatsächlich ist Jack in ihrer kleinen Gruppe der einzige Nichtraucher, auch wenn er es zumindest schon ausprobiert hat. Da Toni sich auch von ihm nicht belehren lässt, winkt er schnell ab und startet ein gänzlich anderes Gesprächsthema.

»Ich habe tolle Neuigkeiten.« Jacks Stimme überschlägt sich fast vor Aufregung, seine hellen Augen leuchten sogleich. Er schaut erwartungsvoll zu seinen Freunden, auch wenn Martin und Felix wenig interessiert scheinen.

»Mhm.« Ihre Gleichgültigkeit stört Jack nicht. Er hat nicht erwartet, dass Martin und Felix seine plötzliche Euphorie teilen. Im Gegensatz dazu hat sich Toni sofort aufgesetzt und sieht nun neugierig und aufmerksam zu Jack.

»Was gibt es denn Neues zu berichten, das noch nicht einmal ich weiß?« Toni scherzt und zwinkert seinem besten Freund amüsiert zu. Die beiden verbindet seit ihrer frühesten Kindheit eine enge Freundschaft. Sie treffen sich jeden Tag und erzählen einander ausnahmslos alles. Mittlerweile wissen sie voneinander mehr als sonst jemand, einige Dinge vertrauen sie wohlweislich im Stillen nur dem jeweils anderen an.

Jack wartet noch einen Moment, lässt die Spannung ein klein wenig länger im Raum hängen als notwendig, bevor er mit einer Antwort herausrückt. »Ich kann gleich nach unserem Abschluss zwei Semester lang im Ausland studieren.«

Jack lächelt selbstzufrieden. Er sitzt zwar Toni zugewandt auf dem Sofa, schaut allerdings fast auffällig konsequent nicht zu seinem besten Freund, sondern zu Martin und Felix. So bemerkt er auch nicht, dass Toni ungewollt zusammenzuckt und sichtbar angestrengt versucht, eine passende Antwort zu formulieren. Felix kommt ihm jedoch zuvor.

»Das ist ja supercool!« Er scheint nun doch von Jacks Begeisterung mitgerissen und beugt sich auf seinem Platz weit nach vorne. »Wo studierst du dann?«

»An einer kleinen Universität am Rand von Manchester. Ich kann wirklich von Glück reden, zumindest für die kurze Zeit dort studieren zu dürfen.«

Immerhin Felix hört ihm nun interessiert zu, darüber freut sich Jack. Denn Toni hat sich fast sofort mit hängenden Schultern von ihm abgewandt, während Martin nur theatralisch schnaubend den Kopf geschüttelt hat. Beinahe bockig lässt er sich gegen die Sofalehne fallen, die Arme vor der Brust verschränkt. Doch statt weiter auf Jack zu achten, der sowieso ins Gespräch mit Felix vertieft ist, fixiert Martin seinen durchdringenden Blick nun auf Toni.

»Aber es ist doch sicher nicht leicht, einen Platz für ein Auslandssemester zu bekommen. Steht das alles schon komplett fest?«

Vielleicht löst sich Toni gerade deshalb aus seiner Starre. Jack wendet sich ihm augenblicklich zu.

»Ja, ich habe alles bis ins letzte Detail geplant. Nur wollte ich nichts davon erzählen, bis ich die Zusage bekommen habe.« Jack schmunzelt und überlegt kurz, ehe er fortfährt. »Nach den beiden Semestern werden meine Ersparnisse aber komplett aufgebraucht sein. Die Studiengebühren und das Studentenwohnheim sind um einiges kostspieliger als erwartet.«

Er denkt an die ganzen Monate, in denen er akribisch alles durchgerechnet und geplant hat. Das dafür beiseitegelegte Geld hat Jack durch viele kleine Wochenendjobs verdient, denn seine Mutter kümmert sich schon seit Jahren alleine um ihn und seine jüngere Schwester. Auch wenn sie versucht, ihren beiden Kindern alles zu ermöglichen, könnte sie für Jacks Auslandsstudium nicht aufkommen.

»Das ist wirklich toll.« Toni freut sich ehrlich für seinen besten Freund, auch wenn die ganze Situation für ihn einen schalen Beigeschmack hat.

»Du könntest auch einfach hier studieren.« Jetzt meldet sich Martin zu Wort. Er klingt genervt und behält seine abwehrende Körperhaltung beharrlich bei. Toni knurrt leise, aufgebracht wegen Martins negativer Reaktion. Aber Jack kommt ihm mit seiner Antwort glücklicherweise zuvor.

»Ich bin aber froh, dass ich diese Möglichkeit habe.« Er zuckt beschwichtigend mit den Schultern und signalisiert sowohl Toni als auch Martin deutlich, dass dieses Thema damit beendet ist.

Martin hat nicht vor, nach ihren Abiturprüfungen zu studieren, er ist froh, wenn er seine Schulzeit endlich hinter sich hat. Die ambitionierten Pläne von Toni und Jack kann er nicht ansatzweise nachvollziehen.

Aber erstaunlicherweise gibt Martin in diesem Moment nach und verbietet sich jeden weiteren abschätzigen Kommentar. Stattdessen sieht er mit vielsagendem Grinsen zu Toni und zündet sich noch eine Zigarette an.

Die vier jungen Männer wechseln allmählich das Thema und reden gelassen weiter miteinander, bis ein blechernes, durchdringendes Klingeln sie aufschrecken lässt. Es ist das sonst völlig ungenutzte Klapphandy in Tonis Rucksack. Er sucht hastig danach und starrt anschließend wie gebannt auf die unbekannte Nummer, die auf dem Display aufleuchtet.

»Ich bin kurz draußen.« Es ist eine knappe Aussage, die keiner Antwort bedarf. Toni steht eilig auf, nimmt seine Jacke und durchquert mit schnellen Schritten den Raum, das Handy bereits am Ohr.

Zwischen den anderen herrscht abruptes Schweigen, zumindest bis sich Martin sicher ist, dass Toni sie nicht mehr hören kann. »Ihr beide studiert also nicht an der gleichen Uni? Ihr hängt doch sonst immer zusammen rum.«

Er zuckt mit den Schultern und wechselt aus seiner defensiven Stellung zu einer selbstsicheren, lockeren Körperhaltung.

»Ach, wahrscheinlich geht Toni sowieso auf eine sündhaft teure Eliteuniversität, die wir uns überhaupt nicht leisten können.« Während Felix spricht, zieht er eine einzelne leicht verformte Zigarette aus der Tasche seiner Kapuzenjacke. Er sieht nicht zu seinen beiden Gesprächspartnern, sondern hält den Blick gesenkt und dreht die Zigarette geistesabwesend in den Händen, bevor er sie anzündet.

»Toni soll an einer speziellen Musikhochschule studieren, ja.« Jack antwortet, trotz des bissigen Kommentars, ruhig und entspannt. Dabei lehnt er sich schmunzelnd zurück. »Da wäre ich doch sehr fehl am Platz.«

Einen Moment lang lässt sich Jack von dem gleichmäßig schwerfälligen Rauch der Zigarette ablenken, folgt ihm mit seinem Blick. Für ihn ist das ganze Thema damit beendet, doch Martin und Felix sind da ganz anderer Meinung.

Sie sehen verschwörerisch zueinander, bevor Martin sich mit herausforderndem Blick nach vorne beugt. »Läuft es nicht mehr so gut zwischen euch?«

Er kann sein höhnisches Lächeln nicht verbergen, als Jack ungewollt, aber sofort reagiert. Er verspannt sich etwas und sieht zweifelnd zu Martin.

»Hör auf damit.« Jack spricht mit ruhiger, aber ernster Stimme.

Doch bevor er das verfluchte Thema wechseln kann, hakt Felix mit einer weiteren ironischen Frage nach. »Warum würdest du denn sonst deinen Liebsten hier alleine lassen?«

Seine tiefbraunen Augen sind fest auf Jack gerichtet, während er entspannt die Arme über den Kopf hebt und sich ausgiebig streckt.

»Gut, ihr habt euch amüsiert. Aber jetzt lasst den Blödsinn.« Jack schüttelt den Kopf, bleibt aber noch sehr geduldig mit seinen beiden Gesprächspartnern. Zu seinem Erstaunen reißen sich Martin und Felix wirklich zusammen, zumindest für kurze Zeit. Jack hat sich gerade wieder etwas entspannt, als Martin sich erneut weit nach vorne lehnt, um mit gesenkter Stimme weiterzusprechen.

»Was erwartest du denn, Jack? Ihr verbringt doch jede freie Minute zusammen. Du solltest eher aufpassen, dass Toni da nichts falsch versteht.« Sollte Martin bemerken, wie verärgert Jack in diesem Moment ist, dann lässt er sich das nicht anmerken. Stattdessen lächelt er nachsichtig und scheint sich diebisch darüber zu freuen, dass Felix ebenfalls etwas erwidert.

»Dafür ist es doch schon zu spät.« Felix behält Jack ganz genau im Blick. »Die kleine Schwuchtel steht auf dich.«

Sein gehässiges Lächeln verschwindet jedoch augenblicklich, als Jack sich verärgert aufrichtet. Seine Augen funkeln wütend, die Hände hat er angespannt zu Fäusten geballt. Es ist deutlich zu erkennen, dass ihm die Sticheleien seiner Freunde jetzt reichen.

Felix hat sich schnell aufrecht hingesetzt und abwehrend die Hände gehoben, aber seine Befürchtungen sind unbegründet.

»Ihr beide seid wirklich unausstehlich. Ich gehe.« Jacks Stimme ist wutverzerrt. Aber er beherrscht sich, wendet sich schlichtweg mit vor Zorn zusammengebissenen Zähnen von Martin und Felix ab. Er würdigt die beiden keines Blickes mehr, sondern packt seine Sachen zusammen und eilt dann mit festen Schritten zum Ausgang. Er kocht vor

Wut und will bloß nicht noch länger in Gesellschaft der beiden bleiben.

Er hat den Gemeinschaftsraum gerade durchquert, als ihm Toni in die Arme läuft.

»Was ist denn los?« Toni blinzelt ein paarmal und legt fragend den Kopf schief. Er ist vollkommen in seine eigenen Gedanken versunken gewesen, zumindest bis er den ernsten Gesichtsausdruck seines besten Freundes bemerkt hat.

»Das hier muss ich mir nicht antun. Ich gehe nach Hause.« Jack wirkt immer noch aufgebracht. Er schiebt den sichtbar verdutzten Toni sanft beiseite und geht dann weiter zum Ausgang. »Kommst du mit?«

Die Frage stellt Jack beim Fortgehen und lässt Toni dadurch kaum Zeit zum Nachdenken. Unschlüssig bleibt er also mitten im Hausflur stehen. Er kann sich allerdings schon denken, wer Schuld an Jacks überstürztem Aufbruch hat. Leise schimpfend eilt er zu Martin und Felix zurück, allerdings nur, um seine Sachen zu holen. Dann folgt er seinem besten Freund nach draußen.

Schon als Toni telefoniert hat, sind draußen die ersten kleinen Schneeflocken zu Boden gefallen. Mittlerweile werden diese jedoch immer größer. Der Wind ist noch kälter geworden als zuvor. Toni muss vor der Tür kurz stoppen und sich mit leicht gesenktem Kopf umschauen. Er hat gehofft, dass Jack draußen auf ihn wartet, aber das scheint sein alleiniger Gedanke gewesen zu sein. Vor dem niedrigen Gebäude ist niemand mehr zu sehen. Also holt Toni eilig sein Fahrrad und läuft in die Richtung, in die Jack gegangen sein muss.

Es dauert nicht lange, bis Toni seine Silhouette durch die dicken Schneeflocken hindurch erkennen kann. Das Wetter hindert ihn mittlerweile daran, mit dem Fahrrad zu fahren, also schiebt er es neben sich her, während er frustriert die letzten paar Meter sprintet, um Jack einzuholen.

»Warte, Jack!« Toni muss seine Stimme erheben, um den rauschenden Wind und die über die Hauptstraße fahrenden Autos zu übertönen. Neben Jack angekommen drosselt er sein Tempo wieder und spürt plötzlich das Brennen in seiner Lunge, verursacht durch die beißende Winterluft und die Kälte, die sich allmählich in seinen Händen ausbreitet, während er den Fahrradgriff fest umklammert. Die dünnen Wollhandschuhe nützen ihm dabei gar nichts. »Was sollte das denn? Du hättest wenigstens auf mich warten können!«

Jack dreht langsam den Kopf zur Seite und sieht entschuldigend zu Toni. »Sorry. Die beiden sind mir zu anstrengend geworden.«

Er deutet vage hinter sich, in die Richtung des Jugendzentrums. Dank dieser halbherzigen Begründung lacht Toni schallend auf. Gegen den stetigen Wind wirkt sein Gelächter klangvoll und so amüsiert, dass Jack ebenfalls zu lächeln beginnt. Dabei blitzen seine blauen Augen freudestrahlend, eine Auffälligkeit in seiner Mimik, die Toni sehr gut gefällt. Er behält Jack zufrieden im Blick, bevor er leicht den Kopf schüttelt.

»Das denke ich auch oft genug. Trotzdem laufe ich nicht einfach weg.« Die beiden jungen Männer bleiben an einer roten Ampel stehen und verfallen fast gleichzeitig in Schweigen. Sollte Toni Jacks forschenden Blick bemerken, dann reagiert er nicht darauf. Er beobachtet stattdessen gebannt die Ampel auf der anderen Straßenseite, als wollte er sie durch Hypnose dazu bringen, auf Grün umzuschalten.

Jack hingegen achtet weiterhin nachdenklich auf seinen besten Freund. Die Worte von Martin und Felix wollen ihm nicht mehr aus dem Kopf gehen.

Toni wurde unfreiwillig vor ungefähr einem Jahr

geoutet, wodurch mittlerweile jeder an ihrer Schule weiß, dass er schwul ist. Dadurch gerät er oft in Auseinandersetzungen, die, da sich Toni schnell provozieren lässt, oftmals in ernsthafte Schlägereien ausarten. Momentan hält sich Toni missmutig zurück, er ist in den vergangenen Monaten zu oft durch solche Streitereien aufgefallen. Seine Eltern wissen nämlich von alledem noch nichts, und Toni ist eifrig darum bemüht, das auch genauso beizubehalten.

Jack hingegen steht ihm fest zur Seite und verteidigt Toni, sobald er merkt, dass es notwendig ist. Wobei er, im Gegensatz zu seinem besten Freund, nicht handgreiflich wird. Jack hat sich noch nie geprügelt, ihm würde auch überhaupt kein Grund einfallen, das jemals zu tun. Aus solch unangenehmen, lästigen Situationen wie der im Jugendzentrum entzieht er sich lieber, als an die Vernunft seiner Gesprächspartner zu appellieren. Außerdem hat Toni auf diese Weise nicht mitbekommen, worüber sie geredet haben.

Die spöttischen, zu ihrem eigenen Spaß willkürlich aufgestellten Behauptungen von Martin und Felix sind allerdings gar nicht so abwegig. Wobei Jack auch das ganz genau weiß. Ihm ist durchaus bewusst, dass Toni Gefühle für ihn hat. Er hat es Jack selbst gesagt, kurz bevor seine sexuelle Orientierung zum ungewollten Hauptgesprächsthema ihrer Schule wurde.

In dem kleinen Holzschuppen im Schrebergarten von Jacks Familie stand Toni mit angezogenen Schultern und beichtete mit für ihn untypisch leiser, zaghafter Stimme seinem besten Freund, dass er in ihn verliebt sei. Dabei vermied Toni jeglichen Blickkontakt und hob erst, als von Jack nicht sofort eine Antwort kam, vorsichtig den Kopf. In seinen blauen Augen lag Angst, aber auch ein verzweifelter Hoffnungsschimmer. Jack war viel zu perplex und sprachlos, um schnell oder gar angemessen zu reagieren. Aber sein tiefes, niedergeschlagenes Seufzen, nach einigen Sekunden mühevoll hervorgebracht, reichte Toni schon als Antwort. Im Grunde war ihm von vornherein klar, dass sein bester Freund diese Gefühle nicht erwidern würde.

Während sie den Rest des Nachmittags auf dem staubbedeckten Boden des Schuppens verbrachten und leise miteinander redeten, wurde immerhin Tonis furchtbar schneller Herzschlag allmählich ruhiger, auch das flaue Gefühl in seinem Magen ließ nach. Als sich bei Einbruch der Dunkelheit die Wege der beiden jungen Männer trennten, wich sogar die zu erwartende Enttäuschung einer merkwürdigen Ruhe. Für die behutsame Umarmung, in die Jack seinen besten Freund dann zog, war Toni trotzdem mehr als dankbar. Eine erstaunlich lange Zeit verbrachten sie so, bevor sie sich unbeholfen voneinander lösten. Dort auf der kaum befahrenen Straße, welche die beiden Häuserblocks voneinander trennt, in denen sich die jeweiligen Wohnungen ihrer Familien befinden.

Nach scheinbar endlos langer Zeit wechselt die Ampel für die Fußgänger auf Grün, wobei Toni ihr Schweigen erst bricht, als sie die nächste Straßenecke umrundet haben. »Sonst ist alles okay bei dir?«

Er dreht den Kopf in Jacks Richtung, nicht nur, um seinem besten Freund in die Augen sehen zu können, sondern auch, um sich von dem stetigen Wind abzuwenden.

»Ja, keine Sorge.« Jack zuckt abwehrend mit den Schultern. Er hat den Kragen seines Wintermantels hochgestellt und die Hände tief in den Taschen vergraben. Obwohl seine Sicht vom umherwirbelnden Schnee verschleiert wird, kann er allmählich das große Schild erkennen, welches auf den Eingang zur U-Bahn-Station hinweist.

»Möchtest du mit zu mir kommen? Ich denke, sonst ist noch niemand zuhause.« Jack sieht fragend zu Toni, der sofort zufrieden lächelt und zustimmend nickt.

»Du hast heute so viel von deinen Plänen für das Studium erzählt, da ist es wohl besser, wenn ich dich begleite, damit wir noch ein wenig für die Prüfungen lernen.« Toni lacht amüsiert, als Jack ihm gespielt verärgert gegen die Schulter boxt. Er lächelt dabei, wohl wissend, dass Tonis Vorschlag gar nicht so übel ist. Gemeinsam gehen sie weiter, bis zur laut über die Gleise ratternden U-Bahn und von dort aus zu dem abgelegenen Wohngebiet in Stellingen.

Toni hält sich abseits der anderen in einer Ecke des großen, geräumigen Wohnzimmers auf.

Die Musik aus der Stereoanlage ist so laut, dass sie ihm, dicht bei den Boxen stehend, unangenehm in den Ohren dröhnt. Die Luft scheint zu vibrieren, wodurch Toni halbherzig darüber nachgrübelt, ob sich die Nachbarn direkt gegenüber nicht doch noch beschweren werden. Mit einem leichten Seufzen lässt er seinen Blick abermals durch den Raum schweifen, um die ausgelassenen Partygäste zu beobachten. Normalerweise feiert Toni sehr gerne, aber an diesem Abend wird seine Stimmung durch die alles überschattende Tatsache getrübt, dass er sich auf Jacks Abschiedsfeier befindet und sein bester Freund schon am kommenden Tag nach England aufbrechen wird.

Die Musik verstummt für wenige Sekunden, ehe das nächste Lied auf der zerkratzten CD abgespielt wird. Gleichzeitig stößt sich Toni von der Wand ab, gegen die er sich lässig gelehnt hat, und bahnt sich, mit dem halbherzigen Vorhaben, sich doch noch zu amüsieren, einen Weg durch den Raum. Immerhin sollte ihm gerade nach den bestandenen Prüfungen und ihrem erfolgreichen Schulabschluss nach Feiern zumute sein.

Zunächst schleicht Toni in die kleine Küche der Wohnung, wo sich außer ihm niemand aufhält. Beinahe hätte er deswegen erleichtert aufgeatmet, stattdessen wendet er sich dem Esstisch zu, auf dem allerlei Snacks und verschiedenste Getränke stehen. Toni überlegt kurz, dann nimmt er sich einen der Plastikbecher und füllt ihn bis zur Hälfte mit der viel zu süßen Fruchtbowle. Dazu gießt er den Rest Wodka, der sich noch in einer danebenstehenden Flasche befunden hat, und verrührt das Gemisch kurz. Während Toni vorsichtig prüfend einen Schluck trinkt, schlendert er durch die schmale Küche, bis er im Türrahmen stehen bleibt und sich von dort aus erneut umsieht.

Dafür, dass so viele Gäste gekommen sind und die Stimmung sehr ausgelassen ist, sieht die Wohnung noch erstaunlich ordentlich aus. Allerdings achtet Jack sicherlich penibel darauf, dass nicht zu viel Chaos entsteht. Toni schmunzelt bei dem Gedanken und wechselt in eine etwas bequemere, gelöstere Körperhaltung. Er nippt erneut an seinem Getränk und lächelt ein paar vorbeigehenden Partygästen zu. Nach diesem Abend werden sie alle mehr oder minder getrennte Wege gehen. Das ist der eine Gedanke, den Toni schon seit Wochen nicht mehr loswird, und an diesem Tag wirkt er nur noch surrealer, wenn auch gleichzeitig beständiger, fester als je zuvor.

Wenn Toni ehrlich mit sich ist, versucht er genau deshalb, Jack aus dem Weg zu gehen, und das nicht nur an diesem Abend, sondern auch schon an den Tagen zuvor.

Mehr als ein paar kurze, einsilbige Gespräche sind zwischen den beiden jungen Männern nicht zustande gekommen. Toni konnte sich schlichtweg nicht dazu bringen, mehr mit Jack zu unternehmen, nicht in dem Wissen, dass er seinen besten Freund bald für lange Zeit nicht mehr sehen wird. Er ist sich noch nicht sicher, wie er damit umgehen soll, immerhin haben die beiden seit ihrer Kindheit fast jeden Tag miteinander verbracht. Außerdem sind da auch noch Tonis unerwiderte Gefühle, die diesen Abschied für ihn noch schwerer machen. Er spricht nicht mehr darüber, aber natürlich sind sie da, egal wie sehr Toni sich einredet, dass es keinen Sinn hat. Er hält seine Gefühle zurück, aber kann einfach nicht vermeiden, dass er manchmal sehnsüchtig zu Jack schaut und sich mehr wünscht.

Vorerst hebt sich Tonis Stimmung jedoch, er wird entspannter und genießt allmählich die unbefangene Atmosphäre der Feier, auch wenn er sich nach wie vor wünscht, dass Kaddy noch bei ihm wäre. Zusammen mit der aufgeweckten, quirligen Kathleen war Toni zwangloser, und während sie sich wie immer angeregt mit Jack unterhalten hat, konnte er selbst sich problemlos zurückhalten. Allerdings hat sie sich schon vor einer Stunde verabschiedet und ist nach Hause gefahren.

Mit vorsorglich neu gefülltem Plastikbecher geht Toni zurück ins Wohnzimmer und schaut sich neugierig um. Der große Raum ist nur schwach beleuchtet, da die Deckenlampe ausgeschaltet ist und lediglich die beiden Stehlampen als Lichtquelle dienen. Die linke Seite des Zimmers wurde zur provisorischen Tanzfläche umgeräumt, auch wenn der Platz dafür durchaus begrenzt ist und die Partygäste aufpassen müssen, dass sie beim Tanzen nicht versehentlich gegen die alte, massive Holzkommode stoßen.

Auf dem Ecksofa an der gegenüberliegenden Wand haben es sich einige Partygäste bequem gemacht. Auch Lou hat sich dort ausgebreitet und sitzt völlig entspannt mit überschlagenen Beinen auf seinem Platz. In der rechten Hand hält er eine fast leere Bierflasche, die er beim Reden gedankenverloren hin und her schwenkt. Lou ist vergnügt und komplett auf die Unterhaltung mit den anderen fixiert. Er lacht immer wieder herzlich auf und wirft dabei den Kopf in den Nacken, sodass seine langen Haare wild um sein Gesicht fallen. Lou ist derart in seine Gespräche vertieft, dass er Toni erst bemerkt, als dieser sich schwerfällig neben ihm auf das Sofa fallen lässt.

»Keine Lust zu feiern?« Lou legt den Kopf etwas schief und lächelt sanft, beinahe verständnisvoll.

Toni schüttelt kaum merklich den Kopf und beobachtet die tanzenden Partygäste, die sich zur lauten Musik bewegen. Er trinkt ruhig sein selbst zusammengemischtes Getränk und reagiert auch nicht, als Lou einen leisen, nachdenklichen Laut von sich gibt.

»Willst du tanzen?« Diese Frage kommt für Toni sichtbar unvermittelt. Er stutzt kurz und sieht blinzelnd, fragend zu Lou, der augenblicklich auflacht.

»Vielleicht später.« Toni zuckt mit den Schultern und lacht leise, seine hellen Augen funkeln amüsiert. Mit einer knappen Handbewegung weist er zur Tanzfläche und sieht auffordernd zu Lou. »Was ist mit dir?«

Lou schüttelt allerdings eilig den Kopf und leert sein Bier mit einem letzten Schluck. Seine Wangen sind mittlerweile gerötet, wahrscheinlich hat er an diesem Abend schon um einiges mehr getrunken.

»Nein, ich tanze ganz sicher nicht! Aber hier herumzusitzen ist auch blöd.« Mit diesen Worten erhebt sich Lou schwungvoll von seinem Platz. Er lacht zufrieden und versucht, das leichte Schwanken seines alkoholisierten Körpers zu überspielen. »Kommst du mit?«

Er sieht erwartungsvoll zu Toni, der diese Aufforderung scheinbar erst abwägen muss, ehe er nickt und sich ebenfalls erhebt.

Keine halbe Stunde später stehen sie mit drei weiteren Partygästen zusammen in der kleinen Küche, wo es ruhig ist und sie angeregt miteinander reden können. Als sich dann plötzlich eine Hand sanft auf Tonis Schulter legt, zuckt dieser unwillkürlich zusammen und wirbelt verwundert herum.

»Da bist du ja!« Toni verspannt sich sofort merklich, als er in Jacks blaue Augen sieht. Er hat es den ganzen Abend lang wunderbar geschafft, ihm aus dem Weg zu gehen, und ist jeglichen Gesprächen beharrlich ausgewichen, doch war Toni von Anfang an klar, dass er seinem besten Freund nicht ewig fernbleiben kann. Besonders nicht am Tag seiner Abschiedsfeier und in seiner Wohnung. Trotzdem überfordert es Toni schrecklich, Jack so nah vor sich stehen zu sehen und seine einnehmende Stimme zu hören. Er schafft es auch nicht zu antworten, sondern nickt nur knapp und trinkt ein wenig Punsch, um sich Zeit zu verschaffen. Seinen Blick kann er dabei trotzdem nicht mehr von Jack abwenden. Toni mustert seinen besten Freund verstohlen, aber gleichzeitig auch sehr neugierig, unsicher, ob die anderen etwas von seinen Blicken oder der Anspannung mitbekommen.

»Kommt mir fast vor, als würdest du mir aus dem Weg gehen.« Jack lacht sanft und zwinkert seinem besten Freund zu, als er von ihm weiterhin keine Reaktion erhält. Toni hingegen merkt, dass er nur noch mehr errötet. Er ringt unbeholfen um Fassung und schüttelt eilig den Kopf.

»Das ist Blödsinn, Jack. Wir haben uns doch ganz normal unterhalten. Außerdem geht es heute Abend um dich, und du bist bis jetzt doch gut beschäftigt gewesen.« Allmählich entspannt sich Toni wieder.

Jack hingegen zuckt abwehrend mit den Schultern. »Eigentlich schon, aber du weißt, dass ich nicht gerne den Gastgeber spiele. Ich bin froh, dass es langsam ruhiger wird.« Als würde er seine Aussage unterstreichen wollen, lässt Jack den Blick, im Türrahmen der Küche stehend, einmal durch die Wohnung schweifen. Toni tut es ihm gleich und wendet sich seinem Gesprächspartner erst wieder zu, als dieser erneut das Wort ergreift. »Ich wollte schon den ganzen Abend in Ruhe mit dir sprechen. Kommst du kurz mit?«

Mit einer flüchtigen Handbewegung weist Jack hinaus aus der Küche und in den schmalen Flur. Sogleich überlegt Toni angestrengt, ob ihm eine passende Ausrede einfällt, um nicht mitkommen zu müssen. Als ihm das nicht gelingt, seufzt er tief und resigniert. Jack scheint das jedoch nicht zu bemerken, er lächelt zufrieden, als Toni zaghaft nickt und ihm widerwillig folgt. Während sie durch die Wohnung bis hin zu Jacks Zimmer am anderen Ende des Flurs gehen, drückt Toni seinen Becher nervös zusammen, bis das leise Knacken des berstenden Plastiks ihn innehalten lässt.

Jacks Zimmer wirkt ungewohnt leer und kahl. Er hat schon vor Tagen seine Sachen gepackt, und wo sonst wildes, kreatives Chaos herrscht, ist nun alles sorgsam in den Schränken oder in dem an der Tür stehenden Koffer verstaut worden. Außer den Möbeln befindet sich nichts mehr in dem für die Wohnverhältnisse großen Raum. Jack schaltet wortlos das Licht ein und wartet geduldig, bis Toni eingetreten ist.

»Hier drinnen ist es ruhig, dann können wir ungestört reden.« Mit diesen Worten lehnt Jack die weiße Holztür an und geht langsam zu Toni in die Mitte des Raumes.

Toni ringt sich ein leichtes Lächeln ab, während sein bester Freund auf ihn zukommt. Das Herz schlägt ihm bis zum Hals, er scheut sich aus ganz unterschiedlichen Gründen vor dieser Situation. Der Anblick des inzwischen unpersönlichen, kahlen Raumes hat Toni wieder schmerzlich daran erinnert, dass sich ihr gesamtes Leben im Wandel befindet. Denn auch wenn Jack es noch nicht weiß, in wenigen Tagen wird Toni ebenfalls sein ruhiges, behagliches Zuhause verlassen. Wobei es deswegen immer wieder zu ernsthaften, lauten Diskussionen in seiner Familie gekommen ist, sodass Toni es gar nicht mehr allzu schlimm findet, Hamburg den Rücken zu kehren. Ohne Jack an seiner Seite gibt es sowieso nicht viel, was ihn noch in ihrer Heimatstadt hält.

Dann sind da natürlich auch noch Tonis Gefühle, für die es nicht hilfreich ist, dass Jack in einem geschlossenen Raum derart knapp vor ihm steht. Die Menge an Alkohol, die Toni bis zu diesem Zeitpunkt getrunken hat, tut ihr Übriges.

Er überlegt gerade, wann die früher selbstverständliche, alltägliche Nähe zueinander für ihn so irritierend und beklemmend geworden ist, dass er am liebsten auf der Stelle die Flucht ergreifen würde, als Jack seine Behauptung von zuvor erneut ausspricht.

»Du bist dir wirklich sicher, dass du mir nicht aus dem Weg gehst?« Jacks Augen funkeln aufmerksam, er lacht leise und legt den Kopf fragend schief.

Toni hat deutlich weniger Spaß an ihrer Unterhaltung. Er seufzt tief und tritt dann einen Schritt zurück. »Natürlich nicht. Ich hatte einfach viel zu tun.«

Er sieht entschuldigend zu Jack, hofft aber gleichzeitig, dass dieses Thema damit beendet ist.

»Na gut. Wann geht eigentlich dein Studium los?« Kaum dass Jack seine Frage ausgesprochen hat, sind aus dem Flur laute Geräusche zu hören, sodass er sich kurz prüfend umdreht und in die darauffolgende Stille lauscht. Jack weiß ganz genau, dass Toni ihn angelogen hat und ihm mit voller Absicht aus dem Weg gegangen ist, also will er diese Chance für ein ruhiges Gespräch nicht wegen solcher Störungen abbrechen. Da nichts passiert zu sein scheint, wendet er sich schnell wieder mit einem entschuldigenden Lächeln an Toni. Jack hat dadurch jedoch den missmutigen

Blick seines besten Freundes nicht mitbekommen, und auch die Tatsache, dass Toni angestrengt nach einer passenden Antwort auf seine Frage gesucht hat, ist ihm entgangen. Nun sieht Toni fast schuldbewusst zu seinem Freund und schüttelt sanft den Kopf.

»Ich werde nicht studieren.« Jack schaut ihn so verdutzt an, dass Toni sich sofort sicher ist, seinen besten Freund mit dieser Nachricht überrascht zu haben. Verwunderlich, denn normalerweise kursieren Neuigkeiten in ihren Familien erschreckend schnell.

Ihre Eltern erzählen einander ausnahmslos alles. Genau wie Toni und Jack sind ihre Mütter seit frühester Kindheit eng miteinander befreundet, sodass die beiden recht unterschiedlichen Familien, seit die jungen Männer denken können, wie eine einzige große agieren.

Allerdings ist es auch gut möglich, dass Tonis Vater immer noch so enttäuscht von der Entscheidung seines Sohnes ist, dass er schlichtweg mit niemandem darüber reden will.

Ursprünglich sollte Toni an einer hochrangigen Musikakademie studieren. Dort wo auch sein Vater als Professor unterrichtet, sollte er in klassischer Musik ausgebildet werden, denn darauf wurde er schon seit Kindestagen vorbereitet. Tonis Vater hat sein komplettes musikalisches Wissen an ihn weitergegeben.

»Meine Pläne haben sich geändert.« Toni muss durch die offensichtliche Verwunderung seines besten Freundes erheitert auflachen. Die Stimmung im Raum scheint sofort gelockerter und entspannter, es ist, als wäre eine schwere Last von Tonis Schultern gehoben worden. Außer Kaddy weiß niemand von Tonis Plänen, und der Drang, es endlich auch seinem besten Freund zu erzählen, wurde immer unerträglicher.

»Vor fünf Monaten habe ich einen Anruf bekommen.

Ein Agent aus einem Musikverlag in Kiel ist auf unsere Band aufmerksam geworden. Er ist der Meinung, dass er mit uns zusammen einiges erreichen kann. Also haben wir die letzten Monate viele Gespräche mit ihm und seinen Kollegen geführt, wir durften sogar einige Probeaufnahmen in ihrem Tonstudio machen.« Toni bemüht sich, seine Stimme flach und ruhig klingen zu lassen, seine vor Aufregung leuchtenden Augen trügen diese gespielte Gelassenheit jedoch. Jack hat gar keine Chance, darauf zu antworten, da Toni unentwegt weiterspricht. »Er war recht zufrieden und hat angeboten, uns das kommende Jahr zu unterstützen. Das ist eine wahnsinnige Chance für uns, dadurch haben wir viel mehr Möglichkeiten.«

Tonis Stimme überschlägt sich beinahe vor Begeisterung. Nun hält er endlich inne und sieht erwartungsvoll zu Jack, der das eben Gehörte erst einmal komplett verinnerlichen muss.

»Das ist beeindruckend, Toni, super! Das heißt, ihr werdet berühmt.« Jack lacht begeistert auf.

»Das wäre mir am liebsten. Aber nur, weil wir mit ein paar erfahreneren Leuten zusammenarbeiten, garantiert uns das noch keinen Erfolg.« Toni schüttelt langsam den Kopf, ehe er innehält und verschmitzt lächelt. »Aber wir sind ja zum Glück auch überragend gut.«

Er zwinkert Jack kurz zu und nimmt noch einen weiteren Schluck aus seinem Becher. Dieses entspannte Gespräch gefällt ihm, es ist einfach zu lange her gewesen, seit sie das letzte Mal so ruhig miteinander gesprochen haben, ohne dass Toni sich eiligst davongestohlen hat. »In zwei Wochen fahren wir nach Kiel. Dort haben wir eine kleine Unterkunft, in der wir solange bleiben können.«

Jack beobachtet seinen besten Freund eingehend, während dieser unbeschwert weiterredet.

»Das erlaubt dein Vater einfach so?« Diese Frage ist

Jack schon seit Beginn ihres Gesprächs durch den Kopf gegangen, aber da Toni so begeistert von seinen Plänen gesprochen hat, wollte er mit diesem Einwand erst einmal abwarten. Das tiefe, frustrierte Seufzen seines besten Freundes lässt ihn die Antwort allerdings erahnen.

»Begeistert war er nicht. Du weißt ja, das, was ich da mache, ist in seinen Augen keine Musik. Aber wenn es nach meinem Vater ginge, würde ich die nächsten Jahre in einem stickigen Hörsaal sitzen und etwas verinnerlichen, das mir nicht liegt. Okay und zwischendurch dürfte ich natürlich auch zum Cello- und Klavierunterricht.« Toni lacht bitter, die Wut darüber ist deutlich in seiner Stimme zu hören.

»Aber meine Entscheidung steht fest. Daran kann auch mein Vater nichts ändern.« Um seine Aussage zu unterstreichen, strafft Toni die schmalen Schultern und macht sich möglichst groß. Selbst so ist er jedoch ein wenig kleiner als Jack, sein bester Freund ist zudem um einiges sportlicher und muskulöser.

Jack lacht sanft und schüttelt beschwichtigend den Kopf. »Klingt, als wärt ihr in letzter Zeit öfter aneinandergeraten.«

Die besonnene Stimme des jungen Mannes reicht schon, um Toni wieder etwas zu beruhigen.

»Das ist okay, halb so schlimm.« Toni zuckt desinteressiert mit den Schultern, um deutlich zu machen, dass es nicht lohnt, weiter darüber zu sprechen. Tonis Vater ist streng, und sein bestimmendes Auftreten lässt manchmal vergessen, dass er nur das Beste für seinen Sohn möchte. Im Grunde ist er hinter seiner disziplinierten Art ziemlich freundlich und umgänglich.

Jacks Vater hingegen war schon immer wankelmütig und in seinem Zorn so gefährlich, dass Jack, genauso wie seine jüngere Schwester, zuhause stets fahrig oder ängstlich war. Es war eine Befreiung, nicht nur für die beiden Kinder, sondern auch für ihre Mutter, die damals am Ende ihrer Kräfte war, dass er sie vor knapp zehn Jahren verließ.

Die beiden jungen Männer verbringen einen Moment in einvernehmlichem Schweigen, bevor Jack mit ruhiger Stimme die Stille durchbricht. »Weißt du, eigentlich wollte ich dich vor allem fragen, ob du morgen mit zum Flughafen kommst.«

Er sieht neugierig zu Toni, den diese Frage allem Anschein nach erstaunt. »Natürlich komme ich mit!« Toni klingt ehrlich entrüstet und boxt seinem besten Freund gegen die Schulter. »Wer weiß, wann wir uns das nächste Mal wiedersehen!«

Er spricht die Worte gedankenlos und beiläufig aus, nur um im nächsten Moment zu merken, wie sehr ihn diese Tatsache besorgt.

»Das freut mich, ich bin nämlich furchtbar nervös.« Jack lächelt beruhigt, bevor er Toni an sich heran und in eine feste Umarmung zieht. »Danke.«

Er atmet tief durch und legt seinen Kopf behutsam auf Tonis Schulter. Jedes bisschen Zuspruch von seiner Familie oder Freunden hilft ihm schon enorm, um mit der Anspannung, welche die herannahenden Auslandssemester mit sich bringen, leichter umgehen zu können.

Toni hat sich durch die unerwartete Umarmung verspannt. Er ist überrumpelt und braucht einen Moment, ehe er einen Arm umständlich um Jacks Schultern legt. Den anderen streckt er möglichst weit von sich weg, immerhin hält er noch den halbvollen Plastikbecher in seiner Hand und möchte ungern etwas verschütten.

Nun hat sein Herz erneut wie wild zu schlagen angefangen, und auch Tonis Wangen sind nicht mehr nur vom Alkohol gerötet. Während die beiden so dicht beieinander in dieser sanften Umarmung verweilen, wünscht sich Toni frustriert die Gedanken und Gefühle fort, die sich ihm unweigerlich aufdrängen. Aber natürlich funktioniert das nicht so einfach. Als Jack sich langsam von ihm löst, ist sich Toni allerdings nicht sicher, ob er froh darüber sein sollte oder nicht doch lieber noch eine Weile so stehen geblieben wäre.

Die beiden jungen Männer sehen einander kurz an und lächeln zaghaft. Als Toni gerade etwas sagen will, wird Jack aus einem der angrenzenden Räume gerufen. Sein Blick schnellt sofort zur Tür, während Toni unzufrieden, aber kaum hörbar seufzt.

»Ich sollte wohl wieder nach nebenan gehen.« Jack zuckt mit den Schultern, bevor er mit langsamen, großen Schritten zur Tür läuft. Dort angelangt dreht er sich noch einmal zu Toni um. »Kommst du mit?«

Anschließend verlässt Jack eilig den Raum, während Toni wie hypnotisiert an seinem Platz, in dem fast gänzlich leeren Zimmer stehen bleibt. Er schaut gedankenverloren auf den Plastikbecher in seiner Hand hinab, der inzwischen verbeult und an einer Ecke leicht eingerissen ist. Den letzten Rest des darin enthaltenen, schlecht zusammengemixten Cocktails trinkt Toni in einem Zug aus, bevor er seinem besten Freund langsam folgt.

1

*Hey kids, shake it loose together. The spotlight's hitting
something that's been known to change the weather. We'll
kill the fatted calf tonight so stick around. You're gonna
hear electric music solid walls of sound.*

Bennie and the Jets – Elton John

OKTOBER, FÜNFZEHN JAHRE SPÄTER

Das Gefühl, auf einer Bühne zu stehen, den donnernden Applaus sowie das Jubeln der zahllosen Zuschauer laut in den Ohren und geblendet vom grellen Scheinwerferlicht, ist selbst nach so vielen Jahren noch atemberaubend. Es lässt Toni jedes Mal wieder in eine berauschende Ekstase verfallen, während seine Hände vom vielen Gitarrespielen beben und seine Stimme rau vom Singen ist. Er atmet schnell, zittert sogar ein wenig durch die Anstrengung der letzten zweieinhalb

Stunden, aber noch strömt stetig genug Adrenalin durch seinen Körper, um diese Erschöpfung zu überspielen.

Das Konzert an diesem Abend verlief hervorragend, und nach zwei Zugaben wird es nun Zeit, sich von dem immer noch grölenden Publikum zu verabschieden. Toni nickt den anderen schwer atmend, aber lächelnd zu, dann verbeugen sie sich rasch ein letztes Mal und verlassen die Bühne.

Wie immer herrscht backstage durch die umhereilenden Techniker und Roadies reges Treiben, dem sich Toni für gewöhnlich, so schnell es geht, entzieht. Auch an diesem Abend folgt er seinen Bandkollegen eilig in einen ruhigeren Bereich, froh darüber, unbehelligt dorthin zu gelangen.

Sie stoppen in einer verlassenen Ecke, in der sich die Instrumentenkoffer stapeln und ungenutzte Kabel zusammengerollt am Boden liegen. Dort haben sie zumindest für einen kurzen Moment Ruhe. Kaum dass Toni dort zum Stehen kommt, lässt ihn Kaddys helle Stimme aufhorchen.

»Der Abend war atemberaubend! Großartig!« Sie lacht, trunken vor Euphorie, und umarmt Toni fest. »Gut gemacht.«

Die letzten Worte spricht sie etwas leiser aus und streichelt dabei über die Arme des immer noch schwer atmenden, verschwitzten Sängers. Als sie eilig, vollends überdreht wieder von ihm ablässt, kann sich Toni ein glückliches Lächeln nicht verkneifen.

Was würde er nur ohne Kathleen machen, die seit einer gefühlten Ewigkeit seine beste Freundin und engste Vertraute ist? Oder ohne Maik und Daniel, die der Band ebenfalls über all die Jahre hinweg treu geblieben sind? Die drei geben Toni in der rasanten, anstrengenden und stets wechselhaften Welt der Musikbranche Halt. Außerdem ist sich Toni absolut sicher, dass er ohne sie nicht so weit gekommen wäre. Mit anderen Musikern hätte die Band keinen Bestand, außerdem ist Toni als Sänger dafür bekannt, überheblich und borniert zu sein. Ihr Ruhm und Erfolg sprechen jedoch für die vier ambitionierten Musiker der Band *Milestone*.

»Das Konzert war wirklich gut. Hätten wir nur überall eine so tolle Akustik wie hier.« Maik lacht heiser, leise, während er Kathleen nickend zustimmt. Dabei lehnt er sich mit durchgedrücktem Rücken gegen die Wand hinter sich und steckt seine Hände tief in die Taschen seiner grauen, verwaschenen Jeans. Seine ohnehin strubbligen, blonden Haare sind vollkommen zerzaust und schweißnass. Nach dem aufreibenden Auftritt und der Hitze auf der Bühne ist sein Gesicht gerötet, bis auf den Teil, der von seinem etwas vernachlässigten Dreitagebart verdeckt ist. Seine warmen, braunen Augen wirken entrückt und müde. Im Gegensatz zu Kathleen und Toni, bei denen das Hochgefühl nach einem erfolgreichen Auftritt noch stundenlang anhalten kann, spürt Maik die Erschöpfung schon, sobald er die Bühne verlassen hat.

»Ja! Hast du mitbekommen, wie toll die Bridge bei *Over* in der Halle geklungen hat? Das war bei den Proben schon toll, aber mit dem Publikum dazu war es überragend!« Tonis Augen leuchten vor Begeisterung, seine Stimme ist noch kratzig und rau, nachdem er so lange gesungen hat. Er redet weiter angeregt mit Maik, bis ein behutsames, aber anhaltendes Tippen auf seinen Schultern zu spüren ist. Das sanfte Klopfen hat, mit voller Absicht, einen so falschen, unregelmäßigen Rhythmus, dass es Toni schrecklich auf die Nerven geht und ablenkt. Er sieht grimmig zu Daniel, der seinen Blick selbstzufrieden lächelnd erwidert. Er hält inne und dreht die Trommelstöcke aus schwarzem Holz, mit denen er Toni zuvor behelligt hat, stattdessen gekonnt in seinen Händen.

»Leute, über so etwas können wir gleich mit Hannes sprechen. Wir vier sollten uns lieber über etwas Wichtigeres unterhalten.« Daniel gestikuliert gewohnheitsgemäß viel und wild. Beim Reden hat er sich weit zu Toni vorgebeugt und ihn herausfordernd im Blick behalten. Nun tritt er hastig einige Schritte zurück und schaut dabei schief lächelnd zu seinen drei Kollegen. »Heute Nacht gehen wir feiern, oder?«

Auf eine schnelle, einvernehmliche Antwort hoffend klatscht der Schlagzeuger auffordernd zweimal in die Hände.

»Ich komme mit!« Kaddy sieht lächelnd zu Daniel, fügt ihrer Zusage aber schnell noch etwas hinzu. »Bevor wir losgehen, würde ich mich aber gerne im Hotel umziehen.« Wie um ihre Worte zu bekräftigen, blickt sie an sich hinab.

»Toni kommt ja sicherlich ebenfalls mit, also bin ich auch dabei. Dann haben wir noch einen letzten spaßigen Abend hier in London.« Maik nickt zustimmend, schaut dabei jedoch halbherzig entschuldigend zu Toni. Es ist kein Geheimnis, dass der Sänger beinahe jeden Abend ausgeht und die Nächte in überfüllten, lauten Clubs verbringt. Er ist energisch, aber gleichzeitig auch ziemlich haltlos und versucht verbissen, durch diese wilden Partynächte die sonst herrschende Stille in seinem Leben außerhalb der Band zu verdrängen.

Toni verbietet sich jeden Kommentar dazu, er spricht nicht über diese wirren, ausartenden Nächte, auch wenn seine Kollegen erahnen können, wie ausschweifend diese verlaufen. Stattdessen nickt er zustimmend, aufgeweckt und verlässt schlendernd ihre kleine, ruhige Ecke. »Dann lasst uns schnell mit Hannes reden, damit wir loskönnen!«

Hannes Bergman ist nach wie vor der Manager von *Milestone*. Er war es, der vor über zehn Jahren Potenzial in den jungen, noch unerfahrenen Musikern gesehen hat, und seine Ahnung sollte ihn diesbezüglich nicht trügen. Zu Beginn begleitete er seine Schützlinge noch ständig, überwachte streng die Proben und Aufnahmen und tourte mit ihnen. Aber mittlerweile lässt er die vier Musiker weitestgehend alleine agieren, in der Regel hat Toni als Bandchef alles fest im Griff. Wenn er, so wie an diesem Abend, einem Konzert beiwohnt, erwartet Hannes jedoch ein Abschlussgespräch und das am liebsten, sobald die Musiker ihre Instrumente aus der Hand gelegt haben.

Diese analytischen Unterhaltungen sind jedoch nicht sonderlich zeitintensiv. Selbst wenn Toni und Hannes sonst stundenlang über Songs, Melodien und Konzertabläufe diskutieren können, ist der Sänger direkt nach den Auftritten zu unaufmerksam für solche Dinge. Auch an diesem Abend hat Hannes Nachsicht mit den vier Musikern und entlässt sie schnell wieder.

Gemeinsam gehen Maik, Daniel, Kaddy und Toni durch den weitläufigen Backstagebereich bis zu der schweren Eisentür, die nach draußen, auf den Parkplatz hinter der Wembley-Arena führt. Auch dieser Abend wird von schwermütigem, klassischem Londoner Wetter, von beständig prasselndem Regen und durch die Straßen flüsterndem Wind beherrscht. Sie waren schon oft in England, gewöhnlich für Auftritte oder Promotionaktionen, aber in den Genuss von Sonnenschein sind sie in diesem Land so gut wie nie gekommen.

Ausgelassen und voller Vorfreude auf den restlichen Abend eilen sie über den Parkplatz, bis hin zu dem schwarzen BMW, den Hannes für die Zeit ihres Aufenthaltes gemietet hat. Toni lässt sich sofort auf den Fahrersitz fallen, er sitzt für gewöhnlich am Steuer. Der Sänger wartet geduldig, bis seine Bandkollegen ebenfalls eingestiegen sind, dann startet er den Motor und fährt hinaus auf die an diesem Abend wenig befahrenen Straßen Londons.

»Ist das schön, mal wieder etwas Freizeit zu haben. Ein deutliches Zeichen dafür, dass die Tour fast zu Ende ist.«

Daniel lacht leise und lehnt sich entspannt gegen den Rücksitz.

»Unser Rückflug nach Hamburg geht morgen auch erst um fünfzehn Uhr. Also haben wir wirklich noch reichlich Zeit.« Maik hat den Kopf gesenkt und den Blick auf das leuchtende Display seines Handys gerichtet. Er überfliegt kurz den Zeitplan für den morgigen Tag, bevor er sich den Nachrichten, die während ihres Auftrittes eingegangen sind, zuwendet. Er sitzt seitlich auf seinem Platz hinter dem Fahrersitz, einen Arm auf der Lehne der Autotür abgelegt und die langen Beine, so gut es geht, zur Mitte hin ausgestreckt.

»Das heißt, wir frühstücken morgen entspannt im Hotel und bummeln danach durch die Innenstadt?« Kaddy dreht sich neugierig zu den beiden Männern auf der Rückbank um. Ihre langen, gelockten Haare hat sie zuvor schnell zu einem losen Zopf gebunden, damit sie ihr nicht dauernd vor die Augen fallen.

Während Maik und Daniel zustimmen, schüttelt Toni kaum merklich den Kopf. »Ich treffe mich morgen früh mit Hannes und Olivia, um einige Dinge zu besprechen. Außerdem hat Fabian ihm wohl aufgetragen, dass wir uns danach noch mit einigen Sponsoren treffen sollen, die hier ansässig sind. Darum fliegen wir auch erst am Nachmittag zurück. Aber ihr könnt euch natürlich gerne einen schönen Vormittag machen.«

Toni behält den Blick die gesamte Zeit fest auf die vom Regen glänzende Straße gerichtet und zuckt nach dieser Aussage nur gleichgültig, aber mit dem Anflug eines leichten Lächelns, die Schultern. Es ist dem Linksverkehr geschuldet, dass Toni die Straße so gebannt beobachtet und beinahe verspannt, leicht nach vorne gebeugt hinter dem Lenkrad sitzt. Sonst fährt er gelassener, schwungvoller und in vielen Situationen auch waghalsiger, als es seinen Beifahrern lieb ist.

Nichtsdestotrotz lenkt Toni das große, schnittige Fahrzeug wenig später mühelos in das unterirdische Parkhaus ihres Hotels. Er parkt möglichst nah am nächsten Fahrstuhl, der sie ein Stockwerk höher, in die Lobby, bringt.

»In einer halben Stunde treffen wir uns wieder hier.« Er lächelt den anderen zu und deutet auf die Sitzmöglichkeiten in der Eingangshalle. Sie fahren gemeinsam mit dem nächsten Fahrstuhl bis ins dritte Stockwerk und gehen dann in ihre jeweiligen Hotelzimmer, um sich fertig zu machen.

Es dauert nicht lange, bis Toni zurück in der Lobby ist, und wie er schon vermutet hat, fehlt von seinen Freunden noch jede Spur. Er hat sich allerdings auch nur kurz in seinem hübschen Hotelzimmer aufgehalten, ein frisches, schwarzes Shirt angezogen und zwei der kleinen, unnötig bunten Pillen geschluckt, die er in einer Schachtel in der Innentasche seiner Jacke aufbewahrt. Seufzend setzt sich Toni auf eines der stilvoll gemusterten Sofas gegenüber dem Empfang, streckt sich ausgiebig und beobachtet eine Weile lang die vorbeilaufenden Gäste des hochtönenden Hotels. Die Damen in schicken Abendkleidern und Herren in teuren Anzügen achten jedoch nur auf sich selbst.

Den wartenden Musiker mit der zerrissenen, schwarzen Hose, der groben Lederjacke und den abgewetzten Springerstiefeln würdigen sie keines Blickes. Toni mag diese elitären Orte, an denen er untergeht und trotz seiner Bekanntheit unbekannt bleiben kann. Denn draußen warten in der Regel Fans und Reporter, was bei dem Sänger schon lange keine Begeisterung, sondern nur noch Kopfschmerzen auslöst. Als er keine Lust mehr hat, die vorbeiziehenden Leute zu beobachten, greift Toni in seine Jackentasche, um das silberne Handy darin hervorzuholen. Er seufzt schwerfällig und öffnet das Postfach, auf der Suche nach der letzten Nachricht, die er Jack geschrieben hat.

Sein bester Freund ist inzwischen der Einzige aus seinem früheren Umfeld, mit dem Toni noch ernsthaften, engen Kontakt hat. Die einstigen Schulfreunde hat der Musiker nur allzu schnell in den Wind geschossen, er hat nicht an ihnen gehangen. Aber auch mit seiner Familie hat Toni gebrochen. Es war ein schleichender Prozess, aber letztendlich führten ständiger Streit und Vorhaltungen dazu, dass Toni sich in seinem Frust immer mehr von seinen Eltern distanzierte. Letzten Endes hat sich besonders Tonis Vater zu sehr an der in seinen Augen fragwürdigen Musikkarriere seines Sohnes gestört, egal wie viel Erfolg dieser damit auch hat. Dazu kommen Tonis ausschweifende Party- und Drogenexzesse sowie die Tatsache, dass er seine Männerbekanntschaften, mit denen er nur allzu freiwillig das Bett teilt, fast täglich wechselt. Außerdem war es für Toni irgendwann schlichtweg leichter und mit seinem Gewissen besser zu vereinbaren, seine Eltern aus diesem chaotischen Leben zu verbannen. Das Gleiche galt genauso für Jacks Familie.

Nur sein bester Freund ist noch an Tonis Seite geblieben, und der Musiker ist unendlich dankbar dafür. Jack verurteilt oder belehrt ihn nicht, er ist auf seine sanfte, gutherzige Art einfach immer für Toni da gewesen, egal in welcher Situation sich der Sänger an ihn gewendet hat. Wenn überhaupt möglich, dann hat sich ihre Freundschaft damit und im Laufe der vergangenen Jahre nur noch mehr verstärkt. Jack ist mittlerweile Tonis engster Verbündeter, sein letzter Halt, um in seinem wilden Leben nicht komplett den Boden unter den Füßen zu verlieren. Tonis Verliebtsein und die damit einhergehenden schmerzlichen Gefühle hingegen haben sich durch die dauerhafte Distanz zwischen ihnen gemildert, sind fast gänzlich fort. Allerdings hat der

Sänger auch jegliche anderen Gedanken an eine ernsthafte, tiefgründige und selbstlose Liebe schon lange aufgegeben. In seinem Leben ist kein Platz mehr für die eine große Liebe. Er braucht sie nicht und begnügt sich stattdessen mit flüchtigen, namenlosen Liebschaften.

Toni weiß, dass nach wie vor keine neue Nachricht von Jack auf seinem Handy eingegangen ist. Genau darum wirft er in dieser ruhigen Minute abermals einen Blick auf ihre letzte digitale Konversation, in der sie davon gesprochen haben, einander am Wochenende zu treffen. Immerhin ist Toni nach der diesjährigen großen Tour für ein paar Tage wieder in seiner Heimatstadt.

Seufzend, aber gleichzeitig schmunzelnd überfliegt Toni die letzten Nachrichten und beschließt, seinem besten Freund erneut zu schreiben. Es ist nicht ungewöhnlich, dass Jack an ihn gesendete Mitteilungen zwar liest, aber nicht sofort beantwortet. Er nimmt sich dann vor, später darauf zu reagieren, vergisst es jedoch zu schnell wieder. Manchmal muss Toni wochenlang auf eine Antwort warten. Der Sänger will gerade eine kurze Erinnerung an seinen besten Freund verfassen, als eine bekannte, tiefe Stimme ihn aufhorchen lässt. »Na, was machst du da?«

Toni hält sofort inne und sieht leicht lächelnd zu Daniel, der mit durchgestreckten Schultern und selbstbewusst erhobenem Kopf vor ihm steht. Seine braunen Augen blitzen neugierig auf, während er den Sänger forschend mustert.

»Ach, das ist nichts Wichtiges.« Toni zuckt unbekümmert mit den Schultern und steckt das Handy wieder in seine Jackentasche. Er wird Jack schreiben, sobald er alleine ist und seine Ruhe hat. Stattdessen erhebt er sich nun schwungvoll von seinem Platz und streckt sich abermals ausgiebig.

»Ich habe einen ganz tollen Club gefunden, in den wir

heute gehen können.« Daniel zwinkert ihm verschwörerisch zu und boxt den größeren Mann sanft gegen den Arm. »Wir nehmen eines der Taxis, die vor dem Hotel stehen?«

Toni nickt bejahend und wirft gleichzeitig einen flüchtigen Blick zu den reglosen Fahrstühlen am hintersten Ende der Eingangshalle. »Wie lange brauchen die beiden denn?«

Daniel hat sich ebenfalls ruckartig in die Richtung umgedreht, aus der er selbst kurz zuvor gekommen ist. Zunächst belächelt Toni die Ungeduld seines Freundes noch, zumindest bis dieser flüchtig auf seine leicht ausgebeulte Jackentasche deutet. »Gibst du mir eine ab?«

Toni schaut kurz etwas verdutzt und greift sich unwillkürlich an die Lederjacke, genau dort, wo sich an der Innenseite die kleine Tasche befindet, in der seine Metallschachtel mit den Pillen ist. Er will gerade danach greifen, doch Daniel lacht prompt und schüttelt den Kopf. »Ich meinte eigentlich eine Zigarette.«

Er schmunzelt, während Toni missmutig, ertappt nickt und in einer fließenden Bewegung die leicht zerdrückte Packung *Marlboro* hervorholt. »Danke. Ich warte draußen auf euch.«

Daniels Augen funkeln schalkhaft, ein schiefes Lächeln umspielt weiterhin seine Lippen. Der Schlagzeuger winkt noch kurz beim Weggehen, und während Toni ihn aufmerksam beobachtet, durchquert er mit festen Schritten das Foyer, um draußen in der kalten, verregneten Londoner Nacht zu rauchen.

Toni muss aber nicht mehr lange warten, bis auch Kaddy und Maik in die Hotellobby kommen. Frisch geduscht und ihre verschwitzte Kleidung vom Konzert gegen neue, partytauglichere ausgetauscht, schlendern sie durch den Eingangsbereich, ehe sie vor Toni zum Stehen kommen.

»Bereit?« Der Sänger schmunzelt zufrieden und reicht Kaddy seinen Arm, sodass sie sich bei ihm unterhaken kann.

Während sie diese freundschaftliche Geste annimmt, sieht sich Maik neugierig um. »Klar. Daniel wartet draußen?«

Toni nickt eilig und deutet auf die opulente Eingangstür, unter deren Vordach der Schlagzeuger steht und raucht, während er die vorbeigehenden Passanten neugierig beobachtet. Kaum dass seine drei Kollegen zu ihm stoßen, wirft er den Glimmstängel achtlos auf die nasse Straße und winkt ein eilig anfahrendes Taxi heran.

Die Musik dröhnt laut durch den überhitzten zweistöckigen Club. Der Boden vibriert unter dem Bass, und grelle, in unterschiedlichen Farben aufblitzende Lichter blenden die wild tanzenden Partygäste. Toni ist mittlerweile komplett im Rausch und genießt es in vollen Zügen. Das entrückte Gefühl der Schwerelosigkeit, gepaart mit seinen erregten Sinnen, die durch Alkohol und Drogen mittlerweile hochsensibel sind, lassen ihn beflügelt, hemmungslos werden. Die rasch wechselnde Musik der DJs hat keine Melodie mehr, nur noch lauten, hämmernden Klang. Die Lichter verschwimmen und flimmern vor seinen Augen. Sorglos und mit angenehm vernebelten Gedanken lässt Toni seinen Kopf weit in den Nacken fallen, während forsche, drängende Hände über seinen Körper fahren. Der Sänger seufzt zufrieden und dreht sich wankend um. Die starken Hände seines Gegenübers legen sich mit leichtem Druck auf seine Schultern. Toni gefällt die neugierige, verlangende Begierde des Mannes vor ihm, sie ist allumfassend und schmeichelt dem Musiker auf erregende, spannende Weise.

»Toni!« Der Sänger braucht einen Moment, um zu

begreifen, dass es sein Name ist, der laut und nachdrücklich über die donnernde Musik gerufen wird. Mit vom Alkohol verlangsamten Bewegungen dreht er sich ein wenig zur Seite und sieht in Daniels dunkle, bei diesem Licht fast schwarz wirkende Augen. Der Schlagzeuger steht locker neben ihm, er wirkt entspannt, ausgelassen. Nichtsdestotrotz muss Daniel die Stimme erheben, um die Musik zu übertönen, und da er sich denken kann, dass Toni schon lange nicht mehr vollkommen aufnahmefähig ist, spricht er jedes einzelne Wort betont deutlich aus. »Wir wollen zurück zum Hotel. Kommst du mit?«

Toni blinzelt irritiert. Er strengt seine vernebelten Gedanken an, nicht um über die Frage nachzudenken, sondern um sich an die ersten Stunden dieses Abends zu erinnern, die er noch gemeinsam mit seinen drei Freunden verbracht hat.

Sie ließen sich, nahe der Tanzfläche, auf einem der ledernen, neonfarbenen Sofas nieder, redeten dort, so gut es ging, und stießen mit eigenartig bunten Cocktails an. Später zog Kaddy, in ihrer ausgelassenen Partystimmung, Toni mit sich auf die Tanzfläche und hielt ihn dort die nächsten Stunden fest.

Nachdem sie sich zufrieden, aber müde von ihren drei Kollegen verabschiedet hat und zurück ins Hotel gefahren ist, musste sich Toni anders beschäftigen. Er setzte sich wieder zu Daniel und Maik auf das grelle Sofa und harrte dort cocktailtrinkend aus, bis er in der rasanten, beschwingten Atmosphäre des Clubs zu unruhig wurde. Denn während Maik noch in den wildesten Diskotheken den ganzen Abend lang zufrieden auf einem Sofa in der hintersten Ecke entspannen kann, überkommt den Sänger schnell eine anhaltende Rastlosigkeit, die sich am besten mit den Geist vernebelnden Mittelchen oder neuen Partybekanntschaften beruhigen lässt. Also hat er sich einen Weg durch den Club gebahnt und seine Zeit zuweilen alleine auf der Tanzfläche oder an der Bar verbracht. Zumindest bis sein namenloser Gegenüber ihn angesprochen hat.

Nun sieht er nachdenklich zu Daniel und schüttelt langsam den Kopf. »Nein. Ihr könnt ohne mich fahren, ich bleibe noch ein wenig hier.«

Was sollte der Sänger auch alleine in einem stillen, leblosen, wenn auch hübschen Hotelzimmer? Daniel nickt, anstatt für eine Antwort schon wieder über den Lärm zu brüllen, und mustert Toni sehr genau. Danach wendet er sich schlagartig dessen neuer Bekanntschaft zu, um auch ihn argwöhnisch zu begutachten. Daniels in Falten gelegte Stirn und seine verengten Augen lassen jedoch erahnen, dass ihm Tonis neueste, selbstzufrieden lächelnde Eroberung wenig gefällt. Aber schlussendlich kann es dem Schlagzeuger egal sein. Da er und Toni einen ähnlich wilden, ungebundenen Lebensstil haben und sich ihren extravaganten Tourbus als einzige feste Wohnstätte teilen, haben sie die Regel aufgestellt, ihre Liebeleien von dem jeweils anderen fernzuhalten. Auf diese Weise muss Toni die aufgetakelten, lauten Frauen nicht ertragen, mit denen Daniel sich amüsiert, und der Schlagzeuger trifft seinerseits nicht auf die arroganten Männer, an die sich der Sänger ranschmeißt.

Nichtsdestotrotz betrachtet Daniel den fremden Mann vor sich eingehend, ehe er sich schulterzuckend wieder an Toni wendet. »Alles klar. Pass auf dich auf, wir sehen uns morgen.«

Er klopft dem Sänger zum Abschied nachdrücklich gegen den Arm und durchquert dann mit festen, selbstbewussten Schritten den Club, bis hin zum Ausgang, wo Maik schon auf ihn wartet. Toni hingegen wendet sich mit begierig funkelnden Augen und vielsagendem Lächeln seiner hübschen Bekanntschaft zu. Während der Bass seinen Körper schwingen lässt und tausend Lichter vor Tonis Augen tanzen, legt er testend seine Lippen auf die des anderen Mannes.

Leise murrend erwacht Toni aus einem tiefen, traumlosen, aber viel zu kurzen Schlaf. Der Sänger merkt auch, ohne die Augen zu öffnen, sofort, dass er sich nicht in seinem Hotelzimmer befindet, ist allerdings noch zu verkatert, um mehr Gedanken daran zu verschwenden. Stattdessen vergräbt er leise seufzend das Gesicht im daunenweichen, angenehm nach Vanille duftenden Kissen und versucht, seine Umgebung weiterhin auszublenden, vielleicht sogar erneut in seligen Schlummer zu versinken. Aber der herannahende Tag und das unvermeidliche Wachwerden gönnen dem Sänger diese friedliche Ruhe nicht.

Stattdessen wird Toni durch das Rascheln der Bettwäsche und das Knarren des Lattenrostes darauf aufmerksam gemacht, dass er nicht alleine in dem großen Doppelbett ist. Unmittelbar darauf legt sich ein starker Arm um Tonis Hüfte. Die Berührung geschieht unbewusst besitzergreifend, aber sanft, und doch hat sie Toni am Abend zuvor, als er noch alles andere als nüchtern war, um einiges besser gefallen. Nun wirkt diese Nähe nur noch erdrückend und aufdringlich, sodass der Sänger immer unruhiger wird. Als er es nicht länger aushält, windet sich Toni behutsam aus dem zärtlichen Griff, bevor er seine Beine unüberlegt schnell über die Bettkante schwingt. Heftiger, pochender Kopfschmerz und ein unangenehmes Schwindelgefühl sind die prompt folgende Konsequenz.

Unzufrieden seufzend muss Toni kurz innehalten, um seine Augen, die noch nicht an das helle Licht des Morgens gewöhnt sind, wieder zu schließen und den Ballen seiner rechten Hand gegen die schmerzende Stirn zu pressen.

Leise über seinen selbstverschuldeten, brummenden Schädel schimpfend wartet der Sänger geduldig, bis er sich etwas besser fühlt. Da er zum Aufstehen noch zu kraftlos ist, begnügt sich Toni vorerst damit, seine Augen vorsichtig wieder zu öffnen und zu dem weiterhin friedlich schlummernden Mann neben sich zu schauen. Er ist wirklich hübsch, ein Umstand, der dem Musiker im Rausch der vergangenen Nacht gar nicht so bewusst gewesen ist. Das schöne, ebenmäßige Gesicht ist durch den tiefen Schlaf entspannt, die hellbraunen, kurzen Haare sind wild zerzaust. Sein muskulöser Körper hebt und senkt sich bei jedem gleichmäßigen Atemzug. Toni beobachtet ihn eine Weile lang neugierig und voller Versuchung, nicht doch noch etwas zu bleiben.

Schlussendlich rafft sich der Sänger wenig später doch noch auf. Allerdings durchfährt ihn, kaum dass er steht, ein kurzer, spitzer Schmerz, der sich schnell seinen gesamten Rücken entlangzieht und von seinem verspannten Nacken aus jeden Punkt seines Körpers zu erreichen scheint. Erschrocken darüber schnappt Toni nach Luft und harrt abermals reglos an seinem Platz aus, bis der Schmerz etwas nachlässt. Es scheint, als hätte die vergangene Nacht ihm mehr zugesetzt als Erholung geboten.

Missmutig knurrend tappt Toni vollkommen nackt durch die modern eingerichtete Wohnung. Die Wände, ebenso wie fast alle Möbel, sind weiß und stilvoll schlicht. Als einzige Farbakzente dienen in dieser Umgebung fast anstößig bunte, abstrakte Gemälde, die in unterschiedlichen Größen die Wände in jedem Raum zieren. Auf den Schränken und Kommoden stehen mehrere Skulpturen aus hartem, grauem Ton, die den Eindruck von Kunstverständnis und Ästhetik schaffen sollen, jedoch nur die Tristesse der penibel reinen Räume unterstreichen.

Alles in allem wirkt die geräumige Wohnung eher wie

ein Vorzeigebeispiel für das luxuriöse Wohnen in der Londoner Innenstadt, anstatt wie ein wirklich bewohnter Rückzugsort. Der einzige Hinweis darauf, dass in diesen sterilen Räumen gelebt wird, sind die auf dem Boden verstreuten Kleidungsstücke, die eine vielsagende Spur vom Flur bis hin ins Schlafzimmer formen. Doch selbst die werden später verschwunden sein, sodass abermals nichts als die bedrückend schlichte Moderne zurückbleibt.

Zunächst beachtet Toni die am Boden liegende Kleidung jedoch kaum, stattdessen schleicht er hinüber zum Bad, das sich direkt neben dem Wohnzimmer befindet. Er schaltet das Licht in dem dunklen, fensterlosen Raum an und richtet sich zumindest etwas her. Nachdem der Sänger, um auch noch die letzte verbliebene Müdigkeit abzuschütteln, sein Gesicht mit kaltem Wasser gewaschen und in einer raschen Bewegung seine wilden Haare mit beiden Händen nach hinten gekämmt hat, hält er kurz inne, um sich selbst in dem großen, rahmenlosen Wandspiegel zu betrachten, der gleich neben der Tür angebracht wurde. Die Spiegelfläche ist schmal, aber reicht vom Boden fast bis zur Decke, sodass Toni sich gänzlich in der Reflexion mustern kann.

Der Musiker ist eitel, auch wenn sich diese Eigenschaft nicht durch vor Spiegeln zugebrachter Zeit äußert, sondern darin, stets gut gekleidet und frisiert zu sein. Toni sieht darin auch nichts Schlechtes, immerhin ist er eine bekannte Persönlichkeit. Er muss darauf achten, für die Öffentlichkeit, der alles beurteilenden Welt von Presse und neugierigen Fans, den Schein zu wahren. Solange es geht, soll niemand etwas von den unzählig feinen Rissen in seiner Fassade erfahren, ebenso wenig wie von der Rastlosigkeit, die den Sänger so oft in ruhigen Minuten heimsucht.

Inmitten der bedrückenden Stille des grauen Morgens, in der leblosen Wohnung eines Unbekannten, betrachtet sich der Sänger nun doch eingehender, intensiver und unter einem anderen Blickwinkel als sonst.

Die Knutschflecke sowie die leichten Kratzer als Überbleibsel der vergangenen Nacht außer Acht gelassen, ist Tonis Körper makellos und schlank, wenn auch weder durchtrainiert noch auffällig muskulös. Für seine einen Meter achtzig Körpergröße ist der Sänger sogar beinahe zu hager. Seine dunkelbraunen, leicht gelockten Haare werden inzwischen von den ersten grauen Strähnen durchzogen und von Toni lose nach hinten gekämmt. Auch sein ordentlich frisierter Dreitagebart ergraut allmählich.

Seine eisblauen Augen blicken aufmerksam aus der Reflexion des Spiegels zu ihm zurück. Tief in ihnen verborgen liegt eine schwere Müdigkeit, die durch keinen noch so erholsamen Schlaf behoben werden kann.

Toni wendet sich hastig ab, er will diesen ausgelaugten Sänger im Spiegel nicht länger betrachten, das ist nicht er selbst, der ihm da entgegenblickt. Er strafft die dadurch knackenden Schultern und streckt sich abermals ausgiebig, bevor er kopfschüttelnd zurück in den Flur geht. Diesmal sammelt er seine verstreut in der Wohnung liegenden Klamotten auf und zieht sich langsam an. Zu schnelle Bewegungen verursachen immer noch Schmerzen, sowohl von seiner Hüfte beginnend über den gesamten verspannten Rücken als auch hinter seiner Stirn und an den Schläfen. Auch seine Lederjacke zieht Toni schon über, lange wird er sowieso nicht mehr in der modernen Wohnung bleiben.

Nebenbei läuft er zurück ins Schlafzimmer, denn dort gibt es Panoramafenster, durch deren Ausblick Toni sich zumindest ein wenig orientieren kann. Er schiebt die dünnen, lichtdurchlässigen Vorhänge ruckartig beiseite und kann schon im nächsten Moment die langsam erwachende Innenstadt Londons unter sich betrachten. Trotz seines ausgeprägten Orientierungssinns erkennt Toni die sich vor ihm erstreckende Umgebung nicht, Häuser und Straßen sind ihm fremd, er kann nicht einmal eine Bushaltestelle ausmachen, von der aus er ein paar Stationen fahren könnte. Denn direkt vor der Tür seines One-Night-Stands ein Taxi zu rufen und damit zum Hotel zurückzufahren, kommt nicht in Frage.

Abermals seufzend kramt Toni in seiner Jackentasche und holt das silbern glänzende Handy hervor. Der prüfende Blick auf das durch Knopfdruck zum Leben erweckte Display verrät ihm immerhin die Uhrzeit. Es ist gerade einmal acht Uhr, also hat der Sänger noch genug Zeit, um sich, erst einmal im Hotel angekommen, zu duschen und umzuziehen.

Ein leises, wohliges Seufzen reißt Toni aus seinen Gedanken. Kurz befürchtet er, den noch schlafenden Mann im Bett hinter sich geweckt zu haben, aber ein prüfender Blick in dessen Richtung beweist dem Sänger, dass dem nicht so ist. Trotzdem lässt Toni seinen Blick noch länger auf ihm verweilen, zu gebannt, um sich loszureißen. Dieser Mann ist nicht mehr als eine flüchtige Liebelei, ohne Sinn oder Beständigkeit. Ein angenehmer Zeitvertreib, um die sonst einsamen Nächte nicht alleine in charakterlosen Hotelzimmern verbringen zu müssen. Toni erinnert sich nicht einmal an seinen Namen. Er ist nur ein weiterer Unbekannter, mit dem der Sänger mehr Berührungen als Worte gewechselt hat. Der hübsche, noch selig schlummernde Mann wird sich wahrscheinlich noch eine Weile lang damit rühmen, mit einem bekannten Sänger geschlafen zu haben, bevor auch er Toni nur allzu schnell vergisst.

Leicht mit den verspannten Schultern zuckend wendet sich der Sänger endlich zum Gehen ab. Er steckt sich schon im Hausflur eine Zigarette an, während er in die schweren, zerschlissenen Springerstiefel steigt und vorsorglich den Kragen seiner Jacke hochstellt.

Die Morgenluft ist kalt, kaum erkennbarer Regen fällt in dünnen Fäden auf die glänzende Straße. Noch sind kaum Menschen unterwegs, lediglich ein paar wenige Autos fahren an dem durch die Straßen trottenden Mann vorbei. Toni lässt sich viel Zeit, bis er endlich ein Taxi heranwinkt. Seine an diesem Morgen bereits vierte Zigarette wirft er schnell auf den Bordstein, ehe er sich auf die Rückbank fallen lässt und dem übermüdet wirkenden Fahrer die Adresse des Hotels nennt.

Einige Stunden später trifft sich Toni mit seinen schon wartenden Bandkollegen am Flughafen. Begleitet wird er von ihrem sehr zufrieden wirkenden Manager Hannes, mit dem der Sänger den gesamten Vormittag unterwegs war und die angekündigten Treffen pflichtbewusst absolviert hat. Dass Toni diese Termine nur dank zwei starker Aspirin-Tabletten überstanden hat, weiß Hannes jedoch nicht. Es ist ihm auch schlichtweg egal, solange der Sänger ordentlich gekleidet und nüchtern zu den geplanten Terminen erscheint.

Toni begrüßt die anderen und lässt sich dann auf einen freien Sitzplatz neben Daniel sinken. Der Schlagzeuger ist verspannt, es ist ihm deutlich anzusehen, dass er beunruhigt ist.

»Brauchst du denn noch etwas, bevor wir gleich ins Flugzeug steigen?« Toni lächelt beschwichtigend, da er von seinem Freund nur einen gequälten Blick und ruckartiges Kopfschütteln als Antwort bekommt. Daniel hat furchtbare Flugangst, die sich auch nach Jahren des häufigen Fliegens nicht gebessert hat. Der sonst so starke, coole Bad-Boy wird, sobald sie einen Flughafen betreten, ungewohnt wortkarg und fahrig. Auch jetzt ist Daniel leichenblass, während er unruhig auf dem unbequemen Plastikstuhl hin und her rutscht. Seine Arme hat er fest vor der Brust verschränkt, mit einem Fuß tappt er unablässig einen unsteten Rhythmus auf den Boden. Am liebsten will er während dieser Tortur gar nicht angesprochen werden, aber immerhin war Tonis Frage ernst gemeint und wohlwollend. Es kommt nicht selten vor, dass sich seine Bandkollegen über Daniel lustig machen und Witze reißen. Über ihren Köpfen knistern die Lautsprecher, kurz darauf lässt eine automatische Ansage verlauten, dass nun das Boarding beginnt.

Im Inneren des Flugzeuges huscht Toni schnell auf den Sitz am Fenster und zieht Daniel neben sich. Der Sänger ist nach wie vor gerädert von der letzten Nacht und möchte während des Fluges schlafen.

Wenn sich, wie so oft, Hannes neben ihm niederlässt, kann er dieses Vorhaben jedoch gleich vergessen, da ihr Manager die Flugzeit gerne nutzt, um über anstehende Termine oder wichtige Projekte zu sprechen. Daniel hingegen ist froh, wenn er sich nicht unterhalten muss, und ans Fenster setzt sich der unruhige Schlagzeuger sowieso nie.

Toni lässt die unumgängliche Sicherheitsbelehrung unaufmerksam wie immer über sich ergehen und wartet Daniel zuliebe noch, bis das Flugzeug eine Höhe erreicht hat, die es vorerst beibehält. Während der Schlagzeuger dann verkrampft die beim Start angehaltene Luft ausstößt und seine zuvor fest in die Armlehnen verkrallten Hände lockert, um seine Kopfhörer aufzusetzen, wendet sich Toni schläfrig dem Fenster zu. Er winkelt den linken Arm an, um ihn als Kopfstütze zu nutzen, und schließt langsam die Augen. Daniels Musik, die gerade laut genug durch seine Kopfhörer dröhnt, um wahrgenommen zu werden, sowie die leisen Gespräche der anderen hinter ihm sind eine beruhigende Geräuschkulisse, bei der Toni schnell eindöst.

Das Wetter in Hamburg ist zu ihrer Enttäuschung genauso schlecht wie zuvor in London. Allerdings werden sie direkt vor dem Flughafen mit einem schnittigen, schwarzen Wagen abgeholt, sodass sie nicht in den Regen geraten. Da das Abschlusskonzert ihrer diesjährigen Tournee noch am gleichen Abend in der Barclays-Arena stattfindet, wird die Band samt Hannes sofort dorthin gebracht und auf den baldigen Auftritt vorbereitet. Im Grunde bedeutet das einen flüchtigen Soundcheck für die vier Musiker, wobei sie schon so oft in der großen Arena gespielt haben, dass sie deren Eigenheiten in- und auswendig kennen, bevor sie schleunigst in ihre Garderoben gescheucht werden. Das Umziehen und Stylen lässt Toni bereitwillig über sich ergehen, dankbar für die zusätzliche Stunde Schlaf, die er im Flugzeug hatte, sonst wäre er wohl im Ankleideraum eingenickt. Der Auftritt selbst verläuft großartig, sodass Toni, wie auch am Abend zuvor, mit einem berauschenden Glücksgefühl die Bühne verlässt.

Das Gespräch mit Hannes ist ebenfalls schnell vorbei. Die Tour ist beendet, und der erfahrene Manager gibt seinen Schützlingen nun den geringen Rest des Freitagabends sowie das anschließende Wochenende frei. Dafür folgen am Montag die detaillierteren Gespräche mit allen Vergleichen, Statistiken und Zahlen, die sie gemeinsam durchgehen müssen, bevor die nächste intensive Arbeitsphase startet. Ein neues Album ist bereits seit einigen Monaten geplant, und Toni hat zuverlässig wie immer schon eine ganze Reihe neuer Songs dafür geschrieben.

Während auch die letzten Konzertbesucher die Barclays-Arena verlassen, huscht Toni unbemerkt durch eine schmale Seitentür beim Ladebereich hinaus in die verregnete Hamburger Nacht. Abgesehen von einigen umhereilenden Roadies ist dort niemand.

Die plötzliche Ruhe bietet einen so starken Kontrast zur

lauten, vibrierenden Geräuschkulisse des zuvor stattgefundenen Auftritts, dass der Sänger gleich hinter der zufallenden Tür stehen bleibt und innehält. Er atmet mehrmals tief durch, lässt die kalte Luft seinen Körper durchfluten und die euphorisch erhitzten Gedanken abkühlen. Das Konzert war toll, aber nun liegt das freie Wochenende vor dem rastlosen Sänger. Während er sich eine Zigarette ansteckt, überlegt Toni halbherzig, was er mit dieser unnötigen Freizeit anfangen soll. Er braucht Beschäftigung, sonst befällt ihn eine wohlbekannte, lästige Unruhe, die sich in jeder Faser seines Körpers festsetzt und seine Gedanken verdunkelt.

Insgeheim hofft Toni noch immer, dass Jack ihn nicht gänzlich vergessen hat, sodass sie sich an diesem Wochenende treffen können. Als er aber vor dem Konzert noch einmal kurz auf sein Handy geschaut hat, weiterhin in der stillen Hoffnung, endlich eine Nachricht von seinem besten Freund erhalten zu haben, hat das schwach leuchtende Display nichts weiter als einen fast leeren Akku angezeigt. Allmählich verstimmt Toni diese Funkstille zwischen Jack und ihm ein wenig, aber an diesem Abend kann er dagegen nichts mehr tun. Er will seinen besten Freund durch seine verzweifelt anmutenden Nachrichten nicht mitten in der Nacht wecken.

Also wird sich Toni stattdessen mit einer ganzen Menge Alkohol und unangenehm lauter Musik von unbegabten DJs begnügen, ein bewährtes Mittel gegen die sich selbstauferlegte Einsamkeit.

Die Metalltür öffnet sich ein weiteres Mal, und Daniel kommt, gekleidet in einen weiten hellbraunen Mantel, zu ihm hinaus in den leichten Regen.

»Was für ein furchtbares Wetter! Hast du etwa auf mich gewartet?« Er wirft Toni ein verschmitztes Lächeln zu, schlägt den Kragen seines Mantels hoch und zündet sich ebenfalls eine Zigarette an.

»Ich war mir ehrlich gesagt nicht sicher, ob du noch hier bist.« Toni erwidert das Lächeln leicht, zuckt aber abwehrend mit den Schultern. Die vier Musiker haben sich gleich nach dem Gespräch mit Hannes voneinander verabschiedet, da sie an ihrem freien Wochenende getrennte Wege gehen.

Für Maik und Kathleen bedeutet das, endlich wieder Zeit für ihre Familien zu haben, was nach der monatelangen Tour auch dringend nötig ist. Maik hat seine Frau Michelle vor über zehn Jahren auf einem der *Milestone*-Konzerte in Hamburg kennengelernt. Es war einer der ersten Auftritte, die sie auf dem Hafengeburtstag spielen durften, unter freiem Himmel und bei schönstem Maiwetter. Gleich danach mischte sich die Band ausgelassen unter die Besucher des großen Volksfestes, wo sie zwar schnell von Fans belagert, dadurch aber bei Weitem nicht gestört wurden.

Zu der Zeit gefiel Toni die allgegenwärtige Beachtung noch, den anderen hat es nie missfallen. Irgendwann bemerkte Maik dann die hübsche, junge Frau mit den warmen, tiefbraunen Augen.

Den Rest des Abends hatte er nur Augen für sie, war bemüht und versuchte, wenn auch ein wenig unbeholfen, mit ihr zu flirten. Es sollte allerdings noch viele Monate dauern, bevor die beiden ihre ersten ernstgemeinten Dates hatten, und noch ein wenig länger, ehe sie zusammengekommen sind. Dabei musste sich Maik einige Spötteleien von seinen Bandkollegen anhören, sowie die Unterstellung, sich auf einen Groupie eingelassen zu haben.

Mittlerweile sind Michelle und Maik seit sechs Jahren verheiratet und haben zwei gemeinsame Kinder. Die beiden sieben und fünf Jahre alten Mädchen sind Maiks ganze Welt, sein Herz scheint vor bedingungsloser, ehrlicher Liebe zu seiner Familie überzulaufen. Der Trennungsschmerz und das Heimweh sind ihm oft anzumerken, auch wenn er beides, einmal darauf angesprochen, tapfer weglächelt. Das freie Wochenende wird ihm guttun, auch wenn beim Spielen mit seinen Mädchen und der Zweisamkeit mit Michelle wenig Zeit zum Ausruhen bleibt. Denn um sein schlechtes Gewissen zu beruhigen und Michelle für seine häufige Abwesenheit zu entschädigen, führt er sie an seinen freien Tagen oft aus oder plant Familienausflüge mit seiner kleinen Familie.

Auf Kathleen hingegen wartet lediglich ihr Lebensgefährte Arne, ein viel umherreisender, ambitionierter Fotograf mit einem leicht übertriebenen Hang zur Dramatik. Sie haben sich vor drei Jahren auf einer Tierschutz-Demonstration kennengelernt und führen seitdem eine offene Beziehung. Da Arne selbst viel unterwegs ist, leiden sie dabei kaum unter Kaddys reiseintensiver Musikkarriere, außerdem ist der Fotograf ungemein eigenständig und genießt seine Freiheit. Das Paar kommt mit dieser Art von Beziehung seit Jahren gut zurecht, sie teilen sich mittlerweile sogar eine kleine Zweizimmerwohnung in Hamburg und sind froh, wenn sie sich, wie an diesem Wochenende, dort treffen. Dementsprechend schnell wollte Kaddy nach dem Konzert aufbrechen, und auch Maik war sichtlich zufrieden, als er endlich gehen durfte.

Zurück bleiben Toni und Daniel, die beiden ungebundenen, freien Männer, die ihr Wochenende ausgelassen feiernd verbringen werden.

Zunächst eilen die beiden Musiker durch den unangenehmen Nieselregen zu einem etwas abseits gelegenen Taxistand. Während das kleine, alte Auto ruckelnd über die Straßen fährt, reden die Männer leise miteinander. Sie haben sich auf die Rückbank verzogen, der grimmige Taxifahrer ignoriert sie beflissentlich.

»Begleitest du mich heute Abend?« Toni sieht fragend zu Daniel.

Der Schlagzeuger durchwühlt unterdessen geistesabwesend seine Manteltaschen, sieht jedoch auf, als er die Frage seines Bandkollegen hört. Ein flüchtiges, schelmisches Lächeln zuckt um seine Lippen, ehe er eifrig nickt. »Sehr gerne. Wo willst du hin?«

Das Taxi verlässt blinkend die Hauptstraße, während sich Toni gespielt grübelnd zurücklehnt. »Die Reeperbahn ist in der Nähe.«

Daniel nickt und geht in Gedanken sofort die verschiedenen Clubs durch, die sie besuchen könnten.

Abermals biegt das Taxi ab, die hohen Gebäude der Innenstadt sind schon lange kleineren Altbauten gewichen. In einem von ihnen befindet sich ein Büro ihrer Plattenfirma. Es handelt sich lediglich um eine nichtige Zweigstelle, der Hauptsitz ist, ebenso wie das Tonstudio, in Kiel. Hinter dem unscheinbaren, kalkweißen Altbau erstreckt sich ein viereckiger Hinterhof, auf dem während der häufigen Auslandsaufenthalte der Band ihr Tourbus deponiert wird.

Das Taxi kommt ruckartig und unsanft vor dem Gebäude zum Stehen.

»Danke! Warten Sie hier kurz, wir sind gleich zurück.« Daniel beugt sich beim Reden freundlich lächelnd zum Fahrer vor und erhält eine zwar knapp gemurmelte, aber immerhin zustimmende Antwort.

»Los, Toni!« Der Schlagzeuger springt schwungvoll aus dem Wagen und lässt seinem Bandkollegen gar keine Chance zu widersprechen. Toni wollte gerade sein Portemonnaie herausholen, um den Taxifahrer zu bezahlen. Nun steigt er jedoch ebenfalls, wenn auch langsamer aus dem haltenden Wagen aus und folgt Daniel mit großen Schritten zur Eingangstür.

»Ich hätte uns sonst gefahren.« Er zuckt gleichgültig mit den Schultern, während sie gemeinsam durch den schmalen Hausflur gehen.

»Aber du trinkst doch sicher. Außerdem haben wir das Taxi jetzt sowieso hier stehen.« Daniel drückt die schwere Hintertür auf und spricht unbekümmert weiter. Den Schlüssel für ihren Tourbus schon fest in der Hand, um möglichst wenig Zeit im Regen verbringen zu müssen, geht er, dicht gefolgt von Toni, über den Innenhof.

»Jetzt beeil dich, sonst fährt er doch ohne uns weiter.« Der Schlagzeuger lacht laut, amüsiert, während er die Tür des Busses aufstößt und sie für Toni einladend aufhält.

Keine halbe Stunde später sitzen die beiden Männer abermals im Taxi, bereit für eine ausgelassene Partynacht auf der Reeperbahn.

Der folgende Morgen bringt schwaches Sonnenlicht und herbstlich nasses Regenwetter mit sich. Die feinen Regentropfen sind die ganze Nacht lang gefallen und haben die Fensterscheiben des Tourbusses mit kristallklaren Mustern bedeckt.

Das schwarz glänzende Gefährt, welches gleichzeitig als Wohnsitz für Daniel und Toni dient, ist ein alter Nightliner. Hannes hat den riesigen Bus für wenig Geld bekommen, sonst hätten sie nach wie vor nur einen kleinen, zweckmäßigen Wohnwagen. Der Nightliner hingegen hat viele Annehmlichkeiten auf sehr komprimiertem Raum. Im vorderen Bereich des schwarz lackierten Busses, direkt hinter Fahrer- und Beifahrersitz, befinden sich eine Couch sowie ein einfacher Holztisch mit vier fest am Boden verankerten Stühlen. Direkt dahinter folgt eine Küchennische, schlicht und notdürftig eingerichtet. Ein kleines Bad ist ebenfalls im Tourbus vorhanden.

Insgesamt gibt es vier Betten, da Kaddy und Maik ebenfalls dort schlafen, wenn sie mit dem Bus unterwegs sind. Es sind jedoch schmale Stockbetten, die an alte Kajüten erinnern und nicht sonderlich viel Komfort bieten. Cremefarbene Vorhänge sorgen immerhin dafür, dass die Betten vom Rest der beengten Bleibe abgegrenzt werden können.

Toni selbst nutzt diesen Sichtschutz jede Nacht, er schläft viel besser, wenn die Welt um ihn herum komplett abgedunkelt ist. Da er frei hat und deshalb kein Weckerklingeln durch den Tourbus hallt, lässt ihn erst das unmelodische Klimpern von Besteck, gefolgt vom lauten Zuknallen der Schranktür aus seinem unruhigen Schlummer erwachen. Unzufrieden darüber und schwer verkatert vom Feiern dreht sich der Sänger leise schimpfend auf die andere Seite, bevor er seinen schmerzenden Kopf im Kissen vergräbt. Die warme Daunendecke zieht er, als zusätzlichen Schutz gegen die vor seinem Bett stattfindende Lärmbelästigung, ebenfalls über sich. Für einen kurzen Moment werden die Geräusche wirklich abgehalten, sie klingen nur noch verwaschen und dumpf durch den schweren Stoff, zumindest so lange, bis die dröhnend wilde Musik von *The Clash* lärmend durch die Soundanlage des Wagens hämmert.

»Gottverdammt, Daniel! Geht das nicht noch lauter?« Toni hat sich kurz, ruckartig aufgesetzt, um seinen Freund über die Musik hinweg anzuschnauzen. Während er sich zurück auf die Matratze fallen lässt, flucht er jedoch ungehalten, da jedes seiner eigenen Worte einem kraftvollen Hammerschlag gegen seinen empfindlichen Kopf gleicht.

Eine Hand an seine Schläfe gepresst, knurrt der Sänger missmutig, als Daniels gut gelaunte, kräftige Stimme über die Musik ertönt. »Stell dich nicht so an. Es ist gleich vierzehn Uhr, da darf ich so laut sein, wie ich will!«

Der Schlagzeuger lacht amüsiert, dreht jedoch versöhnlich den Lautstärkeregler der Anlage ein wenig runter, sodass die Musik nur noch leise den Wagen erfüllt.

»Danke.« Toni brummt seine Antwort halbherzig, erneut unter der dicken Bettdecke verborgen. Doch trotz der betörenden Wärme und der weichen Daunen findet der Musiker keinen Schlaf mehr. Mürrisch schiebt er den Vorhang beiseite und setzt sich an die Bettkante.

»Wenn du schläfst, störe ich dich nie.« Toni fährt sich mit beiden Händen durch die wild zerzausten Haare, lässt die leicht ergrauten Locken durch seine langen Finger rinnen. Seine Stimme ist vom Schlaf noch kratzig und schwerfällig.

Daniel gibt lediglich einen knappen, desinteressierten Laut von sich, der geradeso über die Musik hinweg wahrzunehmen ist und nicht deutlich macht, ob er seinem Mitbewohner zustimmt oder anderer Meinung ist. Toni schaut schlaftrunken zu ihm, wie er mit flinken Handgriffen in der kleinen Küchennische hantiert.

»Wann bist du zurückgekommen?« Während Toni langsam wach wird, sieht er fragend und mit dem Kopf auf der rechten Hand abgestützt zu Daniel.

Der Schlagzeuger zuckt unwissend mit den Schultern, scheint aber nichtsdestotrotz zu überlegen. »Heute früh um sechs.«

Er wirft Toni über die Schulter hinweg ein flüchtiges Lächeln zu, unbekümmert und munter. Der Sänger kann beim besten Willen nicht verstehen, woher der Elan und die exzessiv gute Laune des Schlagzeugers kommen. Wobei Daniel eigentlich immer unermüdlich, beinahe überdreht ist. Das kann selbst noch so wenig Schlaf nicht ändern. Toni hingegen ist gerädert, seine Kopfschmerzen sind schlimmer als am Tag zuvor. Leicht nickend erhebt er sich von seinem Schlafplatz und streckt sich ausgiebig.

Die beiden Männer zogen in der vergangenen Nacht gemeinsam durch einige Clubs auf der Reeperbahn, bevor sie in einer neongrellen Cocktailbar landeten. Dort dauerte es nicht lange, bis Daniel seinen Begleiter für eine stark geschminkte Frau sitzen ließ. Toni selbst hatte nicht das Glück, jemanden zu finden, mit dem er die Nacht verbringen konnte. Stattdessen saß er alleine am Tresen der farbenfrohen Bar, trank hemmungslos und nahm einige der kleinen Pillen, die jede weitere Erinnerung an die letzte Nacht auslöschten. Toni kann sich nicht einmal mehr entsinnen, wie genau er zurück zum Tourbus gelangt ist.

Nun schlurft er zunächst träge in ihr winziges Badezimmer, stellt sich in die Eckdusche und lässt beruhigend warmes Wasser über seinen vom Rausch strapazierten Körper laufen. Ein leichtes, entspanntes Seufzen kommt über seine Lippen, während er den Kopf weit zurücklehnt und das feine, nasse Rinnsal von seiner Stirn über die schmerzenden Schläfen bis hinunter zu seinen Beinen läuft. Toni liebt es, ausgiebig zu duschen, noch besser ist nur ein ausgedehntes Schaumbad, ein Luxus, den er sich allerdings bloß in Hotelzimmern gönnen kann.

Als Toni anschließend wacher und ordentlich gekleidet zu der schmalen Kochnische im vorderen Teil des Wagens geht, hat Daniel sein reichlich spätes Frühstück schon beendet.

»Der Kaffee sollte noch warm sein.« Der Schlagzeuger deutet auf die halbvolle Kanne unter der Maschine, aus der in filigranen Schnörkeln Dampf aufsteigt. Dankbar füllt Toni eine Tasse mit dem wohltuend duftenden Gebräu und setzt sich an den Eichenholztisch, gerade als Daniel sich erhebt, um sein benutztes Geschirr abzuspülen. Das erneute Klappern sorgt dafür, dass sich die Kopfschmerzen des Sängers abermals verstärken. Mit zusammengebissenen Zähnen greift Toni, ohne aufzustehen, hinter sich in eine

Schublade des dort stehenden Schrankes. Er kramt die Schmerztabletten hervor, schluckt eilig, um den Kopfschmerz auch wirklich loszuwerden, zwei Stück und wirft die Packung zurück in den Schrank. Dann trinkt Toni testend einen Schluck Kaffee, das warme Getränk tut gut, auch wenn es seinen übersäuerten Magen vor Unwohlsein Saltos schlagen lässt.

Nebenbei beobachtet er Daniel, der zu seinem Kleiderschrank gegangen ist und ihn nun unschlüssig durchwühlt. In dem dort herrschenden Chaos ist es allerdings wirklich schwer, das Richtige zu finden.

»Hast du heute etwas vor?« Allmählich findet Toni, dank der wohltuenden Dusche und dem starken, schwarzen Kaffee, seine Stimme ebenso wie die Lust auf Unterhaltungen wieder.

Nickend wendet sich Daniel zu ihm um, ein leicht zerknittertes, graugestreiftes Hemd in den Händen. »Pflichtbesuch bei meiner Familie. Ich werde wahrscheinlich bis heute Abend weg sein, du musst also nicht auf mich warten, wenn du ausgehen willst.«

Toni gibt keine Antwort auf diese Aussage, sondern trinkt nur langsam seinen Kaffee. Dabei beobachtet er seinen Bandkollegen desinteressiert, während dieser sich umzieht. Nachdem er die Jogginghose gegen eine anständige Jeans getauscht hat, streift er den alten Kapuzenpullover ab und wirft ihn achtlos auf sein Bett. Auch wenn Daniel nur wenig und unregelmäßig Sport macht, hat er sehr definierte Muskeln. Außerdem ist er von Kopf bis Fuß tätowiert, beginnend bei Armen und Beinen den gesamten Oberkörper hoch bis in den Nacken. Die bunten Motive gehen fließend, spielend ineinander über und lassen dabei kaum noch Freiraum für unverzierte Flecken Haut. Es ist ein reines Kunstwerk, all die Formen, Symbole und Figuren, die seinen Körper zieren. Während Daniel ein schwarzes Shirt sowie das zuvor herausgesuchte Hemd überzieht, wendet sich Toni wieder ab.

Daniel verschwindet kurz im Bad. Als er wenig später zurück zu Toni kommt, hat er seine kurzen, schwarzen Haare mit Gel zurückgekämmt und leichtes, unaufdringliches Aftershave aufgetragen. »Ich bin jetzt weg. Bis später!«

Eilig steigt Daniel in seine Schuhe und greift sich seine Jacke. Bevor er den Wagen verlässt, wirft er Toni ein schiefes Lächeln zu, welches dieser erwidert und zum Abschied knapp winkt. Dann fällt die Tür hinter dem Schlagzeuger zu und lässt Toni alleine in der Stille des Wagens zurück.

Der Sänger geht seinen freien Tag langsamer und entspannter an. Nach dem Frühstück geht er rüber in das kleine Büro im zweiten Stock, holt seine Post, die an diese Adresse geschickt wird, und macht es sich im Tourbus bequem. Über zwei Sitze am Tisch bei der Kochnische ausgestreckt, geht Toni die unterschiedlichen Briefe durch. Allmählich lassen sogar seine Kopfschmerzen nach, er ist auch nicht mehr so schrecklich verkatert wie beim Aufwachen zuvor.

Nachdem Toni die Post durchgegangen ist, streckt er sich und schaut träge auf sein Handy. Er schreibt Jack eine kurze Nachricht, ehe er prüfend aus dem Fenster schaut. Es ist ein grauer Herbsttag. Der Regen bleibt beständig, ein starker Wind ist hinzugekommen, der die Äste der nahegelegenen Bäume zwingt, sich unter seiner Kraft zu biegen. Nichtsdestotrotz verlässt Toni den warmen Tourbus und eilt zu seinem Auto.

Das silbergraue Mercedes Cabriolet mit den glänzend schwarzen Radkappen ist der ganze Stolz des Sängers. Glücklich darüber, endlich wieder hinter dem Steuer seines eigenen Wagens zu sitzen und sich in den weichen, schwarzen Ledersitz lehnen zu können, startet er den Motor und lenkt das Auto gekonnt auf die vom Regen glänzende Straße. Das gedämpfte Surren des Motors geht durch die laute Radiomusik vollends unter, während Toni, leise zur Musik summend, ziellos durch Hamburg fährt, unschlüssig, wohin er eigentlich will. Er hat keine Lust auf laute, überfüllte Clubs, jedoch ebenso wenig auf einen einsamen Abend im Tourbus, wo seine Gedanken rastlos werden und ihn unaufgefordert an sein verspieltes Leben erinnern.

Schlussendlich fährt Toni nach Altona und parkt den auffällig teuren Mercedes vor einem alten, unscheinbaren Lokal. Es ist eine kleine Bar, die Toni mit seinen einstigen Freunden zu Jugendzeiten oft besucht hat. Nichts Besonderes, aber gerade damals günstig genug, sodass die Teenager sich dort am Wochenende treffen und gemeinsam feiern konnten.

Toni betritt das Lokal leise und begrüßt die Bedienung am Tresen knapp, aber freundlich lächelnd. Während die Kellnerin ihm ein frisches, kühles Bier einschenkt, sieht Toni sich neugierig um. Zu seinem Gefallen hat sich an dem kleinen, heimeligen Lokal nicht viel geändert. Die Inneneinrichtung ist noch genauso schlicht, aber gemütlich wie früher.

Zwar ist die Theke klebrig und bedenklich fleckig, die massiven Eichenholzmöbel zerkratzt sowie versehen mit unzähligen Initialen von frisch verliebten Pärchen, deren Liebe im Gegensatz zur Verschandlung der Möbel wahrscheinlich nicht mehr existiert, aber das alles trägt zum eigenwilligen Charme der Bar bei. Trotzdem achtet Toni peinlich genau darauf, sich nicht am Tresen abzustützen, während er auf seine Bestellung wartet. Er bezahlt sofort und lässt der Kellnerin ein großzügiges Trinkgeld da, ehe er sich mit seinem Bier in den hinteren Teil der Bar zurückzieht. Dort setzt er sich an einen Ecktisch und wendet den paar anderen Gästen wohlweislich den Rücken zu. Toni will seine Ruhe haben, sich einen leichten, gleichbleibenden Alkoholpegel antrinken und in ein paar Stunden zurück zu dem schicken Tourbus auf dem verlassenen Hinterhof fahren.

Die Stirn in nachdenkliche Falten gelegt, grübelt Toni trübsinnig, wo der Wendepunkt in seinem Leben war, ab dem er seinen Alltag nur noch durch einen anhaltenden Rausch aus Drogen und Alkohol bestehen konnte. Ab wann er jede Hoffnung auf einen festen Partner gegen das flüchtige Vergnügen mit einmaligen, namenlosen Bettgeschichten getauscht hat. Wie so oft in den vergangenen Monaten hinterfragt Toni auch, ob er überhaupt noch glücklich ist. Wobei er weiß, dass die Antwort auf seine sich selbst gestellte Frage für sein weiteres Leben vollkommen gleichgültig ist. Es geht um das beständige Weitermachen, um das Aufrechterhalten einer schon seit Jahren bröckelnden, banalen Fassade.

»Na, mein Süßer, kann ich dir einen Drink ausgeben?« Die vor Hohn triefende Frage reißt Toni schlagartig aus seinen schwerfälligen, betrübten Gedanken. Die übertrieben laute Stimme ist ihm vertraut, trotzdem reagiert Toni zunächst nicht. Er rührt keinen Muskel, in der stillen Hoffnung, dass der Mann hinter ihm einfach wieder verschwindet. Aber dieses Glück ist dem Sänger nicht vergönnt, Martin bleibt beharrlich abwartend bei der kleinen Sitzecke stehen.

»Du bist nicht mein Typ.« Tonis Antwort ist knapp und begleitet von einem unzufriedenen, unterschwelligen Knurren. Er leert sein Bierglas und verfolgt seinen einstigen Schulkameraden mit abschätzendem Blick, während Martin sich, zwei Whiskeygläser in den Händen, süffisant lächelnd ihm gegenübersetzt. Die trockene Bemerkung des Sängers lässt ihn schallend auflachen, um seine dunklen Augen bilden sich dabei kleine Lachfältchen. Er sieht älter aus, als er tatsächlich ist, bemerkt Toni, verbrauchter. Die kurzen Haare werden langsam lichter, und unter dem ausgewaschenen, schwarzen Shirt zeichnet sich ein kleiner Bierbauch ab. Aber seine Augen leuchten kräftig, er wirkt noch genauso schalkhaft wie zu ihrer Jugendzeit.

»Ich bin richtig überrascht, dich hier zu sehen.« Martin macht eine vage Handbewegung, die das gesamte Lokal einschließt, und schiebt nebenbei einen Whiskey zu Toni rüber. »Du kannst dir doch sicher etwas Besseres leisten.«

Nun ist es Martin, der sein Gegenüber neugierig und unverhohlen mustert.

»Ich finde es hier gemütlich. Nostalgischer als in anderen Bars.« Tonis Antwort bleibt kurz und nicht sonderlich freundlich. Mittlerweile hat er eine defensivere Körperhaltung eingenommen. Den Blick weiterhin abwartend auf Martin gerichtet, nimmt er einen großen Schluck von dem billigen Whiskey. Das wohlige Brennen des seine Kehle hinabfließenden Alkohols besänftigt Toni ein wenig. Nichtsdestotrotz kann er sich nicht erklären, warum Martin sich unbedingt zu ihm setzen musste. Die beiden waren selbst in ihrer Schulzeit nie wirklich eng befreundet, mehr als bissige Kommentare oder spitze Bemerkungen hatten sie füreinander kaum übrig. Ganz abgesehen davon, dass sie einander knapp fünfzehn Jahre nicht mehr gesehen haben.

Zumindest Toni hat an diesem Abend wirklich keine Lust auf geheuchelte Wiedersehensfreude und nichtige Unterhaltungen. Martin hingegen macht nicht gerade den Eindruck, als wollte er sich bald wieder diskret zurückziehen. Er redet ausgelassen, munter drauflos, während Toni die Wahl des Lokals immer mehr bereut.

Doch irgendwann lässt sogar Martins unermüdlicher Redefluss nach, und über die beiden Männer legt sich schweres Schweigen. Einen kurzen Augenblick hängen sie jeder für sich ihren eigenen Gedanken nach, während Toni den letzten Rest Whiskey austrinkt, entschlossen, danach die Bar zu verlassen. Als er sein leeres Glas auf dem alten Holztisch abstellt, bemerkt er jedoch Martins plötzlich ernst gewordene Miene. Er hat sich etwas nach vorne gelehnt, mit den Armen stützt er sich auf der schmierigen Tischplatte ab und sieht aus vom Alkohol glasigen Augen direkt zu dem Sänger. »Warst du denn schon bei Jack? Weißt du, wie es ihm momentan geht?«

Die Frage lässt Toni aufhorchen und in seiner Bewegung innehalten. »Nein. Wieso fragst du?«

Nun bleibt Toni doch sitzen, lehnt sich etwas zurück und sieht irritiert, aber auffordernd zu Martin. Irgendwo tief in seinem Inneren keimt eine ungewohnte Besorgnis auf. Eine unerklärliche, böse Vorahnung, die sich durch Martins offensichtliches Unbehagen nur noch verstärkt. Er rutscht unruhig auf seinem Platz umher und scheint zu überlegen, wie er am besten aus diesem Gespräch entkommen kann. Als ihm kein Ausweg einfällt, rauft Martin sich unglücklich die Haare und bestellt bei einer vorbeieilenden Kellnerin erneut zwei Whiskey.

»Du hast es also noch nicht gehört.« Es ist keine Frage, sondern eine betrübte Aussage. Martin lächelt der Kellnerin matt zu, als diese seine Bestellung auf dem Tisch abstellt und sich freundlich nickend wieder entfernt.

»Was habe ich nicht gehört?« Toni kann kaum ruhig sitzen bleiben oder den drängenden Unterton aus seiner rauen Stimme verbannen. Quälend langsam trinkt Martin einen großen Schluck Whiskey und seufzt tief, bevor er endlich, widerwillig redet.

»Jack hatte einen Autounfall. Aber schon vor Wochen, keine Ahnung, warum dir niemand etwas gesagt hat. Ich bin sicher nicht derjenige, von dem du das erfahren solltest.« Martin zuckt eilig mit den Schultern, redet schnell, aber sinnlos weiter, bloß um die erdrückende Stille zwischen ihnen zu überspielen. Ihm gegenüber sitzt Toni wie erstarrt an seinem Platz, verspannt und mit vor Schock geweiteten Augen. In seinem Kopf herrscht vollkommene Leere, das Rauschen in seinen Ohren übertönt jedes weitere unnötige Wort von Martin. Er schafft es nicht zu antworten. Die anfangs unterschwellige Besorgnis hat sich mittlerweile gesteigert und verweigert ihm beharrlich jegliche Kontrolle über seinen Körper oder seine Gedanken. Erst als Martin endlich verstummt und unsicher zu Toni schaut, reagiert der Musiker.

»Wovon sprichst du? Was für einen Unfall?« Er bringt die Worte nur stockend hervor. So durcheinander und aufgewühlt wie in diesem Moment hat Toni sich ewig nicht mehr gefühlt. Das zuvor Gehörte ergibt erst langsam einen Sinn, während Martin tief seufzt und erneut das Wort an sich nimmt.

»Ich treffe Jacks Mutter oft bei uns im Laden, wir reden dann immer ein wenig miteinander. Als ich sie letztens getroffen habe, war sie völlig aufgelöst und fahrig, konnte kaum einen klaren Gedanken fassen. Ich habe halbherzig gefragt, was denn passiert sei, ich konnte ja nicht ahnen, was sie mir erzählt. Sie hat gesagt, dass Jack auf dem Heimweg einen Unfall hatte und im Krankenhaus liegt.« Martin hält kurz inne und scheint zu überlegen. »Wir haben nicht lange gesprochen, aber ich habe ein paar Tage später im Krankenhaus vorbeigeschaut. Weit bin ich nicht gekommen, Jack liegt auf der Intensivstation, sodass ich nicht zu ihm konnte. Mehr kann ich dir also auch nicht sagen.«

Martin nimmt einen weiteren Schluck Whiskey und verstummt. Toni tut es ihm gleich, leert sein Glas in einem Zug und nickt langsam, ehe er sich wortlos von seinem Platz erhebt. Er schlüpft in seinen dicken Wintermantel und nutzt diesen kurzen Moment, um tief durchzuatmen. Dann wendet er sich, um Fassung ringend, wieder an Martin. »Danke für die Drinks und das Gespräch. Ich muss jetzt los.«

Er wartet nicht auf eine Antwort, sondern verlässt mit schnellen Schritten die Bar. Toni hat sein Auto fast erreicht, als Martin vom Eingang des Lokals aus nach ihm ruft. Widerwillig bleibt er stehen und dreht sich seufzend um. Doch zu seiner Überraschung kommt Martin eilig zu ihm, einen mitfühlenden, sanften Ausdruck in den leuchtenden Augen. »Warte kurz, Toni. Du brauchst doch zumindest die Adresse des Krankenhauses, nicht wahr?«

Toni rast mit quietschenden Reifen über die regenbedeckten Straßen Hamburgs. Sein Herz hämmert unermüdlich und viel zu schnell gegen seinen Brustkorb, trotz seines festen Griffs um das lederne Lenkrad zittern seine Hände.

Er hat die Musik voll aufgedreht, sie donnert lärmend aus den Lautsprechern, während der Sänger die nächste Kurve schneidet und direkt dahinter noch schneller fährt. Er ist auf dem Weg ins Krankenhaus, denn auch wenn es schon spät ist, muss Toni unbedingt mehr in Erfahrung bringen.

Es grenzt an ein Wunder, dass Toni das Krankenhaus erreicht, ohne selbst einen Unfall zu verursachen. Erst auf dem Parkplatz bremst er den Mercedes ab und lenkt ihn in einer ausladenden Bewegung in eine der unzähligen freien Parklücken. Kaum dass der Motor erstirbt, scheint auch alle Kraft aus Tonis Körper zu entweichen. Der Musiker sinkt tief in den Fahrersitz zurück und seufzt schwer. Er schließt kurz die Augen, versucht sich zu beruhigen. Es dauert einen Moment, bis Toni sich wieder einigermaßen gefasst hat und das Krankenhaus betritt.

Das grelle Licht sowie der strenge Desinfektionsmittelgeruch lassen Toni gleich hinter der Eingangstür anhalten. Er fühlt sich unwohl und kraftlos, lieber würde er sich ins

Bett legen, anstatt angsterfüllt durch den Empfangsbereich des Krankenhauses zu eilen. Außer ihm sind kaum andere Besucher dort, ein paar wenige Leute mit versteinerten Mienen hocken, vor Erschöpfung in sich zusammengesunken, in der kleinen Sitzecke links neben der Eingangstür. Sie beachten den Sänger überhaupt nicht, lassen resigniert die Köpfe hängen oder starren in ihren kalt gewordenen Kaffee. Es ist ein verzerrter, unangenehmer Anblick, zu greifbar und echt, um ihn zu ignorieren.

Als Toni den Rezeptionstresen erreicht, stützt er sich haltsuchend auf ihm ab und lächelt angestrengt freundlich der jungen Krankenschwester zu, die ihm bedeutet, einen Augenblick zu warten. Sie verteilt verschiedene Dokumente auf drei Ablagestapel, während sich Toni in Geduld üben muss. Als sie sich ihm endlich zuwendet, seufzt der Musiker erleichtert auf.

»Wie kann ich Ihnen helfen?« Die Krankenschwester lächelt geübt höflich, ihre Haut wirkt fahl unter dem kalten Licht der Deckenlampen.

»Guten Abend. Ich brauche die Zimmernummer von Jack Vaenthin. Mir wurde gesagt, er liegt auf der Intensivstation.« Toni wartet unruhig, während die Krankenschwester den genannten Namen in das System ihres Computers eingibt.

»Herr Vaenthin liegt auf Station fünf, Zimmer zweiundzwanzig. Das ist in dem Gebäude dort drüben.« Die junge Frau weist nach draußen, wo direkt gegenüber des Haupthauses, in dem sie sich befinden, ein weiterer, identischer Betonklotz steht. »Aber ich kann Sie beruhigen. Herr Vaenthin wurde vor einer Woche von der Intensivstation dorthin verlegt.«

Sie schmunzelt, da Toni augenblicklich Luft ausstößt, von der er gar nicht wusste, dass er sie angehalten hat. »Darf ich gleich rübergehen?«

Er schaut hoffnungsvoll zu der Krankenschwester, doch sie schüttelt sofort den Kopf. »Es tut mir leid, aber unsere Besuchszeiten sind für heute schon vorbei. Sie können gerne morgen wiederkommen. Ab neun Uhr dürfen Besucher auf die Zimmer gehen.«

Sie lächelt beschwichtigend und notiert Station und Zimmernummer für Toni auf einem kleinen Notizzettel.

»Können Sie denn keine Ausnahme machen?« Toni nimmt den ihm gereichten Zettel dankbar entgegen und steckt ihn in seine Jackentasche.

»Nein, das darf ich nicht.« Nun schwingt in der sanften Stimme der Krankenschwester ein leicht genervter Unterton mit. Sie hört solche Bitten viel zu oft. Toni nickt langsam, ergeben und wendet sich zum Gehen ab.

Die unbändige Angst hat immerhin ein wenig nachgelassen, da Toni nun weiß, dass Jack nicht mehr auf der Intensivstation liegt. Sorge und Ungewissheit bleiben trotzdem zurück, genauso wie das Unverständnis, warum ihm niemand etwas gesagt hat. Toni erinnert sich unglücklich an all die Momente, in denen Jack ihm zur Seite stand, wohingegen er nun machtlos zum Warten verdammt ist.

Frustriert bleibt Toni unter einer Straßenlaterne nahe dem Parkplatz stehen und zündet sich eine Zigarette an. Die nächsten drei folgen gleich darauf. Der Sänger hängt seinen Gedanken nach, den Regen beachtet er dabei nicht, ebenso wenig die langsam vorbeifahrenden Autos, die das Klinikgelände verlassen und kurz darauf auf die Hauptstraße fahren. Als dann ein Auto mit leicht zu hoch eingestellten Scheinwerfern am Bordstein hält, wendet sich der Sänger, geblendet von dem grellen Licht, leise knurrend ab. Das folgende, dröhnende Hupen lässt ihn jedoch aufschrecken und sich herumdrehen, bereit, den nervenden Fahrer zurechtzuweisen. Doch bevor Toni sich beschweren kann, wird die Autotür schwungvoll geöffnet.

»Toni!« Beim Klang der ihm bekannten Stimme entspannt sich der Musiker wieder, lässt die Schultern sinken und wirft seine Zigarette in einen nahen Mülleimer. Unterdessen eilt die kleine, stämmige Frau zu ihm und zieht den Sänger ohne Vorwarnung in eine feste Umarmung.

»Ich bin so froh, dich zu sehen!« Überrumpelt von Kerstins direkter, herzlicher Art reagiert Toni nicht sofort. Als er jedoch merkt, dass Jacks Mutter leise schluchzt, seufzt er und legt seine Arme behutsam um sie. Einen Moment verweilen sie so, während der stärker werdende Regen unablässig auf sie niederprasselt. Es ist Toni, der sich als Erster aus der Umarmung löst.

»Hallo, Kerstin.« Seine Stimme ist sanft und beherrscht. Er mustert Kerstin neugierig, als sie einen Schritt zurücktritt. Ihre schulterlangen, sonst immer hübsch frisierten Haare hängen matt herunter und kleben nass an ihrer Stirn. Die blauen Augen sind aufgequollen und stark gerötet, ihr rundliches Gesicht wird von tiefen Sorgenfalten durchzogen. Unwillkürlich muss Toni an die wartenden Menschen in der Eingangshalle des Krankenhauses denken, wodurch sein Magen erneut vor Sorge Saltos zu schlagen scheint.

»Was für ein furchtbarer Grund, dass wir uns wiedersehen. Du wolltest bestimmt zu Jack?« Kerstin bringt die Worte nur stockend und zwischen schlecht unterdrückten Schluchzern hervor. Tränen laufen ihr übers Gesicht und vermischen sich mit den auf sie niederfallenden Regentropfen.

»Eigentlich ja, aber dafür bin ich heute zu spät gekommen.« Während Toni missmutig zurück zum Krankenhaus schaut, nickt Kerstin und wischt sich mit einer Hand die unablässig fließenden Tränen aus den brennenden Augen.

»Es ist so schrecklich.« Sofort wimmert sie wieder, eine zitternde Hand vor den Mund gepresst, um die verzweifelten Klagelaute zu unterdrücken.

»Du solltest dich zumindest ins Auto setzen. Der Regen wird immer schlimmer.« Toni umfasst vorsichtig die Schultern der älteren Frau und führt sie behutsam zurück zu ihrem Wagen. Kerstin sinkt leise weinend auf den Fahrersitz, während Toni unschlüssig vor der geöffneten Autotür stehen bleibt. Er wartet stillschweigend, bis Kerstin sich zumindest ein wenig beruhigt hat.

»Ich muss ein klägliches Bild abgeben.« Sie zwingt sich zu einem kratzigen, hörbar falschen Lachen und durchwühlt das Handschuhfach, bis sie eine Packung Taschentücher gefunden hat.

»Kannst du mir vielleicht erzählen, was passiert ist?« Toni stellt die Frage nur zögerlich, unsicher, ob er damit nicht gleich Kerstins nächsten Zusammenbruch provoziert. Doch sie nickt eilig, gefasster als zuvor.

»Wenn du möchtest, kannst du mit zu mir nach Hause fahren. Da kann ich dir alles in Ruhe erzählen.«

Während der Sänger zustimmend nickt, zieht er seinen Autoschlüssel aus der Jackentasche. »Gut. Dann hole ich kurz meinen Wagen und fahre dir nach.«

Er schenkt Kerstin ein schwaches, mitfühlendes Lächeln und eilt dann zurück zu seinem Auto.

Toni fährt langsam hinter dem alten, himmelblauen Fiat her. Kerstin bleibt unter der Richtgeschwindigkeit, was sicher ihrer labilen Verfassung geschuldet ist, und doch nervt es Toni. Die Scheibenwischer des Mercedes arbeiten auf Hochtouren, der Regen fällt mittlerweile sintflutartig vom dunklen Nachthimmel.

Nach einer gefühlten Ewigkeit erreichen sie endlich das ruhige, unscheinbare Wohnviertel in Stellingen. Während sie durch die altbekannten Straßen fahren, ist Toni überwältigt vom Schwall der Erinnerungen, der plötzlich über ihn hereinbricht. Er war seit Ewigkeiten nicht mehr in dieser Gegend, und auch wenn sich vieles verändert hat und

neue Häuser hinzugekommen sind, die beiden Wohnblocks
an der hintersten Straßenecke sehen noch genauso aus wie
an dem Tag, als Toni sie verlassen hat. Seine Eltern sind
damals bald in eine schickere Gegend in Hamburg Bergedorf gezogen. Dass Kerstin hingegen immer noch in der
Dreizimmerwohnung von früher lebt, wusste Toni nicht.

Kerstin lenkt ihr Auto auf den Anwohnerparkplatz,
während Toni seines am Straßenrand direkt vor dem Wohnblock parkt. Mit festen Schritten läuft er anschließend zur
von Kerstin geöffneten Eingangstür und folgt ihr in den
dritten Stock, wo sich ihre Wohnung befindet.

»Komm rein, du kannst dich in die Küche setzen.«
Kerstin schlüpft aus Jacke und Stiefeln, während Toni ihrer
Aufforderung wortlos nachkommt. In der schlichten,
aufgeräumten Küche sinkt der Musiker auf einen der beiden
Stühle an dem quadratischen Esstisch und wartet anges-
pannt darauf, dass Jacks Mutter ihm mehr erzählt. Zunächst
ist sie jedoch an der Küchentheke hinter ihm beschäftigt.
»Möchtest du auch einen Kaffee? Du bist furchtbar blass.«

Toni schüttelt wortlos den Kopf. Lieber würde er noch
einen Whiskey trinken, aber danach fragt er Kerstin sicherlich nicht.

Als wenig später die gesamte Küche vom angenehmen
Kaffeegeruch erfüllt wird und Toni seine Ungeduld kaum
noch zügeln kann, setzt Kerstin sich endlich ihm gegenüber
an den Tisch. Ihre bunt gemusterte Tasse umfasst sie haltsuchend mit beiden Händen.

»Erzähl mir bitte, was passiert ist.« Toni beugt sich ein
wenig nach vorne. Er will die sichtlich aufgewühlte Kerstin
nicht bedrängen, sieht aber auch keinen Grund, warum sie
dieses Gespräch noch länger hinauszögern sollten. Die
betrübte Frau ihm gegenüber nickt bedächtig und holt tief
Luft, bevor sie stockend berichtet.

»Es ist jetzt einunddreißig Tage her. Ich weiß, es ist

unsinnig, aber ich zähle jeden einzelnen Tag. Jack hatte einen Autounfall auf dem Weg nach Hause. Es hat so schrecklich geregnet wie heute. Auf der Autobahn ist ein überholender Wagen ins Schleudern gekommen. Der zuständige Polizist hat gesagt, dass der Fahrer viel zu schnell unterwegs war und durch sein unsinniges Manöver mit voller Geschwindigkeit in Jacks Wagen gerast ist.« Kerstin verstummt kurz und atmet schwer aus. Sie hat ihren Blick gesenkt, ihre Schultern beben leicht. »Wahrscheinlich hat Jack kaum eine Chance gehabt, um zu reagieren. Sein Auto ist nach dem Zusammenstoß von der Straße gedrängt worden und hat sich dabei mehrmals überschlagen. Das haben mir zumindest die Polizisten erzählt, mit Jack habe ich nicht darüber gesprochen.«

Diesmal hält Kerstin inne, um die neuerlichen Tränen aus ihren Augen zu wischen. »Tut mir leid. Es fällt mir schwer, darüber zu sprechen. Du kannst dir gar nicht vorstellen, wie schrecklich es ist, am Telefon zu erfahren, dass dein Kind in so einen schlimmen Unfall verwickelt wurde. Jede Minute, die ich in der Notaufnahme verbracht habe, hat sich wie eine Ewigkeit angefühlt.«

Toni nickt wortlos, darum bemüht, sich seine Gefühle nicht anmerken zu lassen. Immer wieder drängt sich ihm der Gedanke auf, dass Jack der vorsichtigste und langweiligste Autofahrer ist, den er kennt. Dass gerade er einen so schrecklichen Autounfall hatte, grenzt an schlechte Ironie.

»Die ersten zwei Wochen lag Jack im künstlichen Koma. Die Ärzte haben gesagt, es sei die beste Möglichkeit, damit sich sein Körper wieder erholt.« Kerstin holt zittrig Luft. »Ich bin fast umgekommen vor Sorge. Es gab so viele Nächte, in denen ich dachte, dass ich meinen Sohn verliere.«

Nun bricht sie doch in hemmungsloses Schluchzen aus.

Ihr Körper bebt unkontrolliert, inzwischen versucht sie gar nicht mehr, die Tränen zurückzuhalten.

Toni bleibt unsicher schweigend auf seinem Platz sitzen und wendet betrübt seinen Blick ab. Es fühlt sich zu befremdlich an, Kerstin in diesem Moment zu trösten. Die enge Verbundenheit von früher ist weg, Toni hat ebendiese ohne Rücksicht zerbrechen lassen. Nun sind sie nur noch zwei einander fremde Bekannte, die sich in ihrer Trauer nicht helfen können. Toni bleibt nichts anderes übrig, als abzuwarten, während Kerstins klagendes Weinen den Raum erfüllt. Seine eigene Beklommenheit unterdrückt er. Während sie so ausharren, kriechen die Zeiger der Uhr beständig weiter auf Mitternacht zu.

Als Kerstin etwas ruhiger ist, sieht sie mit glasigen Augen zu Toni. »Inzwischen liegt Jack zumindest nicht mehr auf der Intensivstation, aber sein Zustand ist immer noch bedenklich. Er ist schwach und schläft noch sehr viel.«

Toni nickt abermals und fährt sich dabei mit einer Hand träge durch die Haare.

»Allerdings hat uns der Chefarzt gesagt, dass Jacks Wirbelsäule bei dem Unfall Schaden genommen hat. Er wird nicht mehr laufen können, Toni.« Kerstin schüttelt fassungslos den Kopf, als wäre sie es, die diese furchtbare Botschaft zum ersten Mal hört. »Kannst du dir das vorstellen? Ich habe solche Angst, dass Jack daran zerbricht.«

Sie sackt erschöpft in sich zusammen und betrachtet den inzwischen kalt gewordenen Kaffee vor sich. Toni weiß gar nicht, wie er reagieren soll. So gerne er etwas sagen will, es kommen ihm keine Worte über die Lippen, seine Gedanken sind leer. Seine Sorge um Jack hat sich durch das Gespräch kaum gelegt, er kann Kerstins Angst nur zu gut verstehen.

»Warum habt ihr mir nichts erzählt?« Es ist das Erste, was ihm einfällt. Eine lange zurückgehaltene Frage, die jedoch eher wie ein Vorwurf klingt. Kerstin hebt ihren Blick abrupt, sieht fragend zu ihrem zuvor stillen Gegenüber.

»Es tut mir leid, ich war in Gedanken. Was hast du eben gesagt?« Sie ringt sich ein schwaches entschuldigendes Lächeln ab und scheint gar nicht zu merken, dass sich Toni deutlich verspannt.

»Ich habe gefragt, warum niemand von euch auf die Idee gekommen ist, mir davon zu erzählen. Ich habe durch einen blöden Zufall von Jacks Unfall erfahren! Kerstin, ich weiß, dass ich nicht mehr hierhergehöre, aber dass ihr mir davon nichts erzählt habt, ist wirklich erbärmlich.« Der Musiker presst die Worte zwischen zusammengebissenen Zähnen hervor. Es fällt ihm schlichtweg leichter, die anderen anzuklagen und auf sie wütend zu sein, als seine Trauer offen zu zeigen. Außerdem erhofft er sich auf diese Weise, der ungewohnten Beklommenheit, die er schon seit dem Gespräch mit Martin empfindet, Herr zu werden.

Kerstin hat ihm stillschweigend zugehört, während ihr Gesichtsausdruck zuerst zu einem zornigen Stirnrunzeln wurde, sich dann aber schnell in eine verständnisvolle entschuldigende Miene gewandelt hat.

»Es tut mir wirklich leid, Toni. Ich wollte dich anrufen, aber dein Vater meinte, es sei besser zu warten, bis deine Tour beendet ist. Sonst hättest du dir doch nur den Kopf darüber zerbrochen. Ich hätte dich wirklich noch kontaktiert.«

Toni lehnt sich tief seufzend zurück, den Blick hat er eilig abgewandt. Er atmet unregelmäßig, ist gleichermaßen aufgebracht und endlos erschöpft. »Was wäre gewesen, wenn etwas Schlimmeres geschehen wäre? Du hast selbst gesagt, dass du Angst hattest, dass du dachtest…«

Tonis Stimme erstickt elendig mitten im Satz. Er weigert sich stur, erneut zu Kerstin zu sehen, sie reagiert jedoch auch nicht. Also schweigen sie einander an, bis Toni nachgibt und unzufrieden zu seiner Gesprächspartnerin schaut. Sie weint und hat den Kopf gesenkt, ihre Haare fallen wild um ihr blasses Gesicht.

»Kerstin, es ist schon sehr spät. Am besten, ich lasse dich jetzt alleine, damit du dich noch ein wenig ausruhen kannst, okay?« Toni spricht mit sehr sanfter Stimme und beugt sich etwas nach vorne. Sein schlechtes Gewissen ist zu stark, um der gebrochenen Frau noch mehr Vorwürfe zu machen.

Kerstin nickt kaum merklich. »Ich bin wirklich froh, dass du hier bist, und Jack wird sich mit Sicherheit auch freuen, dich wiederzusehen. Ich hoffe inständig, dass es ihn ein wenig aufheitert.« Sie lächelt kurz, scheint danach aber sofort wieder tief in ihre betrübten Gedanken zu versinken. »Weißt du, manchmal, wenn die Besuchszeit vorbei ist, kann ich einfach noch nicht nach Hause fahren. Es fällt mir so schwer, Jack dort alleine zurückzulassen. Dann sitze ich teilweise Stunden in meinem kleinen Auto auf dem Parkplatz und verteufele die unbekannte Macht, die für diese Ungerechtigkeit verantwortlich ist.«

Kerstin zuckt leicht mit den Schultern, die Tränen fließen ungehindert weiter. Als Toni erneut spricht, sieht sie müde zu ihm. »Wenn du möchtest, dann können wir morgen gemeinsam ins Krankenhaus fahren. Ich hole dich hier ab und bringe dich auch wieder zurück nach Hause.«

Toni bemüht sich zu lächeln, scheitert jedoch erbärmlich. Es gibt auch keinen Grund zu guter Laune oder zum Lachen. Doch immerhin scheint Kerstin dankbar für diesen Vorschlag zu sein, wenn auch gleichermaßen überrascht.

»Das wäre sehr lieb von dir. Danke.« Sie greift über den Tisch hinweg nach Tonis Hand und drückt kurz, aber fest zu. »Du solltest jetzt besser gehen. Du musst doch auch müde sein.«

Toni nickt und murmelt eine halbherzige Verabschiedung. Dann erhebt er sich und verlässt leise die von Verzweiflung erfüllte Wohnung. Draußen fällt der reinigende Regen auf ihn nieder, bis er in seinem Auto sitzt und die inzwischen leeren Straßen entlangfährt. Toni fühlt sich, als wäre er in Trance. Nichts dringt mehr zu ihm durch, und wenn er ehrlich mit sich ist, weiß er später, in seinem weichen Bett angekommen, nicht einmal mehr, wie er es überhaupt zurück zum Tourbus geschafft hat.

2

My life is a stereo. How loud does it go?

Stereo – The Watchmen

OKTOBER

»Willst du zuerst alleine reingehen?« Toni hat den Blick starr auf die weiße geschlossene Tür gerichtet, während er die Frage nur mühevoll und mit heiserer Stimme hervorbringt. Die vergangene Nacht wollte nicht enden, der Sänger wälzte sich in schwerer Ungewissheit rastlos hin und her, ohne auch nur einen kurzen Moment in seligen Schlaf zu versinken. Der graue Morgen brachte dann eine ihm unbekannte, bange Angst mit sich, die Toni nun beständig bei jedem Schritt begleitet. Genau vor Jacks Zimmertür nimmt sie neue Ausmaße an und lässt den Sänger in dieser unbekannten Situation wie paralysiert zurück.

»Komm lieber gleich mit.« Kerstin antwortet ähnlich knapp. Sie hat Toni schon während der gefühlt endlos langen Autofahrt erklärt, dass Jack noch sehr schwach ist und deshalb nicht lange wach bleiben, geschweige denn sich auf Gespräche oder Besuch konzentrieren kann.

Toni nickt kurz, auch wenn er alles andere als einverstanden ist. Er hätte gerne mehr Zeit gehabt, um sich auf diese unwirkliche, absurde Situation vorzubereiten. Gleichzeitig drängt ihn seine Unruhe aber, so schnell wie möglich in Erfahrung zu bringen, wie es seinem besten Freund geht. Also bleibt Toni bemüht ruhig neben Kerstin stehen und unterdrückt jeden Gedanken daran, umzudrehen und feige davonzulaufen, während sie nach kurzem, beherztem Anklopfen die Tür öffnet.

Toni tritt nach Kerstin in den hellen, stark nach Desinfektionsmitteln riechenden Raum ein, und auch wenn er es gerne noch einen Moment lang vermieden hätte, sein Blick fällt unausweichlich zuerst auf das einzige belegte Bett in dem stillen Krankenzimmer.

Jack liegt mit geschlossenen Augen da, den Kopf sanft auf mehreren Kissen gebettet, die Hände flach auf der Matratze neben seinem ausgezehrten Körper ruhend. Seine definierten Gesichtszüge sind entspannt, auch wenn sich erschreckend viele Blutergüsse auf der blassen Haut abzeichnen. Eine dicke, stützende Halskrause entlastet Jacks Kopf und den verletzlichen Hals.

»Guten Morgen.« Kerstin spricht bemüht freundlich und beruhigend, wobei ihre vom vielen Weinen kratzige, raue Stimme diese gespielten Emotionen deutlich entlarvt. Sie tritt mit wackligen Schritten näher an das Bett heran, während Toni es nicht schafft, auch nur einen einzigen Muskel zu rühren. Er blinzelt nicht einmal, seine eisblauen Augen wandern unsicher weiter über Jacks malträtierten Körper.

Der schlummernde Mann trägt nur ein schlichtes, graues Shirt, sodass Toni all die fest angelegten Verbände betrachten kann, ebenso wie die Kanüle an seiner rechten Armbeuge, durch die beständig eine durchsichtige Infusion läuft. Es ist jedoch Jacks linker Arm, der wirklich schlimm aussieht. Als Tonis Blick schließlich darauf fällt, holt er erschrocken Luft. Ein schmales Metallgestell verläuft von Jacks Handgelenk über seinen gesamten Unterarm. Zuerst hat es wie eine normale Schiene gewirkt, doch dann bemerkt Toni die vier langen, matten Schrauben, die das Gestell fixieren und sich deshalb tief in Jacks Haut bohren. Der Sänger erschaudert beim bloßen Anblick dieser Konstruktion und will sich gar nicht ausmalen, welch starke Schmerzen sie verursachen muss.

Kerstin ist mittlerweile am Krankenbett, direkt vor dem großen Fenster mit Blick auf den noch fast komplett leeren Parkplatz angekommen und legt behutsam eine Hand auf Jacks rechten Oberarm. Erst durch diese Berührung regt er sich und öffnet zu guter Letzt, begleitet von verschlafenem Murren, die Augen.

»Guten Morgen.« Jacks Stimme ist nicht mehr als ein kaum hörbares Flüstern. Trotzdem lächelt Kerstin erleichtert und streichelt wie zur Bestätigung über seinen Arm. »Ich habe dir Besuch mitgebracht.«

Sie deutet mit einer kurzen Kopfbewegung zu Toni und trifft die Aussage dabei so, als würde sie selbst durch ihre ständige Anwesenheit im Krankenhaus schon nicht mehr zu den Besuchern zählen.

Indirekt angesprochen und dadurch abrupt aus seinen rasenden Gedanken gerissen, schreckt der Sänger auf, ehe er sich zu einem kläglichen Lächeln durchringt, gerade als Jack sichtbar angestrengt seinen Kopf zu ihm dreht. Seine glasigen Augen blitzen verwundert auf, es ist ihm deutlich anzusehen, dass er an diesem fahlen Ort nicht mit Toni gerechnet hat. Eine merkwürdig aufgeladene Stille legt sich über den Raum, nicht bedrückend, aber durchdringend und gefüllt mit erwartungsvollen Fragen. Doch noch ehe einer der beiden Männer etwas sagen kann, zerreißt ein nachdrückliches Klopfen die entstandene Ruhe. Automatisch nimmt Toni ein wenig Abstand zur noch geschlossenen Tür und tritt endlich weiter in den Raum ein.

Das helle Krankenzimmer betritt nun ein hochgewachsener, aber hagerer Arzt, gefolgt von einer mild lächelnden Krankenschwester, die ein kleines, metallenes Tablett sowie ein Klemmbrett fest in den Händen hält. Eine kurze, routinierte Begrüßung folgt, ehe sich die Krankenschwester Jack zuwendet und die frischen Verbände, ebenso wie den kleinen Becher, in dem die verschiedenen Tabletten klappern, auf den Beistelltisch neben seinem Bett deponiert. Während sie sich mit gedämpfter Stimme mit ihrem Patienten unterhält, wechselt sie unbeirrt und mit flinken, geübten Handgriffen die Bandagen. Der ebenfalls eingetretene Arzt beobachtet die noch junge Krankenschwester kurz dabei, dann wendet er sich an Toni.

»Guten Morgen. Ich denke, wir hatten noch nicht das Vergnügen. Ich bin Doktor Hansen, der behandelnde Chefarzt hier auf der Station.« Er verzichtet darauf, Toni die Hand zu geben, nickt ihm stattdessen nur knapp zu.

»Mein Name ist Toni Durand.« Der Sänger nickt ebenfalls, hat den Kopf aber hoch erhoben und die Schultern gestrafft. Passend zu seiner hochmütigen, selbstbewussten Haltung ist auch seine Stimme fest und beinahe abschätzig. Er mustert den Chefarzt neugierig.

Doktor Hansen hat dunkles, schütteres Haar und blasse Augen, die desinteressiert über eine schlichte Nickelbrille hinwegschauen. In den Taschen seines langen Arztkittels stecken jede Menge Kugelschreiber und zusammengefaltete

Papiere. Die weiße Hose ist ein wenig zu lang und überdeckt die kliniktypischen, ebenfalls weißen Crocs.

Auch der Chefarzt mustert sein Gegenüber unverhohlen, als wollte er sogleich einschätzen, ob dieser anmaßende Mann ihm auf seiner Station Probleme machen könnte. Doch dann verziehen sich die schmalen Lippen des älteren Mannes zu einem künstlichen Lächeln. Er wendet sich von dem Sänger ab und stattdessen Kerstin zu.

»Frau Vaenthin, ich habe einige der versprochenen Unterlagen für Sie. Ich bin noch mit der Visite beschäftigt, aber wir können uns danach bei der Anmeldung treffen. Ich würde Ihnen sehr gerne noch einige Dinge dazu erklären.« Der Arzt scheint Kerstin um einiges freundlicher gesinnt, auch wenn seine Gesichtszüge weiterhin verhärtet bleiben.

»Sehr gerne. Danke.« Kerstin hat bis dahin, sehr zu Jacks Unmut, das Vorgehen der Krankenschwester genauestens beobachtet und sich erst zu dem Chefarzt gedreht, als dieser mit ihr zu sprechen begonnen hat. Sie scheint ehrlich dankbar und erleichtert über sein Angebot zu sein.

»Gut. Dann sprechen wir gleich in Ruhe miteinander.« Es sind die letzten Worte, neben einer knappen Verabschiedung, die Doktor Hansen noch an Toni und Kerstin richtet, danach gilt seine gesamte Aufmerksamkeit nur noch Jack.

Anschließend setzt sich Kerstin sofort neben das Krankenbett und spricht leise mit ihrem Sohn, während Toni unbeholfen etwas abseits steht. Er weiß nicht, was er sagen soll, die gesamte Situation ist so fremdartig intim, dass er sich schlichtweg fehl am Platz fühlt. Vorerst begnügt er sich also damit, abzuwarten und so zu tun, als würde er Kerstins Worte sowie die einsilbigen Erwiderungen von Jack nicht mitbekommen.

Dafür sieht sich der Sänger nun genauer in dem hellen Krankenzimmer um, obwohl es bei der schlichten Einrichtung nicht viel zu begutachten gibt. Neben Jacks Krankenbett beim Fenster stehen noch zwei weitere Betten an der linken Seite des Raumes. Diese sind jedoch beide ungenutzt. An der gegenüberliegenden Wand befindet sich ein niedriger Tisch mit zwei dazugehörigen Stühlen, wobei einer davon an Jacks Bett geschoben wurde, damit Kerstin sich dort setzen kann. Für die privaten Habseligkeiten der Patienten stehen lediglich ein großer, aber schmaler Kleiderschrank und jeweils ein Beistelltisch pro Person zur Verfügung.

Bedrückend eintönig, denkt sich Toni, während er seinen Blick langsam über die schmucklose Einrichtung und die eierschalenfarbenen Wände wandern lässt. Das Einzige, was den Sänger in diesem tristen Raum zu einem leichten Lächeln bewegt, sind die zahlreichen Grußkarten, wahllos zwischen einigen bunten Blumensträußen auf dem Tisch aufgestellt, auf denen lieb gemeinte Genesungswünsche niedergeschrieben sind.

»Okay, ich gehe kurz zu Doktor Hansen. Bin gleich zurück.«

Toni blickt neugierig zu Kerstin. Sie erhebt sich gerade langsam, mühevoll und wischt sich dabei mit einer Hand hastig über die Augen. Jacks Reaktion, nicht mehr als ein schwaches Nicken, bleibt dadurch von ihr ungesehen. Auf zitternden Beinen eilt sie zur Tür, verlangsamt ihr Tempo nur noch einmal, um Toni im Vorbeigehen nachdrücklich über den Arm zu streicheln. Aus tränengefüllten, geröteten Augen schaut Kerstin dabei zu dem Sänger, jedoch ohne ihn wirklich anzusehen. Wortlos verlässt sie anschließend den Raum.

Toni wartet noch, bis die Tür leise zufällt, dann wagt er sich doch unsicher vor und nimmt Kerstins Platz an Jacks

Krankenbett ein. Dass sein bester Freund ihn dabei eingehend beobachtet, entgeht ihm nicht.

»Ich wusste nicht, dass du in Hamburg bist.« Jack spricht, kaum dass Toni Platz genommen hat.

»Erst seit Freitag, weil die Tour jetzt vorbei ist.« Der Sänger zuckt unbeholfen mit den Schultern, den Blick hat er gesenkt. Er bringt es nicht übers Herz, Jack in die glasigen Augen zu sehen, die so gar nichts mehr mit den leuchtend blauen in seiner Erinnerung zu tun haben. Dafür hört er das ermattete Seufzen seines besten Freundes in dem stillen Krankenzimmer umso deutlicher.

»Verzeihung. Ich habe ehrlich gesagt keine Ahnung, welchen Tag wir heute haben.« Jack blinzelt vehement die aufkommenden Tränen fort, froh darüber, dass seine sowieso schwache Stimme beim Sprechen nicht gebrochen ist und Toni weiterhin jeden Blickkontakt meidet.

»Das ist doch nicht wichtig.« Der Sänger setzt sich ruckartig aufrecht hin, strafft die Schultern und richtet seinen stechenden Blick nun doch entrüstet auf Jack. »Darum geht es mir nicht. Hätte ich gewusst, was passiert ist, wäre ich schon viel früher hergekommen.« Toni schüttelt missmutig den Kopf.

»Das hätte noch gefehlt!« Jack klingt, trotz schwacher Stimme, harsch und lacht dabei heiser, freudlos. Als er jedoch bemerkt, dass Toni ihn fragend, beinahe unsicher ansieht, lenkt er ein wenig ein und bemüht sich bei seinen nächsten Worten um einen freundlicheren Ton. »Du musst arbeiten. Außerdem kannst du doch sehen, dass sich hier gut um mich gekümmert wird.«

Wie um die Worte seines besten Freundes zu überprüfen, schweift Tonis Blick abermals durch den zweckmäßigen, kargen Raum. Jack ist nicht entgangen, dass der Sänger sich zuvor schon eingehend, skeptisch umgesehen hat. Nun aber nickt er kaum merklich und löst sich endlich aus der sichtbar verspannten Sitzposition am vordersten Drittel des unbequemen Stuhls. Stattdessen lehnt sich Toni nun weit zurück, die Beine überschlagen und seine Hände locker auf dem Schoß ruhend.

Abermals legt sich eine aufgeladene Stille über den Raum, resultierend aus der schlichten Tatsache, dass die beiden Männer nicht wissen, was sie dem jeweils anderen sagen sollen. Ein eigenartiges, beklemmendes Gefühl, überlegt der Sänger missmutig. Er kann sich an keinen Moment erinnern, an dem es jemals zuvor so extrem gewesen wäre. Mit Jack konnte er schon immer ungezwungen reden, und auch all die vergangenen Jahre änderten daran nichts. Trotzdem schafft es Toni in diesem Augenblick in dem sauberen, aber charakterlosen Krankenzimmer nicht, ein weiteres Wort über die fest zusammengepressten Lippen zu bekommen.

Dafür hallen Kerstins Worte, in der vergangenen Nacht so verheißungsvoll und endgültig ausgesprochen, dröhnend laut immer wieder durch seinen allmählich schmerzenden Kopf. Jack wird nicht mehr laufen können, und wie der so stark mitgenommene Mann mit dieser schrecklichen Diagnose umgeht, vermag Toni nicht zu sagen. Er kann es sich selbst kaum vorstellen, Jack ist viel zu aktiv und lebensfroh, um etwas derart Existenziellen wie seiner Bewegungsfreiheit beraubt zu werden. Doch statt mitfühlende, unterstützende Worte oder zumindest eine der scheinbar endlos vielen Fragen, die sich in seinen Gedanken überschlagen, auszusprechen, schweigt Toni und mustert seinen besten Freund abermals, nun allerdings aus der Nähe und auch nicht mehr ganz so verstohlen wie zuvor.

Jack nimmt den wachen Blick seines Freundes deutlich wahr, auch wenn er diesen nicht erwidert, und fällt ihm, gerade als Toni doch noch etwas sagen will, eilig ins Wort.

Denn egal, was der Sänger angesprochen hätte, Jack ist sich sicher, es nicht hören zu wollen.

»Es tut mir leid, Toni, aber die Schmerzmittel der letzten Nacht wirken noch nach. Ich bin müde und wäre lieber noch eine Weile lang alleine.« Er bemüht sich zu lächeln und dreht den Kopf noch einmal zur Seite, nur um Tonis verwunderten, unglücklichen Gesichtsausdruck zu sehen. Aber der Sänger fängt sich schnell wieder und nickt zustimmend.

»Okay. Ich komme später wieder, ja?« Toni erhebt sich langsam, doch es ist deutlich, dass er auf eine letzte Antwort von Jack wartet.

»Ja.« Die Blicke der beiden Männer treffen sich noch einmal, bevor Toni sich umdreht und mit festen, schnellen Schritten zur Tür eilt.

Es ist nicht allzu lange her, seit Kerstin und Toni das bei ihrer Ankunft noch geisterhaft leere Krankenhaus betreten haben. Schon bei ihrer Ankunft auf dem großen Parkplatz war sich der Sänger sicher, dass sie die ersten Besucher an diesem wolkenverhangenen Tag sein mussten, welche durch die sich automatisch öffnenden Schiebetüren ins Innere des Gebäudekomplexes getreten sind. Deshalb ist Toni umso überraschter, als er nun Jacks Zimmer verlässt und das rege Treiben auf den langen, breiten Fluren der Station bemerkt.

Zwei Krankenschwestern fahren gerade die Rollwagen, beladen mit den Frühstückstabletts für die Patienten, heran, während immer mehr Besucher die Station füllen und zielstrebig in den einzelnen Zimmern verschwinden. Einige wenige Patienten tummeln sich ebenfalls auf dem Gang. Aus weiter Ferne, wahrscheinlich dem Schwesternzimmer am Ende des Flurs entstammend, dringt das blecherne Klingeln eines alten Telefons zu Toni heran.

Gesprochen wird trotz der vielen Menschen kaum, was dem Sänger schnell auffällt, während er sich umschaut. Das

Krankenhauspersonal kennt die immer wiederkehrenden, täglichen Abläufe und muss sich deshalb nicht absprechen. Die meisten Besucher haben auf dem kurzen Weg von der Eingangstür bis hin zu den jeweiligen Krankenzimmern ganz andere Sorgen und Gedanken, denen sie stillschweigend nachhängen.

Während er sich prüfend umsieht, entdeckt Toni am Empfangstresen der Station Kerstin und Doktor Hansen. Sie sind in ihr Gespräch vertieft, auch wenn der Chefarzt sich immer wieder für einen kurzen Augenblick von Jacks Mutter abwendet, um an ihm vorbeigehende Besucher mit einem schlecht aufgesetzten Lächeln zu begrüßen. Toni beobachtet sie noch kurz, bevor er sich dazu entschließt, nach draußen zu gehen. Es gibt für ihn keinen Grund, dem Gespräch der beiden beizuwohnen, außerdem ist ihm Doktor Hansen nicht sonderlich sympathisch.

Die Zigarettenschachtel und das Feuerzeug schon in der Hand, geht Toni also mit festen Schritten durch den Flur, darauf bedacht, unbemerkt am Empfangstresen vorbeizukommen. Aber Kerstin scheint die gesamte Umgebung ausgeblendet zu haben, sie achtet nur noch auf den geduldig mit ihr sprechenden Chefarzt sowie die zahlreichen Broschüren und Infozettel in ihrer Hand, die sicherlich von ihm stammen. Sollte Doktor Hansen bemerken, dass Toni, ohne sie eines Blickes zu würdigen, an ihnen vorbeihuscht, so lässt er sich das nicht anmerken.

Draußen ist es immer noch kalt, obwohl es längst nicht mehr regnet und auch der kühle Herbstwind sich gelegt hat. Trotzdem fröstelt Toni in dem grauen Rollkragenpullover und verflucht sich selbst dafür, in aller morgendlichen Eile seine Jacke im Tourbus liegen gelassen zu haben. Der Sänger hasst solch nasskaltes Wetter, die kühlen Jahreszeiten ohnehin, doch lässt er sich das Rauchen trotzdem nicht nehmen.

Seinen Gedanken nachhängend schlendert er langsam und mit vor dem Oberkörper verschränkten Armen über den großflächigen Innenhof zwischen den verschiedenen Krankenhausgebäuden, um der Kälte, die sich beständig durch seine Kleidung frisst, zumindest ein wenig entgegenzuwirken. Alkohol wäre in diesem Moment nicht schlecht, denkt sich Toni bitter schmunzelnd. Ein Whiskey oder vielleicht auch ein bitterer Kräuterschnaps. Aber nicht, um die Herbstkälte zu vertreiben, sondern um seine verworrenen Gedanken zu betäuben. Ein inzwischen altbewährtes Mittel, das Toni anwendet, wann immer er bei der Arbeit zu viel Stress ausgesetzt wird oder die bekannte Unruhe in stillen Minuten von ihm Besitz ergreifen will. Gleichzeitig jedoch auch nur eine einfache Methode, um unerwünschte Gedanken und Gefühle abzublocken.

Toni raucht in aller Ruhe zwei Zigaretten nacheinander, bevor er sich entschließt, in dem kleinen Café inmitten des Krankenhauses Unterschlupf zu suchen. Denn genau dafür ist das helle, angenehm warme Lokal mit der riesigen Fensterfront mit Sicht auf den Innenhof da: um den rastlosen Besuchern des Krankenhauses einen Platz zu bieten, an den sie sich zurückziehen können, sollten sie nicht ihre ganze Besuchszeit bei ihren Angehörigen verbringen dürfen.

Toni betritt das Café langsam, doch nimmt sofort den beruhigenden Geruch von frisch gekochtem Kaffee wahr, der an diesem schweren Morgen umso betörender auf ihn wirkt. Die laute Geräuschkulisse, bestehend aus dem unmelodischen Klappern von Geschirr und dem Durcheinanderreden vieler Stimmen, stört ihn zwar, aber alles ist besser, als weiter draußen in der Kälte auszuharren. Toni findet schnell einen freien Tisch am Fenster und lässt sich dort seufzend nieder. Bei einer Kellnerin, die ihn etwas zu lange und zu neugierig mustert, bestellt der Sänger anschließend einen Kaffee, bevor er einen flüchtigen Blick auf sein Handy wirft.

Die zwei darauf angezeigten Nachrichten öffnet Toni sofort, auch wenn er nicht vorhat, darauf zu antworten. Eine ist von Daniel, der kurz und knapp fragt, ob der Sänger am Abend mit ihm ausgehen möchte. Miteinander gesprochen haben sie das letzte Mal, bevor Daniel zu seinen Eltern aufgebrochen ist. Denn als Toni mitten in der Nacht, nach dem langen, zermürbenden Gespräch mit Kerstin, in den Tourbus zurückkehrte, lag der Schlagzeuger schon tief schlummernd und dabei laut schnarchend in seinem Bett. Toni zog sich schnell ebenfalls in seine kleine Koje zurück. Ein paar Stunden gefüllt mit unruhigem Halbschlaf später rappelte er sich allerdings schon wieder auf, um in aller Frühe zu Kerstin zu fahren. Daniel schlief derweil nach wie vor selig, wahrscheinlich hätte Toni die gesamte Einrichtung des Wohnwagens niederreißen können, ohne ihn zu wecken. Der Schlagzeuger hat einen sehr tiefen Schlaf.

Die zweite Nachricht auf dem kleinen Display lässt Toni kurz stutzen. Sie kommt von Alex, einem alten Bekannten, mit dem sich Toni noch immer häufig trifft. Doch der Sänger hat mit dem ambitionierten, ehrgeizigen Hotelleiter, der immerhin acht Jahre älter ist, keine schlichte freundschaftliche Beziehung. Die beiden Männer führen seit langer Zeit eine gefühlslose, rein körperliche Liaison und treffen sich dafür, wann immer ihre hektischen Leben es erlauben. Alex ist mindestens genauso ehrgeizig wie der jüngere Sänger und hat ebenfalls wenig Interesse an einer ernst gemeinten Beziehung. Gegen einen flüchtigen Abend ohne Verpflichtungen oder Konsequenzen hat er allerdings nichts einzuwenden.

»Ich bin nicht deine Bordsteinschwalbe.« Toni knurrt die Worte leise, genervt von Alex' billigen Avancen, auf die er sonst sofort anspringen würde. Sein Handy wirft er dabei unbeherrscht auf die Tischplatte, wo es polternd zum Liegen kommt.

Wäre der angenehm heiße Kaffee in der schlichten, weißen Keramiktasse nicht gewesen, wäre Toni wahrscheinlich wieder hinausgeeilt, um zu rauchen, so unsinnig aufgebracht ist er in diesem Moment. Aber der Sänger besinnt sich darauf, sein aufbrodelndes Gemüt zu unterdrücken, und nippt stattdessen missmutig an seinem Kaffee. Den Blick lässt er währenddessen langsam durch den Raum wandern, wobei sein primäres, halbherziges Interesse den anderen Gästen des Lokals gilt. Lange währt Tonis Aufmerksamkeit jedoch nicht, er greift schnell wieder nach seinem Handy, allerdings nicht, um auf Daniels Frage zu reagieren oder Alex' anzügliche Nachricht zu beantworten. Stattdessen tippt er Notizen ein, Vorbereitungen für die kommenden Arbeitstage, die voll von Besprechungen und langweiligen Sitzungen sein werden. Immerhin lenkt es Toni ab, zumindest so lange, bis der ihm gegenüberstehende Stuhl zurückgezogen wird und Kerstin sich müde seufzend zu ihm setzt.

»Alles okay?« Toni fragt aus reiner Höflichkeit, aber ohne den Blick zu heben.

»Geht so. Ich habe dich gesucht.« Erst jetzt schaut der Sänger fragend zu Kerstin, verdrängt jedoch jeden aufkeimenden gefälligen Gedanken daran, dass seine Anwesenheit einen signifikanten Unterschied für sie macht.

»Jack wollte alleine sein, und dich wollte ich nicht stören.« Toni bleibt ganz ruhig, schaltet sein Handy aus und legt es beiseite, bevor er sich, mit den Armen auf der Tischplatte abgestützt, ein wenig nach vorne beugt.

»Aber du hättest gerne zu mir kommen können. Ich hätte mich gefreut.« Kerstin zuckt unbeholfen die Schultern. Es ist ihr deutlich anzumerken, dass sie nicht so recht weiß, wie sie mit dem Sänger umgehen soll. Zu fremd sind sie einander, zu viel Sorge hat Kerstin auch, dass sie Toni ungewollt verärgert.

»Ich spreche momentan jeden Tag mit Doktor Hansen. Es gibt einfach so viele Dinge, die besprochen und geplant werden müssen.« Toni nickt wortlos und bemerkt erst jetzt den kleinen Stapel ordentlich gefalteter Zettel, den Kerstin fest umklammert hält.

»Hat Jack dabei nicht auch noch ein Mitspracherecht?« Er bemüht sich, ruhig zu bleiben, sich seine Skepsis nicht anmerken zu lassen, wodurch die Frage sehr monoton und emotionslos klingt. Nichtsdestotrotz scheint Kerstin kurz überrumpelt zu sein.

»Jack möchte sich mit all diesen Angelegenheiten nicht beschäftigen. Denkst du wirklich, ich hätte nicht versucht, ihn in all die Entscheidungen mit einzubeziehen?« Kerstin legt den Kopf ein wenig schief, den Blick hat sie starr auf Toni gerichtet. Ihre Stimme ist erstaunlich durchdringend und stark, während sie spricht. »Als Jack noch auf der Intensivstation lag und nicht ansprechbar war, musste ich alle Entscheidungen treffen, ob ich wollte oder nicht. Seitdem kümmere ich mich halt um alles und bekomme zum Glück Unterstützung von Doktor Hansen.«

Beim Reden schiebt Kerstin die zuvor so starr festgehaltenen Zettel zu Toni hinüber. »Er hat gesagt, dass wir Jack noch in Ruhe lassen sollen. Er ist immerhin schwach und erst vor wenigen Tagen von der Intensivstation hierher verlegt worden. Jack muss sich erst einmal erholen.«

Toni nickt stumm, von Kerstins Erklärung, die doch mehr wie eine vehemente Verteidigung ihres Handels wirkt, vorübergehend in die Schranken gewiesen. Anstatt zu antworten, faltet er seelenruhig die Zettel auseinander und überfliegt die ganzen Informationen zu Medikamenten, Rollstuhlmodellen und Pflegediensten, die dort niedergeschrieben sind. Der Sänger verzieht dabei keine

Miene, in seinen Gedanken hingegen nimmt das gesamte Ausmaß dieser Situation allmählich Gestalt an.

»Sobald Jack wieder bei Kräften ist, beginnt erst einmal die Reha.« Kerstin lächelt schwach, kraftlos und beobachtet Toni gebannt dabei, wie er all die Zettel wortlos überfliegt. Dann nickt er tief seufzend und reicht ihr die Unterlagen über den Tisch hinweg zurück.

»Wenn es in Ordnung ist, dann gehe ich gleich nochmal zu Jack.« Mit einer flüchtigen Handbewegung deutet der Sänger vage in die Richtung der Station. Er will nicht länger mit Kerstin sprechen. Nicht, bevor er seine Gedanken geordnet hat.

»Aber bedränge ihn nicht. Jack möchte wirklich nicht über all das reden.« Kerstin nickt zwar zustimmend, schaut aber sehr skeptisch zu Toni.

»Natürlich nicht.« Der Sänger ringt sich ein Lächeln ab und steht dann auf, bereit, das Café zu verlassen.

Er huscht schnell über den Innenhof und hinüber in das angrenzende Krankenhausgebäude. Immer noch unsicher klopft Toni dort nur zaghaft an die Tür zu Jacks Zimmer und wartet auf eine Aufforderung einzutreten, die jedoch nicht ertönt.

»Darf ich reinkommen?« Toni drückt die Tür dann doch einfach auf und bleibt unschlüssig im Rahmen stehen.

Jack liegt scheinbar dösend in seinem Bett, öffnet allerdings die Augen, als die Tür aufgeht. »Natürlich. Komm her.«

Er klingt selbst nicht sonderlich überzeugt von seinen Worten, wartet jedoch geduldig, bis Toni zu ihm ans Bett getreten ist. Diesmal setzt sich der Sänger gleich auf den dort bereitstehenden Stuhl und lehnt sich weit zurück. »Geht es dir besser?«

Toni hat die Worte ausgesprochen, bevor er darüber nachgedacht hat, und könnte sich sofort dafür ohrfeigen.

Sein bester Freund quittiert diese unüberlegte Aussage mit einem heiseren, erstickten Laut, der am ehesten einem bitteren Lachen ähnelt. »Ich bin nicht mehr so müde wie heute früh, wenn du das meinst. Ansonsten muss ich dich mit meiner Antwort enttäuschen.«

Jacks Atmung hat sich beschleunigt, geht schwerer und rasselnder. Das Sprechen strengt ihn an. Er behält Toni abwartend im Blick, inzwischen wurde das Kopfteil seines Krankenbettes ein wenig angehoben, sodass er dem Sänger theoretisch problemlos in die Augen sehen kann. Doch Toni hält den Blick beschämt gesenkt und verflucht sich selbst im Stillen für seine vermeintliche Dummheit.

»Tut mir leid.« Er stößt die Worte missmutig hervor und massiert mit zwei Fingern seinen Nasenrücken.

»Blödsinn. Bitte fang nicht auch noch an, in falschem Mitleid um mich herumzutänzeln. Gerade du nicht.« Jack ringt sich zu einem schwachen Lächeln durch, als Toni ihn nun doch ansieht.

»Wir sorgen uns um dich. Das ist alles.«

Jack gibt nur einen leisen, gleichgültigen Laut von sich. Lieber hätte er mit den Schultern gezuckt oder die Bemerkung des Sängers abgewunken, wenn er die Möglichkeit dazu gehabt hätte. Aber sein Körper gehorcht ihm nicht mehr, der Grund für das elendige Mitleid und all die verklärten Blicke seiner Angehörigen. »Ist egal. Erzähl mir lieber, wie deine Tour war.«

Toni reagiert nicht sofort. Er überlegt, behält den Blick dabei aber träge auf Jack gerichtet. Dann seufzt er resigniert, sogar seine Schultern sacken im Moment der stummen Ergebenheit ein wenig nach unten. »Okay.«

Also erzählt Toni recht gelangweilt, während Jack in das dicke Kissen zurückgelehnt lauscht, den Blick starr an die Decke gerichtet, anstatt auf den Sänger, der eigentlich gar keine Lust darauf hat, von der Tour zu berichten. Sie war reizlos, genau wie die im letzten Jahr auch, mit den täglichen Auftritten als einzige wirklich erfüllende Momente für den Sänger. Der ganze Rest, all die Besprechungen, das Reisen und die gefühlt endlosen Proben an altbekannten Orten, die Toni nach all den Jahren schon zur Genüge kennt, sind hingegen nur stressiger, immer wiederkehrender Trott. Trotzdem schildert der Sänger geduldig alles, was ihm von den letzten Monaten auf Europatour noch einfällt.

Erst als Kerstin leise das Zimmer betritt, verstummt Toni und gibt ohne weiteren Kommentar den Platz beim Krankenbett frei. Wie lange er sich und Jack, der stillschweigend ausharrend nicht so wirkte, als würde er überhaupt zuhören, mit seinem Gerede beschäftigt hat, vermag der Sänger nicht zu sagen. In diesem beklemmenden Gebäude fehlt ihm jegliches Gefühl für das Verstreichen der Zeit, doch nun, da er blinzelnd aus seinen Anekdoten wieder in die Wirklichkeit zurückfindet, muss er feststellen, dass es draußen bereits dunkel geworden ist.

Während Kerstin mit mütterlich sanfter Stimme zu Jack spricht, lässt Toni sich so leise wie möglich auf den für ihn übriggebliebenen Stuhl etwas abseits der beiden sinken. Er folgt ihren belanglosen Gesprächen halbherzig, ringt sich nur selten dazu durch, ebenfalls in die Unterhaltung einzusteigen, obwohl Kerstin sich redlich Mühe gibt, den Sänger mit einzubeziehen. Aber zumindest Jack spricht in ihrem Beisein deutlich mehr als zuvor, wenn auch weiterhin nur sehr einsilbig und begeisterungslos. Direktem Blickkontakt weicht er trotzdem vehement aus und fixiert stattdessen lieber die Wand mit der alten Raufasertapete auf der gegenüberliegenden Seite des Raumes, oder die nicht weniger uninteressante Zimmerdecke. Der glänzende Schleier über seinen müden, blauen Augen entgeht Toni dabei aber nicht. Bald wird der Sänger davon jedoch wieder abgelenkt, als eine junge Krankenschwester routiniert geschwind hereinhuscht, kurz Jacks Gesundheitszustand überprüft und dann genauso schnell wieder verschwindet, wie sie gekommen ist.

Toni wartet noch eine Weile, nicht ganz überzeugt davon, sich wirklich loszureißen, bevor er leise seufzend aufsteht. An Kerstin gewandt beginnt er zu sprechen, während er mit kurzen, bedachten Schritten auf das Krankenbett zutritt. »Ich warte draußen auf dich. Dann habt ihr jetzt noch ein wenig Zeit alleine.«

Auf eine Antwort von Kerstin wartet der Sänger gar nicht, er dreht sich gleich zu Jack und beugt sich ein wenig zu ihm hinunter. »Wir sehen uns morgen wieder.«

Toni lächelt schwach, aber ehrlich, seine leuchtenden Augen spiegeln all die Fürsorge und Zuneigung wider, die in diesem Moment ausschließlich Jack gelten. Gefühle, die Toni nur wenigen entgegenbringt und noch seltener offen zeigt. Aber sein bester Freund scheint davon unbeeindruckt.

»Du musst doch arbeiten?« Jack starrt auf Tonis linke Hand, die der Sänger nachdrücklich auf die seine gelegt hat. Er muss darauf achten, spüren kann Jack diese gut gemeinte Berührung so gut wie nicht.

»Ich habe morgen nur ein paar Besprechungen, nichts Besonderes und erst recht nicht langwierig. Danach komme ich wieder her.« Toni zuckt mit den Schultern, drückt noch einmal kurz Jacks Hand und richtet sich dann wieder auf.

»Aus Kiel?« Wirklich überzeugt wirkt sein bester Freund immer noch nicht, aber davon lässt sich Toni nicht beirren.

»Natürlich. Das ist doch kein weiter Weg.« Noch beim Sprechen geht Toni zur Tür. Die Hand schon auf der kalten Türklinke ruhend wartet er kurz, aber von Jack kommt kein weiterer fragender Widerspruch mehr, weshalb sich der

Sänger erneut an Kerstin wendet. »Ich warte am Auto auf dich.«

Das fünfte Mal. Toni seufzt genervt und setzt den Blinker, um auf die Autobahn zu fahren. Es ist das fünfte Mal an diesem Morgen, dass Daniel ungewohnt neugierig nachfragt, wo der Sänger sich denn das gesamte Wochenende lang herumgetrieben hat.

»Herrgott, Daniel, seit wann interessiert dich das denn?« Tonis ausweichende Antworten werden jedes Mal schnippischer, was seinen Kollegen aber nicht zu beeindrucken scheint.

»Ist ja gut. Ich frage nicht weiter nach.« Daniel lacht schallend und lässt sich tiefer in den weichen Ledersitz des Mercedes sinken. Für einen Moment schweigen sie beide, sodass nur die monotone Stimme des gelangweilt klingenden Nachrichtensprechers im Radio das Auto erfüllt. Gepaart mit der angenehmen Wärme im Inneren des Mercedes, schafft es Toni allmählich zu entspannen. Er atmet tief durch, lässt langsam die verkrampften Schultern sinken und lockert auch den Griff um das Lederlenkrad.

Die vergangene Nacht brachte nur wenige Stunden Schlaf mit sich, auch wenn Toni verhältnismäßig früh zurück am Tourbus war. Er hat fast die ganze Nacht gegrübelt, zurückgezogen in seiner Schlafkoje, um bloß nicht in die Verlegenheit zu geraten, Daniel seine Zerstreutheit zu erklären.

Denn der Tag bei Jack im Krankenhaus wühlte ihn viel mehr auf als erwartet. Der Anblick seines besten Freundes, schwach und durch einen törichten Unfall, für den er nichts konnte, so furchtbar zugerichtet, hat sich tief in Tonis Gedächtnis gebrannt. Das flaue Gefühl in seinem Magen ist auch nach dem Besuch bei Jack nicht verschwunden. Im

Gegenteil, nun wird es sogar noch von schmerzlichem Mitleid begleitet, weshalb sich Tonis Herz seit dem vergangenen Tag immer wieder wehmütig zusammenzieht.

Irgendetwas muss er tun. Toni will Jack unbedingt helfen, auch wenn er noch nicht weiß, wie genau er das anstellen soll. Trotzdem hat er sich Stunde um Stunde den Kopf darüber zerbrochen, wenn auch ohne nennenswertes Ergebnis. Also bleibt Toni zunächst nichts anderes übrig, als sich auf seine Arbeit zu konzentrieren und am Abend schnell zurück ins Krankenhaus zu eilen.

»Aber dann erkläre mir doch wenigstens, warum du plötzlich nicht mehr in Kiel bleiben willst, solange wir im Tonstudio arbeiten.«

Diesmal schreit Toni frustriert auf und schlägt mit einer Hand gegen das Lenkrad. »Jetzt halt doch mal den Mund! Das geht dich überhaupt nichts an!«

Ihm ist sofort bewusst, dass seine Reaktion zu harsch war. Beschämt, aber ohne ein Wort der Entschuldigung lehnt sich Toni weit in den Fahrersitz zurück und hält den Blick starr auf die kaum befahrene Straße gerichtet. Daniel murrt leise neben ihm, wahrscheinlich bemüht sich der Schlagzeuger gerade krampfhaft darum, nicht gleich ähnlich unfreundlich zurückzukeifen. Dass er dadurch einen unnötigen Streit abwendet, ist ihm wohl gar nicht richtig bewusst. Aber Toni weiß ganz genau, dass er selbst in diesem Moment viel zu aufgebracht ist, um sich normal zu unterhalten. Er ist wütend und würde nur wieder ausfallend oder laut werden. Eine bekannte Situation. Die Jahre in der Musikbranche und unter konstantem Stress haben dafür gesorgt, dass der Sänger immer wankelmütiger, beizeiten sogar cholerisch geworden ist. Im Nachhinein bereut er sein Verhalten, aber zunächst muss sein Umfeld diese unberechenbaren Launen ertragen.

Die restliche Fahrt nach Kiel wird kaum gesprochen,

und auch als sie endlich am mehrstöckigen Gebäude des Tonstudios ankommen, zeigt Daniel seinem Kollegen noch beharrlich die kalte Schulter. Er eilt wortlos voraus in den dritten Stock, wo sich die Büros und kleinen, hellen Besprechungsräume befinden, während Toni nur zögerlich folgt.

Der Tag konnte ja nur schlecht werden, und mit jeder langsam verstreichenden Stunde erkennt der Sänger, dass es nicht mehr besser wird. Die Konferenz mit Hannes und den Chefs ihres Tonstudios ist schier endlos. Sie dauert den ganzen Tag, ist öde und ermüdend, besonders da Toni in der Nacht zuvor keine Ruhe gefunden hat. Er zwingt sich zuzuhören, seine Gedanken driften allerdings immer wieder ab, sind ständig im Krankenhaus bei Jack.

Als sie endlich Feierabend machen, ist Toni der Erste, der sich erhebt und eilig seine Sachen packt. Er begleitet Kaddy, Maik und Daniel noch nach draußen, wo er sich dann jedoch schnell abgrenzt. Er geht mit einem knappen Abschiedswort zu seinem Wagen und beobachtet vom Fahrersitz aus, wie zumindest Maik und Kaddy es ihm gleichtun. Während Daniel sich ein Taxi ruft, steigt Kaddy in ihren weißen Smart und Maik in den genau daneben geparkten schwarzen Mazda. Sie stehen in der Parkreihe vor Toni und fahren los, während der Sänger noch einen Augenblick dort vor dem Tonstudio verweilt. Er atmet mehrmals tief durch, überprüft kurz die Nachrichten auf seinem Handy, die sich allerdings alle als sinnlos entpuppen, und nimmt dann zwei Ecstasy-Pillen, bevor er seinen Wagen startet.

Normalerweise hätte Toni in Kiel übernachtet, genauso wie Daniel. In einem schicken Sternehotel, all-inclusive, mit Wellness- und Sportbereichen, die der Sänger sowieso nicht nutzt. Aber mit der Entscheidung, Jack auch nach der Arbeit noch zu besuchen, ist für Toni klar gewesen, dass er die Nächte einfach im Tourbus verbringt und in den frühen Morgenstunden zurück nach Kiel fährt. Machbar ist die Strecke, Maik und Kaddy pendeln, wann immer sie im Tonstudio arbeiten, ebenfalls, um mehr Zeit für ihre Familien zu haben.

Als Toni in Hamburg und somit auch kurze Zeit später am Krankenhaus ankommt, ist es zwar schon spät, aber immerhin bleibt ihm noch etwas von der täglichen Besuchszeit übrig, um seinen besten Freund zu sehen.

Zu seiner Verwunderung ist Kerstin bereits gefahren, Jack liegt mit dem Blick aus dem Fenster gerichtet in seinem Bett und seufzt tief, als Toni eintritt. Die beiden begrüßen einander unbeholfen, während sich der Sänger auf dem Stuhl neben dem Bett niederlässt.

»Wie war dein Tag?« Jacks Stimme ist immer noch rau und schwer. Er bemüht sich zumindest, ein wenig zu lächeln und Toni seine komplette, wenn auch vernebelte Aufmerksamkeit zu schenken. Der Sänger zuckt jedoch hastig mit den Schultern.

»Langweilig wie immer.« Er winkt ab und mustert seinen Freund vorsichtig. »Geht es dir so schlecht?« Toni legt den Kopf auf die Seite, wendet den Blick aber nicht von Jack ab. Dessen Augen sind glasig, und obwohl er sehr blass ist, wirkt Jack fiebrig, überhitzt. Schweiß glänzt auf seiner Stirn.

»Alles gut. Ich habe nur Kopfschmerzen.« Jack blinzelt überrascht, als Toni sich sofort aufrechter hinsetzt.

»Soll ich eine Krankenschwester holen?«

Jack muss über diese übereilte Reaktion lachen, auch wenn sein ganzer Körper dadurch zu schmerzen scheint. »Nein, bitte nicht. Das ist nichts Ungewöhnliches. Außerdem war eben schon jemand hier, um mir Medikamente zu geben.«

Toni sinkt wieder etwas weiter in den leise knarrenden

Stuhl zurück, während Jack den Kopf dreht und die schmucklose Decke betrachtet. Sie schweigen, wodurch Jack die herannahende Müdigkeit immer stärker spürt. Sie legt sich langsam über ihn und sorgt dafür, dass seine Augenlider unendlich schwer werden. Seine Atmung wird ruhiger und flacher, die Schmerzen, nicht nur hinter seiner Stirn, sondern am gesamten Körper, werden allmählich vom seligen Schlaf verschluckt. Wenn nur Toni auch bald nach Hause gehen und ihn alleine lassen würde.

»Du bist müde?« Toni hat seine Stimme extra ein wenig gesenkt, aber sie dringt sowieso nur noch verwaschen zu Jack durch.

»Mhm.« Mehr Antwort bekommt der Sänger nicht, denn Jack kann sich nicht dazu aufraffen zu sprechen, es wäre schlichtweg mit zu viel Anstrengung verbunden. Nur für einen ganz kurzen Moment schließt er die Augen, bis Toni weiterredet und Jack sich dadurch ermahnt, wenigstens halbherzig zuzuhören.

»Die nächsten Wochen werde ich im Tonstudio arbeiten, weil wir unser neues Album aufnehmen. Das heißt, ich kann dich regelmäßig besuchen.« Toni redet ganz sanft, aber hörbar überzeugt von seinem Plan. Dass Jack zunächst nur unglücklich seufzt, entgeht ihm dabei völlig.

»Okay.« Diesmal ist die knappe Antwort nicht ausschließlich der schweren Müdigkeit geschuldet. Wieder wird es ruhig in dem nur noch schwach beleuchteten Krankenzimmer.

»Dann lasse ich dich jetzt lieber alleine. Ruh dich aus, ich hoffe, du kannst gut schlafen.« Toni wartet noch kurz, aber nun bekommt er von seinem besten Freund keine Reaktion mehr. Jacks Augen sind inzwischen geschlossen, seine Brust hebt und senkt sich in einem entspannten Rhythmus. Trotzdem verweilt der Sänger noch einen Augenblick, es fällt ihm zunehmend schwerer, Jack alleine in diesem charakterlosen Zimmer zu lassen.

»Ich verspreche, dass ich dir beistehen werde.« Toni raunt die Worte leise, bevor er sich zu guter Letzt doch erhebt, seine Sachen nimmt und das Zimmer verlässt.

Die kommenden Wochen bestehen für den Sänger aus einer Menge Autofahren, der Arbeit im Tonstudio und den befremdlichen Besuchen bei Jack. Das Pendeln zwischen Kiel und Hamburg ist dabei noch sein geringstes Problem, mit gut hundertfünfzig Kilometern pro Stunde über die Autobahn zu rasen entspannt Toni auf morbide Art und Weise. Schwerer fällt es ihm hingegen, sich auf die anstehende Arbeit zu fokussieren. Er ist oft unkonzentriert und fahrig, die vorbeieilenden Tage zehren immer mehr an seinen gereizten Nerven.

»Okay!« Pat, einer der Tontechniker, schaut lächelnd hinter seinem Pult hervor und bedeutet Toni, aus dem kleinen Aufnahmeraum herauszukommen, um sich das Ergebnis der letzten Aufzeichnung anzuhören. Dabei beobachtet er den Sänger durch die Plexiglasscheibe hindurch, wie er zunächst die Kopfhörer abnimmt und dann langsam zur Tür geht, welche die beiden Räume verbindet.

»Okay, spiel es ab.« Toni seufzt erschöpft und stützt sich mit ganzem Gewicht auf der Rückenlehne von Pats drehbarem Bürostuhl ab. Während der Tontechniker scheinbar wahllos die unterschiedlichsten Knöpfe und Schalter auf dem großen Mischpult bedient, fährt sich der Sänger hinter ihm mit einer zittrigen Hand über das blasse Gesicht.

Es ist ein ganz schlechter Tag für Toni. Er ist erschöpft und überreizt, seit dem frühen Morgen strapaziert er seinen Körper mit einer toxischen Mischung aus Koffein, Alkohol und Schmerzmitteln. Während Tonis Laune mit jeder verstreichenden Minute mehr sinkt, konnte er bei den Aufnahmen immerhin das besorgniserregende Schwindelgefühl verdrängen, doch nun ist es wieder zurück. Er stützt sich noch mehr auf Pats Stuhl ab, während die ersten Akkorde des neu aufgenommenen Songs durch den Raum hallen.

Der Tontechniker nimmt die großen Kopfhörer ab, die seine wilden, schwarzen Locken bis dahin niedergedrückt haben, und dreht sich erwartungsvoll zu dem Sänger, als dessen raue Stimme melancholisch schwer durch die Lautsprecher dröhnt.

Auf dem Sofa gegenüber von Pats Arbeitsfläche lauschen auch Kaddy, Daniel und Maik gebannt. Während Toni seinen Part gesungen hat, haben sie sich dort ausgebreitet. Besonders Kathleen hat es sich bequem gemacht. Den Kopf auf der Armlehne der alten, wiesengrünen Couch ruhend hat sie sich komplett ausgestreckt und ihre Beine über Maiks Schoß gelegt. Nun schauen die drei ebenfalls zu Toni. Ihnen ist bewusst, dass der Sänger alleine entscheidet, ob sie endlich fertig sind oder noch länger an diesem einen Song arbeiten müssen.

»Ich finde es gut. Der beste Take bis jetzt.« Maik tut als Erster, und ohne eine Miene zu verziehen, seine Meinung kund.

»Das denke ich auch.« Pat stimmt ihm zu, spielt allerdings sofort an der Aufnahme, perfektioniert sie. Hinter ihm schüttelt Toni frustriert den Kopf.

»Nein, das ist nicht gut genug.« Der Sänger bedeutet Pat, die Aufnahme zu stoppen, und geht kurzerhand wieder in den Aufnahmeraum. »Daniel, deinen Part nehmen wir auch gleich nochmal auf.«

Die erzürnte Antwort des Schlagzeugers folgt prompt. »Das ist doch wohl ein schlechter Scherz! Ist dir eigentlich klar, wie lange wir schon an diesem Mist sitzen?«

Er hat sich ruckartig aufgerichtet und beide Arme trotzig vor der Brust verschränkt. Ganz unrecht hat er mit dieser Feststellung nicht, auch wenn Toni nicht darauf eingeht und Daniel der Einzige bleibt, der deswegen lautstark schimpft. Unterdessen im Aufnahmeraum angekommen, umfasst der Sänger das kleine Pult, auf dem sich Songtexte und Noten stapeln, um das Gleichgewicht zu halten.

»Bist du sicher, dass wir weitermachen sollten?« Kaddy spricht viel freundlicher mit dem angespannten Sänger. Sie setzt sich in einer flinken Bewegung auf und fährt sich mit beiden Händen durch die dichten, wilden Haare, in einem vergeblichen Versuch, sie in Form zu bringen. »Vielleicht wäre es besser, wenn wir für heute Schluss machen. Eine Pause würde uns allen sicher guttun.« Um Toni nicht noch mehr aufzuregen, verallgemeinert sie ihre schnell ausgesprochene Erklärung.

Nichtsdestotrotz blickt er herausfordernd durch die Plexiglasscheibe zu ihr. »Wir machen weiter.«

Warum können sie das bloß nicht verstehen? Es frustriert den Sänger, am liebsten würde er laut aufschreien. Toni greift nach der halbvollen Wasserflasche, die ebenfalls auf dem Pult vor ihm steht, und nimmt einen tiefen Schluck. Die Flüssigkeit darin ist klar, und Toni verzieht keine Miene, sodass seine Kollegen gar nicht erst bemerken, dass es Wodka anstelle von Mineralwasser ist, was der Sänger dort trinkt. Für einen kurzen Moment hilft der brennende, starke Alkohol sogar. Er besänftigt Tonis hitzige Gedanken, lässt sie fast gänzlich im Drogennebel verschwinden. Doch dann bricht die Realität mit allem Stress wieder über ihn ein, weshalb der Sänger kurz erschaudert und hektisch blinzelt.

»Ich meine es nur gut.«

Das weiß Toni selbst, doch momentan wirkt Kaddys beschwichtigende Aussage für ihn mehr wie ein lieb umschriebener Vorwurf.

»Nein, das tust du nicht.« Toni knurrt die Worte bitter, Tränen brennen in seinen ohnehin glasigen Augen. »Würdet ihr auch nur etwas Verständnis haben, dann würdet ihr euch mehr bemühen. Dann müssten wir nicht den ganzen Tag für einen nichtigen Song vergeuden.«

Je donnernder vor glühender Wut seine Stimme wird, umso öfter bricht sie auch. »Es ist so unnötig anstrengend. Jeden verdammten Tag und am Ende bin ich alleine es, der sich von Fabian anhören muss, dass es nicht ausreicht. Vielleicht könnt ihr drei euch also einfach ein wenig zurücknehmen und mitarbeiten, anstatt zu jammern. Es genügt nämlich nicht, es ist nicht gut genug.«

Toni betont die letzten Worte ganz genau und übertrieben deutlich. Er zittert inzwischen vor Aufregung, seine eisblauen Augen sind funkelnd auf seine drei Kollegen gerichtet. Sie erwidern nichts mehr. Kaddy hat den Blick betrübt gesenkt, und auch Maik schaut nur wortlos an Toni vorbei. Daniel ist der Einzige, der dem Blick des Sängers standhält. Doch auch er lässt dessen Worte kommentarlos im Raum verklingen.

In der Aufnahmekammer japst Toni währenddessen schwer nach Luft, sein Brustkorb hebt und senkt sich deutlich mit jedem Atemzug. Mit beiden Händen hält er krampfhaft das wacklige Pult umklammert, welches ihm jedoch kaum Halt bieten kann.

»Pat, wir fangen an.« Der Sänger gönnt sich keine längere Pause. Im Hinterkopf hat er die festen Besuchszeiten des Krankenhauses, an die er sich halten muss, wenn er an diesem Tag noch bei Jack vorbeischauen möchte. Er atmet ein letztes Mal tief durch und setzt sich die bereitliegenden Kopfhörer auf.

Der Tontechniker nickt ergeben. Pat hat sich wohlweislich aus der Diskussion herausgehalten und hantiert nun abermals an seinem Mischpult, bevor er unsicher lächelnd zu Toni schaut.

»Wann immer du bereit bist.« Er drückt einen unscheinbaren Knopf vor sich, und das kleine Aufnahmelämpchen über der Verbindungstür zwischen den beiden Räumen leuchtet grün.

Toni gibt einen gequälten Laut von sich. Es gleicht einem schwachen Jaulen, schmerzvoll, aber müde. Seinen pochenden Kopf auf dem kühlen Toilettendeckel abgelegt, kniet der Sänger auf dem harten Boden der beengten Kabine. Er hat sich, kaum dass die Aufnahmen beendet waren, sofort in die Toilettenräume im Erdgeschoss des Tonstudios verkrochen, denn normalerweise bleiben diese überwiegend ungenutzt. Dort sank er sofort zitternd zu Boden und übergab sich mehrmals, bevor die völlige Erschöpfung ihren Tribut forderte. Seitdem harrt Toni reglos an seinem unbequemen Platz aus, die Beine von der verdrehten Sitzposition schon taub und die Augen nur halb geöffnet. Die Übelkeit ist noch da, aber immerhin wird sein Kopf langsam klarer. Wie viel Zeit vergangen ist, seitdem er dort zusammengebrochen ist, kann der Sänger nicht sagen, und auch wenn er noch unbedingt zu Jack ins Krankenhaus wollte, ist ihm die verstrichene Zeit mittlerweile völlig egal.

Nochmals tief seufzend versucht Toni, sich langsam aufzurichten, kippt zunächst jedoch nur nach hinten, sodass er mit dem Rücken gegen die Kabinentür gelehnt sitzt. Die steif gewordenen Beine streckt er aus.

»Ich kann nicht mehr.« Toni haucht die Worte, seine

Stimme nicht mehr als ein heiseres Flüstern. Es ist bei Weitem nicht das erste Mal, dass der Sänger diesen Gedanken hat, nur ausgesprochen wurde er zuvor nie. Nun weiß er nicht einmal, ob er wegen dieser Überlegung lachen oder weinen sollte, auch wenn unerwünschte Tränen bereits seine Sicht verschleiern. So schlecht wie an diesem Tag ging es ihm schon lange nicht mehr, der Sänger ist am Rande eines Nervenzusammenbruchs und weiß das ganz genau.

Toni schüttelt träge den Kopf und kämmt mit einer zitternden Hand seine schweißnassen Haare aus der Stirn. Dann zwingt er sich dazu, mehrmals tief durchzuatmen, um endlich wieder zur Ruhe zu kommen. Es nützt doch nichts, und selbst wenn die Vorstellung verlockend klingt, kann er sich nicht ewig in der Kabine des Toilettenraumes verschanzen. Also bemüht sich Toni, auf wackligen Beinen zum Stehen zu kommen, und wankt anschließend zum nächsten Waschbecken, wo er sich kaltes Wasser über das Gesicht laufen lässt.

Die Flure des Tonstudios sind leer, wenn überhaupt sind nur noch die Büros in den oberen Stockwerken besetzt, weshalb Toni unbemerkt durch die schmale Drehtür hinaus in die kühle Herbstluft treten kann. Er geht langsam, nach wie vor taumelnd zu seinem Mercedes und lässt sich schwer seufzend auf den Fahrersitz fallen. Seine Hände umgreifen automatisch das Lenkrad, wo sie unkontrolliert zitternd ausharren, während Toni seinen Blick starr auf den tristen, leeren Parkplatz hinter der Windschutzscheibe richtet. Er muss losfahren, aber sollte in seiner Verfassung eigentlich nicht. Trotzdem startet Toni den Motor, wodurch das Auto leise surrend zum Leben erwacht. Er lenkt es vorsichtig vom Parkplatz auf die Hauptstraße und beginnt seine allabendliche Fahrt zurück nach Hamburg. Diesmal ist der Sänger jedoch viel umsichtiger, hält das Tempo gleichmäßig langsam und den Wagen durchgehend auf der rechten Fahrspur.

Als er endlich am Krankenhaus ankommt, fällt eine unglaubliche Anspannung von Toni ab. Er musste sich sehr konzentrieren, das Autofahren war eine Tortur und bei Weitem nicht so entspannend wie sonst. Zwischenzeitlich war sich der Sänger nicht einmal sicher, ob er es bis nach Hamburg schafft oder nicht doch lieber auf einem Rasthof anhält und einfach abwartet, bis sein Rausch abklingt.

Nun doch beim Krankenhaus angekommen, wirft Toni einen prüfenden Blick auf seine Armbanduhr, nur um frustriert festzustellen, dass er für die Fahrt viel länger als sonst gebraucht hat. Natürlich ist die Besuchszeit bereits vorbei, der Sänger hat es schon missmutig geahnt.

Nichtsdestotrotz steigt er aus seinem Wagen aus und schlendert wie selbstverständlich zum Krankenhaus hinüber. Wenn Toni Glück hat, dann darf er trotzdem für kurze Zeit auf die Station, da er dank seines charismatischen Auftretens bereits einige der dort arbeitenden Krankenschwestern um den Finger gewickelt hat. Sie erlauben dem Sänger, länger zu bleiben, oder lassen ihn, wenn er so wie an diesem Tag zu spät kommt, gewähren, anstatt ihn eilends wieder fortzuschicken.

Immer noch unangenehm berauscht betritt Toni die Station und erzittert durch den Temperaturunterschied. Während sich draußen der Herbstwind beständig durch seine Kleidung gefressen hat, ist es im Krankenhaus stickig warm. Es sorgt dafür, dass der Musiker von erneutem Schwindelgefühl ergriffen wird und kurz bunte Sternchen vor seinen müden Augen tänzeln sieht. Frustriert hält Toni an und blinzelt angestrengt, um dieses Unwohlsein abzuschütteln. Er sehnt sich nach mehr Alkohol oder den kleinen, bunten Ecstasy-Pillen, die sicher im Handschuhfach seines Wagens verstaut sind, obwohl sein Körper immer noch gegen die letzte Dosis rebelliert. Ein elendiger Teufelskreis, dem Toni gedanklich noch nachhängt, als eine träge Männerstimme ihn aufhorchen lässt.

»Guten Abend, Herr Durand.« Der Sänger hebt fragend den Kopf und sieht sich Doktor Hansen gegenüber. Der Chefarzt hat die Arme vor dem Oberkörper verschränkt und mustert Toni abschätzig von oben bis unten.

»Guten Abend.« Der erschöpfte Sänger zwingt sich zu einem freundlichen Lächeln. Innerlich ärgert er sich jedoch ungemein. Am Eingang der Station hat ihn die junge, freundliche Krankenschwester zwar bemerkt, aber weder etwas gesagt, noch ihn auf sonstige Art und Weise davon abgehalten, weiter über die leeren Flure des Krankenhauses zu gehen. Toni hätte sich also problemlos in Jacks Zimmer schleichen können, wenn nur Doktor Hansen nicht plötzlich und scheinbar aus dem Nichts vor ihm aufgetaucht wäre.

»Unsere Besuchszeiten sind schon vorbei, Herr Durand. Das wissen Sie sicherlich.« Doktor Hansen spricht wie immer monoton. Wenn er von Toni genervt ist, dann kann er das wirklich gut hinter seiner gleichgültigen, reglosen Miene verbergen. »Ich muss Sie also bitten zu gehen.«

Da der Sänger keine Anstalten macht, umzudrehen und das Krankenhaus zu verlassen, spricht Doktor Hansen nun doch eine deutlichere Aufforderung aus. Dabei macht er eine flüchtige Handbewegung, um zum Eingang der Station zu zeigen. Toni könnte davon jedoch nicht unbeeindruckter sein. Er sieht gar nicht ein, sofort nachzugeben und das Feld zu räumen.

»Ich werde nicht lange hier sein, keine Sorge.« Er bleibt weiterhin bemüht freundlich, aber seine Augen blitzen angriffslustig, während er provokant noch einen Schritt weiter auf den Arzt zugeht. Denn Schmeicheleien und charmant gesäuselte Worte bringen Toni bei Doktor Hansen nicht weiter, dessen ist sich der Sänger bewusst. Doch mit der prompt folgenden Reaktion des Chefarztes hat er nicht gerechnet.

Der größere, aber schlankere Mann senkt nun seine Hände und wechselt aus der defensiven Haltung in eine offenere, allerdings nicht weniger überlegene Positur. Auf seinem von leichten Falten durchzogenen Gesicht spiegelt sich nun doch schwer unterdrückter Zorn wider. Den Blick über seine Brille hinweg fest auf Toni gerichtet, bringt er seine nächsten Worte zwar hörbar gereizt, aber mit beabsichtigt gesenkter Stimme hervor.

»Herr Durand, ich fürchte, in all Ihrer Arroganz vergessen Sie, dass solche Dinge hier nicht von Ihnen bestimmt werden. Sie haben keinen übergeordneten Status, also folgen Sie den Regeln in diesem Krankenhaus wie jeder andere auch.«

Toni würde an dieser Stelle bereits gerne widersprechen, aber Doktor Hansen gibt ihm keine Chance dazu. »Ich habe Ihr Verhalten jetzt lange genug geduldet und denken Sie nicht, dass ich nicht mitbekommen hätte, wie oft Sie unter Drogeneinfluss hier aufgetaucht sind. Sollte das noch einmal vorkommen oder ich mitbekommen, dass Sie hier mal wieder nach Ihren eigenen Regeln walten, dann verweise ich Sie auf der Stelle von meiner Station. Also überlegen Sie sich gut, was Sie jetzt machen.«

Mit diesen Worten beendet der Chefarzt das Gespräch und geht mit festen Schritten an Toni vorbei.

Der Sänger bleibt verdutzt alleine auf dem langen Flur zurück, zu überrumpelt von der Tirade des Arztes, um augenblicklich zu reagieren. Die Wut über Doktor Hansen, welche sich zuvor noch brodelnd in ihm aufgebaut hat, erstickt nun in seiner Kehle. Auch wenn Toni seinen Frust nur allzu gerne laut herausgeschrien hätte, die Androhung des Arztes kam zu plötzlich und ist für ihn nun allgegenwärtig. Kleinlaut zieht sich Toni zurück, verlässt das noch hell erleuchtete Krankenhaus und bald darauf mit quietschenden Reifen auch den verwaisten Parkplatz.

Auch wenn er das Krankenhaus am folgenden Abend vollkommen nüchtern betritt, schleicht Toni misstrauisch über die Flure bis hin zu Jacks Zimmer. Immerhin begegnet er dem aufdringlichen Chefarzt nicht, dafür aber Kerstin. Sie läuft dem Sänger direkt an der Zimmertür in die Arme und schreckt völlig zerstreut zurück.

»Oh, tut mir leid!« Die Tür hinter sich schließend weicht Kerstin zur Seite aus. »Wie schön, dich zu sehen.«

Sie lächelt, aber ihre Augen sind gerötet, die Wangen vom Weinen nass. Kerstins Hände zittern, während sie eilig versucht, ihre zerknitterte Kleidung zurechtzurücken und ihre zerzausten Haare unter Kontrolle zu bekommen.

»Ist alles in Ordnung?« Toni mustert sie verwundert. Er ist es mittlerweile gewohnt, dass Kerstin, wann immer sie im Krankenhaus verweilt, aufgewühlt und fahrig ist, aber an diesem Abend scheint sie noch viel betrübter als sonst zu sein.

»Ja, es ist alles okay.« Eine handfeste, mehr als offensichtliche Lüge. Nichtsdestotrotz atmet Kerstin einmal tief durch und schultert ihre kleine Handtasche, die ihr bei der ungewollten Kollision mit dem Sänger über den Arm hinuntergerutscht ist.

»Tut mir leid, aber Jack möchte heute niemanden mehr sehen. Er hat mich auch schon fortgeschickt.« Kerstin deutet hastig auf die geschlossene Zimmertür.

»Wieso das denn?« Toni blickt fragend zu ihr, gleichermaßen überrascht und unglaublich irritiert.

»Er ist niedergeschlagen und möchte nachdenken.« Kerstins Antwort bleibt vage. Sie zuckt resigniert mit den immer noch leicht bebenden Schultern und wendet sich zum

Gehen ab. »Gib ihm die Zeit dafür, Toni, bitte. Ich weiß nicht, ob es dir aufgefallen ist, aber Jack fühlt sich schon seit Tagen nicht wohl.«

Kerstin holt einmal schnell Luft und spricht dann weiter, um jeden Protest von Toni mit einem anderen Vorschlag im Keim zu ersticken. »Wenn du willst, dann kannst du mit zu mir kommen. Du machst dir auch so viele Sorgen, und ich selbst freue mich, wenn ich momentan nicht alleine bin.«

Toni weiß, dass Kerstins Angebot versöhnlich gemeint ist, aber er wüsste beim besten Willen nicht, was ihm das nützen sollte. Kopfschüttelnd tritt er einen Schritt zurück, damit sie genügend Platz zum Gehen hat.

»Nein.« Der Sänger wartet standhaft und unbeirrt, bis Kerstin doch nachgibt. Sichtbar unglücklich über Tonis unbedarfte Sturheit nickt sie ihm zum Abschied knapp zu und entfernt sich dann ohne jedes weitere Wort. Toni blickt ihr noch einen Augenblick lang nach, bevor er an Jacks Zimmertür klopft und gleich darauf eintritt.

Noch ist die große Deckenlampe eingeschaltet und erhellt den Raum mit kaltem, grellem Licht. Durch das gekippte Fenster dringt die kühle Herbstluft herein.

»Ich möchte keinen Besuch haben. Bitte geh wieder.« Toni hat das leise ›Guten Abend‹ kaum über die Lippen gebracht, da antwortet Jack schon heiser und mit distanziert ruhiger Stimme.

Das Gestell des Krankenhausbettes ist ein wenig angehoben, sodass er möglichst aufrecht sitzen kann. Die weiße Decke wurde Jack sorgfältig über den geschundenen Körper gelegt, damit er so dicht beim offenen Fenster nicht friert. Seinen Kopf hat er zur Seite weggedreht, den Blick aus dem Fenster hinaus auf den still daliegenden Krankenhausparkplatz gerichtet.

»Ich wollte nur nach dir sehen. Kein Grund, gleich so abweisend zu reagieren.« Toni wird ungewollt etwas schnippischer, bleibt aber für seine Verhältnisse noch gelassen. Er tritt weiter in den Raum hinein, auch wenn Jack ihn immer noch nicht beachtet. Erst als Toni direkt vor dem Krankenbett steht, meldet sich sein bester Freund erneut zu Wort.

»Was erwartest du? Ich habe dir doch gesagt, dass ich alleine sein will.« In Jacks Stimme schwingt ein bitterer Unterton mit, auch wenn er nach wie vor nur heiser und zittrig sprechen kann. Er atmet tief durch, in dem nichtigen Versuch, seine Wut zu unterdrücken. Als er aber ein paar Leute lachend und scherzend am Krankenhaus vorbeigehen sieht, ihre Stimmen nur dumpf hörbar, zieht sich sein Herz schmerzhaft zusammen. Seine Kehle scheint sich erbarmungslos zuzuschnüren, während erneute Wogen der Furcht in seiner Brust aufsteigen.

»Ich komme dich aber gerne besuchen.« Toni lächelt milde, beschwichtigend. Er wagt es noch nicht, sich zu setzen, da Jacks schlechte Laune allgegenwärtig scheint, aber alleine will er seinen besten Freund auch nicht lassen. Unschlüssig abwartend schweigt er ebenso beharrlich wie Jack, zumindest bis er den wüsten Zettelstapel auf dem Beistelltischchen bemerkt. Es sind verschiedenste Unterlagen, halbausgefüllte Anmeldeformulare für Rehakliniken, hastig geschriebene Notizen und unzählige Infoflyer.

»Ihr kümmert euch also um eine Rehaklinik?« Toni schiebt die Zettel mit einer Hand ein wenig auseinander, um sie alle kurz zu überfliegen. Jacks gereizte Antwort folgt sofort.

»Untersteh dich, an die Unterlagen zu gehen. Das geht dich nichts an.« Aus Reflex zieht Toni seine Hand zurück, denn jetzt hat Jack seine Stimme erhoben, ist laut und zornerfüllt geworden. Der Groll hinter jedem einzelnen seiner Worte ist deutlich zu hören. Ohne darüber nachzudenken, schnellt sein Kopf zu Toni herum, was nicht nur zu pochendem Kopfschmerz bei ihm führt, sondern auch zur deutlichen Verwunderung des Sängers. Denn trotz all des quälenden Verdrusses und des Zorns sind Jacks Augen vom endlosen Weinen gerötet. Die letzten nassen Striemen sind noch schwach auf seinem blassen Gesicht zu erkennen, auch wenn schon keine Tränen mehr fließen.

»Bitte lass mich dir helfen.« Toni beugt sich ein wenig nach vorne. Er wirkt ernsthaft erschrocken und besorgt, genau das, was Jack unbedingt vermeiden wollte. In seiner unüberlegten Fürsorge legt der Sänger nun seine kalte Hand behutsam, aber nachdrücklich auf die von Jack. Doch könnte er nur, Jack hätte in all seiner Wut und Verzweiflung seine Hand sofort weggezogen, hätte seinen besten Freund am liebsten frustriert von sich fortgestoßen. Aber bewegungsunfähig eingesperrt in seinem ihm nicht mehr gehorchenden Körper, bleibt ihm selbst das verwehrt.

»Lass mich einfach in Ruhe.« Jack seufzt tief und wendet sich einfach wieder von Toni ab. Immerhin kann er diese simple Kopfbewegung selbstständig und ohne große Probleme ausführen.

Er sehnt sich danach, wieder alleine in seinem Zimmer zu sein, ohne ständigen Besuch, der ihn mit Mitleid oder zweifelhaftem Trost bedrängt. Aber die jäh entstehende Stille bestärkt Jack nur in seiner Befürchtung, dass Toni wenig Verständnis für seine flehentlich ausgesprochene Bitte hat.

»Ich verlange nichts, nur diese eine Sache. Tu mir doch diesen einen Gefallen.« Jack will nicht noch einmal laut werden, dazu fehlt ihm allmählich die Kraft. Aber seine Gefühle fahren schon seit plagend vielen Tagen Achterbahn. Eine fatale, mit dutzenden Saltos, fürchterlich angstauslösenden Höhen und unheimlichen Tiefen gespickte Achterbahn, aus der er am liebsten schon vor fünf Runden ausgestiegen wäre.

»Ich werde dich nicht in diesem furchtbaren Zimmer zurücklassen. Wie kannst du nur so stur sein?« Mit Tonis hitzköpfiger, lauter Reaktion hat Jack überhaupt nicht gerechnet. Der Sänger hat sich beim Sprechen wieder aufgerichtet und die Hand seines besten Freundes ruckartig losgelassen. »So richtest du dich selbst zugrunde, warum merkst du das nicht?« Tonis Augen blitzen aufgeregt, auch wenn ein anderes Gefühl als blanke Wut in ihnen liegt.

»Schau doch nur, wie kaputt ich bin. Mein verdammter Körper gehorcht mir nicht mehr, ich kann meine Arme nicht heben, geschweige denn mich auch nur selbstständig aufrichten. Was bringen mir all die furchtbaren Operationen, nach denen die Schmerzen nur noch stärker sind als zuvor, oder die nervigen Therapien, die keine Veränderungen bewirken?« Jack schaut nun doch wieder zu Toni, seine Trauer um all das, was er verloren hat, kann er sowieso nicht mehr verbergen. Er ist immer noch laut, schreit beinahe und überlegt nebenbei, ob die Krankenschwestern auf dem Flur sie wohl hören können.

Die Zähne fest zusammengebissen holt Jack tief Luft. Sein Brustkorb hebt und senkt sich schwer, seine Kehle schnürt sich unerbittlich immer weiter zu. Aber Jack muss weiterreden, sonst, so fürchtet er, zerspringt auch noch der letzte Rest von dem, was ihn noch ausmacht. Am liebsten würde er einfach wild um sich schlagen und in all seiner Verzweiflung das grässliche Krankenzimmer niederreißen.

»Du musst Geduld haben. Doktor Hansen hat doch erklärt, dass es mit der Zeit besser wird.« Tonis melodische Stimme bebt immer noch vor Wut, trotzdem versucht er, seinen besten Freund zu beschwichtigen. Es ist selten, dass der aufbrausende Sänger der Vernünftigere von ihnen ist, aber er will auch nicht streiten.

»Toni, ich kann nicht mehr laufen! Egal was geschieht, daran wird sich mein Leben lang nichts mehr ändern. Ich werde immer auf Hilfe angewiesen sein, und glaub mir, ich will nicht ständig von Pflegern belagert werden oder euch in all dieses Unglück mit hineinziehen.« Jacks Stimme bricht zum Schluss doch vollends, auch wenn er das krampfhaft vermeiden wollte. Den letzten, dunklen Gedanken, der ihn einfach nicht mehr loslassen will und ihn begleitet, seit er im Krankenhaus wieder aufgewacht ist, spricht Jack trotzdem noch stockend aus. »Ich hätte bei dem Unfall einfach umkommen sollen.«

Mit diesem einen Satz nimmt er Toni jeglichen Wind aus den Segeln. Der Sänger lässt die Schultern kraftlos hängen, seine weit geöffneten Augen sind starr auf Jack gerichtet.

»Nein.« Tonis Hals ist furchtbar trocken, er bekommt die Worte nur mühsam und heiser hervor. Um sie zu bekräftigen, schüttelt er wie in Trance den Kopf. »Nein, das wäre nicht besser gewesen. Wie kannst du nur so etwas sagen?«

Da Jack sich entschließt, auch nach dieser Frage noch beharrlich zu schweigen, räuspert sich Toni kurz und spricht mit ungewohnt wackliger Stimme weiter. »Ich weiß, dass ich dir nicht so helfen kann, wie es dir lieb wäre. Das können wir alle nicht. Aber bitte gib dich nicht auf.«

Der stechende, angstvolle Schmerz in Tonis Brust schwillt immer mehr an, während Jack seinen Blick wieder abwendet. Er fixiert wie so oft in den vergangenen Tagen die kahle Zimmerdecke und sehnt sich nach der wohltuenden, wenn auch erdrückenden Einsamkeit, nach der er so vehement verlangt.

Die Besuche, egal von wem, sind für Jack eine schreckliche Tortur. Er will nicht reden oder so tun müssen, als könnte er das alles überstehen. Denn das kann er nicht. Die quälende Wahrheit auszusprechen ist auch die falsche Lösung und führt nur zu Schuldgefühlen seinerseits, wie

Jack an Tonis erschrockenem Gesichtsausdruck deutlich feststellen kann. Kaum auszudenken, wie seine Familie auf diese depressiven Gedanken reagieren würde, wo seine Mutter doch bei jedem Besuch aufs Neue in Tränen ausbricht, kaum dass sie das Krankenzimmer betritt.

»Bitte lass mich alleine.« Jack flüstert die Worte nur, nicht sicher, ob Toni ihn gehört hat. Aber der Sänger gehorcht. Er nickt niedergeschlagen, was Jack nicht sehen kann, und wendet sich langsam zum Gehen ab. Die Hilflosigkeit, die er empfindet, lässt ihn taumeln, in seinen Ohren rauscht ein nicht existentes Geräusch aufdringlich laut. An der Tür angekommen, dreht Toni sich noch ein letztes Mal um und verharrt entsetzt.

Jack hat die Augen fest geschlossen, während stumme Tränen über sein Gesicht rinnen. Er hat die Zähne fest zusammengebissen, damit bloß kein noch so leiser Klagelaut über seine Lippen kommt.

Toni seufzt schwer und trottet augenblicklich zurück zu Jack. Er setzt sich auf den Stuhl beim Krankenbett und beugt sich, ohne ein Wort zu sagen, nach vorne, um einen Arm sanft um Jacks Oberkörper zu legen. Es ist eine behutsame, vorsichtige Umarmung, die dafür sorgt, dass Jack nun vollends zusammenbricht. Er schluchzt leidvoll, ungehalten, während Toni seinen Kopf vorsichtig gegen den seines besten Freundes kippt. So verharren sie eine ganze Weile, Toni unterlässt wohlweislich jeden Versuch, Trost zu spenden. Was sollte er denn auch sagen, das nicht gelogen oder bloß eine ausdruckslose Floskel wäre? Stattdessen hält er Jack fest, während dieser haltlos weint. Toni selbst wartet und achtet bald nur noch auf Jacks rasendes Herz. Seine aschblonden, nach dem Unfall völlig kurzrasierten Haare kitzeln an der Schläfe des Sängers.

Zur großen Erleichterung des Musikers verebbt Jacks

Schluchzen bald darauf, bis nur noch leises Wimmern den dröhnend leisen Raum erfüllt.

»Fühlst du dich besser?« Toni stellt die Frage nur zögerlich und löst sich widerwillig aus der Umarmung. Eine Hand legt er wieder auf die von Jack und schaut dann vorsichtig zu seinem besten Freund.

Der kurze Kontrollverlust hat Jack viel abverlangt. Er wirkt müde und kann die brennenden, geröteten Augen kaum aufhalten. Trotzdem blickt er angestrengt blinzelnd zu Toni, nun doch irgendwie dankbar für dessen Nähe.

»Ich habe fürchterliche Angst.« Jack flüstert nur, zu mehr ist er nicht imstande. Neue Tränen füllen bereits seine Augen und drohen zu fallen. »Ich weiß nicht mehr, wie es weitergehen soll. Ich bin verloren, Toni.«

Jack atmet schwer, die durchdringende Panik hinter seiner Angst zerfrisst ihn immer mehr.

»Das bist du nicht.« Toni kann nicht mehr tun, als abermals entschieden zu widersprechen. Dass es nichts an Jacks Gemütszustand ändert, ist ihm klar. »Ich werde dir beistehen, egal was geschieht.« Toni spricht ganz leise weiter. Die folgende Stille könnte nicht bedrückender sein.

»Kannst du jetzt bitte gehen?« Jack weiß nicht mehr, wie oft er diese simple Bitte an diesem Tag schon ausgesprochen hat. Aber diesmal weigert sich Toni immerhin nicht, auch wenn er seinen besten Freund nur ungern alleine in diesem bedrückenden Zimmer zurücklässt. Er nickt nur und verabschiedet sich leise von Jack, bevor er, immer noch schmerzlich ergriffen, aus dem Krankenzimmer geht.

Kaum dass der Sänger draußen im kalten Herbstregen steht, ist der ungewohnt innige, bekümmerte Moment zwischen ihm und Jack endgültig verflogen. Das sehnsuchtsvolle, melancholische Gefühl tief in seinem Herzen soll Toni hingegen noch bis spät in die Nacht begleiten.

· · ·

Zu Tonis Unmut wird ihm auch am folgenden Abend der Zutritt zu Jacks Zimmer verwehrt. Die alte Krankenschwester mit den grüngrauen Augen und dem eigenartig geformten Dutt hat den Musiker schon am Empfangstresen abgefangen, um ihn milde lächelnd beiseitezunehmen. Während sie nun geduldig erklärt, dass Jack sie darum gebeten hat, vorerst jeglichen Besuch von ihm fernzuhalten, wandern Tonis Gedanken unruhig zu seinem besten Freund. Wirklich zuhören kann er der Krankenschwester deswegen nicht, und auch jedes weitere Nachfragen oder Bitten bringt den Sänger an diesem Abend nicht weiter.

Auch in den kommenden Tagen darf Toni nicht mehr zu Jack. Egal wie viel er diskutiert, die Krankenschwestern nehmen die Bitte ihres Patienten sehr ernst. In der Regel schafft es Toni kaum unbemerkt auf den Flur der Station, bevor ihn einer der Krankenpfleger nachdrücklich daran erinnert, Jack nicht zu stören. Zähneknirschend bezieht der Sänger dann direkt vor Jacks Zimmertür Posten, indem er sich auf eine der sperrigen Bänke, die überall auf dem Flur verteilt sind, setzt und trotzig wartet. Immerhin wird ihm das gestattet.

Ab und zu huscht auch Doktor Hansen an ihm vorbei, ihre Blicke treffen sich dann jedes Mal missbilligend, aber der Chefarzt macht sich nicht die Mühe, mit Toni zu sprechen. Seine einzig andere Verbindung zu Jack ist Kerstin, was der Sänger nach einigen Abenden voll vergeblichen Wartens auf dem Krankenhausflur ausnutzen will. Er schreibt ihr einige kurze Nachrichten, wird aber jäh enttäuscht, da Kerstin ihm mitteilt, dass Jack sie ebenso wenig zu sich lässt.

Dementsprechend frustrierend bleiben die vorbeiziehenden Tage für Toni. Er arbeitet stumpf seine Aufgaben im Tonstudio ab und ignoriert dabei die immer häufiger aufkommenden Fragen seiner Kollegen, die sich hauptsächlich um Tonis schlechte Laune oder die Tatsache zu drehen scheinen, dass niemand so wirklich weiß, wo sich der Sänger rumtreibt. Die Nächte nach seinen festen, wenn auch sinnlosen Besuchen im Krankenhaus verbringt Toni dann wahlweise in lauten, überfüllten Clubs auf der Reeperbahn oder doch in Alex' kleiner Einzimmerwohnung in Stellingen, die wegen seines baldigen Umzuges schon ungewohnt leer ist. Irgendwann erschien es dem Sänger doch angenehmer, die Nacht bei dem arroganten Hotelleiter zu verbringen, anstatt alleine zu dem verlassenen, dunklen Tourbus zurückzukehren.

Als dann einige Wochen später die Arbeiten im Tonstudio für Toni und seine Band beendet sind, ist der Sänger im Krankenhaus bei Jack immer noch nicht weitergekommen. Nach wie vor wird ihm, auf Anordnung seines besten Freundes, jeder Kontakt verwehrt. Natürlich versucht es Toni konsequent weiter, bis zum letzten Tag vor dem Aufbruch zur Promotiontour.

Müde und im leichten Drogennebel entrückt betritt der Sänger an diesem Abend das ruhige Krankenhausgebäude. Er sieht sich halbherzig um und wendet sich dann direkt dem Empfangstresen zu. Allmählich ist er von diesem Ort genervt, aber auch die Aussicht auf die am kommenden Morgen startende Werbetour stimmt Toni nicht glücklicher.

Der Empfangstresen der Station ist verwaist, keine Krankenschwester ist in Sicht. Frustriert murrend lehnt sich Toni nach vorne und stützt sich mit den Unterarmen auf dem Tresen ab. Er sieht sich mehrmals fragend um, bevor er den Kopf schwerfällig senkt und sich mit einer zittrigen Hand die leicht gelockten Haare rauft. Der einzige Abend seit Wochen, an dem er sich nicht lange im Krankenhaus aufhalten wollte, und dann findet sich kein Personal auf der Station.

Erst das dumpfe Öffnen und Schließen einer Tür lässt

Toni aufhorchen und wieder aus seinen zähflüssigen Gedanken in die Wirklichkeit zurückkehren. Aus einem der Patientenzimmer tritt eine Krankenschwester und kommt eilig auf Toni zu. Der Sänger hat sich in all der Zeit nicht die Mühe gemacht, die Namen der paar verantwortlichen Schwestern auf der Station zu verinnerlichen, er kennt die junge Frau, welche nun auf ihn zukommt, aber vom Sehen. Er richtet sich wieder vollkommen auf, streckt den Rücken durch und will schon anfangen zu sprechen, als die junge Frau ihm sanft lächelnd zuvorkommt.

»Guten Abend, Herr Durand. Ich muss Sie leider wieder enttäuschen.« Sie huscht schnell hinter ihren Tresen, um einen gewissen Sicherheitsabstand zu wahren.

»Schon okay.« Toni kann das tiefe, genervte Seufzen nicht unterdrücken. Trotzdem zwingt er sich zu einem freundlichen Lächeln, während er in seine Jackentasche greift und eine kleine Visitenkarte hervorholt.

»Ich bin ab morgen eine ganze Weile nicht in Hamburg. Herr Vaenthin hat zwar meine Handynummer, aber falls ich während der Arbeit nicht erreichbar bin, dann soll er es unter dieser Nummer versuchen.« Toni reicht der verdutzten Krankenschwester die Visitenkarte seines Managers, dem er schon eingeschärft hat, dass ausnahmslos jeder Anruf, der unter dieser Nummer für Toni eingeht, sofort an den Sänger weitergeleitet wird.

»Können Sie das bitte an Herrn Vaenthin weitergeben?« Toni deutet mit einer flüchtigen Kopfbewegung zu dem kleinen Kärtchen, welches sich nun in den zarten Händen der Krankenschwester befindet. Sie nickt eifrig und steckt die Visitenkarte an das Klemmbrett vor sich auf dem Schreibtisch.

»Natürlich, ich bringe sie ihm später ins Zimmer.«

Ein kurzer Moment voll Stille vergeht, in dem Toni fast hofft, doch noch einmal kurz zu Jack gehen zu dürfen. Aber nichts dergleichen geschieht, weshalb er schulterzuckend einen Schritt zurücktritt.

Diese Ersatztelefonnummer beim Krankenhaus abzugeben, nur für alle Fälle, war das Letzte, was Toni an diesem Tag noch erledigen wollte. Bis sie am frühen Morgen mit dem Tourbus aufbrechen, wird er die Zeit nur noch gleichgültig verstreichen lassen, vermutlich trinken und ein bisschen was von dem Zeug rauchen, das ihm Alex bei seinem letzten Besuch in dessen Wohnung zugesteckt hat. Abgesehen davon ahnt Toni schon, dass seine Gedanken auch in der nächsten Zeit immer wieder ins Krankenhaus zu Jack abdriften werden.

3

Meet me in the crowd, people, people. Throw your love around, love me, love me. Take it into town, happy, happy. Put it in the ground where the flowers grow.

Shiny Happy People – R.E.M.

MÄRZ

Das schrille Handyklingeln dröhnt nun schon zum wiederholten Male durch den beengten Tourbus, aber zu Toni dringt das allgegenwärtige Geräusch nur dumpf und verwaschen durch. Der Sänger hat seinen zentnerschweren Kopf müde auf der rechten Hand abgestützt und betrachtet das leuchtende Display aus desinteressierten, getrübten blauen Augen.

Das Tonstudio. Mal wieder. Inzwischen haben seine Chefs Hannes und Fabian schon sechsmal versucht, ihn telefonisch zu erreichen. Immer ohne Erfolg. Denn Toni hat wirklich keine Lust darauf, mit ihnen zu reden.

Als das Handy endlich verstummt, atmet der Sänger erleichtert auf. Kurz überlegt er, sich wieder in die kleine Schlafkoje zurückzuziehen und einfach die Augen zu schließen. Denn die Rauschmittel wirken noch nach, auch wenn Toni die letzten Pillen vor Stunden genommen hat. Allmählich weicht das übermäßige Hochgefühl der Ecstasy-Pillen jedoch der wohlbekannten Trägheit, die ihn, im Tourbus alleine gelassen, umso energieloser werden lässt.

Aber anstatt den fehlenden Schlaf der vergangenen Nächte nachzuholen, nimmt sich Toni eine Zigarette, zündet sie an und bläst den Rauch weltenentrückt an die schmucklose Decke des Wohnwagens. Zum Glück raucht Daniel ebenfalls, er nimmt den beißenden Geruch kaum wahr. Nicht, dass es Toni ernsthaft interessieren würde, sollte es anders sein.

Abermals vibriert sein Handy auf dem Tisch und klimpert aufdringlich.

»Das darf doch nicht wahr sein.« Toni murrt unzufrieden, heiser und leise. Er könnte natürlich auch einfach rangehen und sich dem Zorn seines Managers stellen, denn eigentlich hätte sich der Sänger schon am gestrigen Tag im Tonstudio einfinden sollen, und auch jetzt schwänzt Toni seine Termine in Kiel noch beharrlich. Außerdem ist es nur eine Frage der Zeit, bis Hannes' schier endlose Geduld mit dem schwierigen Musiker endgültig aufgebraucht ist und er einfach selbst zum Stellplatz des Tourbusses fährt, kurzerhand die Tür eintritt und Toni ordentlich die Leviten liest.

Doch das Handy verstummt wieder, bevor der Sänger eine ernsthafte Entscheidung treffen kann. Dafür gehen gleich darauf zwei neue Nachrichten ein, die allerdings leichter zu ignorieren sind als die penetranten Anrufe.

»Nicht jetzt, Hannes. Noch nicht jetzt.« Toni drückt den Zigarettenstummel im bereitstehenden Aschenbecher aus und senkt den Kopf auf die angenehm kühle Tischplatte. Seinen Blick hält er weiterhin auf das vor ihm liegende Handy gerichtet, auch wenn er weiß, dass er nicht stark genug ist, beim nächsten Klingeln anders zu reagieren als zuvor. Was sollte er auch sagen? Egal welche Erklärung Toni ihm bieten würde, Hannes könnte es nicht verstehen. Gleichzeitig weiß Toni aber auch, dass er in den vergangenen Wochen Entscheidungen getroffen hat, die er seinem Umfeld lieber früher als später mitteilen sollte.

Ein wenig benommen richtet sich der Sänger wieder auf und greift nach dem erstaunlich stillen Handy. Ohne auf die ganzen verpassten Anrufe oder dutzenden Nachrichten zu achten, wählt er Kaddys Nummer und wartet mit ungewohnt bangem Gefühl im Magen darauf, dass sie rangeht. Nach dem dritten Freizeichen hebt die Keyboarderin dann ab.

»Hi, Toni.« Sie klingt freundlich, vergnügt wie immer. Also weiß sie wohl noch nichts von Tonis Fehlverhalten.

»Hallo. Hast du Lust, dich mit mir in der Stadt zu treffen? Wir könnten zusammen essen gehen.« Toni bemüht sich, ruhig zu bleiben, kann das leichte Zittern in seiner Stimme allerdings nicht verbergen. Einen Moment lang ist es still in der Leitung, ehe Kaddy antwortet.

»Heute geht es nicht. Ich bin noch unterwegs und helfe danach im Tierheim aus. Bist du nicht im Tonstudio?« Die Frage lässt Toni auf seinem Stuhl tiefer sinken.

»Dann morgen?« Er übergeht sie deshalb einfach und hofft, dass Kaddy nicht weiter darauf eingeht.

»Gerne. Dann bis morgen, Toni.« Sie legt auf, bevor er antworten kann, sodass seine letzten Worte nur von dem durchdringenden Piepen der leeren Leitung beantwortet werden.

»Bis morgen.«

· · ·

Unruhig mit den Fingern auf seinem Bein trommelnd, wartet Toni in dem warmen, heimeligen Restaurant auf Kaddy. Selbst die ruhige Atmosphäre ändert nichts an seiner Anspannung, die er an diesem Tag absichtlich nicht mit Pillen oder Alkohol betäubt hat.

Da der Sänger allerdings extra früh bei ihrem vereinbarten Treffpunkt erschienen ist, muss er nun geduldig warten, bis auch Kaddy in dem orientalischen Restaurant eintrifft. Bis dahin begnügt sich der Musiker damit, durch die regenverhangene Fensterfront zu blicken, hinter der sich die ersten zarten Frühlingssonnenstrahlen auf dem glänzend nassen Asphalt spiegeln.

Als Kathleen endlich durch die Tür und sogleich zu ihm kommt, huscht ein leichtes, wenn auch nicht ganz ehrlich gemeintes Lächeln über Tonis Lippen. Nach der gewohnt freundlichen Begrüßung setzen sie sich einander gegenüber an den Tisch und reden zunächst eine ganze Weile über belanglose Themen. Ein zurückhaltender, freundlicher Kellner schenkt zwischendurch Wasser ein und legt wortlos die Speisekarten vor ihnen auf den Tisch.

Doch dann lehnt sich Kathleen in ihrem Stuhl zurück, überschlägt die Beine und sieht mit leicht schiefgelegtem Kopf sowie neugierigem Funkeln in den dunkelbraunen Augen zu Toni. »Warum machen wir das hier?«

Sie schmunzelt etwas und weist mit einer Hand auf das belebte Restaurant, während Tonis Blick ihrer Geste gespielt unwissend folgt. »Was meinst du?«

Die arglos gestellte Frage lässt Kaddy auflachen, nicht böse oder scharf, sondern belustigt von Tonis Gehabe. »Weißt du eigentlich, wie lange es her ist, dass wir uns ohne die Band oder triftigen Grund einfach so getroffen haben? Ich freue mich sehr darüber, aber aus welcher Laune heraus bist du auf diese Idee gekommen?«

Sie zwinkert Toni zu, der sie seinerseits ruhig beobachtet.

Bevor der Sänger zum Antworten ansetzt, wartet er jedoch, da der Kellner zurückgekehrt ist, um ihnen Rotwein in zwei große, bauchige Gläser zu gießen und anschließend ihre Bestellung aufzunehmen.

»Ganz uneigennützig ist dieses Treffen hier wirklich nicht.« Toni zuckt leicht mit den Schultern und greift ruhig nach dem Rotweinglas, um einen Schluck des edlen Tropfens zu trinken. Der schwere, süße Geschmack breitet sich sofort auf seiner Zunge aus und lenkt seine fokussiert entschlossenen Gedanken ein wenig ab. Da Kaddy allerdings nichts erwidert, sondern geduldig auf eine genauere Erklärung wartet, bleibt dem Sänger nichts anderes übrig, als sein lange mit sich selbst debattiertes Vorhaben laut auszusprechen.

»Ich möchte die Band verlassen.«

Diese so unbeteiligt ruhig ausgesprochenen Worte verklingen unbeantwortet am Tisch zwischen den beiden Musikern. Kathleen reagiert nicht sofort, sie überdenkt die eben gehörte Aussage noch mit vor Erstaunen weit aufgerissenen Augen, während Toni vollkommen gefasst ausharrt und abermals an dem noch gut gefüllten Weinglas nippt.

»Du willst was?« Es sind die einzigen Worte, die Kaddy schlussendlich hervorbringt.

Der Sänger lächelt entschuldigend und schüttelt mit leicht gesenktem Blick den Kopf, ehe er erneut zum Sprechen ansetzt.

»Ich will aufhören.« Seine Stimme ist fest und beherrscht. Mittlerweile hat Toni so viele Wochen damit zugebracht, über genau diesen Augenblick zu grübeln, dass ihm die Worte nun doch erstaunlich leicht über die Lippen kommen. »Weißt du, ich bin schon seit einer Weile nicht mehr glücklich und –«

Weiter kommt Toni nicht, da Kaddy ihm ins Wort fällt. »Das ist okay. Ich finde es gut, dass du dir Hilfe suchen willst.«

»Warte, was?« Der Sänger blinzelt verwundert, aber Kathleen lässt sich davon nicht beirren.

»Mir ist doch bewusst, dass es dir nicht gutgeht. Seit Jahren muss ich hilflos mit ansehen, wie du dich selbst zerstörst, wie du jede dir entgegengebrachte Hilfe verweigerst und uns alle von dir wegstößt.« Kathleens Blick ist intensiv und durchdringend, in ihren dunklen Augen liegt eine wohlwollende, aber hilflose Fürsorge. »Dein Wohl ist mir um einiges wichtiger als die Band. Wenn es dir hilft, dann geh. Such dir ein paar gute Psychologen und eine Klinik, um von den Drogen loszukommen.«

Als Kathleen endgültig verstummt, kocht Toni bereits vor Wut. »Sag mal, spinnst du? Wie kommst du denn auf diesen Blödsinn?«

In seinem Zorn rutscht der Sänger unruhig auf seinem Stuhl umher, zu fahrig, um stillzusitzen.

»Worauf willst du dann hinaus?« Jetzt ist es an Kathleen, ihren Freund verwundert, beinahe verständnislos anzusehen.

»Ich habe sicher nicht davon gesprochen, mich einweisen zu lassen.« Toni beugt sich weit über den Tisch und knurrt die Worte aufgebracht. Einige seiner sorgsam zurückgekämmten Haarsträhnen fallen ihm dabei vor die böse funkelnden Augen.

»Es würde dir helfen.« Kathleens kleinlaute, betretene Antwort dämpft Tonis schlechte Laune überhaupt nicht. Er ist dieses Thema leid und wirklich dankbar für den plötzlich wieder auftauchenden Kellner, der ihnen das zuvor georderte Essen auf den Tisch stellt, ehe er mit einem gezwungenen Lächeln schnell wieder davoneilt. Der Appetit ist Toni allerdings schon längst vergangen.

»Okay. Erzähl mir von deinem Vorhaben.« Nachdem sie beide eine Weile lang lustlos in ihrem Essen herumgestochert haben, meldet sich Kathleen vorsichtig zu Wort und sieht über den Tisch hinweg zu Toni. Dabei legt sie ihr Besteck beiseite und nimmt einen Schluck Wein, wie auch der Sänger ihr gegenüber.

Er scheint zu überlegen, unsicher, wie er nun beginnen soll. Doch dann seufzt Toni tief, fährt sich mit einer Hand übers Gesicht und redet langsam, mit immer noch fester Stimme. »Das ist alles irgendwie aus dem Ruder gelaufen, Kaddy. Ich bin nicht mehr glücklich oder auch nur ansatzweise zufrieden.« Toni hält kurz inne, um abermals seine Gedanken zu ordnen. »Ich liebe unsere Auftritte, eigentlich sind sie die einzigen Lichtblicke, die ich momentan noch habe. Alles andere ist beschwerlich und sinnlos. Ich will so nicht weitermachen, und es wird immer klarer, dass ich eben das auch nicht kann.«

Der Sänger verstummt abrupt, unschlüssig. Um zu verhindern, dass Kaddy ihre deutliche Meinung zu seinen chaotischen Lebensumständen abermals kundtut, lässt er sich allerdings nicht viel Zeit, bevor er weiterspricht.

»In den vergangenen Monaten habe ich immer wieder daran gedacht aufzuhören. Besonders seit wir das letzte Mal in Hamburg waren und ich von Jacks Unfall erfahren habe.« Toni merkt selbst, was er da unbeabsichtigt, viel zu vorschnell ausgesprochen hat, und verstummt sofort. Aus Reflex greift er zu dem inzwischen leeren Weinglas, wobei er schlussendlich nur seine feinen Finger um dessen Stiel legt, um irgendwo Halt zu finden.

»Was für ein Unfall?« Kaddy horcht zwar auf, fragt jedoch nur mit verhaltenem Interesse nach. Zwar ist es über die Jahre seltener geworden, aber sie ist es gewohnt, dass Toni verzweifelt verliebt immer wieder mit einem viel-sagenden Leuchten in den Augen von seinem besten Freund erzählt. Im Gegensatz zu den anderen in ihrem Umfeld kennt sie Jack immerhin, auch wenn sie schon seit Jahren, mit Ausnahme von Tonis Berichten, nichts mehr von ihm gehört hat. Die plötzlich gekippte Stimmung des Sängers lässt sie allerdings nichts Gutes erahnen.

Ein wenig aus seinem vor ihrem Treffen sorgsam vorbereiteten Konzept gebracht, blinzelt Toni ein paarmal nachdenklich, bevor er einfach drauflosredet. Er erzählt Kaddy alles, beginnend bei dem, was bei seinem letzten Aufenthalt in Hamburg geschehen ist. Von seinem eigenartigen Aufeinandertreffen mit Jack im Krankenhaus und seinen regelmäßigen Zusammenbrüchen im Tonstudio oder im verlassenen Tourbus. Kathleen bleibt die gesamte Zeit über erstaunlich ruhig und unterbricht den Sänger nicht. Selbst als dieser zu Ende gesprochen hat, schweigt sie noch, ohne Toni einen Hinweis auf ihre Gedanken zu geben.

Die entstandene Stille zwischen ihnen ist aufgeladen, an die entspannte Atmosphäre von zuvor erinnert nichts mehr.

»Ich kann jetzt aufhören. Wir haben das neue Album fertig, die nächsten Auftritte finden alle nur in Deutschland statt. Jetzt ist ein guter Zeitpunkt dafür. Außerdem kann ich Jack dann unterstützen.« Toni erklärt sich und sein Vorhaben ungefragt noch weiter, verunsichert von Kathleens ungewohntem Schweigen. Auch diesmal bekommt er nicht sofort eine verbale Reaktion, stattdessen spielt Kaddy unruhig mit ihren langen, wilden Locken, eine nervöse Eigenart von ihr, die sie selbst kaum wahrnimmt.

»Aber wie willst du denn irgendwem helfen, wenn du dich selbst nicht im Griff hast?« Diese Aussage, zusammen mit Kaddys einfühlsamem Blick, sorgt dafür, dass in Toni abermals brennende Wut aufsteigt.

»Mir geht es gut.« Er bringt die Worte knurrend hinter fest zusammengebissenen Zähnen hervor, sein Griff um das zarte Weinglas verstärkt sich augenblicklich.

»Mach dir doch nichts vor, du hast dein eigenes Leben selbst kaum unter Kontrolle.« Kathleen kontert schnell, energisch. Tatsächlich bleibt Toni zunächst ruhig und verbietet sich jeden weiteren Kommentar zu diesem Thema. Dafür setzt Kathleen mit ihren skeptisch gestellten Fragen gleich nach. »Will Jack deine Hilfe überhaupt?«

Es ist nicht böse gemeint, da ist sich der Sänger beinahe sicher, trotzdem versetzt es ihm einen Stich ins Herz.

»Natürlich.« Trotzig lehnt sich Toni weit in seinem Stuhl zurück, die Arme streng vor der Brust verschränkt.

Es ist eine Lüge oder zumindest nicht vollkommen die Wahrheit. Denn Toni ist sich sicher, dass sein bester Freund dankbar für seine Nähe und Hilfe sein wird, nur gefragt hat er ihn noch nicht. Überhaupt hat Toni in den vergangenen Monaten nur wenig von Jack gehört. Auf die gut gemeinten, regelmäßigen Nachrichten des Musikers reagiert er kaum und wenn, dann nur merkbar widerwillig.

Dafür steht Toni in regem Kontakt mit Kerstin, sie hält den Sänger bereitwillig auf dem Laufenden und freut sich über seinen Eifer.

Von ihr weiß er auch, dass Jack erst Anfang Februar aus dem Krankenhaus entlassen wurde und sich nun in einer Rehaklinik bei St. Peter-Ording aufhält, um seine kaputten Muskeln zu stärken, sowie möglichst vielen Schäden der Querschnittslähmung entgegenzuwirken. Wie lange diese Therapien noch andauern, steht jedoch nicht fest, aber Jacks Mutter hat erwähnt, dass die Ärzte Jack und ihr einen ungefähren Zeitraum von fünf bis acht Monaten vorausgesagt haben.

Neben Kerstin hat sich auch Doktor Hansen bei dem Sänger gemeldet, sehr zu dessen Erstaunen. Wie der Chefarzt an seine Nummer gekommen ist, kann Toni nur erahnen, wahrscheinlich ist ihm die Visitenkarte aufgefallen, die an Jack weitergegeben werden sollte. Toni selbst hat zu Anfang nicht viel davon erwartet, aber Doktor Hansen sollte ihn noch überraschen. Denn der Chefarzt ist sehr wohl überzeugt von den guten Absichten des ungestümen Musikers. Deswegen hat er sich in den vergangenen Monaten immer wieder dazu herabgelassen, Toni ausführlich jegliche Informationen zu vermitteln, die ihm nützlich sein könnten, sollte er es wirklich ernst meinen und Jack helfen wollen.

In Gedanken versunken kippt Toni den Kopf auf die linke Seite, sein Blick geht an Kaddy vorbei ins Leere.

»Hast du es sonst noch jemandem erzählt?« Ihre sanfte Stimme drängt den Sänger zu einer Reaktion. Mit weiterhin abweisender Körperhaltung und in Falten gelegter Stirn schaut er zu ihr.

»Nein.« Kaum merkbar schüttelt Toni den Kopf.

»Aber du bist dir bewusst, dass dein Ausstieg auch Konsequenzen haben wird?« Kathleen beugt sich versöhnlich wieder etwas weiter nach vorne.

»Ich habe lange genug darüber nachgedacht.« Toni zuckt gleichgültig mit den Schultern, auch wenn seine Teilnahmslosigkeit nur mühevoll gespielt ist.

»Gut. Dann stehe ich vollkommen hinter dir.« Über Kaddys Gesicht huscht ein breites Grinsen, während sie Toni zuzwinkert. »Ich hoffe, du hast nichts anderes von mir erwartet.«

Als sie den überraschten Gesichtsausdruck des Sängers sieht, muss die junge Frau nur umso mehr lachen.

»Nein, wie könnte ich nur.« Toni richtet sich ebenfalls wieder auf, seine Wut ist bereits gänzlich verebbt. Als Kathleen dann ihre Hand liebevoll auf seinen Arm legt, fällt auch die letzte hartnäckige Anspannung von ihm ab, und für einen ganz kurzen Augenblick scheint wirklich alles gut werden zu können. Wenn es nach Toni gehen würde, dann hätte er gerne länger an diesem angenehmen Gefühl festgehalten, aber Kathleens nächste Worte reißen ihn abrupt wieder in die Wirklichkeit zurück.

»Mit Hannes und den Jungs musst du aber alleine sprechen. Das ist deine Aufgabe, nicht meine.«

»Du glaubst auch wirklich, dass du dir alles erlauben kannst, oder? Ist dir eigentlich bewusst, was du mit diesem ganzen Nonsens anrichtest?« Toni hört schon lange nicht mehr zu. Leicht abgewandt sitzt er in dem unnötig opulenten Sessel in Hannes' Büro und lässt die Tirade seines Managers kommentarlos über sich ergehen.

Wenn Hannes in Rage ist, nützt es sowieso nichts zu widersprechen, das weiß der Sänger nach all den Jahren ganz genau. Stattdessen wandert sein Blick unfokussiert durch den Raum, während seine Hände behutsam über den weinroten Lederbezug des antiken Sessels streichen.

Solch alte, restaurierte Möbelstücke sind die heimliche Leidenschaft von Hannes. Seine sündhaft teuren Errungenschaften stehen schon lange nicht mehr nur in seinen Wohnungen, sondern nehmen auch einen Großteil des eigentlich geräumigen Büros im Tonstudio ein. Die einzelnen Möbel passen zwar kaum zusammen und sind eher planlos im Raum abgestellt, aber gerade dadurch wirkt Hannes' Büro angenehm wohnlich. Wenn er nicht gerade einberufen wird, um getadelt zu werden, hält sich Toni sehr gerne dort auf.

»Hörst du mir überhaupt noch zu?« Dank dieser rhetorischen Frage schaut Toni nun doch zu Hannes. Ihre Blicke treffen sich kurz, bevor der Sänger schulterzuckend eine ordentliche Sitzposition einnimmt.

»Was denkst du denn?« Toni lächelt herausfordernd, während Hannes' Gesicht vor neu aufschäumender Wut rot anläuft. Diesmal ergreift Toni allerdings zuerst das Wort, um zu vermeiden, dass sein Manager in einen neuerlichen, cholerischen Redefluss gerät.

»Meine Meinung ändert sich nicht, egal wie lange du mich noch anschnauzt.« Toni beobachtet, wie Hannes ihm gegenüber langsam Platz nimmt. »Wir können alles Weitere gemeinsam besprechen, oder du vertraust mir und lässt mich einfach gewähren.«

Jede Form von gekünstelter Freundlichkeit ist unsinnig, Hannes denkt sowieso nur an seine eigenen Vorteile. Aber wahrscheinlich hat Toni gerade durch dieses unwirsche Verhalten ein so gutes, beständiges Verhältnis zu seinem Manager, die regelmäßigen Streitgespräche außer Acht gelassen.

Hannes zuckt derweil nur ungerührt mit den Schultern und greift in die oberste Schublade seines massiven Holzschreibtisches. Wortlos holt er sein Zigarettenetui hervor, nimmt sich selbst einen der schmalen Glimmstängel und reicht das kleine, silberne Behältnis dann an Toni weiter. Auch er zündet sich bereitwillig eine der Kippen an, auch wenn ihm der beißende Geschmack der Mentholzigaretten zuwider ist.

»Nein, das musst du wirklich nicht alleine machen. Ich helfe dir.« Hannes ist hörbar überzeugt von sich, während Toni im Stillen darüber sinniert, dass er die Situationen, in denen sein Manager so etwas versprochen und sein Wort tatsächlich gehalten hat, an einer Hand abzählen kann.

Tatsächlich ist Toni nur wenige Stunden später, beim Gespräch mit Maik und Daniel, wieder auf sich alleine gestellt. Er darf wohl zunächst selbst die Wogen glätten, bevor Hannes sich blicken lässt.

»Warum sollten wir herkommen?« Maiks Frage holt Toni schnell aus seinen verhältnismäßig klaren Gedanken.

Er beobachtet geduldig, mit trägem Blick, wie seine Bandkollegen in den kleinen Besprechungsraum eintreten und die Tür hinter sich schließen.

»Ich muss mit euch reden.« Tonis Blick geht zuerst zu Maik und Daniel, die sich ihm gegenübersetzen. Der ständig zappelige Schlagzeuger auf die Tischplatte des Konferenztisches und der viel ruhigere Bassist auf einen der gemütlichen Stühle. Kaddy hingegen bleibt direkt vor der geschlossenen Tür stehen, wie ein Wachposten, der Toni vorerst von jedem spontan geschmiedeten Fluchtplan abhält.

Der Sänger selbst steht mit durchgedrücktem Rücken am Fenster, die Hände lose in den Hosentaschen und ein wenig gegen die Fensterbank gelehnt. Er seufzt leise und erzählt dann abermals von seinem Vorhaben, die Kurzfassung, ohne Jack zu erwähnen oder unnötig deutlich zu machen, wie verbraucht er sich fühlt.

Ehrlicherweise hat Toni mit allen möglichen Reaktionen seitens seiner Kollegen gerechnet, nur nicht mit vollkommenem Schweigen. Ratlos, was er nach seiner Erläuterung noch sagen soll, verstummt auch der Sänger zunächst. Dabei huscht sein Blick abwechselnd zwischen Kaddy, Daniel und Maik umher, bis der Bassist durch schweres Ausatmen auf sich aufmerksam macht.

»Oje. Das ist wirklich das Letzte, was ich erwartet habe.« Maik lacht unsicher und rauft sich die blonden, strubbligen Haare. »Das heißt, du packst jetzt einfach deine Sachen und gehst?«

Die Frage des Bassisten ist ernst gemeint, auch wenn er sie als halbherzigen, salopp ausgesprochenen Scherz darstellt. Aber immerhin sorgt es dafür, dass Toni ein wenig schmunzelt.

»Nein. Die geplanten Auftritte in den nächsten Monaten ziehen wir ganz normal durch. Nichtsdestotrotz werde ich morgen offiziell meinen baldigen Rücktritt bekanntgeben. Hannes weiß schon Bescheid.« Seine letzte Aussage tut der Sänger schnell, schulterzuckend ab.

»Das erklärt, warum er nicht hier ist. Der schimpft wahrscheinlich in seinem Büro noch, was das Zeug hält.« Maik zwinkert Toni zu und will eigentlich gleich weitersprechen, aber Daniel kommt ihm zuvor.

»Sagt mal, habt ihr sie noch alle? Hört auf, diesen Blödsinn einfach so hinzunehmen.« Der Schlagzeuger springt abrupt auf und dreht sich, auf Unterstützung hoffend, zu Kaddy um. Denn auf Maik kann er sich in solchen Situationen nicht verlassen. Aber auch die Keyboarderin bleibt stumm und rollt nur vielsagend mit den Augen.

»Lass gut sein, Daniel.« Maiks Bitte ist flehentlich hervorgebracht, während er sich seufzend mit einer Hand übers Gesicht fährt. Der Bassist kann den aufkommenden Streit bereits erahnen, immerhin weiß er, wie temperamentvoll seine beiden männlichen Bandkollegen sind, und es sorgt jetzt schon für herannahende Kopfschmerzen bei ihm.

»Nein, ich werde jetzt sicherlich nicht brav meine Klappe halten.« Daniel faucht die Worte aufgebracht und geht mit festen Schritten auf Toni zu. Knapp vor dem Sänger bleibt er stehen und baut sich angriffslustig, mit gestrafften Schultern sowie geballten Fäusten auf.

»Es geht immer nur nach dir, egal wie zweifelhaft oder sinnlos deine Vorhaben auch sind. Aber diesmal werde ich mich damit nicht einfach abfinden. Deine Entscheidung bedeutet für uns nämlich jede Menge Probleme.« Trotz Daniels scharfer Worte bleibt Toni ungerührt. Er beobachtet den etwas kleineren Mann abwartend, unbeirrt, bis dieser fertig damit ist, sich zu beklagen.

»Ich bin immerhin der Bandchef, Daniel. Falls du es

vergessen haben solltest.« Der Sänger zuckt mit den Schultern und verschränkt abwehrend die Arme vor der Brust. »Ihr werdet sicher einen anderen Gitarristen und Sänger finden. Wenn nicht, dann kann auch Kaddy eure Frontsängerin werden.«

Toni bricht kurz den Blickkontakt mit Daniel, um zu Kathleen zu schauen, die von seiner Idee augenscheinlich alles andere als überzeugt ist. Zwar widerspricht sie nicht sofort, schüttelt aber vehement den Kopf.

»Du hast sie doch nicht mehr alle! Wir müssen die Konsequenzen dafür tragen, dass du ein schönes Leben hast und machen kannst, was du willst? Du bist wirklich das Letzte.« Daniel erhebt seine Stimme noch mehr. Mit einer Hand schubst er Toni dabei unsanft nach hinten, nur um ihm gleich darauf wieder streitlustig zu nahe zu kommen. »Bandchef, dass ich nicht lache! Du hast wohl vergessen, dass wir damals beschlossen haben, Entscheidungen nur gemeinsam zu treffen.«

»Das habe ich nicht vergessen.« Der Schlagzeuger hat durch sein provokantes Verhalten dafür gesorgt, dass Tonis ruhige Fassade allmählich bricht. Auch er ist nun verspannt und hat eine offensivere Körperhaltung eingenommen, gerade nachdem Daniel ihn zweckloserweise angegangen hat.

Dabei hat er beiläufig bemerkt, dass Maik bereits einen Schritt vorgetreten ist, um im schlimmsten Fall einzugreifen. Noch wartet der Bassist allerdings ab, den Blick aufmerksam auf seinen beiden Kollegen ruhend. Statt seiner meldet sich Daniel wieder zu Wort, in seiner Stimme liegt ein vielsagender, gehässiger Unterton.

»Dann erzähle uns doch zumindest, warum du plötzlich aufhören willst.« Er beugt sich noch weiter nach vorne, sodass ihn und Toni nur noch wenige Zentimeter trennen.

Die Stimmung zwischen ihnen ist so aufgeladen, dass Maik nun doch behutsam einschreitet.

»Das muss Toni nicht.« Er legt seine Hände vorsichtig auf Daniels angespannt bebende Schultern und zieht ihn zurück, auch wenn der Schlagzeuger sich mit einem frustrierten Aufschrei sofort wieder losreißt.

»Lass mich los! Und du, Toni, mach doch, was du willst. Aber von mir musst du nichts mehr erwarten. Das war's.«

Daniel behält den Sänger bei diesen Worten fest im Blick. Danach dreht er sich ruckartig um und verlässt immer noch vor Wut schäumend den Raum. Sein Fortgehen wird zu guter Letzt vom Knall der kraftvoll zugeworfenen Tür kommentiert.

Die entstandene Stille wird erst von Maiks erleichtertem Auflachen unterbrochen. »Ich habe fast erwartet, dass Daniel dir eine reinhaut.« Er wendet sich an Toni und legt ihm sanft eine Hand auf die Schulter. »Aber nimm es ihm nicht übel. Der beruhigt sich schon wieder.«

Toni nickt kaum merklich, in Gedanken hängt er allerdings noch Daniels Worten nach. Währenddessen begibt sich Maik wieder an den ovalen Konferenztisch, setzt sich und bedeutet seinen beiden Kollegen, ebenfalls zu ihm zu kommen.

Dabei lächelt Kaddy wohlwollend, als sie Tonis ernsten Blick und seine nachdenklich in Falten gelegte Stirn bemerkt. Die beiden sitzen sich nun gegenüber, der Sänger hat direkt neben Maik Platz genommen und wirkt schlagartig sehr ausgelaugt. An seiner Stelle übernimmt der Bassist nun die Leitung des Gesprächs, auch wenn er sich dafür natürlich sofort wieder an Toni wenden muss.

»Um Daniel kümmere ich mich später, also mach dir darüber jetzt keine Gedanken. Wir sollten lieber in Ruhe die nächsten Monate planen, damit wir am Ende eben nicht so untergehen, wie Daniel es vermutet.« Ohne eine Antwort abzuwarten, greift Maik zu den Notizblöcken und Stiften, die in der Mitte des Tisches bereitliegen, bevor er erwartungsvoll zu Toni sieht.

Am Abend fährt Toni mit einem unguten, flauen Gefühl im Magen zum Tourbus zurück. Er ist sich zwar noch nicht ganz sicher, ob dieses lästige Empfinden ihn bedrängt, weil er einen erneuten Streit mit Daniel erwartet, oder doch eher, weil sein erschöpfter Körper ihn dazu nötigt, ein paar Pillen zu nehmen. Aber letztendlich ist es auch egal.

Zu Tonis Erleichterung ist der Tourbus bei seiner Ankunft verlassen, von Daniel fehlt jede Spur. Schon etwas beruhigter lässt der Sänger, nachdem er eingetreten ist, seine Sachen achtlos zu Boden fallen, ehe er sich selbst mit angewinkelten Beinen auf sein Bett zurückzieht. Toni hat nicht damit gerechnet, dass ihm der Tag im Tonstudio so sehr zusetzt. Nun klingt jedoch nichts verlockender als eine warme Dusche, bevor er sich gemütlich unter die dicken Decken seiner Schlafkoje kuschelt.

Aber zunächst richtet sich Toni wieder auf und greift in die Schublade des kleinen Nachttisches neben sich, wo er außer jeder Menge Kleinkram auch noch einige Ecstasy-Pillen in einem weißen Kuvert aufbewahrt. Er nimmt eine der bunten Tabletten heraus und betrachtet sie nachdenklich in seiner Handfläche.

Toni hat sich schon oft vorgenommen aufzuhören, es jedoch nie getan, und auch an diesem Abend wird sich daran nichts ändern. Zu verlockend ist die verlässliche Wirkung der Drogen.

Gedankenverloren dreht Toni die kleine Pille zwischen den Fingern hin und her, sein müder Blick ist, so gut es geht, darauf fokussiert. Trotz seiner erschöpften, beinahe bedrückten Stimmung huscht kurz ein bitteres Lächeln über seine Lippen. »Zum Aufhören habe ich bald noch genug Zeit.«

Mit einem letzten, halbherzigen Tag im Tonstudio beendet Toni einige Monate später relativ still seine Karriere. Die restlichen Konzerte hat er professionell über die Bühne gebracht, etwas anderes hätte sein übermäßiger Stolz gar nicht erlaubt. Trotzdem bleibt es für ihn ein merkwürdiges Gefühl, dem altvertrauten, klobigen Gebäude endgültig den Rücken zu kehren.

Deshalb bleibt der Sänger auch noch eine Weile gegen sein Auto gelehnt auf dem Parkplatz stehen, raucht und betrachtet das Tonstudio gedankenverloren.

Den Blick hinter einer großen Sonnenbrille verborgen hebt er dabei den Kopf, um gegen die Sonne und hinauf zum dritten Stock zu schauen, wo sich ihre Arbeitsräume sowie Hannes' Büro befinden. Dort wird wohl noch gearbeitet, während Toni sich allmählich auf den Weg machen sollte. Dementsprechend wirft der Sänger den Zigarettenstummel zu Boden und tritt ihn mit dem Fuß aus, ehe er leise seufzend in den Wagen steigt.

Mit heruntergelassenem Cabriodach weicht Toni an diesem Tag auf ruhigere Landstraßen aus, um den Fahrtwind und die wärmende Sonne zu genießen, bis er Hamburg erreicht. Dort führt ihn sein Weg zunächst ein letztes Mal zu ihrem Tourbus, denn er muss seine wenigen Habseligkeiten noch abholen.

Mit Daniel muss er allerdings nicht rechnen, als er auf dem Innenhof vorfährt. Der Schlagzeuger geht ihm nach wie vor konsequent aus dem Weg, die beiden sprechen nur noch miteinander, wenn es unbedingt notwendig ist.

Dieses abweisende Verhalten sorgte in den letzten Monaten natürlich für Probleme, die sich Toni gerne erspart hätte. Wegen Daniels kleiner, privater Rebellion dauerten die Proben meistens länger, Termine mussten verschoben werden und Autogrammstunden ausfallen. An den meisten Tagen hätte Toni am liebsten vor Frustration geschrien, stattdessen hat er seinen Alkoholkonsum noch ein wenig erhöht und täglich, nicht ganz sachlich, versucht, Daniel zur Vernunft zu bringen. Aber es hat alles nichts genutzt, weswegen die beiden Männer nun im Schlechten auseinandergehen.

Maik und Kathleen hingegen unterstützten Toni in den letzten Monaten ruhig und freundlich, auch wenn der Bassist ein wenig distanzierter wirkte als sonst. Gestern verbrachten die drei Musiker dann einen vorerst letzten gemeinsamen Abend miteinander und verabschiedeten sich anschließend mit sanften, herzlichen Worten voneinander. Es war der erste Moment, in dem Toni wirklich wehmütig wurde. Immerhin ist die Band über die Jahre zu seiner Familie geworden.

Es dauert nicht lange, bis Toni seine restlichen Sachen gepackt und auf der Rückbank des Cabrios verstaut hat. Immerhin befindet sich der Großteil seines wenigen Besitzes bereits in seiner neuen Wohnung.

Bevor er aufbricht, dreht der Sänger eine letzte Runde im Inneren des Tourbusses, betrachtet alle Ecken und Winkel, die über die Jahre vertraut geworden sind. Er wird es vermissen, auch wenn er seine Entscheidung für richtig hält.

Die Tür mit einem Ruck hinter sich schließend, manchmal klemmt sie nämlich ein wenig, verlässt Toni daraufhin seine besondere Junggesellenwohnung, die er sich seit jeher mit Daniel geteilt hat, und schlendert über den Innenhof hinüber zu dem kleinen Altbau, um seinen Schlüssel für den Tourbus dort in den Briefkasten zu werfen.

Dann geht Toni ganz langsam zu seinem Mercedes, setzt sich auf den Fahrersitz und wartet. Die Sonnenbrille immer noch vor den plötzlich brennenden Augen, harrt er dort einfach aus und starrt auf den Tourbus. Einige Minuten verstreichen, dann nickt der Sänger kurz und fährt los.

Seine neue Bleibe hat Toni erstaunlicherweise Alex zu verdanken. Der Musiker konnte als Nachmieter in dessen Einzimmerwohnung in Stellingen ziehen, während Alex nun in München lebt, da er dort ein vielversprechendes Jobangebot erhalten hat. Toni interessiert das allerdings wenig, dafür ist er aber umso zufriedener mit der zwar kleinen, aber hellen Wohnung im fünften Stock.

Es ist seine erste eigene Wohnung, doch auch wenn Toni problemlos das Geld für eine Renovierung hat, bleibt sie spärlich eingerichtet. Weiße Wände, nur die notwendigsten Möbelstücke, abgesehen von der auffallend schicken Einbauküche, und kein unnötiger Tand. Einzige Ausnahme dieser kargen Einrichtung ist die Wand hinter seinem Schlafsofa, an der Toni jegliche Bilder und Erinnerungsstücke seiner Musikkarriere gesammelt hat. Die meisten Fotos sind private Aufnahmen, die während der Touren oder Songaufnahmen entstanden sind. Direkt neben seinem Schlafplatz stehen die drei Gitarren des Musikers, sein wichtigster Besitz.

Die ersten freien Tage verbringt Toni alleine in seiner Wohnung. Er schläft viel, meist bis zum frühen Nachmittag und genießt die erholsame Zeit in vollen Zügen.

In der letzten Septemberwoche beendet Toni seine träge

Routine dann, indem er sich kurzerhand dazu bereiterklärt, Jack nach dessen Reha in St. Peter-Ording abzuholen. Ganz uneigennützig handelt der Musiker dabei natürlich nicht. Es ist eine wunderbare Möglichkeit, mit seinem besten Freund zu reden und ihm in aller Ruhe seine Hilfe anzubieten, ohne beharrlich ignoriert zu werden, wie in den vergangenen Monaten.

Begleitet von herrlich warmen Sonnenstrahlen tritt Toni also die knapp zweistündige Fahrt an, der sich Kerstin bereitwillig entzieht. Sie fährt mit ihrem klapprigen, kleinen Auto ungern solch lange Strecken, wartet dafür aber an Jacks neuer, bezugsfertiger Wohnung auf die beiden Männer. Noch lieber wäre sie als Beifahrerin mitgekommen, sodass Toni einiges an Überzeugungsarbeit leisten musste, um schlussendlich doch seinen Willen durchzusetzen.

Die Rehaklinik befindet sich in Strandnähe, zumindest führt die schmale Schotterstraße, auf der Toni fährt, bis zum Schluss nahe der Küste entlang. Der eigentliche Kurbereich ist von einem weißen Holzzaun umschlossen, dessen Farbe bereits an einigen Stellen abplatzt. Dahinter reihen sich viele kleine Häuschen aneinander, die mit breiten Wegen aus hellen Pflastersteinen verbunden sind. Die unterschiedlichen Pastelltöne, in denen die Gebäude gestrichen sind, sollen wohl für eine angenehm behagliche Atmosphäre sorgen, ebenso wie die geschwungenen Straßenlaternen, welche die Wege säumen. Das Zentrum der Rehaklinik bilden zwei große Haupthäuser, die mit ihren Reetdächern und den roten Backsteinwänden wunderbar in die friedliche Umgebung passen.

Geblendet von der Shabby-Chic-Optik dieses Ortes schlendert Toni von der kleinen Parkmöglichkeit, einer Sackgasse am Ende der Straße, hinüber zum Gelände der Rehaklinik. Er spart es sich gleich, eine Zigarette anzuzünden, denn das ist dort sicher nur in sorgfältig abgegrenzten Bereichen erlaubt. Außerdem stört es Jack.

»Hallo!« Toni ruft vergnügt, als er seinen besten Freund vor der Eingangstür zum Haupthaus trifft. Dabei schiebt der Sänger seine Sonnenbrille nach oben, in seine vom Fahrtwind leicht zerzausten Haare, und lächelt breit.

Seine gute Laune erstirbt allerdings, als er direkt vor Jack zum Stehen kommt. Ganz abgesehen davon, dass seine schwungvolle Begrüßung nur leise und halbherzig gemurmelt erwidert wird, scheint sein bester Freund alles andere als glücklich oder auch nur erholt zu sein.

Jack sitzt mit leicht hängenden Schultern in seinem Rollstuhl, den matten Blick abwartend auf Toni gerichtet. Seine müden Augen werden von tiefen Augenringen umrandet, die auf seiner blassen Haut umso auffälliger sind. Seine Haare trägt Jack nach wie vor kurz geschoren, was seine Gesichtszüge betont hart wirken lässt.

»Müssen wir noch einmal zu den Ärzten oder zur Rezeption?« Ein wenig unbeholfen, verunsichert durch Jacks distanziertes Verhalten, deutet der Sänger zu dem Gebäude, vor dem sie sich befinden.

»Nein, ich habe schon alles erledigt.« Jack schüttelt langsam den Kopf und ballt die Hände im Schoß zu Fäusten.

»Okay.« Toni besinnt sich derweil wieder auf seine gute Laune, lächelt ein wenig und greift nach Jacks Reisetasche, die auf dem Boden neben ihm liegt. Er schultert sie mühelos, bevor er, ohne zu zögern, hinter den Rollstuhl seines besten Freundes tritt und ihn in Bewegung setzt.

Der plötzliche Ruck sorgt dafür, dass Jack leicht zusammenzuckt und reflexartig die Hände zu den Rädern führt. Leise knurrend senkt er sie jedoch wieder, da deutlich ist, dass Toni zunächst das Lenken des Rollstuhls übernimmt.

Beim Cabrio angekommen lässt der Sänger netterweise

vom Rollstuhl ab. So kann Jack dessen Position etwas schwerfällig nachkorrigieren, während Toni das Autodach wieder herunterlässt und die Beifahrertür öffnet.

»Brauchst du Hilfe beim Einsteigen?« Nachdem Toni die Reisetasche hinten auf der Rückbank verstaut hat, wendet er sich wieder an Jack.

»Ja, da kommen wir wohl nicht drum herum.« Jack lacht freudlos, bereit, die lästige Prozedur über sich ergehen zu lassen. Toni hilft ihm ungelenk, aber durch ihre Vertrautheit immerhin ohne nennenswerte Berührungsängste. Er schreckt lediglich etwas zusammen, als Jack doch einen leisen Klagelaut ausstößt, nicht schmerzerfüllt, aber durch eine unangenehm verdrehte Sitzposition unbehaglich.

»Warum bist du überhaupt hier?« Bis sie die kaum befahrene Landstraße erreicht haben, wechseln die beiden Männer kein Wort, da Toni sich auf den Weg dorthin zurück konzentriert.

Obwohl er viel unterwegs ist, benutzt der Sänger kein Navigationsgerät. Er kann sich die meisten Strecken merken und wenn nicht, hat er immer noch eine halbwegs aktuelle, abgegriffene Landkarte im Handschuhfach.

Nun hat Jack das Gespräch begonnen, zum einen aus ernst gemeinter Neugierde, zum anderen, um keine belanglosen Fragen zur Reha beantworten zu müssen. »Ich meine, du hast jahrelang versucht, Hamburg, so gut es geht, zu meiden, und jetzt bist du ständig zufällig in der Umgebung?«

Jack dreht den Kopf, um den Sänger forschend zu betrachten. Mittlerweile hat Toni seine Sonnenbrille wieder aufgesetzt und wirkt dank seines Outfits – Jeansjacke, eine passende Hose in demselben hellen Stoff, sowie ein einfaches weißes Shirt – wie der Star eines Achtzigerjahre-Musikvideos.

Bei Jacks Frage lacht er amüsiert auf, wobei sich die

ersten Lachfältchen an seinen Augen abzeichnen und seinem ohnehin charismatischen Aussehen einen freundlicheren Ansatz verleihen.

»Ich meide Hamburg nicht.« Er sieht flüchtig zu Jack. »Aber da du es angesprochen hast, kann ich es dir auch gleich erzählen. Falls du es nicht schon irgendwo in der Klatschpresse aufgeschnappt hast. Ich habe die Band verlassen.« Toni spricht so ruhig, als wäre seine Aussage völlig normal und irrelevant.

»Du hast was?« Immerhin bringt Jack ein angemessenes Maß an Verwunderung für die unbekümmerte Äußerung des Sängers auf. »Du kannst doch nicht einfach aufhören. Was willst du denn dann machen, wie willst du Geld verdienen?«

Tonis Blick wandert abermals von der Fahrbahn zu seinem Freund. »Natürlich kann ich das. Meinen Rücktritt habe ich übrigens schon vor Monaten bekanntgegeben, und meine Finanzen sind zweitrangig.«

Der Musiker zuckt mit den Schultern und rutscht auf dem Fahrersitz ein wenig nach hinten. Er will seine Beweggründe sogleich näher erklären, doch Jack hat ihn schon durchschaut. »Aber du machst diesen Blödsinn nicht, weil du meinst, mir helfen zu müssen, oder?«

Doch, eigentlich schon.

»Jack, ich bin jetzt fünfunddreißig und hätte ohnehin nicht ewig so weitergemacht. Du solltest doch am besten wissen, wie viel meine Arbeit mir abverlangt hat.«

Ja, das weiß Jack. Deswegen will er dem Musiker auch nicht widersprechen. Er erinnert sich an die vielen verzweifelten Telefonate, bei denen Toni betrunken sein Leid und seine Einsamkeit beklagt hat, ebenso wie die paar unerwarteten Besuche zu später Stunde, als der Sänger sich im Rausch kaum auf den Beinen halten konnte. Jack bot ihm natürlich jedes Mal ein sicheres Obdach und wich dem

Sänger während seines Zusammenbruchs nicht von der Seite. Meist rappelte sich Toni aber viel zu schnell wieder auf, ohne jede weitere Hilfe anzunehmen, und kehrte einfach in sein glanzvolles, aber anstrengendes Leben zurück. Im Grunde sollte Jack froh sein, dass sein bester Freund nun doch von selbst die Reißleine zieht, bevor Schlimmeres geschieht. Trotzdem bedrücken ihn Tonis nächste Worte, kaum dass der Musiker sie ausgesprochen hat.

»Natürlich werde ich dir helfen, das ist doch nicht verkehrt. Du wirst Hilfe brauchen.«

Die Worte sind ganz freundlich, hilfsbereit ausgesprochen, und doch nerven sie Jack. Er seufzt schwer und dreht den Kopf nach rechts, um die vorbeirauschende Landschaft zu beobachten.

»Hoffentlich bereust du deine Entscheidung nicht.« Er murmelt die Worte, gerade laut genug, dass Toni es noch hören kann.

»Wer weiß.« Der Sänger setzt den Blinker, um die nächste Ausfahrt zu nehmen. Ein leichtes Lächeln umspielt nach wie vor seine Lippen. »Aber vielleicht bringt das alles auch etwas Neues, Besseres mit sich.«

Die restliche Fahrt überbrücken die beiden Männer mit Smalltalk. Insgeheim freut sich Toni darüber, denn nach und nach scheint Jack gelassener zu werden, selbst der traurige Schleier über seinen Augen verschwindet langsam.

Das ändert sich allerdings schlagartig, als die beiden vor dem Häuserblock eintreffen, in dem sich Jacks neue Wohnung befindet, und sogleich vom Großteil seiner sehr ausgelassenen Verwandtschaft begrüßt werden. Eine gut gemeinte Überraschung von Kerstin, die ihren Sohn nach der langen Reha richtig willkommen heißen will.

Jack würde jedoch am liebsten gleich wieder abhauen. Genau das versucht er auch, indem er den Rollstuhl ruckartig nach hinten fährt und dabei vollkommen außer Acht lässt, dass Toni noch da ist. Nach dem Aussteigen hat der Musiker nämlich ärgerlicherweise wieder hinter dem Rollstuhl Position bezogen, um Jack in falscher Hilfsbereitschaft bis zur Wohnung zu schieben. Dafür bekommt er jetzt unvermittelt die Griffe des Rollstuhls in die Magengrube gestoßen. Jack müsste lügen, würde er behaupten, dass ihm das gepeinigte Luftholen des Sängers nicht zumindest ein bisschen Genugtuung verschafft. Er murmelt eine verhaltene Entschuldigung, dann seufzt er tief und wendet sich widerwillig seiner Familie zu.

Er lässt alle wohlgemeinten Worte und die allgemeine gute Laune über sich ergehen, bis Kerstin aufgeregt in die Hände klatscht. »Lasst uns jetzt alle reingehen!«

Diesmal übernimmt sie ungefragt den Platz hinter Jacks Rollstuhl. An ihren Sohn gewandt spricht sie gleich darauf gut gelaunt weiter. »Wir freuen uns alle so sehr, dass du wieder hier bist! Jetzt zeige ich dir erst einmal deine neue Wohnung, und danach haben wir noch mehr als genug Zeit, um uns zu unterhalten.«

Immerhin reicht Kerstin die Wohnungsschlüssel an Jack weiter, anstatt ihm auch noch das Aufschließen abzunehmen.

»Mhm.« Jack lässt sich durch den geräumigen Hausflur bis hin zur weißen, mit Luftballons behängten Wohnungstür fahren. Seine Verwandtschaft folgt, während Toni das Schlusslicht bildet und hinterhertrottet, die Reisetasche immer noch locker über die Schulter geworfen.

Jacks neue Wohnung ist hell und erstaunlich geräumig für einen alten Wohnblock mitten in Altona. Barrierefrei gestaltet führt zunächst ein breiter Flur bis in das größte Zimmer der Zweiraumwohnung, dem Wohnzimmer. Dort befindet sich rechts die offene Küche, linker Hand führt der Flur, nun etwas schmaler, weiter Richtung Bad und Schlafzimmer. Die meisten Möbel stammen noch aus Jacks vorheriger Wohnung, ebenso wie alle anderen Einrichtungsgegenstände. Es ist deutlich zu sehen, dass sich Kerstin redlich Mühe gegeben hat, um alles so behaglich wie möglich einzurichten.

Trotzdem wirkt Jack unglücklich. Resigniert und mit ähnlich kraftloser Körperhaltung wie zu Beginn des Tages lässt er sich durch die Wohnung führen. Daran, selbst mit dem Rollstuhl durch die Zimmer zu fahren, denkt er gar nicht mehr. Dieses bisschen Selbstständigkeit scheint ihm ja sowieso niemand zu gönnen.

Toni hat sich währenddessen in den Flur zurückgezogen, um Jacks Verwandtschaft, von denen er die meisten nur noch vage kennt, aus dem Weg zu gehen. Wenn überhaupt, hätte sich der Sänger wohl nur über die Gegenwart von Jacks Schwester Mia gefreut, aber sogar er hat sich inzwischen gemerkt, dass sie weiter weg wohnt.

Um sich ein wenig die Zeit zu vertreiben, betrachtet Toni die unzähligen Fotos, die als Collagen oder festgesteckt an Pinnwänden im Flur hängen und deutlich zeigen, wie abenteuerreich Jacks Leben bis zu diesem Zeitpunkt war.

Backpackreisen in die unterschiedlichsten Länder, Marathon- und Triathlon-Teilnahmen und so gut wie jede Extremsportart, die sich ausprobieren lässt, sind dort auf den Bildern festgehalten. Ganz abgesehen von den vielen Fotos mit Familie und Freunden. Insgeheim freut sich Toni auch über jedes Bild, welches dort von Jack und ihm hängt, während ihn Wogen der Erinnerung überfluten. Doch dieses friedlich warme Gefühl wird schnell von der Einsicht verdrängt, dass der Unfall Jack nicht nur körperlich viel genommen hat.

Auf jedem der Fotos ist deutlich zu sehen, wie frei und unbeschwert der junge Mann ist. Er lächelt mit glänzenden

Augen, stolz und charismatisch. Kein Vergleich zu dem, was Toni an diesem Tag gesehen hat. Er kann sich nicht entsinnen, seinen besten Freund jemals so trübsinnig und bekümmert erlebt zu haben.

Gleichzeitig mit diesen Gedanken tritt Toni einen Schritt nach hinten, um unauffällig ins Wohnzimmer zu spähen. Kerstin und Jack haben sich inzwischen zu den anderen gesellt, während frischer Kaffee und gut duftender Kuchen serviert werden.

Inmitten all des Trubels beteiligt sich Jack unnötig höflich und bemüht an all den Gesprächen, die pausenlos an ihn gerichtet werden. Zwischendurch zwingt er sich sogar zu einem schwachen Lächeln, das seine tränenverhangenen Augen jedoch nicht erreicht.

Dass scheinbar niemand bemerkt, wie schwermütig Jack tatsächlich ist, fasziniert und erschreckt Toni gleichermaßen. Er muss einfach dazwischengehen, um seinen besten Freund zu unterstützen.

Mit langsamen Schritten und hochgerecktem Kopf schlendert Toni nun doch ins Wohnzimmer. Ungeachtet der anderen Anwesenden setzt er sich auf die Armlehne des großen, grauen Ecksofas, direkt neben Jack, der skeptisch, aber müde zu ihm sieht. Als würde er ahnen, dass Toni etwas im Schilde führt.

Doch zunächst lehnt sich der Sänger zurück und lauscht den durch den Raum schwirrenden Gesprächen, ohne sich selbst einzubringen. Dabei trinkt er den zu dünnen Kaffee, der ihm irgendwann in die Hand gedrückt worden ist.

Es dauert jedoch nicht lange, bis Jacks nahezu endlose Geduld zu kippen droht. Seine Antworten auf die immer aufdringlicheren Fragen zu seinem Gesundheitszustand, den Therapien und den scheinbar dringend notwendigen Plänen für seine Zukunft werden immer knapper. Er ist verspannt und knirscht mit den Zähnen.

»Okay, das reicht jetzt.«

Jack ist noch damit beschäftigt, den Fußboden aus hellem Laminat genauestens zu betrachten, als Toni sich ruhig, aber nachdrücklich zu Wort meldet. Dabei steht der Sänger langsam auf, stellt seine Kaffeetasse beiseite und schaut auffordernd zu den anderen Gästen, die ihn mindestens genauso verdutzt wie Jack selbst ansehen.

»Wir waren jetzt lange genug hier und haben Jack belästigt. Es ist wirklich Zeit zu gehen.« Die ungerechtfertigte Strenge in Tonis Stimme passt zu seiner offensiven Körperhaltung und der direkten, anmaßenden Aufforderung. Noch rührt sich allerdings keiner der Gäste, sie tauschen lediglich fragende Blicke aus, bis Jacks vor Müdigkeit raue Stimme das steife Unbehagen durchbricht.

»Toni hat gar nicht so unrecht. Ich wäre wirklich gerne alleine.«

Während die ungeladenen Gäste nun doch, von plötzlicher Unruhe gepackt, aufstehen und sich eilends verabschieden, bleibt Toni, herausfordernd in die Runde blickend, neben Jack stehen. Inzwischen hat der Sänger die Arme fest vor dem Oberkörper verschränkt und wirkt, trotz seiner schmalen Statur, wie ein nicht zu unterschätzender Bodyguard.

Erst als alle anderen Anwesenden bereits im Flur der Wohnung versammelt sind, entspannen sich sowohl der Sänger als auch sein bester Freund merklich. Toni legt kurz seine Hand auf Jacks Schulter, drückt sanft, aber bestimmt zu, während ihre Blicke sich treffen. Jack hingegen schenkt dem Sänger ein flüchtiges, mattes Lächeln, das zwar nicht ehrlich, aber immerhin gut gemeint ist.

Diese kleine Geste verfehlt allerdings ihre Wirkung bei Toni nicht. Er lächelt beim Weggehen ebenfalls, zufrieden und erleichtert, zumindest bis er im Flur von Kerstin abgefangen wird. Fast erwartet der Sänger eine Standpauke für sein schroffes Verhalten, weshalb er die Schultern anzieht und den Kopf ein wenig senkt, wie ein Teenager, der das erste Mal beim Rauchen erwischt wurde. Aber seine Sorge bleibt unbegründet.

»Warte kurz.« Kerstin legt ihre Hand auf Tonis Unterarm und beugt sich verschwörerisch zu ihm vor. »Kannst du vielleicht noch ein bisschen bleiben? Jack sollte nicht alleine hier sein.«

Sie klingt plötzlich wieder sehr besorgt, in ihren Augen spiegelt sich die angstvolle Fürsorge einer Mutter wider, die monatelang um ihren Sohn bangen musste und selbst in diesem Augenblick noch keine Ruhe findet. Ihr gegenüber seufzt Toni leise.

»Ich bleibe gerne hier. Solange Jack das auch möchte.« Die Antwort des Sängers bleibt verlegen und vage. Gerne würde er sich umdrehen, um zu seinem besten Freund zu schauen, doch er hält sich zurück. Stattdessen beobachtet er Kerstin, wie sie nachdenklich nickt und dabei ihre Hände wringt. Doch bevor sie etwas erwidern kann, meldet sich Jack zu Wort.

»Ich habe lieber Toni in meiner Nähe als irgendeinen Pfleger, den du ohne mein Zutun engagiert hast.«

Während Toni noch überlegt, ob er die Aussage seines besten Freundes als bizarres Kompliment verbuchen soll, schimpft Kerstin bereits drauflos. »Ich bitte dich, ich will deswegen nicht schon wieder streiten. Wir haben darüber gesprochen, mehr als einmal. Es lässt sich nicht ändern.«

›Streiten‹ ist mit Sicherheit das falsche Wort, denn als Toni sich nun doch umdreht, wirkt Jack nicht streitlustig, sondern zutiefst verzweifelt. Anstatt etwas zu erwidern, lässt er nur mürrisch die Schultern hängen und murmelt leise Worte, die ungehört im Raum verklingen.

»Das ganze Durcheinander tut mir leid.« Jack spricht

ruhig und gedehnt, nachdem Kerstin endlich die Wohnung verlassen und die Tür hinter sich geschlossen hat.

»Braucht es nicht.« Toni lässt sich mit seiner Antwort Zeit und denkt zunächst über die Worte seines besten Freundes nach. »Ich kann auch gehen, wenn du möchtest.«

Der Sänger deutet, versöhnlich lächelnd, zur Wohnungstür, an der die bunten Luftballons deplatziert und viel zu fröhlich wirken. Er hat sich schon darauf eingestellt, sofort die Wohnung zu verlassen, aber Jack schüttelt steif den Kopf. »Ist schon okay. Du kannst hierbleiben.«

Wieder stiehlt sich ein verräterisch zufriedenes Lächeln auf Tonis Gesicht, das ihm allerdings sofort wieder vergeht, als er in Jacks matte Augen blickt. Er wirkt ausgelaugt und entkräftet, belastet von einer Müdigkeit, gegen die weder Ruhe noch Schlaf helfen. Toni kennt dieses leere Gefühl, und es tut ihm zutiefst leid, seinen besten Freund so zu sehen.

Die plötzlich aufkommende Stille ist bedrückend. Sie kriecht langsam in die Ecken und bis zur Decke, sodass kein Raum mehr für wohlwollende Worte bleibt. Dabei würde Toni seinen besten Freund liebend gerne nach dem eben erwähnten Pfleger fragen, den Kerstin als gut genug befunden hat, um Jack zu assistieren. Allerdings würde Jack ihn dann wohl doch noch der Wohnung verweisen.

Also sieht sich Toni noch einmal gespielt nachdenklich im Raum um, bevor er zu dem Durcheinander aus Geschirr, Partydeko und Kuchenresten auf dem Wohnzimmertisch deutet. »Was hältst du davon, wenn du dich ausnahmsweise ein bisschen ausruhst, während ich das Chaos hier beseitige?«

Tatsächlich freundet sich Toni, ganz im Gegensatz zu Jack, schnell mit der ständigen Anwesenheit von Thomas, dem ruhigen Pfleger vom teuren Privatpflegedienst an. Wann immer der Sänger in diesen kalten Tagen zu Besuch kommt, was beinahe täglich der Fall ist, geht der Pfleger still und dezent seiner Arbeit nach. Er unterstützt Jack zuverlässig, auch wenn sein neuer Klient von der unerwünschten Assistenz bald nur noch genervt ist.

Dafür akzeptiert Jack die häufigen Besuche seines besten Freundes, ohne zu murren. Während er selbst die Wohnung so wenig wie möglich verlässt und jeden anderen Besucher beharrlich durch die Gegensprechanlage abwimmelt, ist Toni ein fast gerngesehener Gast. An guten Tagen können sich die beiden Männer stundenlang angeregt unterhalten, in all den anderen, schweren Momenten ist Toni zumindest in der Nähe, um ewig hilfsbereit seinen Beistand anzubieten, den Jack vehement verweigert.

Als der Sänger einige Wochen später vor Jacks Wohnungstür steht, hält er kurz inne, irritiert von den Schnürstiefeln mit dem bunten, wilden Blumenmuster, die dort stehen und ganz sicher nicht Thomas gehören. Er klopft verwundert an die Tür, noch völlig in seine Überlegungen versunken, als Jack ihm aufmacht. Mehr als eine leise Begrüßung bekommt Toni auch an diesem Tag nicht, aber das stört ihn kaum. Inzwischen ist er es gewohnt.

Er folgt Jack bis ins Wohnzimmer, wo er abrupt mitten im Raum stehen bleibt, erstaunt über die fremde Frau, die mit überkreuzten Beinen auf dem Sofa sitzt. Das Gesicht zum Teil von ihm abgewandt, kann Toni vorerst nur ihre feinen Gesichtszüge hinter der akkurat geschnittenen Bobfrisur ihres fuchsbraunen Haares erkennen. Doch schon im nächsten Moment wendet sie sich um, richtet sich schwungvoll auf und kommt mit ausgestreckter Hand und verspieltem Lächeln auf ihn zu.

»Hallo, mein Name ist Rita Nowak.« Sie spricht mit heller Stimme und einem Akzent, den Toni nicht ganz deuten kann. Wahrscheinlich etwas Osteuropäisches, überlegt der Sänger, während er ihre zarte Hand zur Begrüßung in die seine nimmt. Es würde immerhin mit ihrem Familiennamen übereinstimmen.

»Ich heiße Toni Durand. Wie schön, Sie kennenzulernen.« Er lächelt freundlich, charismatisch und drückt die Hand der schlanken Frau kurz, bevor er sie wieder loslässt. Ihre Kleidung verrät, dass sie Pflegerin ist, die schlichte, weiße Hose und das graue Polohemd, über das Rita allerdings einen langen Cardigan voll knallbunter Muster trägt. Trotzdem erklärt sie ihre Anwesenheit schnell selbst noch genauer.

»Ich komme vom Pflegedienst, bin also Thomas' Kollegin.«

Zumindest ein leichtes Lächeln scheint ständig auf ihren Lippen zu liegen, ihre hellbraunen Augen strahlen eine ganz eigene Form von Herzlichkeit aus.

»Dann können wir uns sicher duzen.« Toni zwinkert ihr zu und tritt einen Schritt zurück, während Rita zustimmend nickt und Jack hinter ihrem Rücken nicht gerade unauffällig mit den Augen rollt.

Zurück im Flur, um sowohl Mantel als auch Schuhe auszuziehen, hat Toni Gelegenheit, die aufgeweckte Pflegerin unbemerkt eingehender zu betrachten.

Sie ist auffallend jung, sicher erst Anfang zwanzig und recht klein. Als sie noch direkt vor Toni stand, hat sie ihm kaum bis zur Brust gereicht. Ihre Fingernägel sind pink und orange lackiert, ihren rechten Unterarm ziert ein verschnörkeltes Tattoo, womöglich ein Schriftzug, der allerdings von Ritas Kleidung zu verdeckt ist, um ihn genau zu erkennen.

»Hast du überhaupt schon ausgelernt?« Toni verbirgt diese angriffslustige Provokation hinter vermeintlich freundlichem Smalltalk, während er zurück ins Wohnzimmer schlendert. Dort sitzen Jack und Rita bereits am Couchtisch, auf dessen gläserner Oberfläche ein schlichtes Kartenspiel ausgebreitet ist.

Der warnende Blick seines besten Freundes entgeht Toni nicht. Doch noch bevor Jack ihn zurechtweisen kann, lacht Rita schon. »Ich sehe vielleicht jung aus, aber ausgelernt habe ich schon seit drei Jahren.«

Sie scheint tatsächlich weder beleidigt noch gekränkt, sondern ehrlich amüsiert. Ihre Augen blitzen neugierig auf.

Toni nickt verspannt, insgeheim genervt von der unbekümmerten Reaktion der jungen Pflegerin. Er lässt sich missmutig auf das Sofa fallen, mit einigem Abstand zu Rita, und betrachtet den ausnahmsweise gedeckten Wohnzimmertisch.

Er muss der jungen Pflegerin lassen, dass sie es immerhin geschafft hat, Jack aus seinem Schlafzimmer zu locken, ein Unterfangen, das nicht jeden Tag gelingt. Dass Jack sogar mit ihr zusammensitzt, Karten spielt und Tee trinkt, grenzt nahezu an ein Wunder.

In Tonis Magen zieht sich etwas zusammen, hervorgerufen von plötzlich aufflammendem Neid. Überrascht von seinen Gefühlen schüttelt der Sänger hastig den Kopf und sinkt noch tiefer in die weichen Polster des Sofas.

»Zierlich, wie du bist, ist das aber sicher ein schwerer Beruf, oder?« Toni meldet sich erst nach einer ganzen Weile des Grübelns wieder zu Wort.

»Toni.« Jack zischt den Namen seines besten Freundes warnend. Er hat die Frage, abermals ganz im Gegensatz zu Rita, wohl als weitere Frechheit des mürrischen Sängers aufgefasst. Während Toni unbeeindruckt mit den Schultern zuckt, antwortet Rita weiterhin gelassen, ehrlich und freiheraus.

»Überhaupt nicht. Ich weiß schon, was ich tue.« Rita zwinkert Toni leichtherzig zu, bevor sie die Spielkarten vor ihr auf dem Tisch wieder aufnimmt und ihre gesamte Aufmerksamkeit Jack widmet.

Toni hingegen bleibt stillschweigend neben ihr sitzen, noch nicht ganz sicher, was er von der jungen Pflegerin halten soll.

»Du hast die Bilder im Flur abgehängt.« Hinsichtlich der auffällig leeren Wände ist Tonis Aussage mehr als überflüssig.

»Ja, heute Morgen. Rita hat mir geholfen.« Als wäre nichts weiter dabei, fährt Jack seinen Rollstuhl schwerfällig an Toni vorbei, um sich wieder ins Wohnzimmer zurückzuziehen. Innerlich verflucht er dabei seinen nutzlosen Körper und die schmerzenden Arme, die dafür sorgen, dass jede Bewegung mit unglaublicher Anstrengung verbunden ist. Zwar haben sie ihm in der Rehaklinik immer wieder vorgebetet, dass dies genauso normal ist wie die hämmernden Kopfschmerzen, die ihn oft plagen, oder die brennenden Phantomschmerzen, die Jack fast noch mehr verabscheut, aber inzwischen ist das alles nur noch endlos ermüdend.

Gedankenverloren blickt er auf seine Arme hinab, wo kleine Narben immer noch deutliche Erhebungen auf seiner blassen Haut hinterlassen. Wie er es hasst.

Jack zieht hastig die Ärmel der olivgrünen Kapuzenjacke über seine Arme und schaut zu Toni, um sich abzulenken. Der Sänger steht jedoch immer noch im Flur, den Blick auf die kahlen Wände gerichtet. Toni versteht allerdings auch die Tragweite von Jacks belanglos scheinendem Handeln.

»Wo ist Rita jetzt?« Es dauert, aber dann folgt Toni seinem besten Freund doch noch ins Wohnzimmer.

»Ich habe sie nach Hause geschickt.« Jack versucht, diesen Satz so beiläufig wie möglich auszusprechen. Sein bester Freund hat nämlich noch nicht begriffen, dass er keine ständige Betreuung braucht. Wenn er möchte, dann kann er Thomas und Rita, so freundlich entgegenkommend die beiden auch sein mögen, fortschicken. Tonis tiefes Seufzen lässt ihn allerdings erahnen, dass der Musiker anderer Meinung ist. Aber er sagt nichts, mustert seinen besten Freund stattdessen nur mit einem Blick, den selbst Jack nicht deuten kann.

»Okay, egal.« Schlussendlich winkt Toni das Thema einfach ab. Das heißt aber noch lange nicht, dass er Jack danach in Ruhe lässt. Ganz im Gegenteil. »Lass uns heute ausgehen.«

Nun ist es Jack, der verwundert zu seinem besten Freund sieht, überrascht von dessen Vorschlag. Dann lacht er fast schon belustigt auf. »Wo möchtest du denn hingehen?«

Auch wenn Jack sein Buch schon geöffnet und die Lesebrille aufgesetzt hat, wartet er noch, bis sein bester Freund ihm antwortet, ehe er sich komplett abwendet.

»Keine Ahnung. Wir können essen gehen, oder ins Kino? Worauf auch immer du Lust hast.« Toni steht nach wie vor in wärmender Cordjacke und Straßenschuhen in Jacks Wohnzimmer. Er hat sich kurzerhand dazu entschlossen, seinem besten Freund nicht die Chance zu geben, sich einen weiteren Tag in der Wohnung zu verkriechen.

»Ich will nirgendwohin, danke. Aber du kannst ruhig gehen.« Jack hat kopfschüttelnd geantwortet, den Blick schon auf die Seiten des Buches vor sich gerichtet.

»Das kannst du vergessen, Jack.« Mit zwei großen Schritten bewegt sich Toni nach vorne, bis er direkt vor seinem Freund steht. Dann beugt er sich runter, beide Hände auf den Armlehnen des Rollstuhls abgestützt. »Du verschanzt dich hier, und das sehe ich nicht länger mit an.«

Jack hebt unbeeindruckt den Kopf und schaut seinem Freund tief in die eisblauen Augen. Insgeheim fragt er sich, ob Toni schon immer so furchtbar aufdringlich war, beantwortet sich die Frage mit einem deutlichen Ja jedoch gleich selbst.

»Was soll ich denn anderes machen, Toni? Essen gehen fällt ja wohl aus, wenn meine Hände nach kurzer Zeit schon alleine vom Besteckhalten unkontrolliert zittern, und darüber, wie schwer das Vorankommen mit einem Rollstuhl in Gebäuden oder auch nur den Stationen der S-Bahn ist, hast du dir bei deinem tollen Plan sicher auch keine Gedanken gemacht.«

Da hat Jack natürlich recht, so weit gingen Tonis Gedanken nicht. Aber das muss er ja nicht zugeben. »Wir haben mein Auto, also müssen wir nicht mit der Bahn fahren.«

Der strenge Unterton hat Tonis Stimme wieder verlassen, er klingt jetzt ein wenig versöhnlicher. »Lass uns wenigstens spazieren gehen.«

Schlussendlich hat Jack bloß zugestimmt, um nicht weiter bedrängt zu werden. Außerdem geht Toni selbst nicht gerne spazieren, weshalb Jack hofft, dieses ganze unnötige Unterfangen schnell hinter sich zu bringen.

Ihr Weg führt sie, ohne Auto oder öffentliche Verkehrsmittel, zum nahegelegenen Altonaer Volkspark. Dort spazieren sie gemächlich über die breiten Schotterwege, hauptsächlich, da Jack bereits zu Beginn ihres Ausflugs klargestellt hat, dass er sofort umdreht, sollte Toni auch nur kurz auf die Idee kommen, die Griffe des Rollstuhls anzufassen, um das Lenken zu übernehmen.

Tatsächlich hält sich der Sänger an diese Abmachung und genießt den spontanen Spaziergang nach einer Weile sogar.

»Das ist wirklich ganz schön.« Toni schaut sanft lächelnd zu seinem besten Freund. Alleine würde der Sänger auf keinen Fall durch langweilige Grünanlagen flanieren, aber in Jacks Gesellschaft ist es um einiges erträglicher. Auch wenn sie momentan kaum miteinander reden und selbst diese Aussage nur von einem leichten Nicken bekräftigt wird.

Dafür wandert Jacks Blick bald immer wieder prüfend nach oben in den wolkenverhangenen Himmel. Auch die Windböen werden stetig stärker. Als bald darauf die ersten dicken Regentropfen fallen, bleiben beide Männer fast zeitgleich stehen. Toni schimpft leise, der Wind übertönt allerdings das harsche Fluchen des Musikers.

»Wir sollten zurückgehen, bevor es schlimmer wird.« Jack wendet bereits seinen Rollstuhl und sieht erwartungsvoll zu seinem besten Freund, der immerhin gleich zustimmt.

Aber das wankelmütige Oktoberwetter scheint sich gegen sie verschworen zu haben. Der Regen wird beständig stärker, bis große Tropfen unaufhörlich auf sie niederprasseln, während der heulende Wind sie erbarmungslos malträtiert.

»Vielleicht haben wir Glück und erwischen den nächsten Bus.« Toni muss beim Sprechen seine Stimme erheben, um das scheußliche Wetter zu übertönen. Zwar ist Jacks Wohnung nur einen Katzensprung entfernt, aber die Möglichkeit, einen Großteil der Strecke im trockenen Bus zu überbrücken, klingt verlockend. Ganz abgesehen davon, dass bereits das erste dumpfe Donnergrollen durch den Park hallt.

Als sie endlich die viel befahrene Hauptstraße erreichen, steht an der Haltestelle wirklich ein noch wartender Bus, in den sich bereits andere Spaziergänger flüchten. Toni will sich gerade darüber freuen, als sich die Türen des Busses auch schon quietschend schließen und der Blinker nach links gesetzt wird.

»Ach, komm schon.« Jack seufzt matt, unzufrieden und drosselt das Tempo. Dabei hätte er ahnen können, dass Toni ihr Los nicht einfach so hinnimmt. Der Sänger sprintet ein paar Schritte auf den Bus zu, eine Hand erhoben und gegen den Regen zu dem desinteressierten Fahrer rufend.

Erstaunlicherweise schafft er es wirklich bis zur vorderen Tür, wo er kurz, wild gestikulierend auf den Busfahrer einredet, nur um schlussendlich doch die Tür vor der Nase zugeschlagen zu bekommen. Im nächsten Moment setzt sich der Bus langsam in Bewegung. Fluchend und schimpfend bleibt Toni an dem verwaisten Haltestellenschild zurück, wobei das Gewitter einen Großteil seines wütenden Redeschwalls verschluckt.

Dass Jack währenddessen langsam zu ihm aufschließt, beachtet er nicht. Zumindest nicht, bis sein bester Freund laut und herzlich lacht, denn das bringt Toni vollends durcheinander. Mit einer Mischung aus positiver Verwunderung und der Befürchtung, dass Jack jetzt doch komplett durchdreht, schaut er zu ihm, bekommt aber keine Erklärung. Denn dafür ist Jack noch viel zu belustigt.

Wenn Toni sich selbst sehen und ein wenig mehr Selbstironie besitzen würde, hätte er wahrscheinlich auch gelacht. Denn so klatschnass vom strömenden Regen, die sonst perfekt gestylten Haare tropfend in sein Gesicht fallend und die schicke Kleidung schwer am Körper herabhängend, fehlt ihm doch einiges seiner Starattitüde.

»Schon gut. Lass uns einfach schnell nach Hause gehen.« Ohne auf eine Antwort zu warten, setzt sich Jack in Bewegung.

Zurück im wohlig warmen Wohnzimmer, in trockener Kleidung und eingehüllt in eine grobe Wolldecke, merkt Jack jedoch erst, wie sehr dieser kleine Ausflug seine Stimmung gehoben hat. Er fühlt sich viel gelöster und angenehm ausgelastet, auch die letzte Kälte verlässt endlich seinen durchgefrorenen Körper. Im Grunde muss er Toni danken, überlegt er leicht schmunzelnd, den Kopf auf der Sofalehne abgelegt.

Wie aufs Stichwort kommt der Sänger auf leisen Sohlen ins Wohnzimmer, zwei dampfende Tassen Tee in den Händen. Seine Haare sind immer noch durcheinander und klamm, mehr, als sie nach dem Abtrocknen eilig hinter die Ohren zu kämmen, hat Toni nicht gemacht. Danach hat er sich seiner vollkommen durchnässten Kleidung entledigt und ist in den Trainingsanzug geschlüpft, den Jack ihm überlassen hat.

Dass er anschließend kurz innehalten musste, überrumpelt vom warmen Gefühl des Baumwollstoffs auf seiner kühlen Haut, sowie dem vertrauten Geruch nach süßlichem Sandelholz und Honig, der sonst Jack umgibt, erwähnt der Sänger natürlich nicht, als er die beiden Tassen auf dem niedrigen Couchtisch abstellt.

Ihm gegenüber klopft Jack zweimal einladend auf das Sofa, den Kopf nur so weit wie nötig in Tonis Richtung gedreht.

»Lass mich raten, Thomas kommt erst spät heute Abend?« Der Musiker lässt sich liebend gerne mit auf die gemütliche Couch fallen. Er streckt sich beim Sprechen ausgiebig und winkelt anschließend die Beine an, um im Schneidersitz direkt neben Jack zu sitzen.

»Ja.« Jacks Antwort ist knapp und streng. Er lenkt

jedoch gleich wieder ein, um Verständnis für sein ungewollt ruppiges Verhalten bemüht. »Weißt du eigentlich, wie gerne ich für einen Moment vergessen würde, was geschehen ist? Damit ich danach entscheiden kann, wie es weitergeht? Die Chance hatte ich weder in der Rehaklinik noch im Krankenhaus, und selbst hier belagert ihr mich ständig. In einer Wohnung, die nicht charakterloser sein könnte, obwohl meine ganzen Habseligkeiten hier stehen, und bewacht von Pflegekräften, die eigentlich gar nicht hier sein sollten.«

Zum Reden hat sich Jack wieder aufgesetzt, außerdem kann er so den herrlich warmen Tee trinken. Neben ihm hat Toni ruhig zugehört, die Arme auf den Beinen angewinkelt und den Kopf auf den Händen abgestützt.

»Ich glaube nicht, dass du momentan alleine sein solltest.« Er spricht ganz ruhig und gelassen, den Blick nachdenklich auf die gegenüberliegende Wand gerichtet. »Dann würdest du dich nur hier drinnen verkriechen und den lieben langen Tag selbst bemitleiden.«

Ehrlich gesagt fühlt sich Jack mehr als angegriffen von Tonis Aussage, auch wenn der Sänger mit dieser harschen Vermutung gar nicht so falschliegt. Tatsächlich hätte er fast mit mehr gerechnet, normalerweise stürzt sich Toni in einen aufgeregten Redefluss, wenn er über etwas, das ihn stört, lamentiert.

Seine Hitzköpfigkeit ist ein perfekter Ausgleich zu Jacks ruhiger Art, die jeden Konflikt scheut. Er kann sich hinter Tonis lauter Ausstrahlung verstecken, das beste Beispiel ist die übertriebene Familienfeier zu Jacks Einzug. Im Gegenzug kann sich der Musiker in Jacks Gegenwart entspannen, ohne seine starke Fassade aufrechterhalten zu müssen.

Nur gegen sich selbst gerichtet kann Jack die besserwisserische Art seines besten Freundes nicht leiden, umso weniger, wenn er auch noch recht hat. Aber Toni lenkt das Thema unbeabsichtigt auf etwas völlig anderes.

»Ganz abgesehen davon, ich kann verstehen, dass du wegen der Wohnung unglücklich bist.« Toni dreht sich verständnisvoll lächelnd zur Seite. Der Sänger weiß, wie stolz Jack auf seine alte Wohnung in Bergedorf war. Jetzt lacht er in wohltuender Erinnerung, einer bittersüßen Mischung aus Trauer und Wohlgefallen.

»Da hatte ich wirklich wahnsinnig Glück. Eigentlich wollte ich aber auch länger als zwei Jahre dort wohnen bleiben.« Jack zuckt leicht mit den Schultern und nimmt noch einen Schluck Tee.

Er nahm sich damals viel Zeit, um die Wohnung einzurichten, tapezierte selbst und erledigte alle handwerklichen Arbeiten. Im Sommer verbrachte Jack die meiste Zeit auf dem Balkon, wo trotz seines fehlenden Wissens erstaunlich viele Pflanzen gediehen. Im Winter gab es für ihn nichts Schöneres, als abends in einem warmen Schaumbad in der Eckbadewanne seines Badezimmers zu versinken.

»Ich weiß. Aber die Wohnung liegt im dritten Stock und hat keinen Fahrstuhl. Das geht jetzt nicht mehr.« Toni spricht derart leise, dass Jack sich nicht sicher ist, ob er diese Worte überhaupt hören sollte.

»Aber so schlimm ist es hier auch nicht.« Während er spricht, nimmt der Sänger seine Tasse in die Hände, obwohl er sich daran eher aufwärmt, anstatt den Tee zu trinken. Warum er sich nicht gleich Kaffee gekocht hat, weiß Jack nicht.

»Vielleicht könnte ich mich besser daran gewöhnen, wenn ich nicht auch noch von Rita und Thomas belagert werden würde. Die beiden sind nett, aber ich brauche niemanden, der mich umsorgt, der für mich kocht oder meint, mir beim Duschen helfen zu müssen.« Beim

Sprechen hat sich Jack wieder zurückgelehnt und seinen Kopf auf den Polstern hinter sich gebettet. Leise seufzend überdenkt er seine nächsten Worte, spricht sie aber dennoch aus. »Ich mache das nicht mehr lange mit.« Jack spricht ruhig, auch wenn ihm das Thema zusetzt.

Neben ihm zuckt Toni leicht mit den Schultern.

»Wahrscheinlich hat meine Mutter die beiden nur angestellt, weil sie denkt, dass ich mir sonst etwas antue.« Weiterhin vollkommen ungerührt, als würde er lediglich über das schlechte Wetter draußen sprechen, sitzt Jack mit geschlossenen Augen da und dreht seine Tasse in den Händen.

Toni hingegen sieht ihn mit großen Augen an, geschockt und ausnahmsweise sprachlos zugleich. Es dauert einen ganzen Moment, bis der Sänger seine Stimme wiederfindet, von seinem besten Freund kommt in dieser Zeit kein weiteres Wort.

»Aber das würdest du doch nicht?« Toni bemüht sich, es bleibt am Ende aber trotzdem eine Frage und keine entschiedene Aussage.

Dabei wechselt er die Sitzposition, dreht sich komplett in Jacks Richtung und legt seinen rechten Arm ausgestreckt auf die Sofalehne. Die Teetasse hat er zuvor wieder abgestellt, ohne etwas getrunken zu haben.

»Ach, Toni, natürlich nicht.« Jack lacht heiser, obwohl deutlich ist, dass er frustriert anstatt amüsiert ist. Sein Blick huscht wieder zu seinem besten Freund, wobei er nicht umhinkommt zu bemerken, wie nah der Musiker in diesem Augenblick bei ihm sitzt.

»Warum denkt ihr sowas nur?« Jack richtet sich widerwillig auf, spricht dabei allerdings schnell weiter, damit Toni gar nicht erst die Chance bekommt, auf seine rhetorische Frage einzugehen. »Soll ich etwa glücklich sein, weil ich den Unfall so überlebt habe? Das kann ich nämlich nicht. Ich würde alles dafür geben, wieder laufen zu können und ein normales Leben zu haben. Aber das geht nicht, und das ist mir leider durchaus bewusst. Also lasst mir meine Traurigkeit.«

Seufzend beendet Jack seine Ansprache, vollkommen dazu bereit, das Thema jetzt zu wechseln.

»Ob du es hören willst oder nicht, du versinkst in deiner Depression.« Toni will noch viel mehr sagen, verstummt jedoch sofort nach dem ersten Satz. Zu sehr erinnern ihn diese Worte an all die gut gemeinten Ratschläge, die ihm immer wieder gegeben wurden, wenn er abgestürzt ist. Frustriert winkt Toni ab und wechselt abermals die Sitzposition. Er würde wahnsinnig gerne rauchen. Aber das würde Jack in seiner Wohnung niemals erlauben.

»In der Rehaklinik wurde mir eine Psychotherapie aufgedrängt. Das hat mir gereicht.« Jack sucht abermals Tonis Blick. So schwer und lästig das Gespräch plötzlich geworden ist, es tut ihm gut, sich seinem besten Freund anzuvertrauen. Momentan scheint der Sänger dafür nämlich die beste Wahl zu sein, auch wenn Jack sonst keine Probleme damit hat, offen über seine Gefühle zu sprechen. Seit dem Unfall ist es lediglich schwerer geworden, wo ihn nun jeder zu bemitleiden scheint. Es ist schlichtweg frustrierend.

Neben ihm hat sich Toni ebenfalls weit zurückgelehnt. Gegen die Rückenlehne des Sofas gedrückt wirken seine lockigen Haare umso wilder, sein Blick ist auf die runde Deckenlampe fokussiert. Er nickt, ohne noch mehr dazu zu sagen. Nichtsdestotrotz ist ihm deutlich anzusehen, dass er über Jacks Bekenntnisse nachdenkt.

So bleibt es eine Weile still im inzwischen dämmrigen Zimmer, bis Jack fragend zu Toni hinübersieht, ihn mustert und dann sanft mit einer Hand gegen seinen Arm tippt. »Und was ist mit dir momentan los?«

Sofort schaut der Sänger ihn verwundert an. »Was meinst du?«

Ohne es zu merken, streicht Toni durch seine Haare, blinzelnd auf Jacks Antwort wartend. Dieser zieht zunächst verwundert die Augenbrauen hoch, als würde er Toni die Unwissenheit nicht ganz abnehmen.

»Du bist seit Wochen fahrig, wirkst fiebrig und zittrig. Das kommt doch nicht von ungefähr.« Um seine Worte zu unterstreichen, wandert Jacks Blick abermals über Tonis Körper, wobei der Sänger sogleich ertappt seine leicht bebenden Hände verschränkt. »Glaub nicht, dass ich das nicht mitbekommen habe.«

Was Jack so deutlich erkannt hat, sind die noch aushaltbaren Entzugserscheinungen, die Toni seit gefühlten Ewigkeiten durchlebt. In Wirklichkeit ist seine überstürzte Entscheidung, endgültig mit den Drogen aufzuhören, erst ein paar Wochen her, aber es fällt ihm schwer, diese Zeitspanne richtig einzuschätzen, denn die von Jack aufgezeigten Symptome gehören noch zu den angenehmsten Nebenwirkungen des kalten Entzugs.

Zwischendurch verfällt der Sänger immer wieder in schüttelfrostähnliche Zitteranfälle, wird von starkem Schwindelgefühl heimgesucht oder mitten am Tag von unendlicher Erschöpfung überrumpelt. In den Nächten kommt Übelkeit hinzu, die dafür sorgt, dass der Musiker die vorbeieilenden Stunden in seinem kleinen Badezimmer verbringt und sich pausenlos übergibt. Sollte er trotzdem ein paar Stunden Schlaf finden, suchen ihn wirre Alpträume heim.

Es ist zermürbend, kräftezehrend und sorgt dafür, dass Toni zwischenzeitlich doch an seinen letzten, gut versteckten Vorrat geht, um eine der kleinen Pillen zu schlucken. Dadurch hat er wenigstens für eine absehbare, viel zu kurze Zeit Ruhe.

Nichtsdestotrotz nimmt er inzwischen viel weniger Drogen als noch vor ein paar Monaten während seiner Arbeit mit der Band. Ein kleiner Erfolg, ein Zeichen, dass Toni gar nicht so hoffnungslos verloren ist, wie er selbst seit Jahren denkt. Es ist ein Neuanfang für ihn, auch wenn er auf Jacks Kosten erfolgt.

»Mein Leben hat sich halt auch ein wenig verändert.« Tonis Stolz verbietet ihm, mehr zu sagen. Aber Jack fragt auch nicht weiter nach. Er muss es nicht, um zu verstehen.

»Ich habe mir mein Leben wirklich anders vorgestellt.« Jacks Aussage und sein ehrliches Lachen sorgen dafür, dass die Stimmung nicht noch schwerer, bedrückender wird. Es bewirkt auch, dass Toni ebenfalls auflachen muss.

»Bis letztes Jahr lief es doch noch ganz gut für uns.« Er zwinkert seinem besten Freund zu. Das gemeinsame Lachen löst selbst die letzte, tiefverankerte Anspannung der beiden, es ist befreiend. Mit dem Rückhalt des jeweils anderen wirkt, zumindest in diesem kurzen Augenblick, alles gar nicht mehr so erdrückend.

4

Zuhause – Max Giesinger

DEZEMBER

»Wollen wir los?« Rita klatscht gut gelaunt in die behandschuhten Hände und sieht mit funkelnden Augen zu den beiden Männern, die schon an der Wohnungstür warten. Sie nicken gleichzeitig, wortlos, während Jack noch umständlich in seine Winterjacke schlüpft. Toni neben ihm trägt bereits einen langen, schwarzen Mantel, hat eine dicke Wollmütze über die Ohren gezogen und einen dazu passenden Schal mehrmals um seinen Hals geschlungen.

Sein Outfit erweckt beinahe den Eindruck, dass vor der Tür schönstes Winterwetter mit Eis und Schnee auf sie wartet. In Wirklichkeit ist es jedoch nur bitterkalt und unangenehm regnerisch. Das hindert die wahnsinnig aufgeweckte Rita aber nicht daran, Jack jeden Tag beharrlich zu Spaziergängen anzutreiben. Oder ihn, wie an diesem kalten Nachmittag, zu einem Abstecher auf den Hamburger Dom zu überreden.

»Beeilt euch, ich stehe im Halteverbot.« Um seinen Worten mehr Nachdruck zu verleihen, klappert Toni mit seinem Autoschlüssel und öffnet die Wohnungstür. Er kann sich zwar Schöneres vorstellen, als zum nachmittäglichen Berufsverkehr durch Hamburg zu fahren, von den Parkmöglichkeiten am Heiligengeistfeld einmal ganz abgesehen, aber wenn es Jack ein paar Stunden Entspannung und Ablenkung von seiner Traurigkeit bringt, dann nimmt Toni das gerne in Kauf. Denn Bahnfahren möchte Jack nach wie vor nicht, und Rita hat keinen Führerschein, was der Musiker schon einige Male mit spitzen Bemerkungen kritisiert hat.

Ansonsten ist die junge Pflegerin ein richtiger Glücksfall. Sie hat eine unglaublich positive Lebenseinstellung, ständig ein Lächeln auf den Lippen und ein gutes Gespür für die Stimmungslage der Menschen in ihrem Umfeld. Jack kann sie jedenfalls gut leiden.

Die Lichter des Volksfestes, genauso wie der aufgeregte Lärm, erfüllen bereits die Straßen der Umgebung und verbreiten ausgelassene, gute Laune. Nur die puren Menschenmassen stören Toni, kaum dass sie den großen Platz betreten haben. Mittlerweile meidet er solche Ansammlungen, und auch Jack neben ihm wirkt überrumpelt. Er bremst noch beim Eingang des Volksfestes ab, angespannt und augenblicklich genervt von den unachtsamen Menschen, die quer über die Wege laufen.

»Vielleicht ist das hier doch keine gute Idee.« Jack rudert nicht nur sprichwörtlich zurück, er wendet auch kurzerhand den Rollstuhl. Doch Rita fängt ihn ab, umfasst entschlossen die Handgriffe des Rollstuhls und zieht ihn zurück.

»Nichts da! So leicht kannst du doch nicht aufgeben.« Sie lacht, während Jack missmutig grummelt. Er fügt sich allerdings in sein Schicksal, denn insgeheim weiß er, dass die junge Pflegerin recht hat. Er möchte auch eigentlich wieder unter Leuten sein, ausgehen und Dinge erleben, aber meistens überkommt ihn im letzten Augenblick doch blinde Furcht.

»Wenn es zu schlimm wird, dann drehen wir sofort um.« Mit diesem Versprechen tritt Rita hinter den Rollstuhl, bereit, Jack beim Manövrieren entlang der überfüllten Wege zu helfen. Zunächst bleibt er jedoch skeptisch, erträgt das ganze Spektakel mehr, als dass er sich wirklich daran beteiligt. Rita redet immer wieder mit ihm, auch wenn es schwer ist, ordentliche Gespräche zu führen, solange sie noch hinter ihm geht. Toni hingegen schlendert neben ihm her, die Hände tief in den Manteltaschen vergraben. Der Sänger nimmt erstaunlich viel Raum ein, seine selbstbewusste Ausstrahlung sorgt dafür, dass die Leute ihn beachten, seine Bekanntheit erledigt mittlerweile den Rest. Aber er ist wachsam, nimmt die ihm entgegengebrachten Blicke sowie das leise Tuscheln wahr, auch wenn er es nicht leiden kann. Die Erfahrung hat Toni gelehrt, dass es auf diese Weise besser ist, als allem auszuweichen.

Es dauert eine ganze Weile, doch dann wird Jack ruhiger. Er entspannt sich, hat nicht mehr das furchtbare

Gefühl, dass alle Blicke auf ihn gerichtet sind, und schafft es bald sogar, sich selbstsicher über den Platz zu bewegen.

Von diesem Augenblick an hat Jack wirklich Spaß. Die Gespräche mit Rita werden lockerer, während er mit Toni in Erinnerungen an ihre Jugendzeit schwelgt, in der sie noch ganze Abende auf dem bunten Volksfest verbracht haben. Mit dem Sänger misst er sich auch am Schießstand, ein erfolgloser aber nichtsdestotrotz amüsanter Wettkampf für Toni, der genau weiß, dass Jack unerwartetes Talent in solchen Disziplinen hat. Sie machen anschließend noch an einigen anderen, bunt beleuchteten Ständen halt, an denen weitere Spiele angepriesen werden, bleiben an Imbissbuden stehen und beobachten die schnellen, sich viel zu viel drehenden Fahrgeschäfte, in die zumindest Toni prinzipiell keinen Fuß setzt.

Zu guter Letzt begeben sie sich in eines der länglichen Zelte, die extra für die Gäste des Doms aufgebaut worden sind und dank einiger wahllos aufgestellter Heizstrahler nicht nur eine überdachte Sitzmöglichkeit, sondern auch etwas Wärme bieten.

»Hey, du fährst noch.«

Toni schaut mit gehobenen Augenbrauen zu Jack, überwiegend amüsiert von dessen sofortigem Einspruch. Dann prostet der Sänger ihm über den Tisch hinweg zu, bevor er provokant an seinem dampfenden Glühwein nippt.

»Das bisschen schadet nicht.« Beim Abstellen der Tasse lächelt Toni schief. In der Tat ist er schon viel zugedröhnter Auto gefahren, aber das verheimlicht er wohl besser. »Du kannst mir nicht erzählen, dass du nach, sagen wir, zwei Bier nicht mehr selbst gefahren bist.«

Ihm gegenüber schüttelt Jack entschieden den Kopf. »Natürlich nicht.«

Dass Toni über seine Ernsthaftigkeit bei diesem Thema

lacht, übergeht er wohlweislich. Stattdessen trinkt Jack ruhig seinen viel zu süßen, dafür aber alkoholfreien Fruchtpunsch.

Der Sänger besinnt sich allerdings schnell eines Besseren. Ja, er bereut seine unüberlegte Taktlosigkeit und die flapsige Bemerkung zu diesem heiklen Thema sogar. Verlegen huscht sein Blick zur Seite, während er nun schweigend seinen Glühwein trinkt, wobei ihm erst dadurch auffällt, dass auch Rita ungewohnt schweigsam ist. Wahrscheinlich hört sie den beiden Männern nicht einmal mehr zu, stattdessen trinkt sie ihren Glühwein und beobachtet gleichzeitig neugierig die wagemutigen Leute, die auf der anderen Seite des breiten Gehwegs über die dort aufgebaute Eislaufbahn heizen.

»Kannst du eislaufen?« Toni will mit seiner Frage lediglich ein neues Gespräch starten, doch Rita wirkt plötzlich überrumpelt.

»Nein, ich bin nur einmal als Kind gefahren. Aber es hat Spaß gemacht.« Sie zuckt vergnügt mit den Schultern und schenkt Toni ein aufrichtiges, gut gelauntes Lächeln.

»Du kannst hier doch ein paar Runden drehen.« Jetzt meldet sich auch Jack zu Wort, aber die junge Pflegerin schüttelt hastig den Kopf, wodurch ein paar störrische Haarsträhnen aus ihrer knallgelben Wollmütze rutschen.

»Nein, lieber nicht. Ich würde alleine nur stürzen.«

Jack nickt verständnisvoll, bevor er mit einem schalkhaften Funkeln in den blauen Augen über den Tisch hinweg zu Toni weist.

»Toni kann dich doch begleiten. Er kann eislaufen, und ich habe kein Problem damit, noch ein Weilchen hier zu sitzen.« Noch während Jack spricht, versucht der Sänger vergeblich, ihn zu unterbrechen.

»Würdest du wirklich mitkommen?« Ritas Frage wirkt

zögernd, aber trotzdem hoffnungsvoll begeistert. Dass Jack dieses Angebot ernst meint, glaubt sie ihm sofort. Nur an Tonis Einsatzbereitschaft zweifelt sie noch. Ihr gegenüber verhält sich der Musiker nämlich oft unnahbar und schlecht gelaunt, als würde er ihr nicht ganz über den Weg trauen.

Aber nachdem er Jack einen genervten Blick zugeworfen hat, wendet sich Toni erstaunlich freundlich an die junge Pflegerin. »Das ist wirklich keine gute Idee, aber wenn du willst, dann begleite ich dich.«

Als wollte er sich wappnen, trinkt Toni den letzten Rest seines Glühweins aus, ehe er aufsteht und Rita mit einer knappen Kopfbewegung bedeutet mitzukommen.

Die kühne Behauptung, Toni könne Schlittschuhlaufen, ist mehr als übertrieben. Es ist ewig her, dass der Sänger auf einer Eislaufbahn gestanden hat, und nur, weil er damals nicht dauerhaft mit dem Gesicht voran auf das Eis gestürzt ist, würde er noch lange nicht von Können reden. Nichtsdestotrotz begleitet er Rita ergeben zu der kleinen, umzäunten Fläche, die in der herannahenden Dämmerung von mehreren Scheinwerfern beleuchtet wird.

Während die junge Pflegerin vor Vorfreude kaum noch zu bremsen ist, huscht Tonis Blick unwillkürlich immer wieder zu Jack. Er würde wohl viel lieber selbst mit Rita über das Eis heizen, ungeachtet des Risikos von Prellungen und Schmerzen, wohingegen Toni sehr gerne dort hinten sitzen geblieben wäre.

Rita betritt die Eislaufbahn vorsichtig, eine Hand fest an der Bande und die andere mindestens genauso fest um Tonis Arm. Trotzdem kommt sie, kaum auf dem Eis, ins Straucheln und zieht den überraschten Sänger dabei beinahe mit sich zu Boden. Aber Toni reagiert noch rechtzeitig und fängt die zierliche Frau ab.

»Alles gut?« Toni zieht Rita ungelenk vom Eingang der

Bahn weg, eine Hand selbst sicherheitshalber an der kalten, regennassen Bande. Er schenkt ihr nun seine volle Aufmerksamkeit, während Rita lediglich mit einem knappen Nicken antwortet. Sie hat den Blick nach unten gerichtet, voll darauf konzentriert, das Gleichgewicht zu halten. Die Arme des Sängers umfasst sie inzwischen mit erstaunlich eisernem Griff.

Erst als sie Tonis Blick lange, abwartend wahrnimmt, schaut Rita zu ihm auf. Die ruhige Freundlichkeit, die in den kalten, blauen Augen des Sängers liegt, überrascht sie genauso wie die Vorsicht, mit der er ihren festen Griff von seinem Mantel löst und stattdessen ihre Hände in die seinen nimmt. Ein leichtes Lächeln huscht für den Bruchteil einer Sekunde über sein Gesicht. »Halt dich an mir fest. Du brauchst sicher nicht lange, bis es besser klappt.«

Tatsächlich fährt Rita nach wenigen Proberunden schon viel selbstsicherer. Als sie in ihrem wachsenden Übermut auch noch beständig schneller wird, lässt Toni, um seiner eigenen Sicherheit willen, ihre Hände los, immer noch darum bemüht, mit ihrem rasanten Tempo Schritt zu halten. Er selbst ist nur noch nicht ganz überzeugt davon, sich außer Reichweite der sicheren Bande zu begeben. Dafür fängt er Rita immer wieder auf, sollte sie bei ihren wilden Stunts und Drehungen ins Stolpern kommen.

Als sie nach einer gefühlten Ewigkeit die Bahn ungelenk wieder verlassen, ist Toni heilfroh, aus den unbequemen Schlittschuhen herauszukommen. Er ist erneut durchgefroren und genervt vom dumpfen Schmerz, den ein paar seiner ziemlich ungraziösen Stürze mit sich gebracht haben. Rita hingegen ist übertrieben gut gelaunt und beseelt von fast kindlicher Begeisterung.

»Das hat so viel Spaß gemacht!« Es ist wirklich erstaunlich, aber sie kann noch viel euphorischer sein, als Toni bis dahin gedacht hat. Während sie zurück zu Jack gehen, hüpft sie beinahe neben ihm her, ununterbrochen redend und überhaupt nicht davon beeindruckt, dass Toni sich schon lange nicht mehr die Mühe macht mitzureden. Dafür freut sich Jack mit ihr, wohingegen Toni nur im Stillen Ritas leuchtende Augen zufrieden bewundert.

Zurück in seiner Wohnung lässt Jack die nervige Abendroutine, die ihm inzwischen zwar leichter selbst von der Hand geht, bei der er aber nach wie vor noch Ritas Assistenz benötigt, mit gewohnt angestrengter Geduld über sich ergehen. Dabei sehnt er nur umso mehr den Tag herbei, an dem er nicht mehr auf die regelmäßige Hilfe seiner Pflegekräfte angewiesen ist und es schafft, in den Spiegel zu schauen, ohne angewidert von seinem Körper zu sein, der für immer von deutlichen Narben gezeichnet sein wird. Momentan scheut er sich noch, seine Reflexion allzu lange zu betrachten, die einzige Ausnahme bleibt das Rasieren, womit sich Jack allerdings auch nur so akribisch beschäftigt, weil ihn bereits ein Dreitagebart stört. Die kurz geschorenen Haare behält er derzeit ebenfalls bei, ein pragmatisch morbides Andenken an die lästige Krankenhauszeit. Ansonsten kommt ihm besonders sein sowieso legerer Kleidungsstil beim Verdecken seines geschundenen Körpers zugute.

Sobald es an diesem Abend möglich ist, schickt Jack Rita nach Hause. Als hinter ihr die Tür ins Schloss fällt, atmet er erleichtert auf. Jedoch nicht, weil die junge Frau ihn stört, er hat sie wirklich sehr gerne, das Problem liegt schlichtweg an ihrem Arbeitsauftrag.

Erschöpft vom verhältnismäßig anstrengenden Tag schaut sich Jack anschließend blinzelnd um. Toni ist noch da und wird sicher auch noch einige Stunden bleiben. Momentan verbringt der Sänger mehr Zeit in der Wohnung seines besten Freundes als in der eigenen. Den Geräuschen nach zu urteilen, ist er wohl gerade in der Küche, weshalb Jack ihm zunächst dorthin folgt.

Zu seiner Überraschung findet Jack den Sänger am Küchentresen vor, tief versunken in eines seiner Kochbücher. Auf dem Herd neben Toni stehen bereits leise brodelnde Kochtöpfe.

»Du kochst?« Toni schaut überrascht auf, als Jack verwundert, aber schief lächelnd zu ihm kommt. »Weißt du denn, was du da tust?«

Der Sänger schüttelt gespielt entrüstet den Kopf, dabei ist es tatsächlich nicht üblich, dass er kocht. Die Idee, an diesem Tag das Abendessen vorzubereiten, ist lediglich einer unbedeutenden Laune entsprungen, als ihm all die unterschiedlichen Kochbücher, gestapelt auf einem umfunktionierten Servierwagen, aufgefallen sind.

»Natürlich. Ich habe die letzten Jahre doch auch für mich gekocht.« Noch beim Sprechen wendet sich Toni wieder dem Rezept zu, neben dem in Jacks krakeliger Handschrift kleine Anmerkungen geschrieben stehen.

»Ich helfe dir trotzdem ein bisschen.« Bevor der Sänger widersprechen kann, postiert sich Jack neben ihm. Das gemeinsame Kochen macht Toni allerdings Spaß, das merkt er schnell und genießt die ungewohnte Zweisamkeit dabei sehr. Zumindest, bis Jack ihre Gespräche in eine gänzlich andere Richtung lenkt.

»Verbringst du die Feiertage dieses Jahr bei deiner Familie?« Jack stellt die Frage so ruhig und nonchalant wie möglich, bekommt aber sofort die klare, unmissverständliche Antwort, mit der er insgeheim schon gerechnet hat.

»Nein.« Toni macht sich nicht einmal die Mühe, den Blick zu heben.

»Wirklich nicht?« Es klingt beinahe, als wäre Jack geknickt, obwohl er natürlich von Tonis zerrütteten Familienverhältnissen weiß. Allein deshalb schaut der Sänger nun doch auf, sodass sich ihre Blicke kurz treffen.

»Das tu ich mir nicht mehr an, Jack. Darüber muss ich gar nicht nachdenken.« Toni regt sich bei diesem Thema schon lange nicht mehr auf, es bedeutet ihm nichts.

Neben ihm seufzt Jack tief. »Ehrlich gesagt habe ich dieses Jahr auch nicht viel Lust auf ein besinnliches Beisammensein.«

Abermals schaut Toni fragend zu Jack, bei dem diese Worte irgendwie ungewohnt und falsch klingen. Immerhin ist er ein absoluter Familienmensch. Ein bisschen überfordert mit dieser Aussage erwidert Toni also das Erste, was ihm durch den Kopf geht. »Na ja, wir können die Feiertage auch zu zweit, hier in deiner Wohnung verbringen?«

Dieser Vorschlag bringt Jack zum Lachen, ungeachtet der Tatsache, dass Toni sofort befangen den Kopf wegdreht, damit sein bester Freund seine geröteten Wangen nicht bemerkt.

»Ich habe eigentlich gedacht, dass du dieses Jahr einfach über deinen Schatten springst und doch mitkommst. Dann könnten wir das gemeinsam durchstehen.« Jack zuckt leicht mit den Schultern und blickt erwartungsvoll zu Toni. Traditionell verbringen ihre Familien jedes Jahr mindestens einen der Weihnachtsfeiertage zusammen.

Der Musiker bleibt zunächst sprachlos und überrumpelt, selbst in seiner Bewegung hält er inne, weshalb Jack seine Gedanken eilig noch weiter erklärt. »Weihnachten ist das erste Familienfest seit dem Unfall. Mia wird mit ihren Kindern da sein, genauso wie deine Eltern, und ich weiß einfach nicht, wie ich damit umgehen soll. Das ist zu viel für mich.«

Jack schiebt beim Sprechen seinen Rollstuhl zurück, den Blick weiterhin auf Toni gerichtet, der mittlerweile gänzlich mit Kochen aufgehört hat. Stattdessen überlegt der

Sänger, seinen ernst gemeinten Vorschlag von zuvor noch einmal anzusprechen, denn alles in ihm sträubt sich dagegen, seine Familie zu besuchen. Jacks nächste Worte hindern ihn allerdings daran.

»Ich fühle mich nicht stark genug dafür. Ganz im Gegenteil, ich habe Angst. Aber ich denke, dass es mir leichter fällt, wenn du mich begleitest.«

Diese ehrliche Aussage löst eine ganze Woge von Gefühlen bei Toni aus, die er beim besten Willen nicht ignorieren kann. Mit weit geöffneten Augen und leicht geröteten Wangen steht er fast unbeholfen vor Jack, bis er es doch noch schafft, stockend zu antworten. »Ich denke darüber nach.«

Es ist vorerst das Letzte, was Toni zu diesem Thema sagt. Über alles andere muss er erst einmal gründlich nachdenken.

Toni hätte es ahnen können, natürlich sagt er zu der flehentlichen Bitte seines besten Freundes nicht Nein.

Zwar hat er seine endgültige Entscheidung so lange wie möglich hinausgezögert, schlussendlich sitzt er an Heiligabend aber doch gemeinsam mit Jack im überhitzten Auto, hört aufdringliche Weihnachtsmusik und wünscht sich entschieden in seine leere, ruhige Wohnung zurück.

Doch es nützt alles nichts, früher als ihm lieb ist, parkt Toni seinen Wagen in der Auffahrt vor dem Haus seiner Eltern. Dabei verstärkt er unbewusst den Griff um das Lenkrad, während sich sein Magen unangenehm verkrampft. Ein kurzer Blick aus dem Augenwinkel verrät dem Sänger allerdings, dass Jack ähnlich elendig zumute ist. Das kann ja ein tolles Weihnachtsfest werden.

»Warst du überhaupt schon einmal hier?« Um sich abzulenken, schaut Jack fragend zu Toni, während dieser skeptisch durch die Windschutzscheibe zu dem zweistöckigen Einfamilienhaus hinübersieht.

»Nein.« Der Sänger schüttelt gedankenverloren den Kopf, seine Hände ruhen immer noch haltsuchend auf dem Lenkrad. Er wusste zwar, dass seine Eltern vor fast vier Jahren in dieses Haus am Stadtrand gezogen sind, besucht hat er sie aber schon viel länger nicht mehr, weshalb er die genaue Adresse auch erst einmal in einem unbehaglichen Telefonat erfragen musste. Das weiße Backsteinhaus, mit den leuchtenden Lichterketten in allen Fenstern und dem still daliegenden Garten, der das Gebäude einmal komplett umschließt, passt in Tonis Augen allerdings ganz gut zu seiner spießigen Familie.

Beim Aussteigen knirscht der frostbedeckte Kiesboden der Auffahrt unter Tonis Schuhen, während kalter Wind feinen Regen in seinen Nacken weht. Mit inzwischen geübten Handgriffen klappt er eilig den Rollstuhl auseinander und hilft Jack hinein, bevor sie gemeinsam den kurzen Weg zur Haustür hinter sich bringen.

Dort angekommen klingelt Toni zweimal und hilft Jack dann dabei, seinen Rollstuhl auf dem breiten Absatz vor der Tür zu positionieren. Er selbst bleibt anschließend gespannt neben seinem besten Freund stehen, bis Marie, Tonis Mutter, zaghaft die Tür öffnet.

»Wie schön, dass ihr hier seid. Frohe Weihnachten!« Sie fällt zunächst ihrem Sohn um den Hals. Die Umarmung ist herzlich und warm, dauert aber nicht lange, sodass Toni keine Chance hat, diese familiäre Zärtlichkeit zu erwidern.

In der Zwischenzeit versucht Jack, sich gedanklich gut zuzureden, in der stillen Hoffnung, seine grundlose Nervosität dadurch abschütteln zu können. Doch schon der ungewollt traurige Blick, mit dem Marie ihn kurz mustert, lässt seine Laune erneut sinken. In ihren Augen liegt, wenn auch nur für einen flüchtigen Moment, offenkundiges Bedauern und viel ungebetenes Mitleid.

Nichtsdestotrotz begrüßt sie Jack, nach dem ersten unwillkürlichen Innehalten, genauso lieb und freundlich wie zuvor Toni. Dann tritt sie beiseite, sodass die beiden Männer aus dem winterlichen Sprühregen in das warme Haus kommen können.

Der Hausflur ist schmal, wobei er durch die weinroten Wände und die schweren, dunklen Holzmöbel ohnehin noch beengter erscheint. Zu beiden Seiten führen mehrere Türen in die angrenzenden Zimmer, aus irgendeinem der Räume dringt leise Weihnachtsmusik. Neben der Haustür stapeln sich bereits Schuhe und Taschen, die Garderobe ist so vollgehängt, dass Toni seinen Mantel kurzerhand auf einer Kommode neben sich ablegt. Während er auf Jack wartet, der ebenfalls seine Winterjacke auszieht, huscht sein Blick vorsichtig zu Marie, die am anderen Ende des Korridors wartet.

Das dunkelgrüne Strickkleid betont ihre auffallend zierliche Figur, wirkt aber gleichzeitig auf schlichte Art stilvoll, besonders in Kombination mit dem feinen, hochwertigen Silberschmuck, auf den sie so stolz ist. Die gelockten Haare trägt Marie zu einer strengen Hochsteckfrisur drapiert.

»Wir sitzen momentan noch im Wohnzimmer zusammen, aber später wollte ich den Tisch im Wintergarten eindecken.« Maries Stimme ist ein angenehm warmer Singsang, selbstbewusst, aber lieb. »Die drei Steinstufen dorthin sind allerdings nicht zu umgehen. Ich war mir nicht sicher, ob das mit deinem Rollstuhl machbar ist, Jack.«

Sie schafft es nicht, ihm bei dieser versteckten Frage in die Augen zu sehen.

»Das ist gar kein Problem.« Jack antwortet knapp, mit einem bemühten Lächeln auf den Lippen. Seine Winterjacke wirft er nebenbei achtlos auf Tonis Mantel, woanders ist sowieso kein Platz mehr.

»Ich helfe Jack ansonsten.« Tonis feste Stimme lässt Jack in dieser beklemmenden Situation ungewollt zusammenzucken. Als er zu seinem besten Freund schaut, zwinkert der Sänger ihm nur verschwörerisch zu, bevor er mit einer schnellen Handbewegung andeutet, dass sie Marie folgen sollten.

Das Wohnzimmer ist beeindruckend groß, sowie über und über mit Weihnachtsdeko geschmückt. Die Fensterfront gegenüber der Tür ist umrahmt von sattgrünen Tannengirlanden. Allerlei Figuren und Weihnachtsschmuck glitzern im warmen Kerzenschein um die Wette. Der gut zwei Meter hohe Weihnachtsbaum im Zentrum des Raumes wirkt nicht weniger opulent, vollgehängt mit waldgrünen und roten Kugeln.

Die darunterliegenden Geschenke variieren weitläufig von fein eingepackten und hübsch dekorierten Schachteln bis zu unförmigen Klumpen, umwickelt mit jeder Menge Klebestreifen. Ihr Anblick erinnert Toni daran, dass seine Mutter früher die Weihnachtsgeschenke für beide Familien eingepackt hat. Sie hat ein Händchen für solche Dinge, ganz im Gegensatz zu Kerstin und Jacks Schwester Mia, von denen die restlichen, unwirsch eingepackten Geschenke sind.

Aufgeweckte Stimmen und heiteres Gelächter reißen Toni jäh aus seinen Gedanken. Auf dem großen, ledernen Sofa neben dem üppigen Weihnachtsbaum sitzen Kerstin, Mia und ihr Mann Sven, vollkommen in ihre ausgelassenen Gespräche vertieft. In Kerstins Armen schlummert Mias jüngstes Kind, der gerade einmal einjährige Kai, während seine beiden älteren Schwestern polternd durch das Zimmer toben.

Die Ankunft der beiden Männer lässt alle Anwesenden

neugierig aufhorchen, bevor Mia den Bann bricht und aufgeregt juchend zu ihnen stürmt. Sie umarmt Toni und Jack schwungvoll, lachend und drückt ihnen beiden einen festen Kuss auf die Wange.

»Wie schön, euch zu sehen!« Mia spricht sie beide an, bleibt aber vor Toni stehen. Sie begutachtet den Sänger eingehend, mit funkelnden Augen, und umfasst dabei seine Oberarme sanft mit ihren Händen. »Das ist wirklich ewig her! Gut siehst du aus, Toni.«

Der Musiker lächelt leicht, erstaunt über diese schwungvolle Begrüßung. »Das kann ich dir nur so zurückgeben.«

Fast hätte er laut aufgelacht, als Mia sich kopfschüttelnd und leicht errötend abwendet. Dabei hat Toni sein unterschwelliges Kompliment sehr ernst gemeint. Mia ist eine hübsche Frau, mit dunkelblonden Haaren, die ihr unkontrolliert ins rundliche Gesicht fallen, und großen, blauen Augen. Selbst der quietschbunte, hässliche Norwegerpullover, den sie im Partnerlook mit ihrem Mann trägt, steht ihr ganz gut.

Als sie endgültig von Toni ablässt, haben es sich alle anderen bereits wieder auf dem Sofa bequem gemacht. Marie und Kerstin haben vertraulich die Köpfe zusammengesteckt, um leise miteinander zu reden, während Sven mit seinem Sohn beschäftigt ist. Jack wird von seinen beiden Nichten belagert, die ihn neugierig mit Erzählungen und Fragen bombardieren. Alle Anspannung scheint mittlerweile von ihm abgefallen zu sein.

Nur Toni schafft es noch nicht, sich von seinem Platz zu lösen. Er ist überrumpelt von der warmen Herzlichkeit, die ihm anstandslos nach all den Jahren entgegengebracht wird. Außerdem wecken die ganzen Eindrücke, angefangen vom flackernden Licht der Kerzen, bis hin zu den weihnachtlichen Gerüchen von Zimt und Rosmarin, viele lange vergrabene Kindheitserinnerungen in ihm, sodass er schlichtweg überfordert ist. Toni kann nicht einmal sagen, ob diese Gefühle gut oder schlecht sind. Alles, was er weiß, ist, dass ihm viel zu heiß ist und sein Hals sich immer mehr zuschnürt.

»Na, schau mal einer an, wer sich hier endlich wieder blicken lässt.« Die sarkastische, ruhige Stimme reißt Toni schlagartig aus seinen sentimentalen Gedanken.

Wie ein viktorianischer Schlossherr betritt sein Vater mit langen, gemächlichen Schritten das Wohnzimmer. Seine eisblauen Augen sind teilnahmslos auf Toni gerichtet, der in negativer Erwartungshaltung sogleich eine defensivere Körperhaltung eingenommen hat.

»Frohe Weihnachten.« Der Sänger knurrt die Worte unzufrieden und betritt nun doch das Wohnzimmer. Er verzichtet jedoch darauf, sich zu setzen. Stattdessen bleibt er mit verschränkten Armen hinter dem Sofa stehen.

Im ersten Augenblick kann Tonis Vater, Patrick Durand, schnell überheblich und kalt wirken. Allein seine feste, strenge Körperhaltung, die feinen Gesichtszüge und die stetige, tiefe Stimme erwecken den Eindruck, dass er kein angenehmer Zeitgenosse ist. Tatsächlich ist Patrick sehr diszipliniert, aber auch gleichermaßen freundlich und treu. Seinem einzigen Sohn zeigt er nichtsdestotrotz bereitwillig seit Jahren die kalte Schulter, zu stur, um einen Schritt auf den mindestens genauso eigensinnigen Sänger zuzugehen.

Ein Überbleibsel seiner ursprünglichen Herkunft ist der schwingende französische Akzent, der Patricks Worten melodische Leichtigkeit verleiht und im starken Kontrast zu seiner gewaltigen Erscheinung steht. Toni hingegen ist seine eigentliche Muttersprache nicht mehr anzuhören, obwohl er seine ersten fünf Lebensjahre in Frankreich verbracht hat. Dafür kann er noch genauso fließend Französisch sprechen wie der Rest seiner Familie.

Mit dem Sofa als unbeabsichtigter Grenzlinie zwischen sich beobachten Vater und Sohn einander skeptisch. Die Jahre, in denen sie sich nicht mehr gesehen haben, sind besonders an Patrick nicht spurlos vorbeigegangen. Sein Haar ist mittlerweile dünn und grau, die Hände von jahrelanger Arthrose steif. Sein immer öfter schmerzender Rücken hingegen ist nach wie vor stolz durchgedrückt. Er ist alt und schafft es doch immer noch problemlos, Toni mit seiner bloßen Präsenz einzuschüchtern.

Marie ist die Erste, die es wagt, die aufgeladene Stimmung zwischen den beiden Männern zu durchbrechen. Dafür erhebt sie sich wortlos, streicht ihr Kleid glatt und tänzelt leichtfüßig zu ihrem Mann. »Hilfst du mir, den Esstisch im Wintergarten einzudecken, Liebling?«

Sie hakt sich lächelnd bei Patrick ein und zieht ihn, ohne auf eine Antwort zu warten, mit sich aus dem Raum. Ihren sanften Appell, nicht sofort einen Streit zu beginnen, flüstert sie extra leise, damit die anderen Anwesenden es nicht hören. Nur Toni schnappt diese Mahnung ungewollt mit auf.

Die Laune im Wohnzimmer hebt sich schnell wieder. Jeder hat etwas zu erzählen, es wird gelacht und sich vergnügt. Nur Toni hält sich weiterhin zurück und beobachtet das laute Treiben lieber mit gebührendem Abstand. Er begnügt sich damit, zuzuhören, wobei sein Blick nebenbei immer wieder zu Jack huscht, dem seine anfängliche Angst nicht mehr anzumerken ist.

Erst das gemeinsame Abendessen reißt Toni wieder aus seiner Komfortzone, denn in dem kleinen, rechteckigen Wintergarten gibt es für ihn keine Möglichkeit mehr, dem Zusammensein zu entkommen.

»Setzt euch und nehmt, was ihr essen wollt.« Marie klatscht zufrieden lächelnd in die Hände, bevor sie an der Stirnseite des Tisches Platz nimmt. Das Festtagsessen dampft in den verschiedenen Schalen und Töpfen, ein herrlicher Geruch erfüllt den ganzen Raum. Während alle dankbar ihrer Aufforderung nachkommen, greift Patrick zu der bereitgestellten Weinflasche und entkorkt sie gekonnt. Er schenkt allen ein und referiert gleichzeitig über die Traubensorte, den Jahrgang sowie den Geschmack des teuren Tropfens. Bei Tonis Glas hält er inne.

»Du trinkst wohl lieber keinen Wein.« Mit diesen Worten stellt er die Flasche demonstrativ auf dem Tisch ab und setzt sich neben Marie. Gewohnheitsgemäß hat Patrick noch nie ein Blatt vor den Mund genommen, wenn es um Tonis Drogenprobleme oder seine sonstigen Fehltritte ging.

Brennende Wut durchströmt Tonis Körper und lässt ihn angespannt zitternd zurück. Er knurrt leise, bevor er sich doch eines Besseren besinnt und tief durchatmet. Möglichst entspannt, mit stolz erhobenem Kopf und durchgedrückten Schultern, greift er kurzerhand selbst über den Tisch, um sich Wein einzuschenken. Denn zweifelsohne braucht er ein, wenn nicht zwei Gläser Wein, wenn er das Essen ohne weitere Zwischenfälle überstehen will.

Zunächst gibt es allerdings keinen Grund, sich aus Frust zu betrinken. Ganz im Gegenteil, mit der Zeit finden Patrick und Toni sogar ein gemeinsames Gesprächsthema. Die Musik verbindet sie, solange Toni nur auf sein Wissen in der klassischen Musik zurückgreift.

Denn Patrick ist ein Virtuose auf diesem Gebiet. Von seinem Vater hat er die Grundlagen gelernt, später folgten ein Musikstudium und die Anstellung als Cellist in einem namhaften Orchester in Südfrankreich. Dort lebte er eine Weile, gemeinsam mit Marie, die sich im Sommerurlaub Hals über Kopf in den charismatischen Cellisten verliebte, in einem kleinen Ort nahe Montpellier, ehe sie beide nach Hamburg, Maries Heimatstadt, zurückzogen. Seitdem unterrichtet Patrick als Musikprofessor an der Universität. Sein gesamtes Wissen hat er an Toni weitergegeben, in der Erwartung, dass sein Sohn seinem Vorbild folgt, Orchestermusiker wird oder ebenfalls an der Hochschule doziert.

»Was machst du jetzt eigentlich, nachdem du aus der Band ausgestiegen bist?«

Toni schimpft im Stillen über diese wohl gesetzte Provokation seines Vaters. Das Abendessen ist bis dahin wirklich gut verlaufen, doch diese eine unbequeme Frage lässt Toni sofort wieder argwöhnisch werden. Gleichzeitig zieht sich sein Magen zusammen, sodass er das ihm soeben gereichte Dessert lustlos beiseiteschiebt. Überhaupt scheint die Stimmung am Tisch, in plötzlicher Erwartung eines Streites, zu kippen.

»Momentan gar nichts. Ich werde mich im nächsten Jahr wieder um Arbeit kümmern.« Toni bemüht sich, ruhig und gelassen zu klingen. Genau genommen hat er noch gar keinen Gedanken an Dinge wie eine neue Arbeit verschwendet. Dafür genießt er die Ruhe und den Alltag ohne nennenswerte Verantwortungen noch viel zu sehr. Aber das wird er seinem Vater gegenüber gewiss nicht einfach so zugeben. Seine halbehrliche Antwort scheint ja bereits für Unverständnis zu sorgen.

»Ich habe wirklich gehofft, dass du inzwischen schlauer geworden bist. Aber nein, du lebst immer noch blauäugig und gedankenlos in den Tag hinein, ohne auch nur eine vernünftige Entscheidung für dein Leben zu treffen.« Patricks Blick ist fest auf seinen Sohn gerichtet. Es ist bei ihm keine provozierende oder überhebliche Geste, vielmehr ist es Patricks Eigenart, beim Reden seine stechend blauen Augen direkt auf seinen Gesprächspartner fixiert zu halten. Die Enttäuschung in seiner Stimme hingegen ist bewusst gewählt und reizt Toni ungemein.

»Nicht, dass es euch ernsthaft interessiert, aber ich komme gut zurecht.« Toni zischt die Worte bitter und rückt seinen Stuhl bereits zurück, doch Jacks Hand auf seinem Arm lässt ihn in seinem überstürzten Fluchtversuch innehalten. Zuvor hat er Marie einen mitfühlenden Blick zugeworfen, doch weder ihm noch Mia würde in den Sinn kommen, sich in die Diskussion der beiden streitenden Männer einzumischen.

»Vielleicht ist das ein Gespräch für einen anderen Tag.« Kerstin versucht es immerhin, wird von Patrick allerdings einfach übergangen.

»Toni, du bist ein so schlauer Mann. Du hast eine gute Schulbildung erhalten und alles, was du nur wolltest. Aber genutzt hast du all diese Privilegien nicht. Stattdessen bist du auf diese unsinnige Schnapsidee mit der Band gekommen und hast dein Leben seitdem einfach weggeworfen. Was für eine Reaktion erwartest du also von mir?« Patrick spricht weiterhin ruhig und gefasst, er muss nicht lauter werden, um seinen Worten Nachdruck zu verleihen. Ihm gegenüber lacht Toni bitter.

»Lass es gut sein. Ich weiß, dass ich eine einzige Enttäuschung für euch bin.« Der Zorn in Tonis Stimme kippt beim Sprechen. Trotzdem erhebt er sich bewusst langsam von seinem Platz und verlässt, ohne ein weiteres Wort, schlecht gelaunt den Raum. Genau wegen solcher Gespräche hat er vor langer Zeit alle Verbindungen zu seiner Familie gekappt.

Er verlässt das hübsche, beschauliche Haus seiner Eltern und lässt hinter sich geräuschvoll polternd die Haustür zufallen. Vor Wut bebend schafft er es immerhin bis zu seinem Auto, wo er sich wüst schimpfend und fluchend eine Zigarette anzündet. Der Kälte zum Trotz lehnt er sich gegen seinen Wagen und nimmt mehrere tiefe Züge, darauf hoffend, dass ihn das Nikotin beruhigt und sein kummervoll klagendes Herz schnell wieder Ruhe gibt. Ein einziger friedlicher Abend mit seiner Familie ist nach all den Jahren vielleicht doch etwas zu viel verlangt gewesen.

Die Haustür geht erneut auf, doch als sich Toni umdreht, sieht er nur Jack und Marie im Türrahmen stehen. Sie reden miteinander, bevor Jack zu ihm kommt.

»Okay, es tut mir leid. Das war keine gute Idee von mir.« Er schaut versöhnlich lächelnd zu dem überraschten Sänger. »Lass uns nach Hause fahren.«

Toni blinzelt ein paarmal träge, wirft die Zigarette zu Boden und tritt sie mit dem Fuß aus. »Du musst mich nicht begleiten. Du kannst hierbleiben und den Abend genießen.«

Vielleicht klangen die Worte harscher als beabsichtigt, was Toni allerdings erst merkt, als er sie bereits ausgesprochen hat. Doch Jack scheint sich daran nicht zu stören. »Ist schon okay. Ich hatte ein paar sehr schöne Stunden, und ich bin mir sicher, dass es besser ist, wenn du jetzt nicht alleine zurückfährst.«

Toni seufzt tief, bevor er zustimmend nickt und das Auto aufschließt. Beim Verlassen der Auffahrt denkt er eigenartig beklommen daran, wie lange sein letzter Besuch bei seinen Eltern her war und wie lange es wahrscheinlich dauern wird, bis er sich zu einem weiteren überwindet.

Die Silvesternacht verbringt der Sänger gemeinsam mit Jack in dessen Wohnung. Zurückgezogen und in wärmende Decken gehüllt, sitzen die beiden am weit geöffneten Wohnzimmerfenster, von wo aus sie die pfeifend in den Himmel schießenden Raketen beobachten.

»Frohes neues Jahr.« Jack wendet sich kurz von dem Spektakel am Himmel ab und prostet seinem besten Freund zu.

Lächelnd erwidert Toni diese Geste. »Dir auch.«

Er mustert Jack neugierig. Dessen Augen leuchten

aufgeregt, während die bunten Lichter des Feuerwerks sein Gesicht strahlend umrahmen. »Auf ein gutes, neues Jahr.«

Sie stoßen mit den filigranen Sektgläsern an, bevor auch Toni seine Aufmerksamkeit wieder den Raketen am Himmel widmet.

5

*Make it new, but stay in the lines. Just let go, but keep it
inside. Smile big for everyone, even when you know what
they've done. They gave you the end, but not where to start.
Not how to build, how to tear it apart. So tell it all, and fill
up the air. But make it loud 'cause nobody's there.*

Lights and Sounds – Yellowcard

MÄRZ

Lautes Klopfen, im Wechsel mit der schrillen
Türklingel, lässt Jack mitten in der Nacht
hochschrecken. Schlaftrunken und von dem
Radau in tiefster Dunkelheit noch verwirrt, sitzt er absur-
derweise zunächst einfach da, unfähig, derart traumver-
sunken einen klaren Gedanken zu fassen. Doch da der
Lärm im Hausflur nicht nachlässt, schaltet Jack doch die
kleine Nachttischlampe neben seinem Bett an und hievt
sich schwerfällig in seinen Rollstuhl. Ein flüchtiger Blick

auf seinen Funkwecker verrät ihm noch, dass es erst drei Uhr morgens ist, dann eilt Jack auch schon zur Wohnungstür. Das nebenbei eingeschaltete Flurlicht brennt in seinen müden Augen, doch als er die Tür ruckartig öffnet, weicht alle Müdigkeit sofort überraschter Verblüffung.

»Was machst du denn hier? Weißt du eigentlich, wie spät es ist?«

Toni steht schwankend vor ihm, mit einer Hand gegen den Türrahmen gestützt. Über die nachdrücklich gezischte Frage seines besten Freundes denkt der Sänger auffällig lange nach, bevor er schwerfällig nickt. »Ja, ich weiß.«

Er blinzelt hektisch und senkt dann doch schuldbewusst den Kopf.

»Hast du getrunken?« Auch diese Frage ist überflüssig. Der Alkoholgeruch haftet genauso an Toni wie die kühle Nachtluft.

»Mir ist zuhause die Decke auf den Kopf gefallen. Ich musste raus, sonst wäre ich noch wahnsinnig geworden.« Toni spricht erstaunlich nachdrücklich, fährt sich mit der freien Hand jedoch unruhig über den Arm. Er weicht Jacks prüfendem Blick aus und taumelt einen Schritt weiter nach vorne, sodass er im Türrahmen steht. Ihm ist schwindlig, es ist, als würden seine Beine jeden Moment nachgeben.

»Komm erst einmal rein, ehe sich die Nachbarn beschweren. Wir können drinnen reden.« Jack seufzt resigniert, bevor er die Tür freigibt und mit einer ausladenden Handbewegung in die schutzbietende Wohnung weist. Im Stockwerk über ihnen hat bereits ein neugieriger Nachbar seine Wohnungstür vermeintlich leise geöffnet.

Während Toni benommen nickt, greift Jack sanft nach dem Arm seines besten Freundes und zieht ihn nachdrücklich mit sich. Immerhin scheint er wirklich nur aufgewühlt und durcheinander zu sein, benebelt vom übermäßigen

Alkoholkonsum, anstatt von ernstlich gefährlichen Rauschmitteln.

Als Jack die Tür hinter sich schließt und gleichzeitig von Tonis Arm ablässt, stutzt er verwundert. »Was hast du denn gemacht?«

Er deutet auf die Hände des betrunkenen Musikers. Seine Knöchel sind aufgeschürft und blutig, frische Verletzungen, an die sich Toni wohl erst in diesem Augenblick wieder erinnert. »Das ist nichts.«

Schulterzuckend verbirgt Toni seine Hände hinter dem Rücken und stolpert weiter den breiten Flur entlang. Jacks Blick weicht er beharrlich aus.

»Bitte sag mir nicht, dass du dich geschlagen hast.« Jack seufzt tief, nicht genervt, aber frustriert, weil er fürchtet, dass Toni einmal mehr in irgendwelche Schwierigkeiten geraten ist.

»Ich habe mich nur verteidigt.« Die Antwort macht es kaum besser. Aber in Tonis benommenem Zustand hat es keinen Sinn, weiter darüber zu sprechen.

»Okay. Du solltest die Wunden trotzdem auswaschen.« Jack deutet versöhnlich in Richtung Badezimmer. Tatsächlich nickt Toni zustimmend und taumelt ein wenig unbeholfen durch den Flur und in den angrenzenden Raum, während Jack tief durchatmet.

Er hatte schon einige Male das fragwürdige Glück, die Abstürze seines besten Freundes mitzuerleben. Dabei war es stets schlimmer als an diesem Abend, was beinahe beruhigend ist, und doch hat Jack ein schlechtes Gefühl bei der Sache. Inzwischen ist er sich sicher gewesen, dass Toni ohne den konstanten Stress seiner früheren Arbeit von den Drogen und dem wilden Partyleben wegkommen würde. Vielleicht hat er das alles aber auch unterschätzt.

Jack kocht sich gedankenversunken einen Kaffee und wartet anschließend geduldig im Wohnzimmer, doch Toni lässt sich besorgniserregend viel Zeit, weshalb er sich bald wieder dem Badezimmer nähert.

»Toni? Alles in Ordnung?« Er klopft zögernd und wartet, bekommt jedoch keine Antwort. Schließlich öffnet Jack einfach unaufgefordert die Tür und schaut vorsichtig in den dumpf lichtgefluteten Raum. Toni sitzt auf dem zugeklappten Toilettendeckel, die Arme angewinkelt und das Gesicht in den Händen vergraben. Seine Schultern beben leicht, den Kopf hebt er auch nicht, als Jack zu ihm kommt und abermals nach seinem Wohlbefinden fragt.

»Ich hätte gar nicht herkommen sollen.« Der Sänger nuschelt die Worte niedergeschlagen, mit vom Alkohol schwerer Zunge und müden Gedanken. Selbst jetzt hebt er den Kopf noch nicht, rauft sich mit seinen Händen nur missmutig die Haare.

»Oh nein, ist schon okay.« Jacks sanfte Stimme dringt leise an Tonis Ohren. Gleich danach legt sich eine Hand nachdrücklich auf seine Schulter. »Es ist gut, dass du hergekommen bist. Nicht auszudenken, wenn du in dem Zustand auf dem Kiez geblieben wärst.«

Jack rät einfach ins Blaue hinein, wahrscheinlich hat sich Toni auf St. Pauli oder in den schummrigen Gassen der Reeperbahn herumgetrieben. Nun zuckt er jedoch nur matt mit den Schultern. »Ich hätte in meine Wohnung fahren können, anstatt dich einmal mehr um den Schlaf zu bringen.«

Toni hebt schwerfällig den Kopf und schaut aus geröteten Augen zu seinem besten Freund. Er gibt ein nennenswert erbärmliches Bild ab, wie er da zusammengekauert hockt, mit zerzausten Haaren und durchgeschwitzter, zerknitterter Kleidung.

»Es hat mich früher nicht gestört, wenn du bei mir Unterschlupf gesucht hast, und auch jetzt ist das kein Problem.« Während Jack noch spricht, lehnt sich Toni gegen ihn, legt den schweren Kopf auf seine Schulter. »Du hast gesagt, du fühlst dich in deiner Wohnung alleine, also komm stattdessen einfach her. Ich freue mich über deine Gesellschaft.«

Zugegeben, vielleicht hat Jack das in den vergangenen Monaten nicht allzu deutlich gemacht, aber insgeheim ist er ziemlich froh über die Gegenwart des Sängers. Toni gibt nur einen kaum vernehmbaren, undeutlichen Laut von sich. Er bleibt einfach still sitzen, immer noch an Jack gelehnt.

Der greift unterdessen umständlich mit einer Hand nach einem der kleinen Gästehandtücher, die am Haken neben dem Waschbecken hängen, hält es einen kurzen Moment unter kaltes Wasser und wäscht dann vorsichtig die Verletzungen an Tonis Händen aus. Der Sänger regt sich dabei immer noch nicht, kippt stattdessen sogar mit immer mehr Gewicht gegen Jacks Schulter.

»Toni?« Fertig mit seiner akribischen Erste-Hilfe-Maßnahme wirft Jack das Handtuch achtlos ins Waschbecken und stupst seinen Freund anschließend vorsichtig an. »Du bleibst über Nacht hier, ja? Ich hole noch ein paar Decken, dann kannst du drüben auf dem Sofa schlafen.«

Toni nickt schlaftrunken und öffnet blinzelnd die Augen. Jack bezweifelt, dass der Sänger noch so genau weiß, wo er sich befindet oder wer mit ihm spricht, weswegen er ihn abermals am Arm packt und nachdrücklich mit sich zieht.

Wie versprochen, richtet Jack ein kleines Nachtlager auf seinem Sofa ein und drängt Toni anschließend, sich hinzulegen. Der Sänger ist sowieso nicht mehr in der Verfassung, zu widersprechen, sondern lässt sich liebend gerne auf das weiche Sofa fallen. Er verkriecht sich unter der Decke und vergräbt das Gesicht sogleich in dem großen Daunenkissen.

»Ich stelle dir etwas zu trinken auf den Tisch.« Jack

platziert die Glaskaraffe mit kaltem Wasser auf dem Couchtisch und stellt ein Glas direkt daneben. Dann lauscht er in die Stille der Nacht, aber die regelmäßigen, tiefen Atemzüge des Sängers bleiben die einzige Antwort, die er erhält.

Jack lässt ihn ruhen. Es ist gut, wenn Toni einfach seinen Rausch ausschläft. Trotzdem bleibt er aufmerksam und horcht mit einem Ohr immer wieder vom Schlafzimmer aus in die Stube, auch wenn es in der Wohnung friedlich ruhig ist. Es wäre nicht das erste Mal, dass der Sänger desorientiert aus seinem Schlaf hochschreckt und noch im festen Griff des Rausches in Panik gerät. Dann will Jack bei seinem besten Freund sein und auf ihn achtgeben, ihn vor dem eigenen Kummer beschützen. Also verbringt er den Rest der bereits vergehenden Nacht damit, Kaffee trinkend in seinem Bett zu sitzen und dabei eines der neuen Bücher zu lesen, die er sich erst vergangene Woche bei einem Stadtbummel mit Rita gekauft hat.

»Wieso schläft Toni bei dir?« Ritas sanfte, wohlweislich gesenkte Stimme dringt verwaschen in den traumlosen Schlaf des Sängers. Eigenartig, er kann ihre Gegenwart im Halbschlaf nicht begreifen, ebenso wenig wie die anderen Geräusche um ihn herum und die Stimme, die Rita leise murmelnd antwortet.

Murrend dreht sich der Sänger auf seinem Nachtlager um, verkriecht sich tiefer in der raschelnden Bettdecke, bevor kalte Erkenntnis ihn schlagartig hellwach werden lässt. Er schreckt hoch und schaut sich unglücklich um. Wie konnte er nur wieder ausgerechnet bei Jack abstürzen. Zugegeben, das letzte Mal, als er nach einer besonders anstrengenden Tour einem Zusammenbruch nahe vor Jacks Wohnungstür gestanden und gefleht hat, hineinkommen zu dürfen, ist lange Jahre her, aber Toni wollte solch ein Erlebnis auch in abgeschwächter Form sicher nicht wiederholen.

Während immer mehr vage Erinnerungen und bittere Erkenntnisse der vergangenen Nacht in Tonis Bewusstsein dringen, richtet er sich seufzend auf. Er streckt die schmerzenden Glieder und drückt den Rücken durch, ohne dem Gefühl, in der Nacht von einer Dampfwalze überrollt worden zu sein, Linderung zu verschaffen. Aus der angrenzenden Küche sind die Gespräche von Rita und Jack zu hören, wobei Toni sich lieber verkriechen würde, anstatt ihnen derart verkatert gegenüberzutreten. Drumherum kommt er wohl trotzdem nicht.

Toni beugt sich etwas vor und späht in die Küche. Der Frühstückstisch ist bereits gedeckt, die alte Kaffeemaschine arbeitet lautstark auf Hochtouren, während in einer Pfanne auf dem Herd Spiegeleier brutzeln. Statt Hunger zu empfinden, dreht sich Toni allerdings regelrecht der Magen um. Nichtsdestotrotz hievt er sich schwerfällig hoch, kämmt sich mit den Fingern hastig durch die unfrisierten Haare und rückt die Kleidung zurecht. Dann trottet er kraftlos in die Küche, lässt sich dort auf einen der Stühle fallen und murmelt dabei so etwas wie ein halbherziges ›Guten Morgen‹.

Rita und Jack schauen ihn beinahe verdutzt an, erwidern seine morgendliche Begrüßung allerdings schnell, euphorisch, aber auch ein bisschen zaghaft. Bald sitzen sie gemeinsam am Frühstückstisch, wobei sich Toni weder am weiteren Geschehen noch an den gut gelaunten Gesprächen beteiligt. Stattdessen ist er vollkommen damit beschäftigt, die ihm gereichte Kaffeetasse fest mit beiden Händen zu umklammern und sowohl die hämmernden Kopfschmerzen als auch die Übelkeit, die ihn hartnäckig daran hindert, auch nur einen Bissen zu essen, wegzuwünschen. Immerhin lassen ihn Jack und Rita vorerst einvernehmlich in Ruhe. Als der Sänger es endlich schafft, zumindest ein wenig an seinem Kaffee zu nippen, ist das Frühstück bereits beendet und das Gebräu in seiner Tasse kalt.

Jack entschuldigt sich kurz und verlässt anschließend die Küche, wo nun nur noch Toni der aufmerksam beobachtenden Rita gegenübersitzt. Aber auch die junge Pflegerin will bald gehen, zumindest hat sie das kurz zuvor erwähnt. Denn an diesem Tag ist sie Jacks Besucherin, eine inzwischen gute Freundin, mit der er sich regelmäßig trifft, und nicht mehr seine Pflegerin.

Jack ist wirklich stur geblieben und hat zu Beginn des Jahres sowohl Thomas als auch Rita gekündigt, mit der knappen Ansage, dass er keine weitere Unterstützung mehr brauche. Er wollte es einfach nicht, konnte es keinen Monat länger ertragen. Der hartnäckige Wunsch und sein Streben nach der ersehnten Selbstständigkeit im eigentlich nichtigen Alltag haben bei Jack immerhin zuvor verlorenen Ehrgeiz wieder entfacht, tatsächlich kommt er mittlerweile hervorragend alleine zurecht. Auf Ritas Gegenwart und ihre innig sanfte Freundschaft mag er trotzdem nicht verzichten. Selbst Toni hat die junge Pflegerin mittlerweile irgendwie ins Herz geschlossen.

»Geht es dir denn gut? Jack hat erzählt, dass du letzte Nacht eine Rückzugsmöglichkeit brauchtest.« Ritas Frage klingt aufrichtig, weshalb Toni eher überrascht anstatt verärgert ist. Er begegnet ihrem wachsamen Blick mit bewährtem Argwohn, doch schüttelt gleichzeitig den Kopf.

»Es ist alles in Ordnung. Ich habe gestern nur ein wenig zu doll über die Stränge geschlagen. Aber Jack ist ja da gewesen.« Für Tonis Verhältnisse ist diese Aussage ein echtes Zugeständnis. Trotzdem scheint Rita nicht ganz zufrieden mit seiner Antwort zu sein. Sie denkt nach und legt dabei den Kopf schief.

»Jack hat mir letztens auch von eurem holprigen Weihnachtsfest erzählt.« Sie lächelt beim Sprechen, doch Toni wird sofort wieder misstrauisch. Er stellt seine Kaffeetasse ab und will aufstehen, gehen, anstatt sich unsinnig aufzuregen. Nur überkommt ihn vorher doch eine absurde Neugier.

»Warum habt ihr denn ausgerechnet darüber gesprochen?« Toni klingt resigniert. Er fährt sich mit den Händen über das Gesicht und schimpft innerlich wegen seiner zuckerwattezähen Gedanken, die ihn sowieso daran hindern, ein ernsthaftes Gespräch zu führen.

»Jack hat mir lediglich erzählt, dass er Angst vor diesem Zusammentreffen mit euren Familien hatte. Wir haben uns einfach unterhalten und dabei halt auch über deine Beziehung zu deinen Eltern geredet.« Rita verstummt in ihrem entschuldigenden Redefluss und schaut Toni beinahe mitleidig an. »Ich wusste nicht, dass du Probleme mit deiner Familie hast.«

So wie die junge Pflegerin darüber spricht, scheint die Vorstellung einer kaputten elterlichen Beziehung schlichtweg furchtbar für sie zu sein. Toni hätte am liebsten darüber gelacht.

»Das ist nichts, worüber du nachdenken solltest. Ich habe mit Mitte zwanzig den Kontakt zu meiner Familie abgebrochen. Das ist lange her und bereitet mir wirklich keinen Kummer.« Es ist vielleicht nicht die ganze Wahrheit, manchmal redet sich Toni ein, dass es anders sein und er einfach die Wogen glätten könnte. Aber daran will er in diesem Moment nicht denken.

»Aber du hast auch zuhause niemanden, der auf dich wartet?« Immerhin ist es eine Frage geblieben und keine entschiedene Aussage. Dass Rita sich derart freiheraus danach erkundigt, ist sogar fast berechtigt, immerhin hält sich der Musiker ständig in Jacks Wohnung auf. Trotzdem hinterlässt die Frage einen bitteren Beigeschmack.

»Das stimmt. Aber als Musiker bin ich ständig unterwegs gewesen. Da bleiben ernsthafte Beziehungen auf der Strecke.« Die nächste Halbwahrheit, die Toni mit einem nichtigen Schulterzucken abtut. Dabei schaut ihn Rita immer noch so traurig bekümmert an, als hätte sie Mitleid mit ihm.

»Aber Jack ist für mich da. Wir passen aufeinander auf.« Bei dieser Erklärung kann Toni nicht anders, als zu lächeln.

Sie reden noch einen Augenblick miteinander, dann verabschiedet sich Rita endgültig von Toni und Jack. Dem Sänger soll es nur recht sein, ihr Gespräch ist ihm allmählich sowieso zu intim geworden. Außerdem ist er nach wie vor verkatert von der durchzechten Nacht und wirklich nicht in der Stimmung, um über seine verkorksten Familienverhältnisse nachzugrübeln.

Rita ist kaum aus der Tür heraus, da stellt Jack seinen besten Freund zur Rede. »Wir müssen uns unterhalten.«

Genau das ist der Zeitpunkt, an dem Toni beschließt, sich nun sehr engagiert mit dem Abräumen des Frühstückstisches zu beschäftigen. Er springt förmlich auf, poltert dabei gegen den dadurch wankenden Tisch und greift eilig nach dem benutzten Geschirr. »Es gibt nichts, worüber wir reden müssen.«

Dass Jack ihm am liebsten das Geschirr aus den Händen reißen und ihn zurück auf seinen Stuhl drängen würde, entgeht Toni nicht. Er weiß nur schlichtweg auch, wie unwahrscheinlich es ist, dass sein bester Freund direkt zu solch rabiaten Mitteln greift.

»Was war das dann gestern Nacht?« Jacks eilig gestellte Frage klingt keinesfalls vorwurfsvoll, eher energisch und beschwörend.

Tonis Antwort ist dafür umso unfreundlicher. »Du musst mich nicht bevormunden.«

Der Sänger faucht die Worte in argwöhnischer Abwehrhaltung, wovon sich Jack allerdings kaum beeindrucken lässt.

»Wenn es dich wirklich stört, dann hättest du gestern Nacht nicht herkommen sollen.« Diese Aussage nimmt Toni augenblicklich den Wind aus den Segeln. Er stoppt mitten in seiner Bewegung und schaut unschlüssig zu seinem besten Freund. Angesichts der gut gemeinten, aber bestimmten Worte von Jack kapituliert Toni nun doch.

»Denk dir lieber nicht zu viel dabei. Ich weiß selber nicht, was mich letzte Nacht geritten hat.« Schulterzuckend lässt sich der Sänger zurück auf seinen Stuhl fallen. »Ich habe mich einsam gefühlt. Sonst haben ein paar Stunden in lauten Clubs Abhilfe geschafft, aber gestern hat mich das alles nur noch unruhiger gemacht. Ich wusste mir nicht mehr zu helfen und bin einfach blindlings zu dir gekommen.«

Er vermeidet hartnäckig jeden Blickkontakt mit seinem besten Freund, stützt stattdessen den Kopf träge auf seiner Handfläche ab und schaut aus dem Fenster.

Diesmal lässt sich Jack mehr Zeit mit einer Antwort. Er sucht angestrengt nach den richtigen Worten, bevor er seufzt und einfach ausspricht, was ihm unmittelbar in den Sinn kommt.

»Das willst du jetzt vermutlich nicht hören, aber du solltest dir einen Job suchen. Oder irgendetwas anderes, das dir die Zeit vertreibt, ganz egal. Es wäre schade, wenn du sonst alles zunichtemachst, was du bis jetzt erreicht hast.«

Am liebsten hätte Toni bei dieser Aussage bitter aufgelacht, aber Jacks ernster Blick lässt erahnen, dass es eine denkbar falsche Reaktion wäre. Aber ehrlich, was hat er schon erreicht? Nicht mehr, als seine vielversprechende Musikkarriere vorschnell aufzugeben und alle paar Monate einen erneuten kläglichen Versuch zu starten, von den lästigen Drogen loszukommen. Im Vergleich zu Jack, so denkt der Sänger bitter, tritt er verloren auf der Stelle.

Dabei weiß Toni gar nicht, wie schwer die vergangenen Monate für Jack waren. Er kann es höchstens erahnen und versteht, durch seine dauerhafte Anwesenheit, vielleicht doch ein wenig mehr als alle anderen.

Denn Jack hat sich dazu entschlossen, alleine zu kämpfen. Zurückgezogen sowohl die tiefe Niedergeschlagenheit als auch den schweren Kummer und die nicht enden wollenden körperlichen Schmerzen zu ertragen. Meist blieb Jack nach den endlos langen Tagen nur die stille Nacht, um endlich nachzugeben, kläglich zu weinen oder seine ganze verzweifelte Wut hinauszuschreien. Der Wendepunkt, ab dem alles, Tag für Tag, ein wenig leichter wurde, hat Jack ehrlich überrascht. Denn plötzlich konnte er davon ausgehen, doch nicht in seiner ganz persönlichen Hölle gefangen zu sein.

Kleine Erfolge und neu erweckte Lebensfreude beflügeln Jack seitdem stetig mehr. Er verlässt freiwillig seine Wohnung, um sich mit seiner Familie oder Freunden zu treffen, sucht hartnäckig nach einer neuen Arbeitsstelle und geht sogar wieder ins Fitnessstudio. Zusätzlich hat Rita ihn auf einen Rugbyverein für Rollstuhlfahrer aufmerksam gemacht, perfekt für den aktiven, energiegeladenen Jack und immer wieder ein Grund zum Kopfschütteln für Toni, der wirklich wenig von solch rohen Sportarten hält.

Jacks leises Lachen reißt Toni abrupt aus seinen immer weiter abdriftenden Gedanken. »Bevor du dich das nächste Mal in irgendwelchen zwielichtigen Kneipen herumtreibst, komm lieber gleich zu mir.«

Jacks Augen blitzen schalkhaft auf, während Toni beschämt den Kopf senkt und leise Entschuldigungen murmelt.

»Schon gut, es ist ja nichts passiert. Ich will nur nicht,

dass du in Schwierigkeiten gerätst.« Jack lächelt sanft, bevor er stutzt, sich plötzlich an etwas gänzlich anderes erinnert. »Ich wollte dich schon vor einigen Tagen etwas fragen. Heute Abend treffe ich mich mit Lou, Martin und den anderen. Vielleicht willst du mitkommen und ein paar alte Freunde wiedertreffen?«

Wieso Jack der törichten Meinung ist, dass Toni dringend wieder Kontakt zu seiner Familie oder lange vergessenen Freunden braucht, bleibt dem Sänger schleierhaft. Ganz abgesehen davon, dass er Martin und dessen ebenso stumpfsinnige Konsorten nicht ausstehen kann. Von ihren groben, chauvinistischen Parolen und dem übertriebenen Ego bekommt er Kopfschmerzen. Dass Jack seit ihrer Schulzeit freiwillig mit diesen nervtötenden Kiez-Machos verkehrt, ist für Toni unbegreiflich.

Lou hingegen ist freundlich, tatkräftig und temperamentvoll. Er scheint genauso fremd bei diesen Treffen wie Jack, kann sich von diesen alten, freundschaftlichen Banden allerdings nicht losreißen.

Toni hat schon lange nichts mehr von ihm gehört, früher jedoch war er beeindruckt von dem starken, selbstsicheren Lou, mit dem er, viel öfter als gewollt, in Schwierigkeiten und Schlägereien geraten ist.

»Nein, lieber nicht.« Toni weist die gut gemeinte Einladung kopfschüttelnd ab. Dabei blickt er träge an sich hinunter und wird sogleich, dank seiner zerknitterten, durchgeschwitzten Klamotten, an die vergangene Nacht und ihren blamablen Ausgang erinnert. »Ich werde jetzt lieber nach Hause gehen. Ich muss dringend duschen und mir etwas anderes anziehen.«

Jack nickt zustimmend, fängt seinen besten Freund aber wenig später im Flur ab. »Kannst du noch kurz warten? Ich bin gleich wieder bei dir.«

Ohne weitere Erklärungen verschwindet Jack und lässt

Toni unschlüssig im Korridor zurück. Dort zieht der Sänger zunächst seine Schuhe an und rückt die Kleidung halbherzig zurecht. Ein weiterer, kläglicher Versuch, ein wenig passabler auszusehen. Für jede weitere Anstrengung fehlt Toni jedoch die Kraft, er fühlt sich nach wie vor matt und antriebslos.

Einen Augenblick später kommt Jack zurück und streckt ihm, selbstzufrieden lächelnd, die zur Faust geschlossene Hand entgegen. »Der ist für dich.«

Überreicht bekommt Toni, als er endlich Anstalten macht, seine Hand ebenfalls auszustrecken, zwei unscheinbare Schlüssel, verbunden durch einen einfachen Schlüsselring.

»Wofür sind die?« Toni kippt den Kopf fragend zur Seite und nimmt die Schlüssel nur zögernd entgegen.

»Der eine für die Haustür und der andere für die Wohnung. Ich habe dir ja gesagt, dass du jederzeit herkommen kannst, und so musst du mich dafür nicht einmal mehr wachklingeln.« Jack zwinkert seinem besten Freund zu, während Toni noch zu überrascht ist, um zu reagieren. Als sich der Moment unangenehm in die Länge zieht, findet der Sänger allerdings doch noch seine verlorene Stimme wieder.

»Ist das dein Ernst?« Toni dreht beim Sprechen die beiden Schlüssel in der Hand hin und her. Das dabei entstehende leise Klimpern wird jedoch sogleich von Jacks herzlichem Lachen übertönt.

»Natürlich! Ich möchte, dass du die Schlüssel behältst. Bitte scheu dich nicht vorbeizukommen.« Er zuckt nonchalant mit den Schultern, als wäre nichts dabei.

Toni hingegen bringt diese kleine Geste vollends aus dem Konzept. Erstaunt, aber glücklich, huscht ein leichtes Lächeln über das Gesicht des Sängers. Seine Finger schließen sich fest um die Schlüssel. »Danke.«

Jack nickt ihm als Antwort zu, ehe er Toni langsam zur Tür begleitet und sich zunächst freundlich von ihm verabschiedet.

»Bis dann.« Toni flüstert die Worte, als die Wohnungstür bereits ins Schloss fällt. Hingerissen bleibt er alleine im Hausflur zurück, mit dem Schlüssel in der Hand und wilden Schmetterlingen im Bauch.

6

*Over and over, over and over I fall for you. Over and over,
over and over I try not to. Over and over, over and over you
make me fall for you. Over and over, over and over you
don't even try.*

Over and Over – Three Days Grace

JULI

Toni wollte sich nicht verlieben, auf keinen Fall, erst recht nicht in Jack. Nicht noch einmal. Denn am Ende wird er sowieso abgewiesen, zwar freundlich und rücksichtsvoll, aber nichtsdestotrotz entschlossen.

Dennoch wird nun seine ganze haltlose Welt völlig auf den Kopf gestellt, und wenn Toni ehrlich mit sich ist, findet er es gar nicht so schlimm.

Vielleicht war das Verliebtsein auch nie wirklich fort, sondern nur in den Hintergrund gerückt. Überschattet vom hektischen Leben des Sängers und der Tatsache, dass die beiden Männer einander jahrelang nur sporadisch gesehen haben. Dafür wird Toni nun umso mehr von seinen Gefühlen übermannt. Von tiefgehender, allumfassender Liebe, die nichts mehr mit den Schwärmereien von Teenagern zu tun hat. Toni hat nie zuvor so viel Herzenswärme und Bewunderung für jemanden empfunden.

Zumindest waren ihm diese Gefühle bei seinen früheren Partnerschaften fremd, den wenigen, die lange genug gehalten haben, um wirklich als Beziehung durchzugehen. Dabei hat sich der Sänger darum bemüht. Tatsächlich wünscht sich Toni Geborgenheit und abgrundtief kitschige Romantik in einer Beziehung. Kleine Gesten und Berührungen, vertrauter Zusammenhalt. Dinge, die ihm andere Leute in diesem Ausmaß gar nicht zutrauen. Nur, weil er irgendwann mit diesem ganzen leidlichen Thema abgeschlossen und sich stattdessen für schnelle, bedeutungslose Liebeleien entschieden hat. Ohne Konsequenzen oder Verpflichtungen gegenüber den unglücklichen Männern, die sich auf ihn eingelassen haben.

Aber wozu, wenn Toni schlussendlich doch wieder am Anfang seiner Sorgen steht? Es ist zum Haareraufen.

»Guten Morgen.«

Toni blickt müde über den Rand seiner Kaffeetasse, bevor er Jacks gut gelaunte, morgendliche Begrüßung deutlich weniger enthusiastisch erwidert. Wie sein bester Freund zu dieser Tageszeit bereits dermaßen energiegeladen sein kann, bleibt für ihn unbegreiflich.

Dennoch verbringt der Sänger mittlerweile Tag und Nacht bei Jack, immerhin hat er die ausdrückliche Erlaubnis seines besten Freundes bekommen. In seine eigene Wohnung kehrt er momentan nur noch sporadisch zurück.

»Hast du heute früh nicht einen dubiosen Termin?« Jack lächelt verspielt, herausfordernd, da Toni ihm partout nicht verraten will, was er an diesem Tag Dringendes zu erledigen hat.

»Das eilt nicht.« Toni antwortet kopfschüttelnd, aber dennoch amüsiert. Er nimmt noch einen weiteren Schluck von seinem Kaffee und beobachtet dann mit begierig neugierigem Blick, wie Jack an der Küchentheke sein Frühstück vorbereitet. »Soll ich dich fahren?«

Die Frage lässt Jack aufhorchen. Schief lächelnd dreht er sich zu Toni um, der immer noch in Jogginghose und altem Bandshirt dasitzt, den Kopf müde auf der Hand abgestützt, gemächlich an seinem Kaffee nippend. Kein Vergleich zu Jack, der sich bereits herausgeputzt hat, startklar für den neuen Tag. Er hat ein Bewerbungsgespräch, mittlerweile das fünfte. Hoffentlich das letzte.

Es ist Jack noch nie leichtgefallen, Arbeit zu finden, obwohl das Lehrersein sein absoluter Traumjob ist. Nervosität und Anspannung begleiten ihn dementsprechend schon seit dem Aufstehen, auch wenn er angestrengt versucht, sich nichts anmerken zu lassen.

»Nein, schon gut. Ich nehme einfach den Bus.« Jack setzt sich schulterzuckend zu Toni an den Tisch. Einen Moment verbringen die beiden in angenehmer Stille, jeweils in ihre eigenen Gedanken versunken, bevor er abermals ein Gespräch startet. »Bist du heute Abend zurück? Dann koche ich etwas für uns.«

Tonis Herz springt vor Freude ungefragt in seiner Brust. »Dann gebe ich mir Mühe, pünktlich wieder hier zu sein.«

Toni begleitet Jack noch bis zur Bushaltestelle, bevor er langsam zu seinem Auto schlendert. Er parkt vorsorglich zwei Straßen weiter, in einer schmalen Einbahnstraße, in der es meist freie Parklücken gibt.

Nicht direkt vor Jacks Wohnung zu parken ist eine reine

Vorsichtsmaßnahme. Denn obwohl Toni schon lange aus dem Musikbusiness ausgestiegen ist, lassen ihn die nervigen Journalisten immer noch nicht komplett in Ruhe. Wo der Sänger wohnt, haben sie, sehr zu Tonis Missfallen, erstaunlich schnell herausbekommen. Aber damit kann er leben. Er ignoriert sie schlichtweg, selbst wenn die nervigen Reporter ihn zwischenzeitlich im Hausflur abfangen oder auf dem Gehweg warten. Manchmal, wenn sie besonders viel Glück haben, lässt sich Toni sogar dazu herab, einige ihrer unbedeutenden Fragen zu beantworten. So vage und langweilig wie möglich natürlich. Aber das kommt nicht oft vor.

Sollten die Reporter allerdings mitbekommen, dass Toni andauernd zu genau der gleichen Adresse in Altona fährt, würden sie, sensationslüstern und hartnäckig, bald dort auf der Lauer liegen. Dieses aufdringliche Pack würde Jack, Rita und jeden anderen, der den Wohnblock betritt, bedrängen, während Toni in einen ganz neuen, inneren Zwiespalt geraten würde. An manchen Tagen ist der Sänger sogar so paranoid, dass er mehrere Umwege fährt, bevor er sich in sicherer Entfernung zu Jacks Wohnung einen Parkplatz sucht.

Bei seinem Wagen angekommen, lässt sich Toni seufzend auf den Fahrersitz fallen, bevor sein Blick zu der unscheinbaren Mappe neben sich huscht. Handy und Portemonnaie werden achtlos danebengeworfen.

Jacks gut gemeinte Ansage, er solle sich wieder einen Job suchen, ist mitnichten an dem Sänger vorbeigegangen. Ganz im Gegenteil, Toni hat in den vergangenen Wochen immer mehr darüber nachgedacht und zähneknirschend eingesehen, dass sein bester Freund recht hat. Deshalb fährt er nun nach Kiel, zurück ins altbekannte Tonstudio. Zwar wollte er diesen Ort noch eine ganze Weile wohlweislich meiden, aber Toni kann sich nicht vorstellen, außerhalb der

Musikbranche Arbeit zu suchen. Natürlich könnte er dafür auch bei einer ganzen Menge anderer Leute Klinken putzen, dafür hat er über Jahre sorgfältig Kontakte gepflegt, aber Tonis Herz hängt unerklärlicherweise noch am vertrauten Tonstudio.

Die gut anderthalbstündige Autofahrt nutzt Toni, um durchzuatmen und immer wieder einen skeptischen Blick auf seine Unterlagen auf dem Beifahrersitz zu werfen. Natürlich war er in den vergangenen Monaten musikalisch nicht untätig. Er hat Songs geschrieben, entspannter und fokussierter als früher. Die Auftritte auf großen Bühnen wurden durch Liveacts im heimeligen Wohnzimmer ersetzt, mit Rita und Jack als einzigem, aber nicht weniger enthusiastischem Publikum. Toni lächelt bei der Erinnerung an diese unbeschwerten Abende. Wenig später biegt er auf den Parkplatz des Tonstudios ein.

Toni hat versäumt, sein Kommen anzukündigen, dabei hätte ein simpler Anruf bei seinen ehemaligen Chefs vollkommen gereicht, und eine Mitarbeiterkarte hat er natürlich auch nicht mehr. Trotzdem kommt er problemlos in das unscheinbare Gebäude, dessen Sicherheitskontrollen um einiges schlampiger und oberflächlicher verlaufen, als unwissende Besucher annehmen würden. Außerdem kennen ihn die meisten Leute dort, Toni wird fortwährend freundlich begrüßt, während er mit festen, selbstsicheren Schritten durchs Erdgeschoss geht. Sein Ziel sind die drei nebeneinanderstehenden Fahrstühle, die besonders zur Mittagszeit stark frequentiert sind. Dennoch quetscht sich Toni, zusammen mit ein paar Tontechnikern und Praktikanten, in eine der kleinen Kabinen, um ins dritte Stockwerk zu fahren. Dort angekommen führen ihn seine Füße, noch bevor er gedanklich folgen kann, den Gang hinunter, bis hin zu Hannes' Büro.

Tonis Klopfen bleibt allerdings unbeantwortet, weshalb

er die hölzerne Bürotür kurzerhand selbst öffnet und fragend hineinschaut. Hannes sitzt vornübergebeugt am Schreibtisch, in einer Hand ein Handy, das er unverhältnismäßig doll gegen sein Ohr presst, in der anderen eine Zigarette, deren Asche bereits langsam auf das teure Mahagoniholz der Tischplatte rieselt. Das Öffnen der Tür lässt ihn genervt aufhorchen, mit in Falten gelegter Stirn und distanziertem Blick. Aber als Hannes seinen unerwarteten Besuch erkennt, wird sein Gesichtsausdruck ein wenig milder, wenn auch deutlich überraschter. Er gibt Toni ein flüchtiges Handzeichen einzutreten, aber noch einen Augenblick Geduld zu haben.

Dieser Aufforderung kommt Toni gerne nach, wobei er darauf verzichtet, sich zu setzen. Stattdessen streift er ziellos durch den Raum und belauscht, nicht ganz unbeabsichtigt, das zornig gezischte Telefonat. Etwas von verpassten Deadlines und unerträglicher Unzuverlässigkeit. Gespräche, an die sich Toni auch noch gut erinnern kann.

Doch an diesem Tag wird ihm keine Standpauke gehalten, stattdessen freut sich Hannes regelrecht, ihn zu sehen. Nach dem Telefonat lehnt er sich weit in seinen knarrenden Bürostuhl zurück und breitet die Arme bewillkommend aus.

»Was treibt dich denn hierher?« Hannes lacht, schaut dabei aber flüchtig auf seine Armbanduhr. »Du hättest mir Bescheid geben sollen, anstatt hier einfach unangekündigt aufzukreuzen. Ich muss gleich zu meinem nächsten Termin.«

Kopfschüttelnd setzt sich Toni nun doch in den ledernen Sessel vor Hannes' Schreibtisch. »Das ist überhaupt nicht schlimm, ich brauche nicht lange.«

Diese Ankündigung sorgt dafür, dass Hannes' Gesichtszüge für einen kurzen Augenblick entgleisen. Er überlegt und presst seine absehbare Frage dann zwischen zusammengebissenen Zähnen hervor. »Worum geht es denn?«

Es mag die böse Erwartung sein, aber Hannes seufzt anschließend so schwer, als würde jedes Wort ihm physische Schmerzen bereiten. Ihm gegenüber genießt Toni die ganze Situation umso mehr. Vorerst wortlos legt er seinem ehemaligen Manager die mitgebrachte Mappe auf den Tisch, bevor er sich entspannt zurücklehnt und lässig die Beine überschlägt. Leider macht Hannes bei diesem kleinen Machtspielchen nicht mit, sondern wartet geduldig ab, bis Toni sich doch dazu herablässt, seine Anwesenheit genauer zu erläutern.

»Ich möchte dir ein Angebot machen.« Bei diesen Worten beugt sich der Musiker aufgeregt lächelnd nach vorne. »Ich kann für euch arbeiten, als Songwriter. Immerhin stammen alle Songs der Band von mir, und wenn du magst, kann ich genauso gut auch für andere Sänger schreiben. Unter der Bedingung, dass ich einen richtigen Vertrag vom Tonstudio bekomme.«

Toni lässt sich Zeit beim Sprechen und behält Hannes fest im Blick. Bei solchen Gesprächen kommt ihm sein überzogenes Selbstbewusstsein zugute, ebenso die Erfahrung aus früheren, nicht immer guten Diskussionen mit seinem damaligen Chef und eben auch Hannes, der immer noch stillschweigend dasitzt. Er lächelt, ohne dadurch seine wahren Gedanken preiszugeben. Dabei macht er sich nicht einmal die Mühe, nach der Mappe auf seinem Tisch zu greifen, was Toni allmählich maßlos ärgert.

»Ich habe dir ein paar neue Songs mitgebracht.« Toni deutet kurz auf die Mappe, bevor er sich kapitulierend zurücklehnt und auf irgendeine Reaktion von Hannes wartet.

»Wir brauchen keinen neuen Songwriter.« Die Antwort folgt nach einer langen, schweren Pause. Während Toni seine Verblüffung über diese direkte Abfuhr nicht verbergen kann, verzieht Hannes keine Miene. Er lässt Toni allerdings auch keine Chance, Widerworte zu geben. »Wirklich nicht. Aber reg dich deswegen nicht auf. Ganz im Gegenteil, du solltest mir eher dankbar sein. Songwriter haben es hier nicht leicht, auch nicht mit Promibonus.«

Hannes lacht heiser über seine scherzhafte Bemerkung, während sich Tonis Finger langsam in die lederne Armlehne des Sessels graben. Er knirscht frustriert mit den Zähnen, unfähig, etwas zu sagen, das nicht direkt dazu führt, von Hannes aus dem Büro geworfen zu werden.

»Vielleicht würde es der Band helfen.« Ein Argument auf neutralem Grund, das Hannes' Meinung ausschließt und Toni nicht allzu verzweifelt wirken lässt.

Tatsächlich scheint der Manager einen Augenblick zu überlegen. Wortlos nimmt er nun doch die Mappe an sich, überfliegt gleichgültig die Noten und Texte. »Hast du dir die neuen Aufnahmen angehört?«

Ihm gegenüber stutzt Toni kurz. »Nur die paar, die Kaddy mir letzten Monat geschickt hat.«

Plötzlich wird ihm bewusst, dass er eigentlich ausgeschlossen ist. Nicht mehr als ein Besucher, der sich ab und an nach der Band erkundigt. Zugegeben, es war sein eigener Wunsch, und normalerweise telefoniert er regelmäßig mit Kaddy, die inzwischen die Leitung der Band übernommen hat, doch in unerwünschten Momenten fehlt ihm das alles sehr.

»Oh, nein. Ich meinte, ob du heute zugehört hast? Sie arbeiten momentan am neuen Album.« Hannes legt Tonis Unterlagen kommentarlos zurück auf den Tisch, bevor er sich, auf den Unterarmen abgestützt, nach vorne beugt. Toni schüttelt wortlos den Kopf. Wieder sehen sie einander fest in die Augen, schweigend, bevor Hannes unnötig schwer seufzt und sich mit zwei Fingern den Nasenrücken massiert.

»Hör zu, es ist letzten Endes sowieso nicht meine Entscheidung. Wenn du unbedingt willst, dann rede ich mit

Fabian und reiche das an ihn weiter.« Beim Sprechen deutet er auf die Mappe, die Toni jedoch schnell wieder an sich nimmt.

»Das kann doch nicht dein Ernst sein.« Er schnaubt aufgebracht, bereit, noch mehr zu sagen, aber Hannes' Handy unterbricht ihn. Es klingelt laut und tanzt dabei vibrierend auf der glatten Tischplatte. Zu Tonis Missfallen nimmt sein ehemaliger Manager das Gespräch entgegen und macht damit mehr als deutlich, dass ihre Unterhaltung beendet ist.

Dementsprechend unzufrieden verlässt Toni leise murrend das Büro. Er hat wirklich mehr von diesem Gespräch erwartet. Aber immerhin ist sein melancholisches Heimweh nach dem Tonstudio, gemeinsam mit seiner guten Laune, Hannes sei Dank, prompt verflogen.

Doch den Rückzug tritt Toni noch nicht an. Stattdessen fährt er ein Stockwerk höher, zu den Aufnahmeräumen, und sucht dort nach der Kammer, in der Kaddy und die anderen momentan arbeiten.

»Was machst du denn hier?« Es ist schwer zu sagen, ob Daniels Frage tatsächlich so unfreundlich gemeint ist, wie sie klingt. Das schiefe Lächeln und sein verwunderter Blick lassen Zweifel an den kalten Worten aufkommen.

Toni bleibt allerdings keine Zeit, weiter darüber nachzudenken, denn Kathleen springt ihm sofort freudig juchend in die Arme. Dabei reißt sie ihn beinahe um, ihre Kopfhörer, vorher noch lose um den Hals gelegt, fallen genauso wie Tonis Unterlagen unabsichtlich zu Boden. »Wie schön, dich zu sehen!«

Sie gibt dem Sänger schnell noch ein Küsschen auf die Wange, bevor sie in ihrem stürmischen Übermut von ihm ablässt und ein paar Schritte zurücktritt.

»Wenn ich schon hier bin, dann muss ich doch auch bei euch vorbeischauen.« Toni lächelt verschmitzt und zwinkert

Kathleen zu, die unterdessen ihre Sachen vom Boden aufsammelt.

Anschließend begrüßt er Maik und Daniel, zwar ohne innige Umarmung, dafür aber mit gleicher Vertrautheit. Dabei ist er besonders über die freundliche Gelassenheit des Schlagzeugers verwundert, immerhin sind sie damals nicht im Guten auseinandergegangen und haben seitdem kaum miteinander gesprochen. Aber all das scheint mittlerweile vergeben, oder zumindest vorerst vergessen, bis es einen Grund gibt, die alten Vorwürfe wieder aufzugreifen.

Aus Höflichkeit wendet sich Toni auch an den Aufnahmeleiter, der mit freundlichem Nachdruck darauf hinweist, dass eigentlich weitergearbeitet werden muss. Der Sänger versichert ihm gerade, dass er nicht lange stören wird, als sein Blick auf den jungen Mann fällt, der still in der Tür zum angrenzenden Aufnahmebereich wartet. Lässig gegen den Türrahmen gelehnt steht er da, die rabenschwarz gefärbten Haare fallen vor seine mit schwarzem Mascara umrahmten Augen. Eine glänzende E-Gitarre hat er vor sich abgestellt, seine Hände schließen sich fest um den Hals des Instruments.

»Das ist Leo, unser neuer Gitarrist.« Maik erbarmt sich schließlich und stellt ihr neues Bandmitglied vor, denn lange hätte der junge Mann Tonis offensivem Blick nicht mehr standgehalten. Dafür tritt er nun vorsichtig einen Schritt nach vorne und streckt dem Sänger die Hand mit den zarten Fingern und lackierten Nägeln entgegen. Schmunzelnd geht Toni darauf ein, wechselt ein paar Worte mit seinem Nachfolger, bis Daniel, mit einer Mischung aus Neugierde und Ungeduld, seine Frage von zuvor wiederholt.

»Weshalb bist du noch gleich hier?« Dabei tippt er mit dem Fuß einen unsteten Rhythmus gegen den Linoleumboden, die Arme behält er vor dem Oberkörper verschränkt.

»Ich habe mich mit Hannes unterhalten.« Toni lässt das Thema mit dieser knappen Erklärung fallen.

»Ach ja? Wie lief es denn?« Maik fragt zwanglos, unbekümmert wie eh und je. Dabei scheint er gar nicht zu bemerken, dass Toni, in unliebsamer Erinnerung an das eben vergangene Gespräch, erschaudert und leise schimpfend seinen Unmut kundtut. Laut spricht er hingegen etwas anderes aus.

»Es war ganz okay, aber eigentlich auch nicht weiter wichtig.« Toni zuckt mit den Schultern, wirklich nicht in der Stimmung, weiter darüber zu reden. Stattdessen kommt ihm ein anderer Gedanke in den Sinn. »Wollen wir etwas essen gehen? Die Straße runter, in unserem Stammlokal vielleicht?«

Der Sänger meint damit das unscheinbare griechische Restaurant an der Kreuzung, in dem sie früher ständig zu Gast waren. Doch an diesem Tag bekommt er eine Abfuhr. Toni hat kaum zu Ende gesprochen, da schüttelt Kaddy bereits vehement den Kopf. Dabei schaut sie schuldbewusst, mit angezogenen Schultern, zu ihm auf.

»Wir müssen die Aufnahmen fertigbekommen. Tut mir leid.« Sie lächelt, vorsichtig und entschuldigend, anstatt glücklich. Hinter ihr fuchtelt der Aufnahmeleiter wild mit den Armen, wohl wütend und bereit, Toni für die Störung und den dreisten Vorschlag, einfach die Arbeit zu schwänzen, eigenhändig aus dem Aufnahmeraum zu werfen.

»Natürlich. Schon gut.« Der Sänger zuckt nonchalant mit den Schultern und wendet sich zum Gehen ab.

»Du kannst aber hierbleiben und uns zuhören.« Kathleens Vorschlag lässt Toni abrupt innehalten. »Vielleicht kannst du mir noch ein paar Tipps geben?«

Wenig später sitzt Toni auf einem der wackligen Drehstühle vor dem Mischpult. Dem Aufnahmeleiter beziehungsweise dessen Assistenten wäre es zwar lieber gewesen, wenn er es sich mit Maik, Daniel und Leo auf dem Sofa bequem gemacht hätte, aber das interessiert Toni herzlich wenig. Er ist voll darauf konzentriert, Kathleen zuzuhören, die im Raum nebenan eindrucksvoll gut singt. Zwischendurch greift er ganz selbstverständlich nach den Reglern auf dem Mischpult, wobei ihn der arme Kerl, der dort seiner Arbeit nachgeht, immer wieder genervt wegscheucht. In seiner beispiellosen Selbstüberschätzung scheint der Sänger nämlich kurzerhand vergessen zu haben, dass es ihm diesbezüglich an Wissen fehlt.

Dass Kathleen davon ausgeht, von Toni Tipps oder gar Verbesserungsvorschläge zu erhalten, würde ihn verwundern, wenn der Sänger nicht wüsste, wie unsicher sie in ihrer neuen Rolle als Bandchefin ist. Dabei hat sie eine phänomenale Stimme, hell, aber kraftvoll, die wunderbar zur schmetternd lauten Musik von *Milestone* passt. Zugegeben, die Band musste ihren Klang ein wenig anpassen, immerhin haben sie zuvor gegen Tonis rau herausgeschriene Worte angekämpft, anstatt wie jetzt mit Kathleens Stimme zu harmonieren. Den neuen Gitarristen mal ganz außer Acht gelassen. Aber Kathleens Sorge steckt auch in der Verantwortung und den Pflichten, die sie unfreiwillig von Toni übernommen hat.

Eine andere Wahl, als selbst die Leitung der Band zu übernehmen, blieb ihr allerdings nicht. Sie mussten weitermachen und hatten schlussendlich doch zu wenig Zeit, um all das anders zu arrangieren. Zähneknirschend hat Kathleen damals ihre neue Position angenommen und noch am selben Abend Toni ihr Leid geklagt. Leo wurde kurzerhand von einer anderen, unbekannteren Band abgeworben, mit dem schnellen Versprechen von Ansehen und Profit.

Nur konnte *Milestone* seitdem nicht an den Erfolg von früher anknüpfen. Ärgerlich, aber vorerst kein metaphorischer Weltuntergang, solange die vier noch Touren und genug CDs verkaufen können.

Toni bleibt noch eine ganze Weile im Tonstudio, auch wenn er schlussendlich nicht viel hilft. Dafür beobachtet er Kathleen umso neugieriger und muss abermals neidlos zugeben, dass sie alles sehr gut selbst im Griff hat. Ach, wem macht er etwas vor, sie hat von Anfang an souveräner und beherrschter agiert, als er es jemals konnte.

Ehe er geht, überreicht Toni seiner langjährigen Freundin aber noch die von Hannes verschmähten Songtexte, mit der schlichten Anweisung, sie solle damit tun, was sie möchte.

Nachdem er sich unvermutet herzlich von seinen ehemaligen Kollegen verabschiedet hat, verlässt Toni mit gemischten Gefühlen das Tonstudio. Diese unbestimmbare Benommenheit begleitet ihn noch bis nach Hamburg und sorgt schlussendlich dafür, dass Toni sich an diesem Abend lieber in seine Wohnung zurückzieht, anstatt Jack zu besuchen. Dass seine halbherzige Entschuldigung, in Form einer eilig geschriebenen Nachricht, nicht beantwortet wird, soll ihm aber erst am nächsten Tag wirklich auffallen. An diesem Abend ist er zu sehr damit beschäftigt, die Mischung aus Missmut und Sehnsucht in einigen Gläsern Rotwein zu ertränken.

Dementsprechend verkatert wacht Toni dank der erbarmungslos durchs Fenster scheinenden Sonnenstrahlen, sofort von Kopfschmerzen geplagt, am folgenden Tag auf. Ein müder Blick auf seinen kleinen Funkwecker verrät ihm, dass er beharrlich den gesamten Morgen verschlafen hat und auch der Nachmittag ohne sein Zutun beständig weiter voranschreitet.

Nach einer kurzen, gedanklichen Debatte, in der es überwiegend darum geht, ob er sich nicht doch lieber den Rest des Tages unter der Bettdecke verkriechen will, entschließt sich Toni letztlich dazu, langsam aufzustehen. Die nächste Stunde taumelt er müde und unzufrieden durch seine Wohnung, wie ein deplatzierter Gast in den eigenen vier Wänden.

Besser fühlt er sich erst im Auto, auf dem Weg zu Jacks Wohnung, obwohl ihm allmählich bewusst wird, dass sein bester Freund sich immer noch nicht bei ihm gemeldet hat. Es kommt ihm in den Sinn, dass Jacks Bewerbungsgespräch dermaßen schlecht verlaufen sein könnte, dass er die letzten Stunden in Selbstmitleid versunken ist. Der Gedanke daran lässt Schuldgefühle in ihm aufsteigen. Anstatt sich zu verkriechen, hätte er Jack beistehen sollen. Immerhin haben die beiden in den vergangenen Monaten, ja sogar Jahren, viele schlechte Tage und Momente gemeinsam durchgestanden, beruhigt schlichtweg von der Anwesenheit des jeweils anderen.

Toni klingelt zweimal, bevor er es aufgibt und kurzerhand selbst die Wohnungstür aufschließt. Jack ist wohl noch nicht vom Rugbytraining zurück, weshalb sich der Sänger vorerst auf dem Sofa ausstreckt und gemütlich kaffeetrinkend Musik hört. Als dabei der Frust der gestrigen Zurückweisung neu aufflammt, entscheidet er sich jedoch schnell, etwas dagegen zu unternehmen. Mit wiedererwachtem Ehrgeiz greift Toni nach seinem Handy, um wahllos alten Bekannten aus der Musikbranche zu schreiben, immer mit der Frage, ob sie nicht noch einen Songwriter gebrauchen könnten. Damit ist er knapp eine halbe Stunde beschäftigt, bevor ihn die schallende Türklingel aufschrecken lässt.

Ein neugierig prüfender Blick durch den Spion offenbart allerdings, dass es nur Rita ist, die abwartend, mit einem scheinbar schweren Jutebeutel und einem kleinen Strauß Sonnenblumen in der Hand, vor der Tür steht.

»Hallo!« Breit lächelnd hält sie die Blumen hoch, kaum

dass ihr die Tür geöffnet wird. Dass sie sich zunächst Toni gegenübersieht, der sie amüsiert lächelnd von oben bis unten mustert, überrascht sie jedoch.

»Hey. Ich muss dich enttäuschen, Jack ist nicht hier.« Er lacht leise und begrüßt die junge Pflegerin dann mit einer kurzen, wohlgemeinten Umarmung. Zu seiner eigenen Überraschung nickt sie bestätigend.

»Ich habe es fast befürchtet. Eigentlich wollte ich nur ein paar Bücher vorbeibringen.« Um ihre Worte zu unterstreichen, hebt sie den Jutebeutel in ihrer linken Hand hoch. »Die Blumen sind ein kleiner Zusatz. Na ja, Jack hat mir schon geschrieben, dass er heute wahrscheinlich etwas später zurück sein wird.«

Ihr gegenüber nickt Toni kurz, bevor er einen Schritt beiseitegeht und mit einer knappen Handbewegung in die Wohnung weist. »Dann komm doch einfach schon mit rein.«

Rita schlüpft eilig aus ihren pinken Ballerinas und folgt dem Sänger dann in die Wohnung. Sie bewegt sich, ähnlich wie Toni, selbstverständlich und entspannt in den hellen Räumen, eine irrelevante Begleiterscheinung ihrer ständigen Besuche. Bücher und Blumen legt sie auf dem Küchentisch ab, danach setzt sie sich zu Toni auf das Sofa. Sie reden eine Weile, ehe Rita uncharakteristisch ruhig wird und stattdessen dazu übergeht, den Sänger eingehend zu betrachten. Dabei sitzt sie mit überkreuzten Beinen neben Toni, die Arme hat sie angewinkelt auf den Oberschenkeln abgestützt, ihr Kinn ruht auf den Händen. Ein spitzbübisches Lächeln umspielt ihre Lippen. »Hast du hier übernachtet, oder bist du erst heute früh hergekommen?«

Die Frage lässt Toni stutzen. Sonst hat es Rita, bei aller Freundschaft, nie so genau interessiert, wo sich der Sänger rumtreibt. »Wieso fragst du?«

Er sitzt weit zurückgelehnt auf dem Sofa, die Arme

locker vor der Brust verschränkt. Den Kopf leicht zur Seite gedreht, beäugt er die junge Pflegerin argwöhnisch, nicht sicher, ob er dieses Gespräch weiterführen will.

»Ich war nur neugierig.« Rita lacht und hebt kurz spielerisch beschwichtigend die Hände in die Höhe, ehe sie ihre entspannte Sitzposition von zuvor wieder einnimmt. »Du bist oft hier.«

Tonis Antwort folgt prompt. »Du kommst doch auch ständig zu Besuch.«

Wirklich nicht ansatzweise so oft wie der Sänger, immerhin hat Rita ihre eigene, kleine Familie, bestehend aus ihrer dreijährigen Tochter und ihrer Mutter. Ein Platz, an den sie zurückkehren kann, wo sie gebraucht und geliebt wird.

»Ja, aber bei dir ist ›Besuch‹ ein dehnbarer Begriff.« Wieder lacht Rita, legt aber sogleich eine Hand auf Tonis Arm, da der Sänger bei dieser Bemerkung theatralisch mit den Augen rollt. Aber die Stimmung bleibt ruhig und vertraut, vielleicht gerade, weil Toni entspannt bleibt, anstatt mit spitzen Äußerungen zu kontern. Sie schweigen einen Moment, wobei Rita in ihre zuvor eingenommene Beobachterposition zurückkehrt. Sie mustert Toni immer wieder und kann ihr sanftes, wissendes Lächeln dabei nicht unterdrücken.

»Okay, was ist los?« Es dauert nicht lange, bis der Sänger nachgibt und schwer seufzend zu ihr schaut. »Du bist verliebt.«

Diese sorglos verkündete Aussage lässt Toni ungewollt zusammenzucken. Er merkt, dass ihm plötzlich warm wird und sein Herz erschrocken wild hämmert.

»Wie kommst du denn darauf?« Er versucht, gelassen zu klingen, sich nichts anmerken zu lassen. Aber Ritas Ruhe bringt ihn nur noch mehr durcheinander. Sie wirkt nicht verwundert oder gar schockiert, sondern ehrlich aufgeschlossen, als wäre es ganz normal, dass sie sich über ihre Schwärmereien austauschen. Auch ihre nächsten Worte sind gefühlvoll betont und milde ausgesprochen.

»Es ist die Art, wie du ihn ansiehst. Wie du mit Jack umgehst, mit ihm sprichst oder auf Berührungen reagierst.« Rita hält kurz inne, denkt nach und schmunzelt dann. »Das ist echt schön. Es wirkt ehrlich.«

Sie zuckt entschuldigend mit den Schultern, während Toni kapitulierend das Gesicht in den Händen vergräbt.

»Tu mir den Gefallen und behalte das einfach für dich. Das muss niemand wissen, vor allem nicht Jack.« Seine letzten Worte betont er mit einer unbeabsichtigten Dringlichkeit, die er anschließend sofort bereut.

»Aber warum denn nicht? Es ist doch nichts Schlimmes?«

Bei dieser Aussage muss Toni bitter auflachen. Er hebt den Kopf, sodass sich ihre Blicke bei seinen nächsten Worten treffen.

»Weil ich Jacks Antwort bereits kenne. Noch einmal setze ich unsere Freundschaft deswegen nicht aufs Spiel.« Toni verstummt, auf der Suche nach den richtigen Worten, doch bevor sie ihm einfallen, wird ein Schlüssel im Schloss der Wohnungstür gedreht.

»Vielleicht machst du dir auch nur zu viele Sorgen.« Es sind Ritas letzte Worte, bevor sie aufspringt, um Jack zu begrüßen. Worte, die Toni noch eine ganze Weile nicht mehr aus dem Kopf gehen wollen.

»Hallo, ihr beiden. Oje, es tut mir wirklich leid, dass ihr hier so lange auf mich warten musstet.« Jack kommt lachend zu ihnen ins Wohnzimmer. Wenn überhaupt möglich, dann ist er noch euphorischer als sonst, aufgeweckt und fast übertrieben hektisch in seinen Bewegungen. Seine Wangen sind von der Sommerhitze draußen gerötet, seine Augen blitzen schalkhaft auf.

Toni ist, gelinde gesagt, verwundert. Immerhin ist er vom Schlimmsten ausgegangen und nun mehr als überrascht, Jack dermaßen gut gelaunt zu sehen. Aber es steht ihm. So kitschig es klingen mag, für den liebestrunkenen Sänger ist Jack in diesem Augenblick noch viel hübscher, attraktiver als ohnehin schon.

»Du bist gestern Abend doch nicht mehr hergekommen.«

Tief in seine Gedanken versunken, bemerkt Toni zunächst gar nicht, dass sein bester Freund ihn anspricht. Deshalb dauert es auch einen peinlich langen Augenblick, bis er einen Sinn in Jacks Worten findet und nicht weniger verwirrt darauf eingeht. »Ich habe dir gestern Abend eine Nachricht geschrieben.«

Nun ist es Jack, der plötzlich verwundert wirkt, doch er fängt sich schnell wieder. »Stimmt. Das hatte ich vergessen.«

Er zuckt lächelnd mit den Schultern, im nächsten Moment sogleich mit anderen Dingen beschäftigt.

»Und wie lief das Vorstellungsgespräch?« Toni stellt die Frage nur behutsam und stockend, wohl wissend, dass Jacks gute Laune bei diesem Thema schnell kippen kann. Nebenbei begleitet er seinen besten Freund in die Küche, wo er schon wieder mit Rita im Gespräch vertieft ist. So ernst wie sonst scheint er die Jobsuche an diesem warmen Sommertag aber nicht zu nehmen.

»Mhm? Ach ja, das war ganz gut. Ich bekomme nächste Woche Bescheid.«

Dass Toni von dieser Antwort weder überzeugt noch damit zufrieden ist, muss mehr als deutlich sein, denn Jack mustert ihn nur kurz, bevor er lachend mit den Schultern zuckt. »Ist schon okay. Ich möchte mir darüber jetzt nur keine Gedanken machen.«

· · ·

Es dauert nicht einmal eine Woche, bis Jack eine positive Rückmeldung auf das Bewerbungsgespräch erhält. Wenige Tage später tritt er bereits seinen neuen Job an, überglücklich, endlich wieder unterrichten zu können.

Bei Toni hingegen verläuft die Jobsuche nur schleppend und schlecht. Mehr als freundlich formulierte Absagen bekommt er nicht, was ihn bald wahnsinnig frustriert. Natürlich erzählt er Jack nichts davon, sein übertriebener Stolz verbietet es, aber allmählich fühlt sich der Sänger diesbezüglich zurückgewiesen und ungewollt. Wo er sich zuvor noch freiwillig aus seinem ehemaligen Umfeld in der Musikbranche zurückgezogen hat, wirkt es für ihn nun, als wäre er ausgeschlossen worden.

Doch allmählich muss Toni wieder arbeiten. Das bedeutet aber auch, dass er unweigerlich und schweren Herzens nach einer Alternative suchen muss, die eben nicht seinen beruflichen Anspruch erfüllt.

»Ich habe übrigens einen neuen Job.« Toni hat beschlossen, diese Neuigkeit in aller monotonen Sachlichkeit zu erwähnen. Dabei konzentriert er sich, gemütlich auf dem Ecksofa im Wohnzimmer ausgestreckt, weiterhin auf die Zeitschrift in seinen Händen, anstatt auf Jack, der sich ihm sofort verblüfft zuwendet. Bis dahin hat er, unbeeindruckt von der prickelnden Nähe ihrer Körper, neben dem Sänger gesessen und irgendeine schlechte Realityshow im Fernsehen angeschaut.

»Woher kommt das denn auf einmal?« Jack wirkt überrascht, aber auch unterschwellig zufrieden, während Toni eilig abwinkt.

»Es ist nichts Besonderes. Lediglich ein Teilzeitjob in einem Café bei mir um die Ecke.« Weiter kommt Toni nicht, da Jack plötzlich schallend lacht. Dabei stört er sich überhaupt nicht an dem empörten Grummeln des Sängers neben ihm.

»Was willst du da denn machen? Kellnern?« Jacks Worte fallen, zwischen schweren Atemstößen und ungehaltenem Kichern, unbefangen in den Raum, während Toni unzufrieden mit der Zunge schnalzt.

»Warum denn nicht?« Er zieht die Frage, schwerfällig betont, in die Länge und boxt Jack sanft gegen den Arm.

Wie schwer kann das bisschen Kellnern schon sein? Zumindest ist das Tonis plumpe Ansicht, um sich die Situation schönzureden. Jack ist hingegen ganz anderer Meinung.

»Ich fürchte, du unterschätzt das ein bisschen.« Inzwischen hat er sich wieder beruhigt und klingt fast wohlwollend. Tatsächlich möchte Jack für seinen Freund nur das Beste, kann sich seinen nächsten Seitenhieb aber beim besten Willen nicht verkneifen. »Wobei…Du musstest nie während des Studiums kellnern, um irgendwie über die Runden zu kommen. Das holst du dann halt jetzt nach.«

Jack tut gespielt nachdenklich und zwinkert dann seinem besten Freund zu, der kopfschüttelnd neben ihm schmollt. Insgeheim ist Toni aber immer noch davon überzeugt, dass ihm alles leicht von der Hand gehen wird.

7

Oh simple thing, where have you gone? I'm getting old and I need something to rely on. So tell me when you're gonna let me in. I'm getting tired and I need somewhere to begin. And if you have a minute, why don't we go talk about it somewhere only we know?

Somewhere Only We Know – Keane

NOVEMBER

Vielleicht hat sich Toni das alles doch ein bisschen zu einfach vorgestellt.

Denn kein halbes Jahr später ist sein gesamter Ehrgeiz für die neue Arbeit bereits verflogen. Das liegt auch daran, dass Toni im Café den lieben langen Tag von Kollegen angewiesen und berichtigt wird, die nur halb so alt sind wie er selbst. Das reizt den Sänger maßlos. Immerhin kann er sich Schöneres vorstellen, als ständig von ein paar halbstarken Studenten herumgescheucht zu werden.

Einfach hinzuschmeißen ist, dank Tonis Ego, aber auch keine Option. Erst recht nicht, nachdem Jack ihm so deutlich zu verstehen gegeben hat, dass er genau dieses Verhalten von dem wankelmütigen Musiker erwartet.

Also macht Toni vorerst zähneknirschend weiter, auch wenn ihn die aufgesetzte Pseudofreundlichkeit beim Kellnern nervt, genauso wie die Tatsache, dass in dem heimeligen und meist anstrengend gut besuchten Café nur Schickimicki-Kaffeearten verkauft werden, die nichts mit schlichtem, einfachem Filterkaffee zu tun haben.

»Okay, ich bin bereit. Du kannst jetzt ruhig Feierabend machen.« Eine nette Abwechslung zur leidigen Arbeit ist Viktor, der Filialleiter, den alle mit dem unerklärlichen Spitznamen Easy ansprechen und der an diesem kalten Novembernachmittag, freundlich wie immer, zu Beginn seiner Schicht hinter den Tresen schlüpft. Dabei klopft er Toni kurz auf die Schulter, bevor er sich einmal prüfend umsieht und sofort mit der Arbeit beginnt.

Tatsächlich kann Toni den schlanken Mann mit den melancholischen Augen und dem ehrlichen Lächeln ganz gut leiden. Zwar ist Viktor um einiges jünger, gerade einmal Mitte zwanzig, aber clever und ansteckend lebensfroh. Die Arbeit geht ihm leicht von der Hand, auch wenn er mit dem Job im Café nur sein mickriges Darstellergehalt aufbessert.

Mit ein paar leise gesäuselten Worten verabschiedet sich Toni schnell, während sein Vorgesetzter bereits lächelnd in ein Kundengespräch vertieft ist. Dabei kopiert er die zuvor von Viktor freundlich selbstverständlich ausgeführte Geste und legt dem fast gleichgroßen Mann sanft eine Hand auf die Schulter. Diese Berührung dauert nicht länger als ein paar Sekunden, erhält als Reaktion aber ein bestätigendes Nicken.

Der Pausenraum ist eine Zumutung. Notdürftig eingerichtet liegt er direkt neben dem ebenfalls kleinen, aber heillos überfüllten Lager und verkommt immer mehr zum zweiten Aufbewahrungsort für die unterschiedlichsten Dinge. Keiner der fünf Angestellten hält sich länger als notwendig in dem feuchten, fensterlosen Raum auf. Auch Toni entledigt sich nur eilig seiner Arbeitskleidung, bevor er seinen warmen Wintermantel überzieht und die alte Ledertasche schultert.

Beim Weg durch den schmalen Korridor, zurück in das hübsch eingerichtete Café und von dort aus durch die Drehtür hinaus in die kalte Winterluft holt Toni gedankenverloren sein Handy aus der Innentasche seines Mantels. Ein nichtiger, alltäglicher Handgriff. Trotzdem bleibt Toni an diesem Tag mitten auf dem Gehweg stehen, verwundert und zu abgelenkt, um das Schimpfen der anderen, vorbeilaufenden Passanten zu hören, die um ein Haar mit dem abrupt innehaltenden Sänger kollidiert wären.

Was Toni so unvermittelt aus dem Konzept bringt, ist die Tatsache, dass auf seinem schwach beleuchteten Handydisplay fünf verpasste Anrufe angezeigt werden, jeder einzelne von Jack. Dazu kommt eine kurze Nachricht, die der Musiker jedoch beim besten Willen nicht entschlüsseln kann. Die allem Anschein nach wahllos zusammengeworfenen Buchstaben ergeben überhaupt keinen Sinn, egal wie sehr er sich darauf konzentriert. Sofort breitet sich kalte Sorge in Tonis Gedanken aus, die jede rationale Überlegung lahmlegt.

Jack telefoniert nicht gerne und ruft nie ohne guten Grund irgendwo an. Gleichzeitig sind seine Nachrichten immer so unangenehm grammatikalisch korrekt, dass Toni seine meist hastig formulierten Antworten vor dem Abschicken auf Tippfehler überprüft.

Während der Sänger mit festen, langen Schritten über

die Straße eilt, wählt er bereits Jacks Nummer und wartet angespannt jedes verhängnisvolle Freizeichen ab, das dröhnend laut durch die sonst stille Leitung echot.

»Ach, komm schon, Jack.« Toni lässt sich leise schimpfend auf den Fahrersitz seines Mercedes fallen. Das Handy wirft er auf den Beifahrersitz, bevor er den Motor startet und schwungvoll anfährt.

Doch kaum, dass Toni in konstantem Tempo die Hauptstraße entlangfährt, greift er wieder nach seinem Telefon. Erneut wählt er Jacks Nummer, abermals ohne eine Reaktion von seinem besten Freund zu bekommen. Auch die nächsten beiden Versuche bleiben erfolglos.

Dementsprechend hektisch parkt Toni seinen teuren Wagen kurze Zeit später direkt vor dem Häuserblock, in dem sich Jacks Wohnung befindet, und hastet hinein. Die Wohnungstür fällt noch krachend laut hinter ihm ins Schloss, dann wird der Sänger von dröhnender Stille empfangen.

»Jack?« Nachdem Toni erfolglos und unschlüssig durch den Großteil der Wohnung geschlichen ist, blickt er zuletzt fragend ins Schlafzimmer, wo der nichtige Schein der Nachttischlampe den dunklen Raum in gespenstisch vage Konturen hüllt. Die schweren, blickdichten Vorhänge sind zugezogen, das Fenster dahinter geschlossen, sodass keine Geräusche hereindringen können.

Jack liegt ausgestreckt unter zwei wärmenden Decken in seinem Bett, die Augen geschlossen und eine Hand gegen die Stirn gepresst.

»Mhm.« Auf Tonis vorsichtiges Rufen antwortet er mit einem kläglichen, kaum wahrnehmbaren Laut. Dabei zwingt er sich dazu, die Augen zu öffnen, um im schummrigen Dämmerlicht zu beobachten, wie Toni tänzerisch mühelos durch den Raum streift.

»Ist alles okay bei dir?« Der Sänger spricht instinktiv

leise, die Besorgnis in seiner Stimme ist trotzdem deutlich herauszuhören.

Direkt neben Jacks Bett angekommen, kann er nun immerhin sehen, wie erschreckend blass sein bester Freund ist, wie glasig Jacks nur halbgeöffnete Augen sind und dass seine auf der Bettdecke ruhenden Hände leicht zittern.

»Ich gebe vielleicht doch zu, dass ich krank bin. Sonst ist alles gut.« Jack lacht kurz auf, verfällt dadurch aber sofort in einen bitterlichen Hustenanfall, der seinen ganzen Körper schüttelt.

»Hast du deshalb versucht, mich anzurufen?« Toni verbietet sich jeden tadelnden Kommentar, auch wenn er innerlich über Jack schimpft, der schon seit Tagen, ungeachtet der eindeutigen Erkältungssymptome, seinem normalen Alltag nachgeht. Stattdessen setzt er sich auf die leise knarrende Bettkante und behält Jack abwartend im Blick.

»Ich habe ganz vergessen, dass du arbeitest.« Beim Sprechen schließt Jack für einen wohltuenden Moment die Augen. »Aber schon gut. Rita hat vorhin kurz vorbeigeschaut und mir ein paar Medikamente aus der Apotheke mitgebracht.« Um nicht einzudösen, öffnet Jack seine müden Augen wieder und bemüht sich um Blickkontakt mit Toni.

Der Sänger hat, wie auf Kommando, nach den angebrochenen Medikamentenpackungen gegriffen, um sie sich genauer anzusehen. »Warum bist du eben nicht mehr an dein Handy gegangen? Weißt du, wie oft ich versucht habe, dich anzurufen?«

Toni spricht immer noch mit gesenkter Stimme. Die Medikamente legt er zurück auf das Nachttischchen neben dem Bett, wo auch eine halbleere Wasserflasche und ein mittlerweile kalt gewordener Kräutertee stehen.

»Ich habe mein Handy auf lautlos gestellt, in der Hoffnung, noch etwas Schlaf zu finden. Die Migräne setzt mir auch zu.« Das hat sich Toni bei der abgedunkelten, stillen Wohnung schon gedacht. Die lästigen Migräneanfälle sind schon lange nichts Ungewöhnliches mehr, aber geschwächt durch die Erkältung, scheinen sie Jack mehr als sonst zu quälen.

»Soll ich einen Arzt rufen?« Tonis Frage ist völlig erst gemeint, erntet von Jack aber nur ein müdes Schmunzeln und vehementes Kopfschütteln.

»So schlimm ist es nicht. Ich muss mich einfach nur ein bisschen ausruhen.«

Obwohl er nicht wirklich überzeugt ist, nickt Toni leicht, während seinem besten Freund erneut ungewollt die Augen zufallen. »Okay. Ich bin nebenan, also kannst du mich rufen, wenn du etwas brauchst.«

Mit diesen leise gesäuselten Worten erhebt sich Toni so geräuschlos wie möglich und verlässt langsam den Raum.

Als er eine gute Stunde später erneut vorsichtig ins Schlafzimmer schaut, schläft Jack tief und fest. Dabei wirkt er so entspannt und ruhig, dass Tonis Sorge sogar etwas schwindet.

Nichtsdestotrotz tritt der Sänger noch einmal in den abgedunkelten Raum ein und schleicht bis zum Bett, wo er sich abermals auf der Bettkante niederlässt. Die mitgebrachte Thermoskanne mit frischem Tee stellt er dabei auf dem Nachttisch ab, den kalten, nassen Lappen in seiner anderen Hand legt er Jack behutsam auf die schweißnasse Stirn. Immerhin wirkt das Fiebermittel endlich, wenn auch nur mäßig.

»Gute Nacht, Jack.« Seufzend flüstert Toni sanft diese drei Worte, ohne danach Anstalten zu machen, den Raum zu verlassen. Er bleibt lieber noch eine Weile bei seinem besten Freund sitzen, betrachtet dessen schöne Gesichtszüge, die durch den dringend nötigen Schlaf vollkommen entspannt sind, und seinen definierten Körper, bis ihm die offenkundige Nähe doch zu intim wird. Als seine Gedanken zu sehr in unnütze Wunschträume abschweifen, erhebt sich Toni wieder und streift dabei fast zufällig Jacks Hand mit seiner eigenen. Es lässt ihn sofort erschaudern, dieses warme, wohlige Gefühl, von dem der Sänger gedanklich noch die ganze Nacht zehren wird.

Zunächst löscht er aber das letzte schwache Licht im Raum und huscht dann zurück ins Wohnzimmer, um es sich dort gemütlich zu machen. Dass Jack bald wieder gesund und fit ist, bezweifelt der Sänger nicht, aber vorerst kann es kaum schaden, wenn er sich ausruht, während Toni in der Nähe bleibt und aufpasst.

AUGUST

Die Beziehung und das lose, ungeplante Zusammenleben der beiden Männer festigen sich beständig in den nächsten Monaten. Was für Jack scheinbar unbedeutend, wenn auch nicht im negativen Sinne, zu sein scheint, lässt Tonis Gefühle regelmäßig Achterbahn fahren. Inzwischen wird der Sänger dadurch aber forscher, auch wenn seine unbeholfenen Flirtversuche sowie jegliche anderen Annäherungen bisweilen ignoriert werden.

Nichtsdestotrotz fühlt sich Toni, Jahre nach seinem Ausstieg aus der Band, endlich wohl und hat das stetige Gefühl, sein Leben gut im Griff zu haben. Er hat das wilde Nachtleben sowie die belanglosen One-Night-Stands aufgegeben, und an das letzte Mal, dass er etwas von den Drogen genommen hat, die er schwarzseherisch für eventuelle Rückfälle als Reserve in seiner Wohnung versteckt, kann er sich nicht mehr erinnern.

· · ·

»Auch an diesem Wochenende klettern die Temperaturen im Norden weiter nach oben. Während vom lange ersehnten Regen immer noch jede Spur fehlt, knacken wir am Nachmittag wahrscheinlich die Vierzig-Grad-Marke.«

Seufzend dreht Toni das Radio leiser. Er muss wirklich nicht daran erinnert werden, dass es erdrückend heiß ist. Immerhin sorgt der leichte Fahrtwind für eine notdürftige Abkühlung, während der Sänger in seinem Cabrio durch die Straßen Hamburgs fährt. Er will Jack abholen, bevor sie gemeinsam nach Leipzig aufbrechen, um dort seine Schwester und deren Familie zu besuchen.

Ursprünglich hätten sie das ganze Wochenende in Leipzig verbringen sollen, doch Toni hat die Spontanität hinter dieser gut gemeinten Einladung als Ausrede genutzt, um eben nicht so lange dort bleiben zu müssen. Zu seinem Erstaunen schien auch Jack nicht zufrieden mit Mias Einladung an genau diesem Wochenende, weshalb die beiden Geschwister sich auf einen Tagestrip geeinigt haben. Toni ist dieser Kompromiss nur recht, denn er möchte, wenn überhaupt, nur möglichst wenig Zeit in Mias lautem Haushalt verbringen, wohingegen ihn die langen Autofahrten überhaupt nicht stören.

Der brütenden Hitze zum Trotz freut sich Toni auf den Ausflug mit Jack. Seinen Wagen parkt er wenig später mit einem unnötig schwungvollen Manöver direkt vor der Wohnung seines besten Freundes, bevor er durch ein kurzes, durchdringendes Hupen deutlich auf sich aufmerksam macht. Danach steigt er gemächlich aus, streckt sich ausgiebig und bezieht mit einer bereits angezündeten Zigarette im Mundwinkel auf dem Gehweg Posten.

»Mach doch nicht solch einen Lärm.« Jack faucht seine Mahnung, kaum dass er aus der Haustür kommt. Er schaut kurz zurück zu dem am frühen Morgen still daliegenden

Häuserblock, bevor er sich kopfschüttelnd, aber lächelnd wieder seinem besten Freund zuwendet.

Toni lehnt mit gestrafften Schultern und verschränkten Armen an seinem Auto, den wachen, amüsierten Blick hinter einer großen, schwarzen Sonnenbrille verborgen. Er gibt sich betont lässig, wobei das verschmitzte Lächeln auf seinen leicht zuckenden Lippen seine überschwängliche Aufregung preisgibt.

»Dir auch einen schönen, guten Morgen. Startbereit?« Lachend stößt sich Toni vom Auto ab und dreht sich zur Beifahrertür, um sie für Jack zu öffnen. Nachdem sein Rucksack und der zusammengeklappte Rollstuhl auf der Rückbank verstaut sind, nimmt Toni wieder auf dem Fahrersitz Platz. Die letzten Reste seiner Zigarette wirft er kurzerhand aus dem Wagen, bevor er den Zündschlüssel dreht und sein Auto zurück auf die Straße lenkt.

»Dafür, dass wir nur zu Mia fahren, bist du aber schick angezogen.« Jacks nonchalante Aussage, nachdem sie eine ganze Weile über alle möglichen belanglosen Dinge gesprochen haben, bringt Toni durcheinander. Unbewusst blickt er kurz an sich hinab, wobei die Sonnenbrille auf seinem Nasenrücken ein wenig herunterrutscht. Das schwarze Polohemd und die weißen Baumwollshorts mit den schmalen, schwarzen Streifen an den Seiten wirken in seinen Augen überhaupt nicht übertrieben oder zu schick. Allenfalls ist er bloß ein bisschen adretter gekleidet als Jack, wobei der zwei Monate ältere Mann mit seinem sportlichen, lässigen Kleidungsstil kein geeigneter Maßstab ist.

»Das war keinesfalls böse gemeint. Du siehst gut aus, wie immer.« Das prompt folgende Kompliment lässt Toni erröten und das liebestrunkene Herz in seiner Brust Saltos schlagen. Am liebsten würde er sofort etwas erwidern, selbstbewusst und charismatisch, wie er sich sonst beim Flirten gibt, aber die passenden Worte wollen weder in seinem Kopf noch auf seiner Zunge Form annehmen. Nichts Neues in Jacks Gegenwart.

Tatsächlich möchte Toni seinem besten Freund abermals seine Gefühle offenbaren. Der Sänger hat nur noch keinen geeigneten Zeitpunkt oder gar die richtigen Worte dafür gefunden. Stattdessen kreisen lediglich seine Gedanken hektisch um dieses heikle Thema, während sein neugieriger Blick, vermeintlich sicher hinter der Sonnenbrille verborgen, immer wieder zu Jack huscht.

Jack selbst hat die Augen zufrieden geschlossen und den Kopf ein wenig in den Nacken gelegt, um den Fahrtwind zu genießen. Erst als sie auf die Autobahn fahren, blickt er prüfend zu Toni, eine rein misstrauische Vorsichtsmaßnahme, immerhin ist der Sänger ein scheinbar furchtloser, rasanter Autofahrer, besonders wenn er die Möglichkeit zum Gasgeben hat. Aber Toni schaut konzentriert geradeaus, weit im ledernen Fahrersitz zurückgelehnt, mit beiden Händen fest am Lenkrad.

»Sag mir, wenn ich das Verdeck hochfahren soll.« Nach ein paar Minuten durchbricht Toni die plötzlich aufgekommene Stille. Der Fahrtwind sorgt dafür, dass er seine Stimme leicht erheben muss. Gleichzeitig löst er eine Hand vom Lenkrad und weist träge nach hinten, zu dem heruntergelassenen Cabriodach. »Falls ich langsamer fahren soll, kannst du mir das auch sagen.«

Toni schmunzelt, bleibt aber verständnisvoll, da er die Gedanken seines besten Freundes bereits erahnen kann.

Die beiden umschriebenen Fragen verneint Jack jedoch. »Schon gut. Der Wind ist sehr angenehm. Wenn du willst, kannst du auch noch ein bisschen schneller fahren.«

Mit einem herausfordernden Schimmern in den blauen Augen sieht Jack zu seinem besten Freund, der von dieser

Aufforderung überrascht zu sein scheint. Nichtsdestotrotz spielt sein rechter Fuß bereits gespannt mit dem Gaspedal.

»Sicher?« Tonis Haltung ändert sich, während das verschmitzte Lächeln, welches Lachfalten auf sein Gesicht zaubert, seine Euphorie offenbart.

»Klar, solange du nicht gleich heillos übertreibst.«

Das ist all die Zustimmung, die Toni braucht. Breit lächelnd dreht er das Radio lauter und drückt dann das Gaspedal so abrupt durch, dass der Wagen ungewollt einen Sprung nach vorne macht. Eine kurze, ruckartige Bewegung, die Jack zusammenzucken und mit einer Hand haltsuchend nach der Autotür greifen lässt, während durch Tonis Adern Unmengen Adrenalin schießen.

Nach diesem holprigen Start hält der Sänger die Geschwindigkeit des Wagens konstant an einem Punkt, der schnell genug ist, um ihm die Haare wild durchs Gesicht wehen zu lassen, ohne dass der Gegenwind dabei unangenehm wird. Auch Jack entspannt sich allmählich und lockert sogar seinen panisch festen Griff um die lederne Türverkleidung. Denn bei gleichmäßigem Tempo und ohne andere Autofahrer auf der Straße ist die Tour im Cabrio wirklich angenehm, ganz abgesehen davon, dass Tonis Euphorie ansteckend ist.

Die Augen des Sängers leuchten, sein Lachen ist aufrichtig und laut. Die vom Wind wild zerzausten Haare schmeicheln ihm, wobei Toni das niemals selbst so sehen würde.

Für einen kurzen Moment dreht er den Kopf zur Seite, sucht den Blickkontakt mit Jack. Doch kaum, dass sie einander ansehen, brechen die beiden in überschwängliches Gelächter aus, befeuert von der alles umgebenden guten Stimmung.

Das Tempo drosselt Toni erst wieder, als in einiger Entfernung ein anderes Auto vor ihnen auftaucht. Natürlich überholt er den alten, silbernen Ford problemlos in einem zügigen Manöver, aber auch danach fährt er ein wenig langsamer weiter als zuvor.

Die Stimmung hingegen bleibt munter und beschwingt, die beiden Männer albern ausgelassen herum, zumindest bis Toni auf den nächsten Rasthof fährt. »Ich will mir nur kurz die Beine vertreten. In fünf Minuten fahren wir weiter.«

Jacks skeptischer Blick ist dem Sänger nicht entgangen, darum versucht er ihn mit dieser knappen Erklärung ein wenig zu beschwichtigen.

Schön ist der Rasthof keinesfalls. Heruntergekommen und verdreckt vom achtlos weggeworfenen Müll der vorbeiziehenden Autofahrer erweckt er, hinter hohen Laubbäumen verborgen, eher den Eindruck, als Sammelplatz für Drogendealer und Junkies zu fungieren. Für schlecht organisierte Kleinkriminelle ist er sicher ebenso perfekt. Nur zum Verweilen und Rasten scheint er denkbar unpassend, wovon sich Toni aber keinesfalls stören lässt.

»Möchtest du auch einen Kaffee?« Mit beiden Händen auf der geschlossenen Autotür abgestützt, deutet der Sänger mit einer knappen Kopfbewegung zu dem kleinen Kiosk am anderen Ende des Parkplatzes. Erstaunlicherweise ist die Tür des von oben bis unten mit Parolen beschmierten Gebäudes offen, ein blinkendes Neonschild im Fenster weist ebenfalls darauf hin, dass Reisende eintreten dürfen. Sogar ein paar abgenutzte Stehtische wurden vor dem Kiosk positioniert, wobei zu diesem Zeitpunkt nur einer von ihnen belegt ist. Dem Mann und der Frau, die dort stehen und angeregt miteinander reden, gehören wohl die beiden LKWs, welche nahe der Ausfahrt stehen.

Seufzend schüttelt Jack den Kopf, ehe er sich abermals umsieht und dann den Sicherheitsgurt löst. »Schon gut. Ich komm mit.«

Nachdem Toni das Verdeck des Cabrios hochgelassen

und das Auto abgeschlossen hat, begeben sich die beiden zunächst zu dem kleinen Kiosk, bevor sie noch eine Weile ziellos über den weitläufigen Parkplatz wandern.

Auf dem Rückweg zum Auto wird jedoch klar, dass Jacks Bedenken hinsichtlich des schäbigen Rastplatzes gar nicht so unbegründet waren, denn an Tonis schickem Mercedes macht sich, mit unerklärlich zielgerichteter Wut, just in diesem Moment ein vermummter Fremder zu schaffen.

»Hey!« Natürlich macht sich der Sänger sofort durch harsches, lautes Rufen bemerkbar, bevor er, hitzköpfig wie immer, einfach losläuft. Dass Jack noch seinen Arm ausstreckt, um Toni zurückzuhalten, ändert daran rein gar nichts. Seufzend bleibt ihm nichts anderes übrig, als mit einem mulmigen Gefühl im Bauch zu folgen.

»Was soll das hier werden? Weg von meinem Wagen!« Ohne eine Antwort abzuwarten, packt Toni derweil den Fremden an der Schulter und schubst ihn ruppig beiseite. Der andere Mann, groß, aber mit stark gekrümmter Körperhaltung, taumelt ein paar wankende Schritte zurück, bevor er den Kopf in den Nacken wirft und verächtlich schnaubt. Seine unkoordinierten, schwerfälligen Bewegungen und die scheinbare Verwirrtheit lassen erahnen, dass er wohl stark alkoholisiert ist.

Was genau er auf Tonis deutlich mahnende Worte erwidert, kann weder der Sänger noch sein bester Freund, der knapp einen Meter hinter ihm angehalten hat, verstehen. Freundlich oder gar entschuldigend ist seine mürrisch in den zotteligen Bart gemurmelte Antwort auf jeden Fall nicht.

Während Toni ihn abermals deutlich anweist, schleunigst das Weite zu suchen, geht der Fremde nun jedoch unvermittelt in die Offensive über. Er tritt einen großen Schritt nach vorne, sodass er direkt vor dem wütenden

Musiker steht, schubst ihn ein Stück zurück und holt sofort danach mit der zur Faust geballten Hand aus.

Glücklicherweise reagiert Toni geistesgegenwärtig und reißt die Arme nach oben, um sich zu schützen. So trifft ihn der Schlag immerhin nicht im Gesicht, seine schützende Haltung und die in böser Erwartung geschlossenen Augen bieten dem Fremden aber eine willkommene Möglichkeit zur Flucht.

Jack lässt ihn bereitwillig ziehen. Er wendet sich lieber Toni zu, der in seiner Wut laut fluchend sowohl den unbekannten Mann als auch den heruntergekommenen Rastplatz verteufelt.

»Alles okay?« Eine Antwort erwartet Jack nicht, zumindest, solange Toni noch dermaßen aufgebracht ist. Tatsächlich wird er von dem Musiker auch erst einmal ignoriert, wichtiger ist in diesem Moment das Auto beziehungsweise ein eventueller Schaden daran.

»Verdammter Mistkerl.« Immer noch schimpfend hebt Toni den abgebrochenen und achtlos zu Boden geworfenen Mercedesstern auf, bevor er mit der anderen Hand prüfend über die Fahrzeugfront streicht. Ein paar kleine Kratzer zieren nun dort den silbernen Lack.

»Dir ist auch nichts passiert?« Jack versucht sein Glück erneut, als der Sänger sich endlich von dem Wagen abwendet und tief seufzt.

»Nein. Alles okay.« Die Antwort könnte nicht energieloser und resignierter sein, aber immerhin ist Toni gefasster als zuvor.

Er deutet träge zum Auto, um zu signalisieren, dass sie jetzt aufbrechen können. Nach dem Einsteigen lässt er das Cabriodach wieder herunter und schiebt den leicht verbogenen Mercedesstern ins Handschuhfach. Darum muss er sich später kümmern, aber vorerst hat Toni einfach nur das dringende Bedürfnis weiterzufahren. Dank Jacks beharrlicher Freundlichkeit ist er sogar nach kurzer Zeit wieder entspannt und beinahe vergnügt. Der störende Zwischenfall ist bald vergessen.

In der beschaulichen Wohnsiedlung in Leipzig angekommen, werden die beiden sogleich von Mia und ihren Töchtern begrüßt. Sie haben schon wild gewunken, als Tonis Wagen auf den kleinen Schotterparkplatz eingebogen und dort zum Stehen gekommen ist.

»Wie schön, dass ihr hier seid!« Mia fällt Jack um den Hals, kaum dass er vom Beifahrersitz in seinen Rollstuhl gewechselt ist. Seine beiden Nichten begrüßen ihn anschließend genauso stürmisch, während Mia sich wohlweislich zurückhaltender an Toni wendet. »Dass du auch mitgekommen bist, freut mich sehr.«

Sie lächelt sanft, wobei ihre Augen ähnlich mitreißend aufblitzen wie die von Jack, wenn er auflachen oder auch nur schmunzeln muss.

Dann hakt sie sich bei Toni ein und führt ihre beiden Besucher ein kleines Stück die Straße zurück, bis zu einem hübschen, himmelblauen Zweifamilienhaus. Die Eingangstür steht offen und verleiht dem Gebäude, dank des weißen Anstrichs, ein puppenstubenähnliches Aussehen. »Kommt nur rein. Wenn ihr wollt, könnt ihr gleich in den Garten gehen, ich komme in einer Minute nach.«

Toni nickt gedankenverloren, eigentlich folgt er nur Jack, der sich gewohnt gelassen von seinen beiden Nichten durch die helle Wohnung in den Garten führen lässt. Dafür müssen sie zunächst durch den breiten Flur und das angrenzende Wohnzimmer, beides Räume, die Toni als sehr schick eingerichtet, aber heillos chaotisch empfindet. Wahrscheinlich ist das Familienleben mit drei quirligen Kindern, gepaart mit Mias allgemeinem Hang zur Unordnung, auch einfach eine Kombination, die keinen Platz für Gradlinigkeit oder System lässt.

Dafür ist der erstaunlich große Garten umso hübscher. Hinter der Terrasse befindet sich eine quadratische Rasenfläche, auf der ein hölzernes Klettergerüst samt Schaukel und Rutsche steht, dazu noch ein kleiner Sandkasten, sowie ein bunter, aufblasbarer Kinderpool. Ein knorriger Apfelbaum nimmt die hintere linke Ecke der Grünfläche ein. Zwischen dem Rasen, der eindeutig zum Spielen für die Kinder vorgesehen ist, und dem niedrigen Holzzaun, der den Garten umschließt, wurden breite Beete angelegt, jedes einzelne voll mit blütenprächtigen Pflanzen. Hortensien und Rosen reihen sich aneinander, während wuchernde Bodendecker mit feinen, grazilen Blüten unter ihren Ästen entlangkriechen. Nahe der Terrasse wachsen Tomaten, Kräuter und Erdbeeren in bauchigen Tontöpfen.

Toni ist gerade noch dabei, all die behaglichen Eindrücke in sich aufzunehmen, als Svens Stimme ihn jäh aus seinen Gedanken reißt. Der dreifache Vater steht oberkörperfrei inmitten des Kinderpools, ein Bier in der linken Hand, während er, breit lächelnd, Toni und Jack mit der anderen zuwinkt.

Was für ein energischer, lauter Kerl. Toni seufzt kaum hörbar und winkt halbherzig zurück, wohingegen Jack neben ihm die Begrüßung frohgestimmt erwidert. Aber der Sänger ist schon immer ungewollt angewidert von Svens dauerhaft zur Schau gestellter machohafter Männlichkeit gewesen.

Nichtsdestotrotz macht Toni gute Miene zum bösen Spiel. Er lächelt, wenn auch verhalten, und setzt seine Sonnenbrille ab, während Sven zu ihnen auf die Terrasse kommt.

»Gewöhnst du dich etwa langsam an Familientreffen? Ich war ganz überrascht, als Mia erzählt hat, dass du mitkommst.« Sven scherzt natürlich und boxt Toni dabei unnötig grob gegen den Oberarm, um zu verdeutlichen, dass seine Worte nicht mehr als eine kleine, nichtige Stichelei sind.

Doch Bissigkeit und Spötteleien gehören zu ihrer kaum nennenswerten Beziehung dazu, seit Mia mit fünfzehn Jahren Sven das erste Mal mit nach Hause gebracht hat.

»Wenn das so weitergeht, dann fahre ich gleich wieder.« Toni murrt die knappe Antwort leise, sogar ein wenig froh darüber, dass sich Sven nach dieser strikten Abfuhr laut lachend an Jack wendet und sofort belanglos plaudert. Seine beiden Töchter bleiben währenddessen dicht an seiner Seite und stemmen sich spielerisch gegen ihn, bis Sven seine Arme anwinkelt, damit sie sich lachend an ihn hängen können.

Toni beobachtet all das eine Weile, bis Mia neben ihn tritt und eine Hand sanft auf seine Schulter legt. »Alles okay? Ich hoffe, das alles überfordert dich nicht zu sehr.«

Ganz unbedeutend und arglos ist ihre Frage natürlich nicht. Immerhin weiß Mia, dass Toni sich nicht um solche Familienbesuche reißt.

»Alles in Ordnung, wirklich.« Toni bekräftigt seine Antwort mit lässigem Schulterzucken, wodurch er außerdem Mias Hand abschüttelt. Dabei huscht sein Blick zu ihrem Sohn, der artig auf Mias Arm sitzt, mit seinen kleinen Ärmchen fest ihren Hals umklammert und dabei den Sänger unverwandt, aber mit deutlicher Neugierde anguckt.

»Scheint so, als wäre Kai ganz fasziniert von dir. Willst du ihn kurz nehmen?« Mia wippt beim Sprechen ein wenig hin und her. Dabei dreht sie sich zur Seite, sodass Toni, wenn er denn wollte, den kleinen Jungen zu sich nehmen könnte.

»Nein, lieber nicht.« Der Musiker lächelt angestrengt, schüttelt aber den Kopf. Ernsthaft enttäuschen wird er das

Kleinkind schon nicht, immerhin ist er für Mias Kinder nicht mehr als ein Fremder.

»Na gut.« Die überschwänglich liebevolle Mutter hingegen wirkt geknickt, allerdings nicht für lange. »Sollen wir dir dann unsere Wohnung zeigen? Du kennst unser hübsches Zuhause ja noch gar nicht.«

Toni nickt versöhnlich, einverstanden mit diesem Kompromiss. Er wartet noch, bis Mia ihren Sohn abgesetzt und stattdessen an die Hand genommen hat, bevor er ihr folgt, bereit für die langatmige, ausführliche Privattour durch die geräumige Wohnung. Das kunterbunte Durcheinander, das kontinuierlich jeden einzelnen Raum in Beschlag nimmt, amüsiert den Musiker jedoch sehr und belebt die sonst stoische Kulisse des Zweifamilienhauses.

Als sie wenig später mit eisgekühlten Getränken auf die Terrasse zurückkehren, sind Sven und Jack in ein unkoordiniertes Spiel, allem Anschein nach einer Mischung aus Fußball, Handball und Volleyball, mit den Mädchen verwickelt. Verständlich, dass sie bei all dem lauten Toben gar nicht bemerken, wie Mia und Toni in den Liegestühlen auf der Terrasse Platz nehmen.

Im Schatten unter dem großen, geöffneten Sonnenschirm gefällt es dem Sänger aber ganz gut. Er ist mehr als zufrieden damit, nicht in der prallen Sonne umherspringen zu müssen, sondern sich gemütlich auf der Liege rekeln zu können. Seine Sonnenbrille hat er ebenfalls wieder aufgesetzt, um Jack ein wenig unauffälliger beim Spielen mit seinen Nichten zu beobachten.

Jack hätte gerne Kinder, wäre gerne Familienvater. Mit seinen früheren Partnerinnen, in Tonis Augen allesamt unausstehlich und kratzbürstig, hat sich das allerdings nie ergeben. Fast schade, in Anbetracht von Jacks wunderbarem Talent im Umgang mit Kindern.

Wie Toni schon erwartet hat, verbringt Jack den

Großteil des angenehm ruhig verlaufenden Vormittags damit, zusammen mit Mias Kindern im Garten zu spielen. Dass Sven ebenfalls dabei ist und anstandslos jeden Spaß mitmacht, ist umso unterhaltsamer und zeigt deutlich, dass er eigentlich ein ganz lieber, netter Kerl ist.

Derweil bleibt Toni entspannt auf der im Schatten positionierten Liege sitzen, beschwingt von der friedlichen, sommerlichen Atmosphäre und den lockeren Gesprächen mit Mia, die in ihrer gewohnt aufgeregten Art beinahe rastlos umhereilt.

Erst viel später, als Sven beschließt, den selbstgebauten Steingrill anzuzünden und dabei lautstark mit seinen Grillkünsten zu prahlen, verlässt Toni den bequemen Platz auf der Terrasse. Mit seinem halbvollen Weinglas in der Hand schlendert er zunächst durch den Garten, bevor er zu Mia in die Wohnung trottet, eine Weile bei ihr in der Küche bleibt und anschließend unter einem nichtigen Vorwand das Haus verlässt, um zu seinem Auto zu gehen.

Tatsächlich will er nur kurz rauchen, möchte das in dem komplett rauchfreien Haushalt, besonders in Gegenwart der Kinder, aber vermeiden.

Zwei Zigaretten später kehrt er in die Wohnung zurück, nimmt sein Weinglas von der Küchentheke, wo er es zuvor abgestellt hat, und tritt wieder hinaus in den Garten. Dort spielt Mia lachend mit ihren beiden jüngeren Kindern im Planschbecken, während Sven und Jack, gemeinsam am Grill stehend, über perfekte Garzeiten fachsimpeln. Ohne die Intention, sich ernsthaft an dem Gespräch zu beteiligen, stellt Toni sich zu den beiden Männern. Der Grill ist bereits heiß, und die ersten brutzelnden Fleischstücke liegen schon auf dem Rost, als Mia zu ihnen kommt und ihre Hände sanft auf Jacks Schultern legt. »Hilfst du mir drinnen in der Küche? Die Salate müssen noch fertig gemacht werden.«

Jack hat sich ihr sofort zugewandt und willigt, ohne zu

zögern, ein. Er folgt ihr durchs Wohnzimmer, in den Flur und zur Küche, wo Mia bereits das noch nicht geschnittene Gemüse auf dem Tisch gestapelt hat.

»Ich bin beeindruckt, dass Toni wirklich mitgekommen ist.« Beim Sprechen reicht sie ein Messer an Jack weiter und stellt zwei Schneidebretter sowie eine große, gemusterte Schüssel auf den Tisch. Bevor sie fortfährt, setzt sie sich Jack gegenüber auf einen der weiß gestrichenen Holzstühle.

»Ich habe letztens mit Marie telefoniert. Sie hat mir erzählt, dass Toni sich seit dem Weihnachtsfest vor fast zwei Jahren nicht mehr bei ihnen hat blicken lassen. Telefonieren tun sie wohl auch nicht oft miteinander.« Schulterzuckend macht sie sich ans Werk, während Jack leise seufzt.

»Das wird sich wohl auch nicht mehr ändern. Toni möchte nun einmal keinen engen Kontakt zu seiner Familie haben.« Genauso wie Mia, macht auch Jack sich daran, das bereitliegende Gemüse zu schneiden. So kann er den Blick gesenkt halten und still darauf hoffen, dass sie schnell ein anderes Gesprächsthema finden. Denn Jack musste ihren Familien, stellvertretend für den eigenwilligen Musiker, in der Vergangenheit schon oft genug Rede und Antwort stehen.

»Aber wir sind genauso Tonis Familie.« Mia klingt fast entrüstet, wodurch Jack auflachen muss.

»Dann kannst du dich doch erst recht freuen, dass er mitgekommen ist.« Kurz treffen sich die Blicke der beiden Geschwister, bevor sie sich wieder ihrer eigentlichen Aufgabe zuwenden. Es dauert allerdings nicht lange, bis Mia erneut den Blick hebt und sich, von Jack ungeachtet, argwöhnisch umschaut, als wollte sie sicher sein, dass niemand ihren Gesprächen lauscht.

»Seid ihr zusammen?«

Die Frage überrumpelt Jack, sodass er bloß sichtbar verwirrt zu Mia schaut, anstatt direkt zu antworten. »Was meinst du?«

Diese unbedarfte Gegenfrage lässt Mia ihrem Bruder allerdings nicht durchgehen. Schnaubend lehnt sie sich weit in ihrem Stuhl zurück, das Küchenmesser hat sie zuvor auf dem Tisch abgelegt, ihre eigentliche Aufgabe lang vergessen. »Ehrlich? Ich habe gefragt, ob ihr beiden neuerdings ein Paar seid. Du und Toni?«

Unbeholfen lachend formuliert Mia ihre Frage minimal um und legt den Kopf dabei so weit auf die Seite, dass ihr die blonden Haare ins Gesicht fallen.

»Um Gottes willen, nein! Wie kommst du denn darauf?« Jack beugt sich aufgeregt nach vorne, überlegt es sich dann aber doch anders und spiegelt stattdessen Mias Haltung.

»Ach komm, Jack. Mutti meint, ihr beiden wohnt praktisch zusammen.« Das schiefe Grinsen auf Mias Gesicht wird breiter, wobei es weder gehässig noch rechthaberisch wirkt. Vielmehr ist sie frustriert wegen der Begriffsstutzigkeit ihres Bruders.

»Das bedeutet gar nichts.« Jack seufzt und senkt missmutig die Schultern. »Wir unterstützen uns gegenseitig. Hätten wir einander in den letzten Jahren keinen Halt gegeben, dann wären wir wohl beide an unseren jeweiligen Problemen zerbrochen.«

Ihm gegenüber nickt Mia langsam. »Ich wollte nicht, dass du meine Frage als Angriff verstehst. Selbst wenn es so wäre, hätte das hier weder mich noch sonst jemanden gestört.«

Sie lächelt wohlwollend, bevor sie sich wieder dem restlichen Gemüse auf dem Tisch zuwendet. Einen Augenblick später tut Jack es ihr gleich.

»Ich weiß, aber ich habe ja nicht einmal Interesse an

Männern.« Schulterzuckend schaut Jack erneut kurz zu seiner Schwester, die seinen Blick eigenartig vielsagend erwidert, als hätte er gerade die klischeehafteste Ausrede überhaupt zu seiner Verteidigung genutzt. Dabei hätte er ihr gerne mehr erzählt, aber Jack bringt kein weiteres Wort über die Lippen.

Dieses eigenartige Gespräch hat ihn verwirrt und zutiefst aus dem Konzept gebracht. Deshalb schweigt er lieber und sortiert stumm seine wirren Gedanken, bis sie in der Küche fertig sind.

Doch bevor Jack anschließend zurück in den Garten ausweichen kann, hält Mia ihn auf, indem sie eine Hand auf seinen Arm legt. »Du sollst nur wissen, dass ich immer für dich da bin. Für euch beide.«

Jack erwidert ihr Lächeln angestrengt, sehr froh darüber, dass sie ihn daraufhin gehen lässt.

Im Garten angekommen, lenkt Jack seinen Rollstuhl an den schon sporadisch gedeckten Tisch aus dunklem Rattan. Toni hat bereits auf dem Stuhl ihm gegenüber Platz genommen und schaut augenblicklich neugierig zu Jack, ein gut gelauntes Lächeln auf den Lippen. »Alles okay?«

Der Musiker muss die Zerstreutheit seines besten Freundes gespürt haben, seine wohlgemeinte Frage nützt dabei natürlich wenig.

»Ja, klar. Alles in Ordnung.« Was sollte Jack in diesem Moment auch anderes erwidern. Aber seine unmotivierte Antwort scheint Toni zu genügen. Immer noch lächelnd nickt der Musiker, bevor er sich abwendet und seinen Kopf den wärmenden Strahlen der Sommersonne entgegenreckt.

So entgeht Toni, dass Jacks Blick eine ganze Weile eingehend, nachdenklich auf ihm ruht, zumindest bis Mia sich neben ihn setzt.

Direkt nach dem ruhigen Abendessen machen sich Jack und Toni für die Rückfahrt nach Hamburg bereit. Noch ist es angenehm warm, auch wenn die Sonne allmählich dem Horizont entgegensinkt und der Himmel stetig dunkler wird, weshalb sie wieder mit offenem Cabriodach über die Autobahn heizen. Den linken Arm lässig auf der Autotür abgestützt, sitzt Toni auf dem Fahrersitz, den wachsamen Blick abermals hinter seiner Sonnenbrille verborgen.

Jack beobachtet ihn eine Weile lang aus dem Augenwinkel, bevor er seinen Kopf gegen den ledernen Beifahrersitz lehnt und entspannt die Augen schließt. Betört vom Fahrtwind und der Wärme des Sommerabends, entspannt er sich immer mehr, bis ein kräftiger, plötzlicher Ruck das Auto kurzzeitig zum Schlingern bringt.

Sofort überwältigt ihn unerwartete, erbarmungslose Panik, während im Bruchteil einer Sekunde die unterschiedlichsten Unfallszenarien vor seinem inneren Auge ablaufen. Reflexartig schnellt Jack nach vorne, um am Armaturenbrett Halt zu suchen. Seine Augen sind vor Schreck weit aufgerissen, das Herz pocht ängstlich wild in seiner Brust. Mit hektischer Verwirrtheit sieht er sich um.

Die Straße vor ihnen ist nach wie vor frei, was gar nicht verkehrt ist, da der Mercedes nur noch holprig vorankommt. Toni hat bereits den Warnblinker gesetzt und hält das Lenkrad mit beiden Händen fest umklammert.

»Das darf doch nicht wahr sein.« Er murmelt die Worte leise, genauso wie die genervten Flüche, die sofort folgen. Doch als er kurz zu Jack hinübersieht, der immer noch kreidebleich und ungewollt zitternd mit dem Schlimmsten rechnet, ebbt seine Wut abrupt ab. Die Gesichtszüge des Musikers werden milder, er löst die rechte Hand vom Lenkrad, um sie stattdessen behutsam auf Jacks Arm zu legen. Doch erst als sie auf dem Seitenstreifen zum Stehen kommen, merkt Toni, dass sich sein bester Freund entspannt und erleichtert ausatmet. Nur Worte findet Jack keine, als sich die Blicke der beiden

Männer treffen, dafür ist seine Angst noch zu allgegenwärtig.

»Ich schau kurz nach, vielleicht kann ich erkennen, was genau nicht stimmt.« Stattdessen ergreift Toni das Wort und springt anschließend so schnell aus dem Wagen, dass Jacks Sorge kurzzeitig von bloßer Verwunderung abgelöst wird. Die Vorsicht in der leisen Stimme des Sängers und sein unbeholfenes Lächeln sind eigenartig, doch Jack schiebt das zunächst auf den Unmut, den das Liegenbleiben des teuren Mercedes mit Sicherheit in Toni auslöst. Immerhin liebt der Musiker seinen schicken Oldtimer.

»Oh, nein.« Der dichte Qualm, der aus der Motorhaube quillt, kaum dass Toni diese prüfend geöffnet hat, gibt jedenfalls einen nennenswerten Grund zur Sorge. Nachdem er den Rauch notdürftig mit beiden Händen weggefächelt hat, beugt er sich über die Motorhaube, immer noch in der stillen Hoffnung, dass es sich lediglich um ein kleines, nichtiges Problem handelt.

»Sollten wir nicht wenigstens ein Warndreieck aufstellen?« Jack beobachtet die vorbeisausenden Autos, bevor er zuerst nach hinten und dann erwartungsvoll zu Toni sieht, der seine Frage allerdings, ohne sich vom Auto abzuwenden, nur mit einem gleichgültigen Schulterzucken kommentiert.

»Wir bleiben ja nicht lange hier.« Seufzend tritt der Sänger einen Schritt zurück. »Ich lasse die Motorhaube eine Weile auf. Mal sehen, ob das etwas nützt.«

Er streicht missbilligend über seine Kleidung, die durch das Hantieren an der Motorhaube dreckig geworden ist.

»Du weißt also nicht, wo das Problem liegt?«

Kopfschüttelnd setzt sich Toni auf den Fahrersitz und greift nach der angebrochenen Wasserflasche im Getränkehalter zwischen den beiden Vordersitzen. Schweißperlen glänzen auf der Stirn des Musikers, sein Brustkorb hebt und senkt sich aufgeregt schnell.

»Dann sollten wir vielleicht doch lieber einen Abschleppdienst rufen.« Jacks Vorschlag wird abermals mit energischem Kopfschütteln quittiert. »Weißt du, wie lange sowas dauert? Wir würden hier ewig warten, bis der Abschleppdienst auftaucht.«

Sie sitzen einen Moment lang still nebeneinander, in ihre eigenen Grübeleien versunken, bis Jack einen neuen Einfall hat. »Ich glaube, nicht allzu weit weg von hier ist ein Rasthof. Vielleicht gibt es dort ein Motel.«

Tatsächlich gar keine schlechte Idee, wobei Toni trotzdem einen Augenblick darüber nachdenkt. »Okay, schauen wir mal.«

Er klatscht mit neu erwachtem Tatendrang in die Hände und steigt abermals aus, um die Motorhaube zu schließen. Immerhin qualmt das Auto nicht mehr und lässt sich sogar nach zwei gescheiterten Versuchen starten.

Gefährlich schlingernd und holpernd erreichen sie bald einen großen Rasthof, auf dem sich eine Tankstelle, mehrere Schnellrestaurants und ein vierstöckiges Motel befinden. Toni parkt sogleich auf einem der fünf Gästeparkplätze, direkt vor dem Eingang der Unterkunft, und steigt eilig aus.

»Fragst du im Motel nach, ob es noch freie Zimmer gibt? Ich muss nur kurz telefonieren, dann komme ich auch rein.« Jack lächelt, hat sein Handy aber bereits in der Hand. Toni bleibt also nichts anderes übrig, als zustimmend zu nicken, wobei er vergeblich versucht, einen flüchtigen Blick auf Jacks Handydisplay zu erhaschen, bevor er sich dem schwach beleuchteten Eingang des Motels zuwendet.

Das Gebäude ist zweckmäßig und schmucklos. Vom Eingangsbereich führen drei schmale Stufen zu einer unbesetzten Rezeption, auf deren gebeiztem Holztresen immerhin eine kleine Klingel steht, damit eventuelle Gäste auf sich aufmerksam machen können. Allerdings reagiert auch nach mehrmaligem Klingeln niemand auf den immer ungeduldiger werdenden Sänger, weshalb Toni genervt murrend im kühlen Eingangsbereich auf und ab geht, bis letztendlich doch eine nasale Männerstimme durch die sonst vorherrschende Stille dringt.

»Guten Abend. Wie kann ich Ihnen behilflich sein?« Ein untersetzter Mann, ungefähr in Tonis Alter, tritt beim Sprechen mit einer bemerkenswerten Gelassenheit hinter den Tresen der Rezeption. Er trägt schlichte, luftige Sommerkleidung und eine große, schwarze Hornbrille, die sein ohnehin zartes Gesicht noch kleiner wirken lässt.

Genervt seufzend kehrt Toni mit einem aufgesetzten Lächeln zurück zu seinem Ausgangspunkt, nun dem geduldig abwartenden Rezeptionisten gegenüber.

»Hallo, haben Sie noch Zimmer frei?« Abwartend lehnt sich der Sänger nach vorne, die Arme gelassen auf dem Holztresen abgestützt. Als Antwort schnalzt der Rezeptionist zunächst nur missbilligend mit der Zunge, bevor er seinen Blick senkt, um Toni eine ernste, adäquate Auskunft zu geben.

»Haben Sie zufällig auch die Nummer von einer Autowerkstatt hier in der Nähe? Wir sind liegengeblieben.« Unbeeindruckt vom brüsken Verhalten des Motelmitarbeiters, hakt Toni mit leicht gereiztem Tonfall nach und deutet dabei kurz nach draußen.

»Dort vorne, am schwarzen Brett sollte etwas Passendes hängen.« Ohne den Blick zu heben, weist der Rezeptionist mit einer kurzen Handbewegung zu einer unscheinbaren Pinnwand beim Eingang.

Immerhin findet Toni dort wirklich den Flyer einer nahegelegenen Autowerkstatt, den er schnell zweimal faltet und dann in seiner Hosentasche verstaut. Als er gerade zur

Rezeption zurückgehen will, betritt auch Jack endlich das Motel. »Na, wie sieht's aus?«

Der Sänger zuckt als Antwort nur halbherzig mit den Schultern. »Ich habe die Telefonnummer einer Werkstatt, das ist ein Anfang. Schauen wir mal, ob wir auch noch einen Schlafplatz für die Nacht bekommen.«

Toni zwinkert seinem besten Freund zu, dann schlendert er zurück zur Rezeption, wo er sich abermals erwartungsvoll weit über den Tresen beugt. Jack folgt ihm, zumindest bis zu den drei Stufen, die ihn am Weiterkommen hindern.

»Wir haben nicht mehr viel frei.« Der Rezeptionist murmelt nachdenklich, den Blick immer noch wie hypnotisiert auf das vollgeschriebene Reservierungsbuch gerichtet. »Ich kann Ihnen ein Zimmer im ersten Stock anbieten. Die beiden Betten dort stehen zwar als Doppelbett zusammen, können aber auseinandergeschoben werden.«

Erst jetzt schaut der Mann mit der frustrierend monotonen Stimme wieder auf und mustert nacheinander seine beiden potenziellen Gäste.

»Schon okay. Wir nehmen das Zimmer.« Seufzend zückt Toni sein Portemonnaie und legt gleich darauf eine mattschwarze Karte auf den Tresen. Der Rezeptionist macht allerdings keine Anstalten, sie entgegenzunehmen, schüttelt stattdessen nur abweisend den Kopf.

»Verzeihung, aber wir nehmen keine Kreditkarten.« Sein Bedauern könnte nicht unehrlicher sein.

»Natürlich.« Toni massiert mit zwei Fingern seinen Nasenrücken. Seine Augen sind fest geschlossen, die Stirn angestrengt in Falten gelegt. Die Kreditkarte steckt er wieder ein, während Jack sich, freundlich wie immer, zu Wort meldet.

»Warte, ich habe Bargeld dabei.« Die Scheine reicht er bereitwillig an Toni weiter, der nach Erhalt des kleinen, glänzenden Zimmerschlüssels die Rezeption mit einer knappen Verabschiedung verlässt.

»Ist doch besser als nichts.« Jack lacht amüsiert auf. Für ihn ist diese gesamte ungeplante Exkursion bei Weitem nicht so schlimm wie für den mürrischen Sänger, der mit abwehrender Körperhaltung grimmig zu ihm hinübersieht.

Damit die Stimmung nicht noch mehr kippt, deutet Jack versöhnlich hinaus zu dem Gebäude auf der gegenüberliegenden Seite des Rasthofs. »Es ist noch früh, wollen wir was trinken gehen?«

Voller Unmut seufzt Toni erneut, als würde eine zentnerschwere Last auf seinen Schultern ruhen, obwohl es letztendlich nicht mehr als der Verdruss wegen seines kaputten Autos und ihrer notdürftigen Unterkunft ist.

»Ich habe eigentlich keine Lust auf sowas, Jack.« Tatsächlich ist der Musiker nicht nur lustlos, sondern auch schlichtweg müde.

»Komm schon, lass dich jetzt nicht hängen.« Jack lächelt und greift behutsam nach Tonis Hand. »Wir trinken nur ein Bier, danach können wir wieder herkommen und schlafen. Okay?«

Jacks Lächeln und die kurze Berührung sind so entwaffnend, dass jeder weitere Einwand versiegt, bevor Toni ihn aussprechen kann.

»Na gut.« Er folgt seinem besten Freund einmal quer über den Rastplatz, bis hin zu dem klobigen Betonklotz, den ein verwittertes, großes Eisenschild über der Tür als ›Birgitt's Rasthofstübchen‹ ausweist.

Als wäre der Deppenapostroph nicht schon Grund genug, besagtes Lokal nicht zu betreten – Jack muss es auch bemerkt haben –, entdeckt Toni direkt am Eingang sogleich noch ein Plakat, das ihn abermals missmutig nörgeln lässt.

»Heute ist Karaokeabend.« Der Sänger tippt mit den

Fingerknöcheln auf den bunten Aushang. »Also, was sagst du? Wollen wir nicht doch lieber zurück ins Motel?«

Jack hat sich fragend zu seinem besten Freund umgedreht, bei dessen Einwand jedoch nur lachend den Kopf geschüttelt. Ohne weiter darauf einzugehen, drückt er mit einer Hand die schwergängige Metalltür auf, woraufhin blecherne Musik und lautes Stimmengewirr zu ihnen nach draußen dringen. Bevor Toni noch mehr unsinnige Bedenken äußern kann, ist Jack schon im Gebäude verschwunden.

Natürlich folgt Toni seinem Freund in das stickige Lokal, wo er zunächst von den grellen Deckenstrahlern, welche die Räumlichkeiten ausleuchten, geblendet wird. Blinzelnd bahnt er sich einen Weg durch das geräumige, lagerhallenähnliche Innere bis zu einem freien Tisch, an dem er gemeinsam mit Jack Platz nimmt.

»Siehst du? Ist doch gar nicht so schlimm.« Jack zwinkert seinem Freund zu, kann sich das Lachen aber nicht verkneifen. Für entspannte Gespräche ist die Musik, die verzerrt aus den Lautsprechern dröhnt, eigentlich zu laut.

Ob es sich bei dem Lokal um ein Restaurant oder eine Bar handelt, ist nicht deutlich zu erkennen. Es ist eine halbherzige Mischung aus beidem, ausgestattet mit dunklen Holzmöbeln und einem langen Ecktresen, hinter dem die unterschiedlichsten Spirituosen aufgereiht sind. Die Gästeschar ist eine bunte Mischung aus Kraftwagenfahrern und Reisenden, die so wie Jack und Toni für die heißschwüle Nacht im Motel untergekommen sind oder nach kurzer Rast weiterfahren wollen.

»Könnte schlimmer sein.« Toni zuckt gespielt gleichgültig mit den Schultern und schaut sich noch ein weiteres Mal um. Direkt neben dem Tresen ist eine behelfsmäßige Bühne aufgebaut. Es ist ein klapprig wirkendes Gestell aus dicken Balken und Spanholzplatten, die sich unter dem Gewicht des darauf herumhüpfenden Mannes bedrohlich biegen.

Er gibt einen alten Schlager zum Besten, wobei seine Augen konzentriert über den flimmernden Bildschirm der Karaokeanlage vor sich huschen. Takt und Ton trifft er trotzdem nicht, sehr zu Tonis Bedauern, denn der Musiker ist augenblicklich von diesem arrhythmischen Gekrächze genervt. Er wendet sich kopfschüttelnd ab und konzentriert sich stattdessen auf die laminierte Speisekarte, die vor ihm auf dem Tisch liegt.

Das Lokal bietet zwar nur klassisch simple Speisen an, die auch bei jedem beliebigen Imbiss zu finden sind, nichtsdestotrotz wirft Toni einen desinteressierten Blick darauf. »Möchtest du etwas essen? Dann bestelle ich uns was.«

Er reicht die Karte noch beim Sprechen an Jack weiter, der jedoch sogleich den Kopf schüttelt. »Nein, danke. Mir reicht ein Bier.«

Er lächelt und winkt eine vorbeieilende Kellnerin heran, um seine Bestellung aufzugeben. »Für dich auch?«

Der Sänger nickt und wechselt in eine bequemere Sitzposition, wobei er die Unterarme auf die Tischplatte legt. Im Nachhinein keine gute Idee, denn diese ist besorgniserregend klebrig.

»Lass uns auf den schönen Tag anstoßen.« Kaum dass die Kellnerin zwei Bierflaschen auf dem Tisch abgestellt und sich dann lächelnd wieder entfernt hat, erhebt Jack die Stimme. Ihm gegenüber legt Toni zunächst nur fragend die Stirn in Falten, bevor er sich zu einer nüchternen Antwort durchringt.

»Ich weiß nicht, mein Auto ist liegengeblieben, und wir müssen die Nacht in dieser Absteige dort drüben verbringen.« Er deutet träge zur Tür und damit auch indirekt zum Parkplatz, auf dem sein teurer Mercedes vor dem Motel steht, das er eben noch gleichgültig als Absteige betitelt hat, ohne mehr als das Foyer gesehen zu haben. Nach Jacks Reaktion, in Form eines tiefen, frustrierten Seufzens, überdenkt der Sänger seine Aussage jedoch noch einmal. »Schon gut. Auf den schönen Tag.«

Als sie anstoßen, ruhen ihre Blicke länger und eingehender aufeinander als nötig.

»Willst du nicht auch singen?« Nach einer Weile, in der beide Männer stillschweigend ihren eigenen Gedanken nachgehangen haben, zeigt Jack vorwitzig schmunzelnd zur angeblichen Bühne. Inzwischen haben sich zwei junge Frauen des Mikrofons bemächtigt und trällern ausgelassen den neuesten Song von Pink.

»Ist das dein Ernst? Da lasse ich eher dir den Vortritt.«

Jack muss herzlich über die eilige Antwort des Sängers lachen. »Toni, ich habe genug Selbstironie, um die Leute hier mit meinem Gesang zu behelligen. Meine Frage war ernst gemeint.«

Ihm gegenüber stellt der Musiker kopfschüttelnd seine inzwischen leere Bierflasche auf den Tisch. »Wie kommst du überhaupt auf diese Idee? Wirklich, auf keinen Fall.«

Wie auf Kommando verstummt die Musik, unbeteiligter Applaus ertönt, bevor das Stimmengewirr um sie herum merkbar lauter wird.

»Du hast schon so lange nicht mehr auf einer Bühne gestanden, das muss dir doch fehlen.« Jack beugt sich ein wenig nach vorne. Er ist von seinem Vorschlag absolut überzeugt, während Toni missbilligend mit der Zunge schnalzt.

»Das hier zählt nicht, schau dich doch um. Das dort vorne kannst du wohl kaum eine Bühne nennen.«

Die beiden Männer blicken gleichzeitig zu dem kleinen Aufbau in der mühevoll ausgeleuchteten Ecke des Lokals. Das Podium ist wirklich nicht sehr glamourös, ganz zu schweigen von der altersschwachen Karaokeanlage und den genauso abgewetzten Instrumenten, die für besonders ambitionierte Teilnehmer des Musikabends ebenfalls bereitstehen.

»Früher habt ihr in ganz ähnlichen Spelunken gespielt.« Jack lächelt, seine Augen hingegen funkeln herausfordernd.

»Das scheint mittlerweile ein ganzes Leben her zu sein.« Seufzend lehnt sich Toni zurück, insgeheim doch angestachelt von Jacks kleiner Provokation. Er ist aufgeregt und versessen darauf, seinen besten Freund zu beeindrucken. »Dir zuliebe.«

Mit schwer unterdrückter Vorfreude erhebt sich der Sänger so selbstsicher und gemessen wie möglich. Anschließend bahnt er sich, mit gestrafften Schultern und hochgerecktem Kopf, einen Weg an den Stühlen, Tischen und ignoranten Lokalgästen vorbei, bis hin zur rechten Seite der Bühne, wo eine schmale Obstkiste so etwas wie eine Treppenstufe mimt.

»Ich kann mir jetzt schon vorstellen, wie sie sich morgen in den Schlagzeilen ihre Mäuler zerreißen.« Toni murmelt die Worte leise, während er, ungeachtet der anderen Anwesenden, gewohnt sicher über die Bühne schreitet.

Der Sänger will schon das Mikrofon an sich nehmen, entscheidet sich dann aber doch dagegen und greift stattdessen nach der verstimmten Akustikgitarre, die vergessen neben der Bühne steht. Nun schauen auch die ersten Lokalgäste zu dem schlanken Mann auf der Bühne, der sich tatsächlich die Mühe macht, das Instrument in seinen Händen zu stimmen.

Toni achtet jedoch nicht auf das leise Murmeln der Menge, seine ganze Konzentration gilt der Gitarre, bis diese, zumindest für einen kurzen Song, einen annehmbaren Klang hat. Danach hebt er überlegen lächelnd den Kopf, beide Hände fest am Instrument, während sein Blick in steigender Vorfreude zu Jack huscht.

Natürlich beobachtet ihn sein bester Freund, allerdings mit einem undurchschaubaren Gesichtsausdruck, aus dem Toni lediglich ehrliche Neugierde zu lesen glaubt. Die wie immer aufkommenden Schmetterlinge in seinem Bauch vertreibt er allerdings sogleich mit einem ersten, paukenschlagähnlichen Akkord auf der Gitarre.

Spätestens danach hat Toni die Aufmerksamkeit der anderen Gäste auf sich gezogen. Das schnelle, wilde Tempo behält der Musiker jedoch bei, seine Hände fliegen mühelos über die Saiten des Instruments. Gleichzeitig nutzt er leichtfüßig die gesamte Fläche der schlichten Bühne, tänzelt umher und lässt den Blick über sein unfreiwilliges Publikum schweifen. Mit rauer, starker Stimme singt er Strophe um Strophe, nun vollends in seinem Element, berauscht von dem wunderbaren Gefühl, endlich wieder auftreten zu können. Es ist, als würde die Welt für kurze Zeit, für die nichtige Länge des Songs, nur aus den vibrierenden Brettern der Holzbühne und dem Klang der immer noch leicht verzerrten Gitarre bestehen.

Als der letzte Ton verklungen ist, hält Toni ruckartig inne und blinzelt einige Male angestrengt. Ohne es beeinflussen zu können, stiehlt sich ein breites Lächeln auf sein Gesicht. Mit hämmerndem Herzen und begleitet von anerkennendem Applaus, etwas, das den anderen Sängern in diesem Ausmaß nicht zuteilwurde, geht der Sänger nunmehr noch stolzer als zuvor zurück zu seinem Platz.

»Das war beeindruckend!« Jack lobt seinen besten Freund ebenfalls, kaum dass Toni sich wieder hingesetzt hat.

»Danke.« Die Anerkennung von Jack lässt den Sänger erröten.

»Vielleicht hat es mir doch ein wenig gefehlt.« Er dreht

sich seufzend weg, überwiegend, weil er dieser ungewollten Einsicht entgehen will, aber auch, um die junge Kellnerin noch einmal heranzuwinken. Während er neue Getränke bestellt, lacht Jack leise und schüttelt kaum merkbar den Kopf.

Nichtsdestotrotz nimmt er das kühle Bier, welches ihnen kurz darauf von der Bedienung gebracht wird, dankend an. »Es war offensichtlich, dass du Spaß hattest.«

Vorerst begnügt sich Jack mit diesem knappen Kommentar, nicht sicher, ob Toni diese Tatsache noch verdeutlicht haben muss. »Du willst noch eine Weile hierbleiben?«

Der Sänger lässt sich Zeit mit seiner Antwort. Zunächst trinkt er einen ausgiebigen Schluck, dann lehnt er sich entspannt zurück und schaut sich abermals um. Mittlerweile gefällt ihm das Lokal tatsächlich, auch auf die Bühne würde er insgeheim sehr gerne zurückkehren.

»Immerhin sind wir jetzt schon hier. Wir können noch bleiben und später schauen, was für ein dürftiges Nachtlager wir drüben im Motel abbekommen haben.« Toni lächelt verschlagen und prostet Jack über den Tisch hinweg zu.

Ein paar Bier später fällt es Jack bereits schwer, konzentriert zu bleiben. Der Alkohol benebelt seine Gedanken und lässt ihn stetig müder werden. Toni hingegen scheint wieder hellwach und sogar besser gelaunt zu sein als bei ihrer Ankunft auf dem Rasthof. Das ändert sich allerdings schlagartig, als sie ihr Zimmer im ersten Stock betreten.

»Das ist doch gemütlich.« Jack ist sofort darum bemüht, dem unzufrieden knurrenden Sänger den Wind aus den Segeln zu nehmen. Ehe Toni sich beschweren kann, manövriert er seinen Rollstuhl schon einmal etwas ungelenk in den zugegeben wirklich kleinen Raum, der von den beiden zusammengeschobenen Holzbetten auf der linken Seite beherrscht wird. Deswegen und dank der direkt gegenüber aufgebauten massiven Kommode kann Jack nur bis zur Mitte des Raumes gelangen, bevor sein Rollstuhl schlichtweg zu sperrig für das kleine Zimmer ist. Jeden wütenden Kommentar diesbezüglich verbietet er sich jedoch, um Toni nicht noch mehr anzustacheln. Stattdessen dreht er sich schief lächelnd zu seinem besten Freund um. »Du schläfst wohl besser am Fenster. Willst du die Betten noch auseinanderziehen?«

»Natürlich.« Tonis Antwort kommt vielleicht ein klein wenig zu schnell. Peinlich berührt löst er sich von seinem Platz an der Tür und tritt ebenfalls in das rustikale Motelzimmer ein. In dessen Mitte angekommen, dreht er sich einmal prüfend um die eigene Achse, bevor er vielsagend zu Jack schaut. »Ich kümmere mich schnell drum.«

Sein bester Freund beobachtet das kurzzeitige Unterfangen fragend, mehr als ein paar nichtige Zentimeter bekommt der Sänger die beiden Betten nämlich nicht auseinandergeschoben, bevor die blassgrün gestrichenen Wände ihm in die Quere kommen.

»Erinnerst du dich noch daran, dass wir uns früher auch die Matratze in der alten Gartenlaube geteilt haben?« Jack lächelt milde und blinzelt mehrmals, um die Müdigkeit zu vertreiben.

Natürlich erinnert sich Toni daran. Wann immer sie in ihrer Jugendzeit lange feiern und anschließend zu betrunken waren, um unauffällig nach Hause zurückzukehren, übernachteten sie im Schuppen des Schrebergartens von Jacks Familie. Dort gab es eine alte, staubige Matratze, die sie sich teilten, was Tonis jugendlich verliebte Gedanken beizeiten sehr auf die Probe stellte.

Mit etwas Abstand betrachtet, ist diese Erinnerung gar nicht so anders als die Situation, in der sich Toni in dieser Nacht wiederfindet. Zumindest geht es ihm immer wieder durch den Kopf, während er einige Zeit später in seinem

Bett liegt, die geblümte Decke trotz der Sommerhitze im Zimmer bis zu den Schultern hochgezogen und nur knapp einen halben Meter von Jack entfernt, der um einiges argloser, mit freiem Oberkörper auf der bei jeder Bewegung knarrenden Matratze seines Bettes liegt. Er ist direkt eingeschlafen, kaum dass sie sich hingelegt haben, während Toni trotz aller Bemühungen keine Ruhe findet.

Schwer seufzend schließt der Sänger abermals die Augen, nur um sie nach wenigen Sekunden doch wieder zu öffnen und frustriert an die kahle Zimmerdecke zu starren.

»Reiß dich doch zusammen!« Toni tadelt sich leise schimpfend selbst, fährt mit beiden Händen durch seine vom Duschen noch nassen Haare und dreht sich dann zur Seite. So kann er Jack besser beobachten, wobei sich Toni sicher ist, dass es keinen anderen Mann gibt, in dessen Anblick er sich dermaßen verlieren kann. Am liebsten würde er die körperliche Distanz zwischen ihnen überwinden, würde gerne eine Hand ausstrecken und ihn berühren, sich an ihn schmiegen.

In seine Wunschträume versunken seufzt Toni abermals theatralisch schwer. Von draußen dringt neben dem warmen Licht der Straßenlaternen auch das geschäftige Rauschen der Autobahn zu ihnen herein, eine zusätzliche Nichtigkeit, die den Sänger am Schlafen hindert. Kurz überlegt er, ob er aufstehen und draußen rauchen soll, entscheidet sich aber schlussendlich dagegen. Denn dem Motelzimmer fehlt ein Balkon, weswegen Toni es komplett verlassen und vor dem Eingang des Gebäudes herumlungern müsste, nur um seinen ungesunden Gelüsten nachzugehen. Außerdem würde er Jack bei dem Weg aus dem Zimmer mit Sicherheit wecken. Also verharrt Toni einfach in seinem Bett und schaut beinahe hypnotisiert zu seinem besten Freund, bis ihn doch irgendwann wohltuend tiefer Schlaf übermannt.

»Toni, wach auf. Komm, du musst allmählich aufstehen.« Von Jack geweckt zu werden ist für den Sänger nichts Ungewöhnliches mehr, ein wenig genießt er es sogar. Das heißt allerdings nicht, dass er schon bereit ist aufzustehen.

Murrend dreht sich Toni weg und zieht die Bettdecke über den Kopf. Es bringt ihm tatsächlich ein paar weitere Sekunden der Ruhe, bevor Jack leise lacht und er im nächsten Moment eine Hand sanft auf seiner Schulter spürt.

»Na los. Ich habe dich extra länger schlafen lassen.« Bei diesen Worten hebt Toni fragend die Bettdecke hoch und blickt verwundert blinzelnd zu seinem besten Freund. Jack ist bereits angezogen und startbereit. Er lächelt amüsiert, als sich ihre Blicke treffen, und deutet dann vielsagend zur Wanduhr, die Toni nur sehen kann, wenn er sich aufrichtet.

Zähneknirschend kommt der Musiker dieser unausgesprochenen Aufforderung nach, nur um festzustellen, dass es bereits halb neun ist und er seinen Handywecker zweimal beflissentlich überhört hat. »Ist ja gut. Lass mir nur fünf Minuten, dann stehe ich auf.«

Lachend, aber immerhin zustimmend nickend, wendet sich Jack ab. Er wartet geduldig, bis Toni schlussendlich aufsteht und eine halbe Stunde später, immer noch sichtlich geschlaucht, aus dem Badezimmer gestolpert kommt. »Ich habe mir erlaubt, schon einmal die Autowerkstatt anzurufen. Sie schicken in der nächsten Stunde jemanden vorbei.«

Gähnend tappt Toni zu Jack, verwundert, aber dankbar. »Lieb von dir.«

Er lehnt sich seitlich gegen den Rollstuhl seines besten Freundes und reibt sich die müden Augen, während Jack einen flüchtigen Blick zur Uhr wirft. »Wir haben noch genug Zeit, um zu frühstücken, und vielleicht besorgen wir dir lieber auch einen Kaffee.«

Die Autowerkstatt hat den beiden eine beeindruckend versierte Kfz-Mechatronikerin geschickt, die Tonis Wagen im Handumdrehen wieder zum Laufen bringt. »Jetzt funktioniert wieder alles. Damit kommt ihr problemlos zurück nach Hamburg. Aber in die Werkstatt muss der Wagen trotzdem nochmal.«

Sie lächelt breit und klopft zweimal mit der flachen Hand auf die Motorhaube. Ihr gegenüber nickt Toni knapp, weder zufrieden noch vollkommen überzeugt davon, wirklich ohne weitere Zwischenfälle zurück nach Hause zu kommen.

Aber alle Sorgen sind unbegründet, das Auto fährt geschmeidig, und die Straßen sind angenehm leer. Nur zeitvertreibende Gespräche bleiben während der Rückfahrt aus, dafür ist Toni zu müde, und auch Jack wirkt ungewohnt abwesend.

Als sie die Autobahn kurz vor ihrem endgültigen Ziel verlassen, stößt er einen schweren Seufzer aus, was von Toni allerdings unbemerkt bleibt. »Du kannst mich gleich einfach vor der Haustür absetzen. Martin wollte nachher noch vorbeikommen, und ich denke, du willst nicht dabei sein.«

Jack scheint die Luft anzuhalten, zumindest so lange, bis Toni zustimmend nickt.

»Das stimmt, dafür habe ich heute wirklich keine Nerven mehr übrig.« Trocken lachend lenkt der Sänger seinen Wagen in eine Einbahnstraße und stoppt einen Augenblick später an der nächsten roten Ampel.

»Ich werde wahrscheinlich sowieso den Rest des Tages verschlafen.« Toni zuckt unbedarft mit den Schultern, während Jack neben ihm fast schuldbewusst den Blick senkt.

»Aber morgen komme ich wieder vorbei?« Es ist eine Frage, da auch Toni die plötzlich schwere Stimmung mitbekommen hat. Zu seinem Entsetzen überdenkt Jack seine Antwort auffällig lange.

»Weiß ich noch nicht. Ich schreibe dir morgen.« Dabei legt er jedoch seine Hand auf Tonis Arm und sieht vorsichtig lächelnd zu ihm.

»Okay.« Der Sänger parkt seinen Wagen auf dem Seitenstreifen, direkt vor Jacks Wohnung. Danach steigt er aus, klappt den Rollstuhl für seinen besten Freund auseinander und hilft ihm anschließend gewohnheitsgemäß hinein.

Während Jack sich anschließend der Haustür zuwendet, wartet Toni an seinem Auto. Sein Herz hämmert, seine Gedanken rasen, sodass er selbst zunächst gar nicht mitbekommt, dass er schnell noch einmal nach seinem besten Freund ruft.

»Jack!«

Er dreht sich sofort fragend um. »Was ist denn?«

Beflügelt von dem merkwürdig schönen Ausflug wollte Toni seinem Freund in diesem eigenartigen Moment, zwischen Haustür und Auto, seine Gefühle offenbaren. Aber er zögert, plötzlich doch unsicher und noch nicht bereit. Der Augenblick vergeht.

»Ach, nein. Es ist nichts.« Er lächelt unbeholfen und schüttelt eilig den Kopf.

Dass Jack angestrengt nachdenkt, entgeht ihm dabei nicht. Aber auch er verwirft schnell alle Annahmen und Vermutungen. »Okay. Bis dann.«

Er winkt seinem besten Freund ein letztes Mal zu, ehe er im Hausflur verschwindet. Toni hingegen bleibt an seinem Auto zurück, durcheinander und enttäuscht. Er verteufelt sich und seine Feigheit, doch redet sich gleichzeitig ein, dass er dieses verfängliche Gespräch auch genauso gut noch am nächsten Tag führen kann.

8

I hope you don't mind. I hope you don't mind. That I put down in the words. How wonderful life is while you're in the world.

Your Song – Elton John

NOVEMBER

Die Wochen vergehen, und letztendlich erzählt Toni seinem besten Freund doch nichts von seinen Gefühlen. Zu schön ist das friedliche, einvernehmliche Zusammenleben, auch wenn sie manchmal nur die stillen Abende gemeinsam in Jacks Wohnung verbringen, wo Toni dann, seine Gitarre umständlich auf den Beinen balancierend, neue Songs schreibt, während Jack in seinem Lesesessel sitzend in ein Buch vertieft ist. Bald wird die warme Sommerzeit von stürmischen Herbsttagen abgelöst, nur an Tonis gemütlichem Alltag ändert sich nichts.

Nach zwei Tagen in seiner eigenen Wohnung und den stressigen Wochenenddiensten im Café ist Toni umso glücklicher, am Montagabend endlich wieder bei Jack zu sein. Als er ankommt, ist sein bester Freund bereits in der Küche zugegen. Ein kräftiger Geruch nach Gewürzen und schmorendem Fleisch liegt in der Luft, was Toni sogleich daran erinnert, wie hungrig er eigentlich ist. Schnell entledigt er sich seines Mantels und der schwarzen Lederstiefel, bevor er freudig gespannt in die Küche geht.

»Guten Abend. Das Essen ist gleich fertig.« Jack schaut kurz über seine Schulter hinweg zu Toni, bevor er sich schnell wieder den brodelnden Töpfen auf dem Herd zuwenden muss.

Während Jack mit gekonnten Handgriffen weitermacht, nutzt Toni die Zeit, um den Tisch zu decken. Dafür muss er zwar erst einmal diverse Unterrichtsmaterialien, Bücher und Jacks Portemonnaie plus Schlüsselbund beiseiteschaffen, aber diese Unordnung ist auf dem Küchentisch völlig normal. Sonst türmen sich dort auch noch Tonis Notenblöcke, sein Notizheft und unzählige Post-it-Zettel. Nachdem das gewohnte Chaos beseitigt ist, hilft Toni noch dabei, die Töpfe voll mit dampfendem Essen auf dem Tisch zu platzieren, bevor er sich Jack gegenübersetzt.

»Wie war dein Tag?« Jack schaut mit ehrlicher Neugierde zu seinem besten Freund, während Toni nur unbeteiligt mit den Schultern zuckt.

»Wie soll es schon gewesen sein? Langweilig und nichtssagend, wie immer.« Tatsächlich berichtet Toni nur sehr selten von seinen Schichten im Café, da er die Arbeit weder als sonderlich reizvoll noch nennenswert spannend empfindet. Jacks aufrichtiges Interesse genießt er trotzdem.

»Wie war es heute bei dir?« Toni gibt die Frage bereitwillig zwischen zwei Bissen zurück.

»Ach, ich finde Arztbesuche immer furchtbar. Da wäre

ich lieber arbeiten gewesen.« Jack lächelt schief, merkt aber nach kurzem Nachdenken noch schnell an, dass es ihm natürlich gutgehe und auch der Arzt dies noch einmal bestätigt hat.

Nicht, dass Toni wegen eines nichtigen, halbjährlichen Kontrollbesuchs beim Arzt ernsthaft besorgt wäre. Von Zeit zu Zeit befürchtet er lediglich, dass Jack bei seiner wagemutigen Abenteuerlust und dem unermüdlichen Tatendrang die eigenen Grenzen vergisst. Ihn direkt darauf anzusprechen, unterlässt Toni allerdings wohlweislich, er ist schon froh, dass Jack mittlerweile jeden einzelnen lästigen Termin beim Arzt wahrnimmt.

»Ich habe den Nachmittag aber genutzt, um die restlichen Klassenarbeiten zu kontrollieren und den Unterricht für die nächsten Tage vorzubereiten.«

Toni hört sich aufmerksam und unsagbar zufrieden all die belanglosen Dinge an, die ihm sein bester Freund noch erzählt, bevor sich langsam Stille über den Raum legt. Der Sänger denkt sich nichts weiter dabei, für Jack hingegen wird sie immer mehr zur mentalen Galgenfrist.

»Ich muss dir etwas erzählen.« Mit diesen Worten legt er sein Besteck beiseite und holt tief Luft. Dabei ist sein Blick so intensiv auf Toni gerichtet, dass dieser sich mit fragend schräg gelegtem Kopf weit in seinen Stuhl zurücklehnt. Ungeduldig und irritiert wartet der Sänger, bis sein bester Freund bereit ist weiterzusprechen, dabei beobachtet er wachsam all die unterschiedlichen Emotionen, die sich zeitgleich auf Jacks Gesicht widerspiegeln. Er lächelt, glücklich und aufgeregt, während in seinen schönen, blauen Augen so etwas wie Besorgnis liegt, die seinen Blick befremdlich verdunkelt.

»Ich habe jemanden kennengelernt, eine ganz eindrucksvolle Frau. Sie heißt Mona, und wir treffen uns jetzt ehrlicherweise schon seit einiger Zeit.« Plötzlich nimmt doch die liebestrunkene Begeisterung überhand in Jacks offenkundigem Gefühlschaos. »Wir sind seit zwei Monaten zusammen.«

Toni wird schlagartig bitterkalt, obwohl die Küche vom Kochen noch unangenehm aufgeheizt ist. Ihm ist elend zumute, der Kopf schwirrt ihm von all den unerwünschten Gedanken, doch sein Herz schlägt, wie zum Hohn, gleichmäßig ruhig in seiner Brust. Wie eine Zeitbombe pocht es Sekunde für Sekunde weiter, während sich die beiden Männer nun schweigend am Tisch gegenübersitzen. Doch Toni weiß ganz genau, dass es irgendwann explodieren und in tausend Teile zerspringen wird.

Nun legt auch er erstaunlich beherrscht sein Besteck beiseite, der Appetit ist ihm sowieso vergangen. In die Augen sehen kann er Jack allerdings nicht mehr, genauso wenig fällt dem Sänger in diesem Moment eine angemessene Antwort ein, die nicht beinhaltet, sofort aufzuspringen und seinem besten Freund ungehalten und laut deutlich zu machen, dass er ihm gerade das Herz gebrochen hat.

Zumindest muss er sich nicht um das Fortführen der begonnenen Unterhaltung bemühen, denn Jack erzählt sogleich weiter, auch wenn es Toni weder interessiert noch beruhigt. Vielleicht ist es auch einfach seine Taktik, mutmaßt der Sänger, während er halbherzig, mit immer noch gesenktem Kopf, zuhört. So kann Jack all dem Ungesagten zwischen ihnen ausweichen, ebenso wie den bärbeißigen Fragen, die er mit Sicherheit von seinem besten Freund erwartet.

Auf diese Weise erfährt Toni, dass sich Jack und Mona nur durch einen Zufall auf der Straße kennengelernt haben, was ihn sonderbarerweise noch missmutiger werden lässt. Sie ist zweiunddreißig Jahre alt und Tanzlehrerin in Altona, wobei sie selbst wohl, trotz ihrer jungen Jahre, eine begnadete Balletttänzerin sein soll, die in den entsprechenden Kreisen hohes Ansehen genießt. Nicht, dass es Toni interessiert und eigentlich ist er auch der festen Überzeugung, dass Jack ebenfalls kein Faible für Ballett, Contemporary oder Standardtanz hat.

»Du hast mir die ganze Zeit nichts davon verraten.« Irgendwann unterbricht Toni seinen besten Freund und schafft es dabei sogar, den Blick zu heben. Er schluckt schwer, aber der Kloß in seinem Hals verschwindet dadurch auch nicht.

»Ich wollte niemandem davon erzählen, bis ich mir nicht wirklich sicher sein konnte, dass es etwas Ernstes ist.« Jack hält inne, überlegt kurz und schüttelt dann eilig den Kopf. »Nein, das klingt falsch. Lass es mich dir anders erklären.«

Er muss wohl Tonis schlagartig verfinsterte Miene bemerkt haben, denn beim Weitersprechen wirkt Jack gebremster und einsichtiger als zuvor. »Ich habe ja nicht nach einer Beziehung gesucht. Dass ich Mona kennengelernt habe, war Glück, und darüber freue ich mich umso mehr. Ich glaube einfach, dass niemand auf den Partner wartet, mit dem er den Rest seines Lebens verbringen will, und sich dabei jemanden vorstellt, der im Rollstuhl sitzt. Ich hätte verstanden, wenn Mona das doch nicht gewollt hätte.«

Bei seinen nächsten Worten tritt wieder dieses begeisterte Funkeln in Jacks Augen, das Toni beim besten Willen nicht ertragen kann. Stillschweigend wendet er sich erneut ab.

»Ich wollte schlichtweg nichts überstürzen, aber das mit Mona passt. Es fühlt sich richtig an.«

Jack verstummt und schaut dermaßen eindringlich zu Toni, dass sich der Sänger sicher ist, diesmal etwas erwidern zu müssen. Tatsächlich würde ihm einiges einfallen, was er gerne sagen würde.

»Das ist sehr schön für dich.«

Letztendlich bringt er nichts davon über die Lippen.

In der Küche breitet sich bedrückendes Schweigen aus, welches die beiden Männer noch eine ganze Weile begleitet. Sie räumen gemeinsam den Tisch ab und gehen anschließend wie gewohnt ihrer normalen Abendroutine nach, als gäbe es keine Wand aus unausgesprochenen Gedanken zwischen ihnen.

Es ist eigenartig und irritierend, aber für Toni kommt es gar nicht in Frage, in diesem Moment Jacks Wohnung ungebeten zu verlassen. Damit würde er symbolisch etwas aufgeben, woran sich sein schmerzendes Herz mit aller Verzweiflung klammert, und dazu ist er an diesem Abend schlichtweg nicht bereit.

Als sie wenig später zusammen auf dem großen Sofa sitzen, blickt Toni immer wieder betrübt zu seinem besten Freund, sorgfältig darauf bedacht, dass Jack davon nichts mitbekommt. Die Wogen qualvollen Kummers kommen und gehen, ohne dass der Sänger etwas dagegen tun kann. Mit jedem Mal zeigen sie ihm schmerzhaft deutlich auf, was er sich hoffnungsvoll gewünscht und schlussendlich doch vorhersehbar verloren hat.

Am darauffolgenden Morgen verlässt Toni nach dem gemeinsamen Frühstück still und heimlich Jacks Wohnung. Er fährt kettenrauchend zurück zu seiner eigenen, bei Weitem nicht so gemütlichen Bleibe und lässt sich dort schwer seufzend auf sein Schlafsofa fallen.

An diesem Platz bleibt er antriebslos den vorbeirauschenden Tag lang liegen, ebenso den nächsten und den Tag darauf. Die sowieso leidige Arbeit schwänzt er, jegliche Anrufe, sowohl von Viktor, der erstaunlich beharrlich hinter ihm hertelefoniert, als auch von Jack werden ignoriert.

Doch nach drei einsamen Tagen voller Selbstmitleid sieht Toni ein, dass er etwas unternehmen muss. Sonst würde ihn bald eine altbekannte, aber verhasste Rastlosigkeit heimsuchen, die noch nie zu etwas Gutem geführt hat.

Also macht sich der Sänger reumütig auf den Weg zu Jacks Wohnung, wobei ihn schlussendlich doch, kurz vor der Haustür, der Mut verlässt. Er bleibt zögerlich stehen, unschlüssig, was er überhaupt sagen soll, wenn er seinem besten Freund erst einmal gegenübersteht. Glücklicherweise versetzt ihm das Schicksal einen erbarmungslosen Stoß in die richtige Richtung.

»Was machst du denn hier?« Toni ist viel zu tief in seine verunsicherten Gedanken versunken, als dass er bemerkt, dass Jack verwundert, aber immerhin lächelnd zu ihm gekommen ist. Er wirkt gut gelaunt und unerträglich energiegeladen. Die leise hinter ihm zufallende Haustür verrät, dass er seine Wohnung eben erst verlassen hat. So gerne Toni ihm eine angemessene Antwort geben würde, er ist zu überrascht und überrumpelt von seinen unbrauchbaren Gefühlen, weshalb er sich lediglich am beißenden Rauch seiner eben angesteckten Zigarette verschluckt. Während er bitterlich hustet, winkt er alle vorsichtigen Fragen nach seinem Wohlbefinden ab, erniedrigt genug von seiner eigenen Unachtsamkeit.

»Alles gut.« Toni schüttelt sich, angewidert vom strengen Tabakgeschmack in seinem Mund, und wirft den Rest der Zigarette gleichgültig auf die Straße. »Ich wollte nur kurz vorbeischauen.«

Toni lächelt zurückhaltend, als sich ihre Blicke treffen. Sein Herz schlägt immer noch wild vor Aufregung, obwohl Jack gelassen scheint. Keine Spur von Vorwürfen oder drängenden Fragen. Vor Erleichterung würde der Sänger seinem besten Freund am liebsten um den Hals fallen. Doch Jacks ruhige, fast enttäuscht klingende Antwort ernüchtert ihn sofort.

»Das freut mich wirklich sehr, aber ich treffe mich gleich mit Mona, und danach wollte ich noch zum Training.« Schief lächelnd hebt Jack mit einer Hand die Sporttasche hoch, die bis dahin auf seinem Schoß gelegen hat.

»Okay, kein Problem.« Toni bemüht sich, desinteressiert zu klingen, scheitert aber kläglich. »Soll ich dich irgendwohin fahren?« Mit missmutig hängenden Schultern deutet er die Straße hinunter, wo keine hundert Meter entfernt sein Wagen steht.

»Mach dir wegen mir keine Mühe, ich nehme den Bus.« Jack hat den Blick schuldbewusst gesenkt und die Hände bereits auf die Griffreifen seines Rollstuhls gelegt. »Aber ich muss mich jetzt wirklich beeilen.«

Nickend tritt Toni beiseite und verschränkt dabei distanziert die Arme vor der Brust. Er lässt Jack vorbei und nuschelt währenddessen eine halbherzige Verabschiedung, die sein Freund beim besten Willen nicht verstehen kann. Doch anstatt wie angekündigt schleunigst zur nächsten Bushaltestelle zu eilen, stoppt Jack erneut und wendet sich noch einmal an Toni.

»Wenn du willst, dann kannst du heute Abend vorbeikommen. Wir können Essen bestellen, ein paar schlechte Fernsehshows anschauen und einfach ein bisschen reden.« Ein sanftes, freundliches Lächeln huscht beim Sprechen über Jacks Gesicht. Die nagenden Schuldgefühle, als er das hoffnungsvolle Funkeln in Tonis Augen bemerkt, versucht er zu verdrängen.

Zwei Wochen später hat Toni das große Glück, erstmals Jacks Partnerin kennenzulernen. Bis dahin hat er sich erfolgreich vor diesem unzumutbaren, aber auch unumgänglichen Zusammentreffen gedrückt und dafür sogar in Kauf genommen, viel seltener als sonst bei seinem besten Freund zu sein.

Toni wappnet sich, indem er noch einen letzten tiefen Zug von seiner Zigarette nimmt, dann betritt er das kleine, beschauliche Café in der Innenstadt. Stickige Heizungsluft schlägt ihm entgegen, genauso wie der dumpfe Klang von Stimmen, obwohl das Lokal an diesem Nachmittag nur schlecht besucht ist. Die meisten Leute tummeln sich lieber auf dem überfüllten Weihnachtsmarkt, wie Toni schon auf dem Hinweg durch die Stadt bemerkt hat.

Bereits an der Tür entdeckt er Jack. Sein bester Freund sitzt an einem der hinteren Tische, neben ihm eine hübsche, grazile Frau. Sie sind in ihre eigenen, innigen Gespräche vertieft und bemerken deshalb den sich nähernden Sänger überhaupt nicht. Nah beieinander, die Köpfe vertraut zusammengesteckt, haben sie nur Augen für sich. Ihre Hände ruhen auf dem Tisch, ohne einander zu berühren, wobei Jack ab und an mit den Fingerspitzen über die Hand seiner Begleiterin streift, die leiseste Andeutung einer sanften, intimen Berührung.

»Hallo.« Toni hat sich mit langen, selbstsicheren Schritten einen Weg durch das Lokal gebahnt. Nun brummt er seine Begrüßung abwartend ruhig, während Jack und seine Begleiterin überrascht aufschauen.

Nach der ersten Überrumpelung begrüßen sich Jack und Toni jedoch gewohnt herzlich, bevor sich der Sänger neugierig an Jacks Partnerin wendet. Sie ist gleich aufgesprungen und streckt ihm freundlich lächelnd die Hand entgegen.

»Hi. Toni, richtig? Schön, dich kennenzulernen. Ich bin Mona.« Sie mustert ihn aufmerksam, fast vorwitzig, doch als sie Tonis abwehrende Körperhaltung und den abschätzigen Blick aus eisblauen Augen bemerkt, wird sie unsicher. Insgeheim erfüllt es Toni mit unangebrachter Genugtuung und dem befriedigenden Gefühl, in dieser absurden Situation die Oberhand zu behalten. Er setzt sich schmunzelnd an den Tisch, gegenüber den beiden Turteltauben und betrachtet Mona abermals eingehend.

Sie ist hübsch, keine Frage, mit den wachen, braunen Augen und den dunklen Locken, die ihr Gesicht umrahmen. Das tiefblaue Strickkleid schmeichelt ihrer sportlichen Figur, während die feine Perlenkette um ihren Hals einen kleinen, aber reizvollen Akzent setzt. Die silbernen Armbändchen sowie die etlichen Ringe, die Mona an den manikürten Fingern trägt, entgehen Toni ebenso wenig wie die Tatsache, dass die junge Frau, als sie sich zuvor gegenübergestanden sind, trotz flacher Schuhe fast genauso groß ist wie er selbst.

Noch vollkommen damit beschäftigt, Mona genauestens und ungeniert zu beobachten, hält Toni sich zunächst bei den holprig startenden Gesprächen zurück, zumindest bis sie ihn abermals direkt anspricht. »Jack hat mir schon viel von dir erzählt.«

Ihre Worte klingen anerkennend und ehrlich interessiert. Wahrscheinlich hat sie Tonis schroffes Verhalten bei der Begrüßung als schlichtes Missverständnis abgetan, anstatt als prinzipielle Feindseligkeit, weshalb sie durchaus einen neuen Versuch wagt, den Sänger kennenzulernen.

»Wirklich? Dich hat er gar nicht erwähnt.« Diese Antwort trifft Mona sichtlich. Sie lässt sich in ihren Stuhl zurückfallen, mit offenem Mund, obwohl ihr offensichtlich die Worte fehlen, um etwas zu erwidern. Dabei ist es sogar fast die halbe Wahrheit, mutmaßt Toni, während Jack ihm, über den Tisch hinweg, derart böse Blicke zuwirft, dass er eigentlich tot vom Stuhl kippen müsste.

Es braucht eine ganze Weile und jede Menge angestrengte, von Jack fast einseitig geführte Gespräche, bis die schlechte Stimmung allmählich erträglicher wird. Toni bemüht sich sogar, vorerst ein wenig netter zu sein, allerdings nur aus Mitleid mit seinem besten Freund, der immerhin alleine die Wogen glättet. Deshalb beteiligt sich der Sänger nun an den Unterhaltungen, erzählt etwas über sich oder lauscht brav Monas Geschichten. Zwischendurch beginnt Jack mit Anekdoten, die Toni dann mit ehrlicher Begeisterung und aufgewecktem Funkeln in den Augen kommentiert.

Doch spätestens bei der nächsten sanften Geste oder den nächsten gefühlvollen Worten, die die beiden Verliebten teilen, erinnert sich der Sänger wieder daran, wo er sich eigentlich befindet. Dann bleiben von den schönen Erinnerungen nicht mehr als ein leiser, stechender Schmerz in seinem Herzen und raue Wut, die ihm die Kehle zuschnürt und das Sprechen fast unmöglich macht. Aber auch Monas unverhohlene Prahlerei, der Stolz und die Euphorie, mit der sie vom Tanzen spricht, nerven Toni immer mehr.

Dann tanzt sie halt Ballett und Contemporary, ist zweifache deutsche Meisterin im Modern Dance und durfte vor drei Jahren an der Weltmeisterschaft in Warschau teilnehmen. Das alles interessiert Toni überhaupt nicht, ebenso wenig wie die scheinheilige Aussage, dass sie nach all diesen Erfolgen gerne aufgehört hat, nur um in einer kleinen Tanzschule zu arbeiten und anderen Leuten die Leidenschaft zum Tanzen näherzubringen.

»Außerdem habe ich so mehr Zeit für meine Familie.« Als wäre diese unbekümmerte Bemerkung nicht genug, huscht Monas Blick vielsagend zu Jack, der leicht lächelnd nach ihrer Hand greift.

Ihnen gegenüber seufzt Toni schwer. Er trinkt schnell einen Schluck von seinem Kaffee, um bloß keine der gemeinen Erwiderungen auszusprechen, die ihm auf der Zunge liegen.

»Und womit hast du dein Geld verdient, bevor du in der Tanzschule angefangen hast?« Diese Frage hingegen scheint ihm unverfänglich genug. Denn bis dahin hat Mona nur vom Tanzen gesprochen und davon, dass sie deswegen eine Weile in London beziehungsweise die letzten Jahre in Süddeutschland gelebt hat. Allerdings scheint die Tänzerin plötzlich verwundert und antwortet nur zögerlich.

»Oh, ich konnte problemlos von den Gagen der Wettbewerbe und Auftritte leben.« Sie lächelt schulterzuckend, während Toni in gespielter Neugierde den Kopf auf die Seite kippt.

»Ehrlich? Ich wusste gar nicht, dass dieses bisschen Tanzen so besonders ist.«

In Monas Augen tritt das erste Mal so etwas wie Wut. Doch sie hält sich zurück, gibt Toni eine knappe Antwort und versucht Jack zuliebe ihre eigene Empörung zu unterdrücken. Aber diesmal lässt sich die spürbare Spannung zwischen ihr und dem Sänger nicht mehr ändern.

Toni soll es nur recht sein, denn umso schneller ist dieses ganze unsinnige Treffen beendet. Bereut hat er es sowieso schon und Mona gleichzeitig als vollkommen unzulänglich eingestuft. Was Jack an ihr findet, bleibt ihm schleierhaft.

Immerhin drängt sie bald darauf, gehen zu wollen, wodurch das befremdliche Kennenlernen ein abruptes, distanziertes Ende findet.

»Was sollte das denn bitte werden?« Als sie zu dritt das Café verlassen, greift Jack nach Tonis Arm, um den Sänger näher an sich heranzuziehen. Er flüstert, anklagend und entschieden wütend, aber drängt nicht weiter auf eine Antwort, als Toni sich kopfschüttelnd losreißt und an ihm vorbeimarschiert.

Einen Augenblick später, nach einer kurzen, kühlen Verabschiedung, steht der Sänger alleine vor dem Café. Das laute, vorweihnachtliche Treiben frustriert ihn, genauso wie die Passanten, die dicht gedrängt lachend, schimpfend oder turtelnd die Straße entlangspazieren. Ihn überkommt ein schwindelerregendes Unwohlsein, gepaart mit dem drängenden Gefühl, schnellstmöglich dort verschwinden zu müssen.

Fröstelnd setzt sich Toni in Bewegung. Vorerst drängt er sich die gut besuchte Hauptstraße entlang, eine unstet glimmende Zigarette bereits zwischen den Lippen und den Kopf voll verheerend kreisender Gedanken. Wohin ihn seine ruhelose Einsamkeit führt, weiß er nicht, es könnte ihm in diesem kalten Moment aber auch nicht gleichgültiger sein.

Toni findet sich eine Woche später in den gleichen überfüllten Einkaufsstraßen wieder, allerdings sind diesmal Jack und Rita bei ihm. Sie haben ihn zum angeblich besinnlichen Weihnachtsshoppen überredet, einem schrecklichen Unterfangen am Wochenende in der Innenstadt. Nichtsdestotrotz trottet Toni anstandslos neben seinen beiden Begleitern her und funkelt dabei jeden drängelnden Fußgänger wütend an, der ihn in vermeintlicher Eile anrempelt. Er mag die Feiertage nicht, dabei verschaffen auch überfüllte Weihnachtsmärkte oder enthusiastische Gespräche über die herannahenden Festtage keine Abhilfe.

»Du bist besorgniserregend schweigsam.« Rita lacht und drängt sich leichtfüßig neben Toni. Als wollte er ihre Anmerkung bestätigen, bleibt der Sänger zunächst stumm und nickt nur schwerfällig, den entrückten Blick auf die glitzernde Schaufensterauslage eines Schmuckgeschäfts gerichtet.

»Ich befürchte, sonst laut loszuschreien, sollte Jack weiter unaufhörlich von Mona schwärmen. Das ist ja nicht auszuhalten. Als gäbe es nichts anderes mehr.« Er spricht betont ruhig und lässt dabei den Blick prüfend zu seinem besten Freund huschen.

Aber Jack beachtet ihn nicht, er gibt sich momentan nennenswert viel Mühe, ein hübsches Schmuckstück für seine wundervolle Partnerin auszusuchen. Kopfschüttelnd und theatralisch mit den Augen rollend, wendet sich Toni wieder ab. Neben ihm lacht Rita leise.

»Na ja, er liebt sie halt sehr. Außerdem genießt es Jack sichtlich, jetzt offen über ihre Beziehung zu sprechen. Mona ist übrigens genauso.« Sie hakt sich bei dem Sänger unter, zieht ihn dadurch näher an sich heran. »Geht's dir gut?«

Hinter Ritas gut gemeinten Worten versteckt sich wissende Sorge. Da sie von Toni nur einen gedämpften, kaum deutbaren Laut sowie halbherziges Schulterzucken als Antwort bekommt, schaut sie eindringlich zu ihm auf, ihre braunen Augen funkeln im schummrigen Winterlicht.

Tatsächlich ist Toni denkbar elend zumute. Er ist von der vergangenen Nacht noch verkatert, doch sehnt gleichzeitig schon den nächsten Drink herbei. Alternativ würde er auch etwas von der dubiosen klaren Flüssigkeit nehmen, die ihm der Barkeeper am Abend zuvor augenzwinkernd gereicht hat. Denn die hat ihn erschreckend schnell in einen dumpfen, wohligen Rausch versetzt und anschließend dafür gesorgt, dass Toni zum ersten Mal seit Tagen mehr als vier Stunden am Stück schlafen konnte.

»Wegen mir musst du dir keine Gedanken machen.« Tonis Stimme bleibt rau und distanziert. Er hebt träge den Kopf, seine Augen fokussieren sich nun auf Ritas und seine Reflexion im Glas des hell beleuchteten Schaufensters, anstatt auf die darin angepriesene Ware.

»Nach Weihnachten wird es sicher leichter werden.« Mit diesen sanften Worten schmiegt sich Rita noch ein wenig näher an den warmen Körper des Sängers.

9

Die Welt steht still, zwischen uns. Mach die Augen wieder
auf. Atme langsam wieder aus. Die Welt steht still.

Natürlich wird es auch im neuen Jahr nicht leichter. Endgültig davon überzeugt ist Toni, als er einige Wochen später Jacks Wohnung betritt und direkt im Flur über einen Stapel dort nachlässig deponierter Umzugskartons stürzt.

»Alles okay?« Der Sänger ist noch dabei, sich schimpfend und stolpernd einen Weg durch den Flur zu bahnen, als Jack zu ihm kommt. Er verzieht das Gesicht zu einer entschuldigenden Grimasse und schiebt schnell ein paar der vergessenen Kartons beiseite. »Ich habe nicht mit dir gerechnet, tut mir leid. Komm rein.«

Jack macht genug Platz, damit Toni an ihm vorbei ins

Wohnzimmer gehen kann. »Kann ich dir irgendwas anbieten? Kaffee?«

Der Sänger schlendert kopfschüttelnd durch den Raum. »Nein, danke.«

Direkt vor dem Sofa bleibt er stehen und begutachtet genervt seufzend das dort ausgebreitete Durcheinander. Es sieht fast so aus, als hätte Mona ihre halbe Garderobe achtlos darauf verteilt. Hübsche Kleider und weiche Rollkragenpullover, ein paar Leggins aus glattem Lederimitat. Toni schiebt kurzerhand einen Großteil davon beiseite, um sich hinsetzen zu können. Vor ihm auf dem Couchtisch entdeckt er ein paar leere Boxen von dem asiatischen Imbiss um die Ecke, zwei Weingläser und die dazugehörige, mittlerweile leere Rotweinflasche.

»Störe ich bei irgendwas?« Der Sänger erhebt die Stimme, merkt jedoch schnell, dass er gar nicht so laut rufen muss, da Jack ihm bereits gefolgt ist.

»Nein.« Sein bester Freund legt die Stirn in Falten und mustert Toni mit strengem Blick. Dabei fährt er seinen Rollstuhl an den Couchtisch, damit sie sich gegenübersitzen und entspannt reden können. Mit einer schnellen Handbewegung deutet Jack anschließend zu den herumstehenden Kartons. »Mona zieht bei mir ein.«

Er scheint verlegen, obwohl ein leichtes, aufgeregtes Lächeln über sein Gesicht huscht. Es währt jedoch nicht lange, denn Toni macht keinen Hehl aus seinem Verdruss.

»Natürlich.« Der Sänger schnaubt verächtlich und macht eine wegwerfende Handbewegung. Er ist verspannt und hat sich sogleich diskussionsbereit nach vorne gebeugt.

Aber Jack hat mittlerweile aufgehört, jedes einzelne seiner Worte zu überdenken, nur damit Toni sich am Ende nicht angegriffen fühlt. Denn das hat sich schlichtweg als mentaler Drahtseilakt erwiesen, der nur misslingen kann.

»Weißt du eigentlich, wie wichtig mir das ist? Es ist

keine kurzlebige Schnapsidee, dass Mona hier einzieht, sondern mein ehrlicher Wunsch. Hättest du dich nicht dazu entschieden, die letzten Wochen kaum mit mir zu reden, wäre dir das sicher schon aufgefallen.« Jack verstummt abrupt, plötzlich doch unzufrieden mit den Worten, die ihm zu schnell über die Lippen gekommen sind. Er bereut sie, kaum dass er Tonis erschrockenen Blick bemerkt.

Der Sänger antwortet jedoch nicht. Er denkt nach, wobei er sich wieder zurücklehnt und die Arme vor der Brust verschränkt. Wirkliche Wut bedrückt ihn nicht, zumindest nicht hauptsächlich. Vielmehr ist es ein nagendes Gefühl von Neid, das er nicht mehr abschütteln kann. Aus dem Badezimmer am anderen Ende des Flurs dröhnt das leise Surren eines Föhns und erinnert Toni daran, dass Mona auch in der Wohnung zugegen ist. Er hat sich insgeheim schon gefragt, wo sie steckt, aber die Zweisamkeit mit Jack zu sehr genossen, um einen weiteren Gedanken daran zu verschwenden.

Er will gerade etwas sagen, zu seinem eigenen Wohl das Thema wechseln, als ein reichlich schweres Gewicht maunzend auf seinem Schoß landet. »Hey!«

Toni schaut verwundert zu der molligen, graugetigerten Katze, die sich wie selbstverständlich auf seinen Beinen niedergelassen hat. Sie spitzt die Ohren, dreht sich zweimal auf der Stelle und legt sich dann leise schnurrend hin, während Tonis Blick fragend zu Jack wechselt.

»Das ist Gizmo, Monas Kater.« Die Erklärung folgt prompt und lässt Toni frustriert aufstöhnen. Er greift vorsichtig nach dem Tierchen, hebt es mit ausgestreckten Armen hoch und lässt es dann unzeremoniell zurück auf den Boden fallen. Gizmo miaut, laut und empört, bevor er anmutig davonschreitet.

»Du magst Katzen überhaupt nicht.«

Während Toni seine Klamotten zurechtrückt, schüttelt

Jack regelrecht entrüstet den Kopf. »Das stimmt doch gar nicht. Wir hatten halt nie Katzen. Eigentlich sind es ganz angenehme, verschmuste Haustiere.«

Toni ist sich sicher, dass Jacks Worte nur das liebestrunkene Echo von Monas Meinung sind. Es wäre zumindest weder verwunderlich noch das erste Mal. Nichtsdestotrotz nickt er, wechselt das Thema und redet locker weiter, bis Gizmo erneut leichtfüßig auf seinem Schoß landet. Der Kater verlangt schnurrend nach Aufmerksamkeit und Streicheleinheiten, sehr zu Jacks Belustigung. Er lacht leise, während sich Toni den protestierenden Kater schnappt.

»Geh weg. Ich will keine Katzenhaare auf meinen Klamotten haben.« Der Sänger setzt ihn gleichgültig zurück auf den Boden, wobei er nicht verhindern kann, dass sein Blick abermals zu den Umzugskartons im Flur wandert. Wieder wird sein Herz kummervoll schwer.

Von neuer Eifersucht gepackt, greift der Sänger in seine Hosentasche. »Den gebe ich dir wohl besser zurück.«

Mit diesen Worten streckt Toni seinem besten Freund die Schlüssel zu dessen Wohnung entgegen. Dabei lächelt er bitter, denn Jack scheint plötzlich verdutzt, sprachlos. Er schüttelt vehement den Kopf, zumindest so lange, bis er seine Stimme wiederfindet, um behutsam dagegen protestieren zu können.

»Nein. Nein, das musst du nicht.« Jack umfasst Tonis ausgestreckte Hand und drängt sie sanft zurück. »Behalte die Schlüssel.«

Die Berührung lässt den Sänger erschaudern. Nichtsdestotrotz bleibt er stur und legt den Schlüssel kommentarlos auf dem Wohnzimmertisch ab. Damit ist die Diskussion für ihn beendet, auch wenn Jack, gleichermaßen dickköpfig, nicht weiter darauf eingeht. Sein Blick ruht jedoch wie hypnotisiert auf den beiden Schlüsseln, die Stirn hat er nachdenklich in Falten gelegt. Plötzlich ist da wieder eine Spannung zwischen ihnen, voll mit tausend ungesagten Dingen und Sorgen.

»Wie geht es dir?« Erst bei dieser Frage hebt Jack erneut den Blick, um seinen besten Freund eindringlich anzusehen. Es ist ihm nicht entgangen, dass Toni wieder öfter trinkt oder gar noch schlimmere Substanzen zu sich nimmt. Ganz abgesehen davon, dass der Sänger häufig unruhig und erschreckend reizbar ist.

»Alles gut.« Toni zuckt flüchtig mit den Schultern und zwingt sich zu einem wackligen Lächeln. »Ich habe mir gedacht, dass wir —«

Weiter kommt er nicht, denn in diesem Moment geht die Badezimmertür auf, dann ertönt Monas Stimme. »Okay, ich bin fertig. Hat mein Handy schon geklingelt? Tanja wollte sich melden, bevor sie losfährt.«

Als die Tänzerin mit federleichten Schritten beschwingt ins Wohnzimmer kommt, wandert Jacks Blick sofort zu ihr. Seine Augen funkeln vor blinder Verliebtheit.

»Noch nicht.« Seine Stimme wird weicher, ein sanfter, bezauberter Singsang. »Du siehst sehr hübsch aus.«

Ihm gegenüber seufzt Toni genervt und sinkt auf seinem Platz murrend immer tiefer. Die Aufmerksamkeit seines besten Freundes hat er schlagartig, mitten im Satz, verloren, und solange Mona in ihrem hübschen, pastellfarbenen Outfit noch durch den Raum tänzelt, wird sich das auch nicht ändern.

»Danke.« Mona lacht erfreut und dreht sich posierend, schwungvoll um die eigene Achse, bevor sie sich dem still abwartenden Sänger zuwendet. »Hallo, Toni.«

Sie bemüht sich, ihr Lächeln aufrechtzuerhalten. Aber in der Gegenwart des stets unfreundlichen Sängers ist das nicht immer leicht. Mona kann sich an kein Treffen erinnern, bei dem Toni nicht durch kleine Sticheleien oder

Gemeinheiten deutlich gemacht hat, wie wenig er von ihr hält.

Der Sänger erwidert die Begrüßung halbherzig, seine blassen, müden Gesichtszüge werden streng. Solange Mona noch durch das Wohnzimmer schlendert und dabei sorglos mit Jack redet, bleibt er verspannt und behält die Tänzerin genauestens im Blick.

»Keine Sorge, ich bin gleich wieder weg.« Als Mona die intensiven, aufdringlichen Blicke zu viel werden, wendet sie sich erneut an Toni. Dass der sarkastische Unterton in ihrer Stimme dabei ein Versehen ist, bezweifelt der Sänger allerdings. Er knurrt leise, reckt den Kopf hochmütig und drückt die Schultern ein klein wenig mehr durch, bevor er so unbeteiligt wie möglich antwortet.

»Ich lasse mich von dir nicht stören.«

Es klingt schnippischer als beabsichtigt und verfehlt wohl gerade deshalb seine Wirkung, denn Mona lacht sogleich amüsiert auf. »Doch, ich denke schon.«

Bevor Toni mit angemessener Wut auf diese Spitze reagieren kann, geht Mona achtlos an ihm vorbei und in die angrenzende Küche. Er blickt ihr wütend hinterher, bis Jacks Stimme ihn aus seinen feindseligen Gedanken reißt. »Sei nicht so unfreundlich.«

Jack hat sich extra nach vorne gebeugt und die strengen Worte so leise gezischt, dass Mona sie nicht hören kann. Der Appell ging einzig und alleine an Toni, dessen Miene sich schlagartig verfinstert. »Das bin ich doch gar nicht.«

Er keift die Worte aufgebracht und verschränkt gleichzeitig die Arme trotzig vor der Brust. In seinen blauen Augen funkelt Wut, aber auch traurige Verständnislosigkeit.

Jack senkt sofort den Blick. Normalerweise mischt er sich nicht in diese unsinnigen Streitereien ein, denn das würde alles nur noch schlimmer machen. Aber mittlerweile ist er die ewig schlechte Stimmung leid.

»Tu nicht so unschuldig. Kannst du dich nicht wenigstens einen Abend lang zusammenreißen? Mir zuliebe?« Jack lächelt versöhnlich, aber Toni bleibt erschreckend distanziert. Er hat die Zähne fest zusammengebissen, brodelnd vor Wut.

Soweit sich Toni erinnern kann, hat er nie darum gebeten, von Jack ins rechte Licht gerückt zu werden. Er hat nicht erwartet, dass sein bester Freund stellvertretend für ihn zu Kreuze kriecht. Aber natürlich hat der friedliebende Jack genau das getan. Dabei sollte ihm klar sein, dass auch Mona nicht so unschuldig und wehrlos ist, wie sie gerne tut. Sie ist allerdings ruhiger, vielleicht auch etwas weniger beleidigend als Toni und weist ihn nur zurecht, wenn sie alleine sind.

Letztendlich rudert Jack doch zurück. Er schüttelt den Kopf und lässt gleichzeitig alle eben erhobenen Vorwürfe zugunsten des momentan sehr zerbrechlichen Friedens innerhalb seiner Wohnung fallen.

»Kannst du am Wochenende beim Umzug helfen?« Jack stellt diese absurde Frage, nachdem sie eine kurze Weile über andere, belanglose Dinge gesprochen haben. Zufällig betritt Mona in genau diesem Augenblick erneut das Wohnzimmer, und auch wenn sie es zu verbergen versucht, ist es ihr anzusehen, dass sie gespannt auf die prompt folgende Antwort des Sängers wartet.

»Warum sollte denn ausgerechnet ich Mona helfen?« Toni macht sich nicht einmal die Mühe, Unwissenheit oder wenigstens Desinteresse zu mimen. Es ist ein Angriff, wenn auch zu Selbstverteidigungszwecken, daran ändert nicht einmal Jacks frustriertes Aufstöhnen etwas.

Doch bevor er darauf eingehen kann, schaltet sich Mona schon ungestüm ein. »Vielleicht, weil du nicht nur mir, sondern auch deinem besten Freund einen Gefallen tun würdest? Gott, du musst dringend von deinem hohen Ross runterkommen.«

Beim Sprechen hat sie die Hände in die Hüften gestemmt und sich zornig dem Sänger zugewendet. Dennoch schaut sie ihm nicht direkt in die bitterkalten Augen, sondern ein klein wenig weiter nach links, an die mintgrüne Wand des Wohnzimmers. Es fällt ihr zu schwer, seinem Blick standzuhalten.

»Mona, bitte.« Neben ihr raunt Jack leise, aber milde warnend ihren Namen. Ein weiterer kläglicher Versuch, die angespannte Situation zu beruhigen. Doch als er nach ihrer Hand greift, entzieht sich Mona ihm sofort wieder.

»Nein, Jack. Wenn du kein Machtwort sprichst, dann übernehme ich das.«

Ihre kühne Behauptung lässt Toni gehässig auflachen. Er lehnt sich weit zurück, mit einem schmallippigen Lächeln, das nichts mit Humor oder Vergnügen zu tun hat. »Dann bin ich gespannt.«

Mona hebt die Hände über den Kopf, senkt sie jedoch im nächsten Moment wieder unschlüssig, während ein frustrierter Aufschrei ihren fest zusammengepressten Lippen entrinnt. »Was ist eigentlich dein Problem mit mir? Ist meine bloße Anwesenheit schon zu viel für dein empfindliches Ego?«

Toni steht kopfschüttelnd auf, streckt sich und geht mit kurzen, federnden Schritten auf Mona zu, bis er in angemessenem Abstand vor ihr zum Stehen kommt. Tatsächlich fallen ihm so einige Dinge ein, die ihn stören.

»Das meinst du hoffentlich nicht ernst. Ich habe sowieso keine Lust auf solche Diskussionen, und du wolltest doch auch eigentlich gehen, oder?«

Es überrascht Toni, wie schnell Mona die knappe Distanz zwischen ihnen überwindet, nur um einen Herzschlag später so nah vor ihm zu stehen, dass sich ihre Nasenspitzen beinahe berühren.

»Du arroganter, aufgeblasener Mistkerl! Weißt du eigentlich, wie satt ich es habe, ständig von dir angegangen zu werden?« Ihre Worte donnern durch den Raum und lassen selbst den dickfelligen Toni ein paar unbeholfene Schritte zurücktaumeln.

»Oh, bitte Mona, tu mir einen Gefallen und hör auf, dich so wichtigzumachen.« Hinter der spöttischen Aussage des Sängers verbirgt sich leise Unsicherheit, gut versteckt hinter aufgestauter Wut, die unverkennbar auch in seinen kalten Augen schimmert.

Aber Mona hat ihn durchschaut, noch bevor Toni diesem Konflikt unter weiteren Beleidigungen ausweichen kann. »Du denkst immer nur an dich, bringst deine eigenen Probleme hierher und gönnst deinem besten Freund kein Glück. Wann immer du hier bist, herrscht schlechte Stimmung.«

Monas Tirade ist noch lange nicht vorbei, Toni entscheidet sich lediglich dafür, nicht weiter zuzuhören. Stattdessen wandert sein Blick zu Jack, der verdammt stillschweigend hinter Mona ausharrt. Den Kopf hat er beschämt gesenkt, mit der rechten Hand schirmt Jack seine Augen ab. Aber seine Ohrenspitzen sind glühend rot, wahrscheinlich würde er, im Angesicht dieses ganzen sinnlosen Streits, am liebsten im Erdboden versinken.

»Es ist das Beste, wenn du jetzt gehst.« Monas Gerede, das ganze Geschwafel davor, hat Toni beflissentlich ignoriert. Aber diese Worte sind klar und deutlich. Wie spitze Pfeile treffen sie den Sänger und hallen dumpf in seinen Gedanken nach.

Ihm gegenüber verzieht selbst Mona das Gesicht, als hätte diese ungewohnt streng ausgesprochene Aufforderung einen bitteren Beigeschmack auf ihrer Zunge hinterlassen.

Hastig sucht sie nach einer Erklärung, einer Ausrede, während Toni sie mit unverhohlenem Zorn mustert.

»So geht das nicht weiter. Wenn du nicht mit mir oder der Tatsache, dass ich jetzt auch hier lebe, zurechtkommst, dann musst du eben gehen.« Monas Stimme wird leiser, ist zum Schluss nicht mehr als ein unsicheres Flüstern. Sie schafft es immer noch nicht, Toni in die Augen zu sehen, obwohl der Sänger wie gebannt darauf wartet.

»Was fällt dir eigentlich ein?« Er stolpert selbst über diesen einen kurzen Satz und traut sich anschließend nicht weiterzusprechen. Seine Stimme hat gezittert, heiser vor beklemmendem Groll.

»Toni?« Der Sänger horcht auf, als Jacks Stimme fragend durch den sonst stillen Raum hallt. »Vielleicht ist es wirklich besser, wenn du vorerst gehst.« Sollte es streng und beherrscht klingen, dann ist Jack kläglich daran gescheitert.

»Das ist doch nicht dein Ernst.« Toni murrt die Worte fassungslos. Immerhin hat er sowohl seine Stimme als auch seine Selbstsicherheit wiedergefunden. Doch als er zu seinem besten Freund hinübersieht, erschrickt er regelrecht, so ernst und entschlossen ist Jacks Gesichtsausdruck. Nur seine Augen verraten, wie unwohl er sich in diesem Moment fühlt, in ihnen flackert flehentliche Befangenheit.

»Ich meine es nicht böse. Es ist nur gerade kein guter Zeitpunkt.« Jack versucht sich an einem schwachen Lächeln, während er auf Toni zukommt und ihn sanft zur Tür drängt. Dabei kann es der Sänger nicht unterlassen, sich ein letztes Mal an Mona zu wenden, bevor er seinem besten Freund auf wackligen Beinen in den Flur folgt.

»Glückwunsch! Dann hast du deinen Willen ja bekommen.« Auf eine Reaktion wartet er nicht.

Als hinter Toni die Wohnungstür unwirklich laut ins Schloss fällt, kann er sich kaum daran erinnern, sich überhaupt von Jack verabschiedet zu haben. Wie er es geschafft hat, seinen Mantel oder die warmen Winterstiefel anzuziehen, weiß er auch nicht mehr so recht. Alles, woran er denken kann, sind Jacks Worte, die unaufhörlich in seinen Gedanken kreisen. Er hat sich entschieden, in dem Moment, als er sich auf Monas Seite gestellt hat.

Toni legt seinen Kopf in den Nacken, bis er gegen die geschlossene Wohnungstür stößt. Ihm fehlen einfach die nötige Kraft und die Entschlossenheit, um zu gehen. Hinter der Tür hört er dumpfe Stimmen, gerade laut genug, dass er einige Worte verstehen kann. Mona und Jack sind wohl immer noch im Flur, auf der anderen Seite der Wohnungstür und streiten miteinander. Er kann die Vorwürfe hören und Monas sinnlosen Einwand, dass Toni in erster Linie gar keinen Schlüssel für die Wohnung haben sollte. So energisch, wie die Tänzerin klingt, hat sie diesen Umstand nicht zum ersten Mal bemängelt.

Als er sich endlich zum Gehen entschließt, gleichen die paar Meter bis zu seinem Auto einem Marathon. Jeder Schritt fällt dem Sänger schwer und macht den Rauswurf aus Jacks Wohnung endgültiger. Wenn sein liebestrunkener Freund diesbezüglich auf Mona hören sollte, dann darf Toni sicher eine Ewigkeit nicht mehr auf ihrer Türschwelle stehen. Beim Gedanken daran stiehlt sich Wut in Tonis laut pochendes Herz, bereit, dort so lange mit der bitteren Enttäuschung um die Vorherrschaft zu kämpfen, bis der Sänger nur noch schreien kann. Und irgendwo dazwischen, ganz klein inmitten all der negativen Empfindungen, steckt noch die Liebe. Überschwänglich, aber unerwidert. Sie wird sich nicht einfach vertreiben lassen, sondern verkleidet als Wehmut in Tonis Herzen stecken bleiben.

Der Motor des Mercedes heult gequält auf, als Toni vorschnell Gas gibt und mit einem ungewollten Ruck aus der zu engen Parklücke fährt. Er beschleunigt und drängelt sich energisch an den anderen, langsameren Autos vorbei, bis er in kleinere Seitenstraßen gelangt, durch die er ungestört rasen kann. Am besten, er fährt auf die Autobahn, um sich dort abzureagieren. Denn ein eventuelles Ziel dieser Fahrt will Toni sowieso nicht einfallen, während er sich immer wieder energisch mit dem Handrücken über die tränenverhangenen Augen wischt.

Doch am Ende bleibt Toni auf den kleinen Nebenstraßen, bis diese ihn zum Hafen führen. Dort hält er direkt vor der großen Fischauktionshalle, die im schwachen Dämmerlicht unwirklich hoch über dem Mercedes aufzuragen scheint. Warum der Sänger ausgerechnet dort anhält, weiß er selbst nicht genau. Nichtsdestotrotz stolpert er aus dem Wagen und wird sofort vom hafenwilden Wind begrüßt. Der Himmel ist grau und wolkenverhangen, die ersten Regentropfen fallen träge auf den grauen Asphalt. Das Wetter hat sich ungebeten der aufgewühlten Stimmung des Sängers angepasst.

Es braucht drei Versuche, bis Toni seine Zigarette angezündet hat. Dabei stellt er sich in einen der Durchgänge, die hinunter zu den Schiffsanlegern führen, und schirmt das Feuerzeug mit einer Hand vom Wind ab, während er den Glimmstängel zwischen seinen Lippen balanciert. Seine Hände zittern, und beim ersten tiefen Zug an der Zigarette verschluckt sich der Sänger an der inhalierten, nikotinhaltigen Luft.

»Verdammte Scheiße.« Toni schimpft und flucht, wütend über sich, aber noch mehr über den völlig verkorksten Abend. Dabei trottet er weiter, bis er schlussendlich an der Wasserkante steht, vor sich die dunkle, wellenschlagende Elbe. Trotz des schlechten Wetters sind viele Leute auf der Flaniermeile unterwegs, die Imbissbuden und Souvenirshops sind gut besucht. Ein Ticketverkäufer, der lautstark Karten für die abendlichen Hafenrundfahrten anpreist, schreit mit einer Möwe um die Wette. Neben Toni legt ein kleines Schiff an und spuckt ein gutes Dutzend laut plaudernder Touristen aus.

Aber der ganze Lärm bleibt von Toni ungehört. Er betrachtet nur die dunklen Wellen, als könnten diese dadurch seine Verwirrung und die ganze nutzlose Traurigkeit wegspülen. Vielleicht auch die Wut, wobei Toni gerade zu sehr darin aufgeht, um sie ernsthaft wegzuwünschen. Wut wegen Mona, die sich erdreistet hat, in ihre Leben zu kommen und alles durcheinanderzubringen, und auch ein bisschen wegen Jack, der alles bereitwillig geschehen lässt, so rettungslos verliebt, dass er dafür sogar Toni zurückweist. Doch da ist auch Zorn über sich selbst, weil Toni all seine vermeintlichen Chancen vertan hat. Wieso er überhaupt auf die Idee gekommen ist, dass sich alles dermaßen zu Wohlwollen und purem Glück verändern könnte?

Von der Zigarette ist ohne sein Zutun nur noch ein nichtiger Rest übriggeblieben, der ihm, während all der Grübeleien, die Finger versengt. Der plötzlich brennende Schmerz lässt Toni aufschreien, laut genug, dass sich einige Leute verwundert umdrehen. Dabei ist es nur der letzte kleine Tropfen, der das Fass zum Überlaufen bringt. Frust und Resignation sorgen viel mehr für diesen kleinen Schreikrampf, bei dem Toni den Zigarettenstummel wegwirft und in seiner Raserei ungehalten gegen einen Hafenpoller in seiner Nähe tritt. Eine furchtbar dumme Idee, denn die Schmerzen wird er noch Tage später spüren. Zunächst ist es allerdings nicht mehr als ein dumpfes Pochen, während Toni schwer atmend und zitternd dasteht, als wüssten seine Gliedmaßen noch nicht so recht, was seine erregten Gedanken von ihnen erwarten.

Regen und Sturm peitschen Toni unablässig ins Gesicht, seit seiner Ankunft am Hafen hat sich das Wetter zunehmend verschlechtert. Sein schwerer Atem tanzt in kleinen Dampfwölkchen vor seinem Gesicht. Erschöpft murrend rauft sich Toni mit einer Hand die regenbenetzten Haare. Neben ihm legt das Schiff mit einem ohrenbetäubend durchdringenden Tiefton des Nebelhorns wieder ab. Toni beobachtet träge, wie es sich unbeeindruckt von den Wellen durchs dreckige Wasser schiebt. Ironisch, denkt der Sänger missmutig, wo ihn doch schon immer die leichtesten Wellen aus dem Gleichgewicht gebracht haben. Tatsächlich fühlt er sich momentan wie ein kleines Segelschiff auf hoher See, das für den heraufziehenden Sturm nicht gewappnet ist.

Die nächste erbarmungslose Windböe erinnert Toni daran, dass er mittlerweile durchgefroren und nach seinem kleinen Ausbruch wahnsinnig müde ist. Er zündet sich mit kalten Fingern eine neue Zigarette an – diesmal klappt es nach lächerlichen vier Versuchen – und trottet dann zurück zu seinem Auto. Hämmernde Kopfschmerzen breiten sich hinter seiner Stirn aus und ziehen sich hinunter bis zu den Schläfen. Es ist der einzige Grund, warum sich der Sänger schnell in seine Wohnung zurückzieht, anstatt die nächste Hafenspelunke aufzusuchen.

»Du willst zu Jack, oder?« Toni blinzelt angestrengt und reckt den Kopf hochmütig noch ein wenig mehr. Ja, natürlich will er zu Jack. Dass sich Mona überhaupt erdreistet, ihn an der Wohnungstür abzufangen, als könnte sie ihm wirklich den Zutritt verwehren.

»Ja.« Der Sänger stößt bei der knappen Antwort einen ganzen Schwall gespannt angehaltener Luft aus. Drei Wochen ist es inzwischen her, seit er Jack zuletzt besucht hat, und der bittere Beigeschmack von dem abrupten Ende ihres letzten Beisammenseins ist immer noch allgegenwärtig. »Lässt du mich jetzt rein?«

Allmählich wird Toni ungeduldig. Er schaut genervt an Mona vorbei in den warmen Flur der Wohnung, aber die Tänzerin ist immer noch nicht gewillt, Platz zu machen. Sie lehnt gegen den Türrahmen, die Arme locker vor der Brust verschränkt. Im Gegensatz zu sonst ziert kein Schmuck ihre Hände oder Arme, sie trägt weder Ketten noch Ohrringe, dafür aber einen bequemen, schwarzen Jogginganzug und dicke Wollsocken an den Füßen. Ein gemütliches Outfit für ein ruhiges Wochenende.

»Okay, hör zu.« Monas Stimme bringt Tonis Fokus zurück zu ihrer schwerfälligen Unterhaltung. Dabei ist ihre Miene so versteinert und undurchschaubar, dass der Sänger die dahinterliegenden Emotionen beim besten Willen nicht erkennen kann.

»Ich weiß, dass du mich nicht ausstehen kannst.« Monas Stimme ist kraftvoll, sogar energisch, aber trotzdem nicht unfreundlich. Doch ihr Blick verfinstert sich für den Bruchteil einer Sekunde. »Das ist aber noch lange kein Grund, mich zu beleidigen. Lass mich stattdessen einfach in Ruhe. Was hältst du davon? Ich störe dich nicht und du mich auch nicht.«

Toni antwortet abermals nicht sofort. Er ist zu überrumpelt von dieser zweifelhaften Bitte und überdenkt insgeheim noch die etwaigen Beweggründe der Tänzerin. Dass sie eine Entschuldigung erwartet oder ihn gar wieder zurechtweist, damit hat Toni eigentlich gerechnet. Aber nun steht Mona vor ihm, scheint nicht einmal mehr sonderlich wütend zu sein und bietet ihm sogar einen fragwürdigen Waffenstillstand an.

»Von mir aus.« Toni zuckt in gespielter Gleichgültigkeit mit den Schultern, doch diese halbherzige Antwort scheint

Mona schon zu reichen. Sie nickt, sichtlich zufrieden mit sich selbst, und gibt endlich die Tür frei.

»Wunderbar! Dann komm rein.«

Es ist das erste Mal, dass Toni seit Monas Einzug die geräumige Zweizimmerwohnung betritt. Gizmo kommt ihm laut maunzend entgegen und streicht aufmerksamkeitsheischend um seine Beine, aber der Sänger beachtet ihn nicht, schaut sich stattdessen nur neugierig um.

Jacks Wohnung war schon vorher sehr heimelig und lieblich eingerichtet. Er mag bunte Wände, hochwertige Möbel und kleine, dekorative Stehrumchen. Früher gab es auch noch jede Menge Bilder an den Wänden und Erinnerungsstücke von seinen Abenteuerreisen. Mittlerweile lagern die aber in einem Karton im Keller. Was geblieben ist, sind Familienfotos, ein paar Bilder von früher, auf denen Jack und Toni unbeschwert in die Kamera lächeln, und eine alte Pinnwand voll mit anderen Fotos von Freunden oder besonderen Orten.

Doch nun hängen auch Bilder von Mona an den Wänden, Fotos, auf denen die hübsche Tänzerin mit Freunden um die Wette strahlt.

Ansonsten hat sich durch Monas Einzug nicht viel geändert. Ein paar neue Möbelstücke hier und da, mehr Dekoartikel, die offensichtlich nicht von Jack stammen, aber trotzdem gut in die Wohnung passen. Im Flur neben der Gardrobe wurde ein Regal angebracht, auf dem einige von Monas tänzerischen Auszeichnungen stehen – Urkunden, Pokale und Medaillen. Toni versucht sie möglichst desinteressiert zu betrachten, während er ins Wohnzimmer schlendert. Er selbst hat für solche Dinge eine kleine Glasvitrine in seiner Wohnung.

Jack ist sichtlich überrascht von Tonis Besuch. Doch nach der ersten Verwunderung stiehlt sich ein breites, ehrliches Lächeln auf sein Gesicht.

»Hallo, Toni!« Seine Augen leuchten vor Freude, als er schwungvoll auf seinen besten Freund zukommt. Natürlich, im Gegensatz zu Toni, der sich aus Kummer und Trotz die letzten Wochen kaum gemeldet hat, ist es für Jack selbstverständlich gewesen, sich immer wieder vorsichtig nach dem Wohlbefinden des Sängers zu erkundigen. Dass sein bester Freund ihm dabei nicht auf jede freundliche, geduldige Nachricht geantwortet oder ihn gar besucht hat, nimmt er Toni nicht übel. Umso mehr freut er sich, den Sänger nun endlich wiederzusehen.

Toni hingegen stottert unsinnig verlegen eine ähnlich freundliche Begrüßung. Da sind sofort wieder die Unmengen an Schmetterlingen, die in seinem Bauch umherflattern, und die spürbare Hitze auf seinem Gesicht. Er wendet kurz den Blick ab, schaut stattdessen zu dem fast deckenhohen Kratzbaum in der Ecke neben dem Fenster und zu Gizmo, der lieber ausgestreckt auf dem Fensterbrett liegt. Kaum zu glauben, dass er sich vor noch nicht allzu langer Zeit so wahnsinnig wohl in Jacks Wohnung gefühlt hat.

»Ich freue mich wirklich, dich zu sehen. Komm nur mit!« Bevor Toni länger darüber nachdenken kann, wird er von Jack aus seinen Gedanken gerissen.

»Wie geht es dir?« Kaum dass sie gemeinsam auf dem Sofa sitzen – neuerdings ist es mit gut einem halben Dutzend Kissen dekoriert –, beginnt Jack ihr Gespräch auch schon mit diesem leidlichen Thema.

»Mir geht's gut. Mach dir keine Sorgen.« Toni antwortet mit belegter Stimme und gezwungenem Lächeln. Wahrscheinlich ist ihm die letzte durchzechte Nacht noch überdeutlich anzusehen, zumindest beäugt Jack ihn dementsprechend skeptisch. Aber Toni konnte kaum etwas dagegen tun, er ist unweigerlich wieder in alte Verhaltensmuster zurückgefallen. Er hat sich nach dem

Zusammensein mit Jack gesehnt und seinen besten Freund so unsinnig doll vermisst, als würde sein liebeskrankes Herz ohne ihn zerspringen. Gleichzeitig sind viele negative Gefühle geblieben, die sich nun einmal am besten mit lauten, wilden Partys und jeder Menge Alkohol vertreiben lassen. Deshalb drängt es Toni, genau wie früher, immer wieder in schummrige Nachtclubs und einige Stunden später auch in fremde Betten. Was schlussendlich davon übrigbleibt, wenn der schale Morgen Erkenntnis nebst Schuldgefühlen mit sich bringt, sind Frust und Schwermut.

»Na gut.« Nein, Jack klingt nicht überzeugt. Er sagt aber nichts weiter dazu. Ob ihm insgeheim klar ist, dass Toni diesen ausgelassenen Partynächten nicht aus Spaß oder Vergnügen beiwohnt?

Den kurzen Moment angespannter Stille nutzt Toni, um sich argwöhnisch umzusehen. Als er sich mit Jack zusammengesetzt hat, ist Mona ins angrenzende Schlafzimmer gestapft. Seitdem hat er von der Tänzerin nichts weiter gehört als bassstarke Musik, die leise durch Wände und geschlossene Türen dringt. Alles andere als schlecht, denn seine nächsten Worte sind ausschließlich für Jack bestimmt.

»Es tut mir leid.« Toni spricht leise, heiser und zögerlich, doch Jack versteht ihn nichtsdestotrotz. Er lacht amüsiert, beruhigt und legt dann behutsam eine Hand auf Tonis Arm.

»Ist in Ordnung. Du glaubst doch nicht wirklich, dass ich immer noch wütend bin? Aber bei Mona solltest du dich dringend entschuldigen. Bitte.«

Toni verzieht das Gesicht. »Natürlich. Schon gut.«

Um diese kleine Unannehmlichkeit wird Toni wohl wirklich nicht herumkommen, aber das soll eine Sorge für einen anderen Tag bleiben. Der Sänger zuckt mit den Schultern und wird endlich ein wenig entspannter. Mit dem nächsten tiefen Seufzer weichen Missmut und Beklommenheit vorerst ehrlicher Erleichterung.

»Wie war der Umzug? Was habt ihr in den letzten Wochen gemacht?« Toni möchte so gerne einen festen Platz in Jacks Leben haben. Trotzdem stolpert er über das kleine Wörtchen ›ihr‹ und bringt es nur bitter, stockend hervor. Doch Jack strahlt vor Glück und erzählt sogleich begeistert von all den schönen Dingen, die in den vergangenen Tagen passiert sind. Unmöglich, dass Toni ihm diese Freude verweigert.

MAI

»Wie lange wollt ihr denn wegfahren?« Toni hat es sich auf Jacks Bett bequem gemacht. Er liegt ausgestreckt auf dem Rücken und beobachtet seit geraumer Zeit aufmerksam, wie Jack seine Reisetasche packt. Zwischendurch streicht er Gizmo durch das weiche Fell, der Kater hat sich neben ihm auf der tiefblauen Tagesdecke zusammengerollt und quittiert die sporadischen Streicheleinheiten mit zufriedenem Schnurren.

»Nur eine Woche.« Jack schaut kurz über seine Schulter hinweg zu Toni. »Es passt bei Mona und mir gerade ziemlich gut, deshalb haben wir uns für diesen spontanen Urlaub entschieden.«

Toni nickt bedächtig. Zum Glück hat sich Jack schon wieder von ihm abgewendet, denn der Verdruss ist dem Sänger sicher aufs Gesicht geschrieben. Es ist wirklich lange her, dass Jack spontan verreist ist, seit dem Unfall ist ihm der Spaß daran vergangen. Ein paarmal hat Toni wohlmeinend vorgeschlagen, dass sie trotzdem gemeinsam wegfahren könnten, doch Jack hat beharrlich dagegen argumentiert.

»Und wer kümmert sich um Gizmo?« Gespielt entrüstet streicht Toni über den Kopf des dicken Katers.

»Tanja, eine Freundin von Mona.« Jack wirft immer noch achtlos Kleidungsstücke in seine Reisetasche, und zwar so teilnahmslos, dass Toni darüber nur schmunzeln kann. Er vergisst manchmal, wie pragmatisch sein bester Freund ist. Doch das Lachen vergeht ihm schnell, denn Jack erzählt beim Packen weiterhin sorglos von all den schönen Dingen, vom Urlaub und davon, wie toll das Zusammenleben mit Mona ist.

Toni hört ihm zwar geduldig zu, doch er spürt auch die Bitternis, die Eifersucht, die ihm das Herz zusammenschnürt. Er muss seinen besten Freund nicht ansehen, das Lächeln ist auch in seiner Stimme zu hören. Jack ist mittlerweile ständig beschwingt, voller Freude und Zufriedenheit. Glücklich, aber anders als früher. Es nervt Toni manchmal, auch wenn er sich im gleichen Augenblick wahnsinnig dafür schämt. Eigentlich sollte er sich doch für Jack freuen, so wie alle anderen auch. Stattdessen empfindet er nur Neid und Liebeskummer.

»Seit wann hast du eigentlich Interesse an schnödem All-inclusive-Urlaub in Spanien?« Toni kann es nicht lassen, er muss etwas sagen, um Jack in seinen hübschen Erzählungen zu unterbrechen. Nebenbei streckt er sich und schwingt die Beine über die Bettkante. Nun sitzend, streicht er ungeduldig abwartend die weiche Tagesdecke glatt.

»Na ja, vielleicht bin ich einfach ein bisschen zu alt, um mit Zelt und Rucksack durch andere Länder zu reisen.« Jack schließt leise lachend den Kleiderschrank, dreht sich zu Toni um und stellt gleichzeitig seine Reisetasche aufs Bett. »Langweilig wird der Urlaub trotzdem nicht.«

Toni schweigt unzufrieden, während Jack Buch und Lesebrille vom Nachttisch nimmt und ebenfalls einpackt. Dabei hält er jedoch abrupt inne, starrt wie hypnotisiert ins

Nichts und lässt seine Hand doch weiterhin auf dem chaotischen Inhalt seiner Reisetasche ruhen. Er denkt nach und braucht einen auffällig langen Moment, bevor er den Blick wieder hebt.

»Ich möchte Mona im Urlaub einen Antrag machen.«

Jack hat die Worte kaum ausgesprochen, da stöhnt Toni schon frustriert auf. »Meinst du wirklich, dass das eine gute Idee ist?«

Die Frage klingt ablehnend und sogar etwas wütender als beabsichtigt. Toni könnte sich selbst dafür ohrfeigen.

»Was soll das denn heißen?« Die Gegenfrage ist wohl berechtigt, genauso wie Jacks deutliche Entrüstung über die ruppige Reaktion seines besten Freundes. Schlussendlich ist es jedoch sein ungewohnt distanzierter Blick, der kalte Schauer über Tonis Rücken fahren lässt und Angst in seinem Herzen sät.

»Das war doch nicht böse gemeint! Vielleicht solltest du das alles nur ein bisschen mehr überdenken.« Toni versucht angestrengt, sich zu rechtfertigen, aber auch das will ihm nicht sonderlich gut gelingen.

»Okay, wir müssen reden.« Als Jack endlich antwortet, ist seine Stimme schwer, als würde er endgültig kapitulieren. Kurz entschlossen manövriert er seinen Rollstuhl direkt vor Toni, sodass sich ihre Knie fast berühren und bekannte Nähe die Distanz zwischen ihnen schmälert. Toni ist sich sicher, dass Jack sein laut schlagendes Herz hören kann, ebenso wie seine rasenden Gedanken, die vergeblich nach einer plausiblen Fluchtmöglichkeit suchen. Sein Magen zieht sich in böser Vorahnung schmerzhaft zusammen, den Blick hält der Sänger, plötzlich unsicher und kleinlaut, stur gesenkt. Auf alles, was Jack sagen will, ist er nicht vorbereitet und wird es auch niemals sein.

Während sich Toni immer mehr verspannt – inzwischen hat er schutzsuchend die Arme vor der Brust verschränkt, ein kläglicher Versuch, mehr körperliche Distanz zwischen sich und seinen besten Freund zu bringen –, bleibt Jack augenscheinlich ganz locker. Er hat sich unbewusst ein wenig nach vorne gebeugt, seine Arme ruhen auf den Lehnen des Rollstuhls. Er will gerade etwas sagen, als das schrille Läuten der Türklingel die aufgeladene Stille im Raum durchbricht.

Zunächst gelingt es den beiden Männern jedoch nicht, sich aus ihrer eigenartigen Starre zu lösen und damit diesen intimen Moment zu beenden. Erst nach dem zweiten Klingeln überwindet sich Toni doch, hebt den Blick und schaut unschlüssig in die warmen, blauen Augen seines besten Freundes. Jack schenkt ihm ein leichtes, aufmunterndes Lächeln, bevor er sich entschuldigt und eilig den Raum verlässt. Während er die Wohnungstür öffnet, bleibt Toni alleine im Schlafzimmer zurück, unfähig, sich und seine zerstreuten Gedanken zu beruhigen. Er beugt sich tief durchatmend nach vorne und fährt sich mit beiden Händen übers Gesicht, um die Hitze loszuwerden, die sich hartnäckig von dort bis in seine Ohrenspitzen ausgebreitet hat. Das Herz des Sängers hämmert immer noch laut gegen seine Rippen, wenn er es nicht besser wüsste, dächte er, es müsse nun doch in nichtig kleine Scherben zerspringen.

Als er doch endlich in gewohnt stolzer Manier ins Wohnzimmer geht, fühlt er sich kaum besser. Aber noch kann er es verbergen, genauso wie er es früher in viel anstrengenderen, schlimmeren Situationen auch getan hat.

Im Wohnzimmer trifft er auf Rita und Mona. Die beiden Frauen sind lachend in ihr Gespräch vertieft, sodass sie den Sänger zunächst gar nicht beachten. Jack steht bei ihnen, neben seiner Partnerin, die beim Reden eine Hand auf seine Schulter gelegt hat, und lächelt glücklich.

Toni versucht angestrengt, die neu aufbrodelnde Wut herunterzuschlucken. Er hat immerhin auch Jacks frühere

Partnerinnen ertragen, selbst an Mona hat er sich beinahe zähneknirschend gewöhnt, auch wenn selbst ihm inzwischen klar ist, dass die beiden etwas Bedeutsameres als bloße Liebelei verbindet. Toni hat sogar Monas lächerlichen Waffenstillstand eingehalten. Aber Heiraten ist nun einmal eine ganz andere Sache. Wie kommt Jack nur auf solch unsinnige Ideen? Erneut wird Toni von Eifersucht zerfressen, sie macht sich dumpf und heiß in seiner Brust breit und schnürt ihm die Kehle zu.

»Hallo, Toni! Alles gut?« Rita zögert kurz, als sie auf den Sänger zugeht. Sie spürt seine Angespanntheit und zieht ihn vielleicht gerade deshalb schnell in eine besonders herzliche Umarmung. Ihr gegenüber bleibt der Sänger gewohnt freundlich und beherrscht, nur Mona wird von ihm schroff begrüßt und eindringlich gemustert. Er weiß, dass die Tänzerin es hasst, wenn sein durchdringender Blick zu lange auf ihr ruht.

»Ich habe dich eine gefühlte Ewigkeit nicht mehr gesehen!« Rita redet sofort aufgeregt drauflos, doch Toni reagiert kaum. Er ist immer noch geistesabwesend auf Mona fixiert und kann zu Ritas Aussage sowieso nur verneinend den Kopf schütteln. Natürlich ist er nicht mehr oft in Jacks Wohnung, geschweige denn in dessen Nähe. Auch Rita meidet er wohlweislich, genauso wie alles andere, was mit dem viel zu schönen, einfachen Leben der letzten Jahre zu tun hat. Er hätte sich von vornherein nicht daran gewöhnen dürfen.

»Ich hatte viel zu tun.« Eine glatte Lüge, wobei Toni nicht sicher sagen kann, ob Rita das auch bemerkt. »Dir scheint es allerdings ziemlich gutzugehen.«

Er versucht schnell von sich abzulenken und lächelt der jungen Pflegerin freundlich zu. Es ist sowieso schöner, wenn Rita aufgeweckt von den letzten tollen Ausflügen mit ihrer kleinen Tochter erzählt. Dann kann Toni einfach zuhören, ohne dabei über sein eigenes verpfuschtes Leben nachdenken zu müssen.

Doch der Sänger kann es nicht lassen. Während er sich noch mit Rita unterhält, huscht sein Blick immer wieder zu Mona und Jack, die in ihrem eigenen Gespräch vertieft mal wieder nur Augen füreinander haben.

»Tut mir leid, aber ich brauche dringend eine Zigarette.« Toni unterbricht Rita mitten im Satz und fischt dabei bereits das abgegriffene Päckchen Marlboro aus seiner Hosentasche. Wie irritiert die junge Pflegerin ihn ansieht! Aber darauf kann Toni in diesem Moment wirklich keine Rücksicht nehmen. Die Eifersucht ist mit neuer Intensität zurückgekehrt und frisst ihn langsam, brennend von innen heraus auf.

»Hier drinnen wird nicht geraucht!« Toni hat die Zigarette schon zwischen den Lippen, er hat gar nicht weiter darüber nachgedacht. Umso mehr lässt ihn Jacks strenge Stimme zusammenzucken.

»Ich wollte sowieso los.« Tonis Antwort ist nicht weniger schroff. Es geht aber auch gar nicht anders, wenn er seinen Stolz wahren und nicht vor Kummer mitten im Wohnzimmer zusammenbrechen will.

Jack weiß nicht, wie er mit dem plötzlich abweisenden Verhalten seines besten Freundes umgehen soll, das steht ihm deutlich ins Gesicht geschrieben. Aber Toni will auch ganz sicher nicht darüber reden. Er will nur schnell verschwinden, bevor Verzweiflung und Haltlosigkeit ihn übermannen. Mit festen Schritten eilt er, nicht ohne Mona vorher noch einen letzten, feindseligen Blick zuzuwerfen, zur Tür und verlässt fluchtartig die Wohnung. Er stolpert durch den Hausflur und bis hinaus auf die regennasse Straße. Es hat schon den ganzen verdammten Tag geregnet, inzwischen fallen allerdings nur noch ein paar letzte, verlorene Tropfen vom grauen Himmel.

Mit zitternden Händen zündet sich Toni endlich seine Zigarette an und nimmt sofort einen tiefen, hektischen Zug, während er unablässig die brennenden Tränen wegblinzelt, die so dringend fließen wollen.

»Alles okay?« Als Ritas Stimme hinter ihm ertönt, zuckt Toni erschrocken zusammen. Er hat überhaupt nicht mitbekommen, dass sie ihm gefolgt ist.

»Es könnte nicht besser sein.« Die bissige Antwort des Sängers schneidet scharf durch die eigenartige Stille, die um sie herum herrscht. Niemand scheint unterwegs zu sein, es fahren nicht einmal Autos, nur das leise Bellen eines Hundes ist weit entfernt zu hören.

»Wir können miteinander reden, weißt du? Dann musst du das nicht alles alleine ertragen.« Rita schaut vorsichtig zu Toni hoch, eindringlich und besorgt, doch er weigert sich nahezu verbissen, sie ebenfalls anzusehen. Er starrt nur auf die vom Regen glänzende Straße, als lägen dort alle Lösungen für seine Probleme verborgen.

»Ich habe Jack ständig angeboten, gemeinsam in den Urlaub zu fahren. Um alles hätte ich mich bereitwillig gekümmert.« Tonis Stimme bricht immer mehr, weshalb er lieber einen weiteren tiefen Zug von seiner Zigarette nimmt. Der beißende Rauch beruhigt ihn, wenn auch nur für kurze Zeit. Neben ihm denkt Rita angestrengt über eine möglichst feinfühlige Antwort nach.

»Das ist für Jack etwas anderes.« Sie spricht ruhig und schaut dabei immer noch abwartend zu Toni hinüber. »Das kannst du nicht vergleichen.«

Ohne darauf zu reagieren, wirft Toni die Überreste seiner Zigarette auf die Straße und beobachtet, wie sie dort allmählich erlischt. Dem Drang, sich gleich die nächste anzuzünden, kann er widerstehen, dafür laufen ihm nun doch die verhassten Tränen ungehindert über das blasse Gesicht.

»Es ist kaum auszuhalten.« Toni rauft sich frustriert die Haare und wischt grob ein paar der heißen Tränen fort. »Wusstest du, dass er Mona einen Antrag machen will?«

Nun schaut er doch zu Rita, sucht in ihrem nachdenklichen Gesichtsausdruck nach Zuspruch oder wenigstens Verständnis. Doch sie schüttelt nach kurzem Überlegen nur kaum merklich den Kopf. »Nein, das hat mir Jack nicht erzählt.«

Leise seufzend legt sie einen Arm um Toni, zieht ihn mitfühlend ein klein wenig näher zu sich. Natürlich freut sie sich insgeheim sehr über diese herrliche Nachricht, doch wichtiger ist es vorerst, dem Sänger ein wenig Trost zu spenden. Er zittert und atmet stockend, um sein Schluchzen zu unterdrücken. Vielleicht merkt er es selbst nicht, doch es wird immer schlimmer, weshalb Rita ihn kurzerhand in eine sanfte Umarmung zieht.

Das ist der Moment, in dem Toni einfach nachgibt. Mit einem bitteren Schluchzen brechen seine Gefühle frei, auch wenn er sich schnell eine Hand auf den Mund presst. Er will in seinem Leid nicht gehört werden, beißt sich lieber die Zunge blutig und weint lautlos weiter. Währenddessen redet Rita leise, beruhigend auf ihn ein, streicht behutsam über seinen Rücken und durch seine Haare, als Toni schwerfällig den Kopf auf ihrer Schulter ablegt.

»Ich liebe ihn so sehr.« Der Sänger murmelt die Worte mit rauer Stimme. Es ist alles, woran er denken kann, auch wenn das Gefühlschaos in seinem Inneren allmählich grenzenloser Erschöpfung weicht.

»Ich weiß. Es wird wieder besser werden, versprochen.« Ritas Antwort ist gut gemeint, kann Toni jedoch kaum trösten. Nichtsdestotrotz nickt er zustimmend, blinzelt müde und löst sich dann aus der wohltuenden Umarmung. Er versucht sich sogar an einem matten Lächeln, während er die letzten, zurückgebliebenen Tränen wegwischt.

»Kann ich dich denn alleine lassen? Kommst du sicher nach Hause?« Rita klingt so auffällig beunruhigt. Ihr Blick huscht kurz zu Tonis Wagen, als würde sie überlegen, ob es sicherer ist, ihm die Schlüssel abzunehmen.

Doch der Sänger tut ihre Sorge schnell mit einer flüchtigen Handbewegung ab. »Natürlich. Mach dir keine Sorgen.«

Rita zieht ihn nichtsdestotrotz erneut in eine flüchtige Umarmung. »Na gut. Fahr vorsichtig und ruh dich aus.«

Toni wartet noch, bis die junge Pflegerin wieder im Hausflur des mehrstöckigen Gebäudes verschwunden ist, dann trottet er zu seinem Wagen und lässt sich schwerfällig auf den ledernen Fahrersitz fallen. Kurz überlegt er, ob es seinem Kummer Abhilfe schafft, beim Ausparken schwungvoll gegen Monas roten Fiat zu fahren, der genau vor seinem Auto am Straßenrand steht. Er verwirft diese Idee jedoch schnell wieder, kramt stattdessen im Handschuhfach nach dem Plastiktütchen mit den kleinen, unscheinbaren Pillen und nimmt gleich zwei von ihnen. Bis er zuhause ist, sollten sie ihn bereits in einen angenehmen, warmen Rausch versetzt haben, durch den die bedrückende Stille in seiner Wohnung zumindest für die Nacht erträglicher wird. Noch fühlt er sich allerdings haltlos, verloren, und das, obwohl er beinahe daran geglaubt hat, mit Jack sein Happy End gefunden zu haben.

10

*What if I spoke from the heart, laid out all of my cards, say
what I wanna say. Oh, I've been looking at the stars,
wanting a brand new start. I'm tired of this game.*

Here Goes Nothing – Michael Schulte

AUGUST

Toni starrt, wie so oft in den letzten Wochen, auf seinem Schlafsofa liegend, an die kahle Zimmerdecke.

Er hat noch Kopfschmerzen vom Rausch der letzten Ecstasy-Pillen, doch zumindest die Übelkeit ist, seit er sich hingelegt hat, weitestgehend verschwunden. Trotzdem fühlt er sich träge, seine Gedanken sind zäh wie Kaugummi. Doch gleichzeitig ahnt Toni bereits, dass in einer, vielleicht auch zwei Stunden die grässliche Unruhe zurückkehrt. Ein Gefühl wie von kleinen Stromstößen unter der Haut kommt dem Sänger in den Sinn und lässt ihn ungewollt erschaudern. Alleine die Vorstellung davon macht die Aussicht auf die nächste kleine Pille verlockender.

Genervt schließt Toni die Augen und presst schwer seufzend eine Hand gegen seine schmerzende Stirn. Er erträgt sich selbst nicht mehr. Das Selbstmitleid, die Kontrollverluste, der gesamte Sturz mit Anlauf zurück in das Loch aus Alkohol und Drogen. Inzwischen ist er sogar schon zufrieden, wenn er nach den langen Nächten in zwielichtigen Kneipen nur verkatert in seiner eigenen Wohnung aufwacht, anstatt im Bett eines Fremden.

Irgendwo klingelt Tonis Handy und erinnert ihn daran, dass er aufstehen muss. Er hat seine Wohnung in den letzten Tagen sehr vernachlässigt, und das dadurch entstandene Chaos sollte eigentlich schnell wieder beseitigt werden.

Ohne länger darüber nachzudenken, setzt sich der Sänger schwungvoll auf und wird sofort von einem überwältigenden Schwindelgefühl übermannt, das blitzend bunte Sternchen vor seinen Augen tanzen lässt. Er muss mehrmals tief durchatmen, bis er bereit ist, aufzustehen und auf wackligen Beinen in die Küche zu schlurfen. Denn bevor er auch nur ans Aufräumen denken kann, braucht Toni etwas Starkes zu trinken, um seinen müden Körper und den widerwilligen Geist zu animieren.

Glücklicherweise steht noch die angebrochene Whiskeyflasche vom Vorabend auf dem Küchentresen, aus der sich der Sänger großzügig einschenkt. Zwar schmeckt der bittere Alkohol nur noch grässlich schal und weckt sogleich neue Schuldgefühle, doch das versucht Toni vorerst zu ignorieren. Er stolpert zurück ins Wohnzimmer, schiebt dort die Gardinen beiseite und öffnet die Fenster, damit Sonnenstrahlen, getragen von frischer Sommerluft, die Wohnung durchströmen können. Selbst das Radio schaltet er ein, vielleicht kann die Musik ja seine schweren Gedanken erleichtern.

Toni räumt schleppend langsam auf, zumindest bis er zufällig auf sein Handy stößt, das begraben unter seiner Jacke und der alten Ledertasche auf dem Boden im Flur liegt. Schulterzuckend steckt er es zunächst nur unbeeindruckt in die Hosentasche, aber die Neugierde wegen der eingegangenen Nachrichten, durch die er überhaupt erst an das zurückgelassene Handy erinnert worden ist, überkommt ihn bald.

Insgeheim hofft er nämlich auf eine Nachricht von Jack, doch als dann wirklich der Namen seines besten Freundes auf dem Display aufleuchtet, wird ihm unangenehm flau im Magen. Der Sänger zögert und entschließt sich dann dazu, zunächst die anderen Nachrichten zu lesen, die in den letzten Tagen völlig unbeachtet auf seinem Handy eingegangen sind. Zuvor schenkt sich Toni noch etwas Whiskey nach und setzt sich anschließend mit angezogenen Beinen auf das Sofa.

Allerdings stellt Toni schnell fest, dass die anderen Nachrichten bei ihm ebenfalls schamvolles Unbehagen auslösen, zumindest jene von Hannes, die der Sänger zögernd als Erstes durchliest. Sein ehemaliger Manager hat ihn vor knapp einem Monat zu einem Gespräch im Tonstudio eingeladen, wo er Toni unvermutet einen Job angeboten hat. Als Songwriter, wie es der Musiker vor ein paar Jahren schon salopp von Hannes gefordert hat. Doch das großspurig joviale Verhalten des Managers veranlasste Toni dazu, ihn vorerst zu vertrösten. Er wollte ihm die endgültige Antwort schuldig bleiben, zum einen, um selbst noch einmal in Ruhe über dieses unverhoffte Angebot nachzudenken, und zum anderen, damit Hannes nicht derart einfach die Oberhand in ihren Verhandlungen behält.

Nur lief ihr zweites Treffen, in einem schicken Restaurant in der Kieler Innenstadt, denkbar schlecht. Nicht nur, dass Toni ordentlich zu spät kam, er war zu seiner

Schande auch alles andere als nüchtern. Irgendwie gelangte er trotzdem torkelnd an Hannes' Tisch, setzte sich und stotterte all die wohlgeformten, extra für dieses Gespräch zurechtgelegten Worte zusammenhanglos vor sich hin. Was er da genau erzählt hat, weiß Toni nicht mehr, er kann sich nur noch an Hannes' fassungslosen Gesichtsausdruck erinnern, bevor sein Blick streng und dunkel wurde. Er unterbrach Toni hastig, freundlich, aber streng, mit einem Unterton in der tiefen Stimme, der keine Widerworte billigte. Dann beugte er sich nach vorne und erklärte dem benommenen Sänger langsam und deutlich, dass ihr Treffen vorbei sei. Er wolle es verschieben, bis Toni es schafft, zu solchen Terminen nüchtern zu erscheinen.

Heuchlerisch, ging es dem Sänger da durch den Kopf. Früher hat Hannes das Wohlbefinden seiner Schützlinge auch nicht interessiert. Viel wahrscheinlicher ist es, dass der Manager sich nur nicht zum Gespött des Tonstudios machen wollte, immerhin ist Toni dort allgemein als schwierig und launenhaft verschrien. Am Ende ihres eigenwilligen Treffens hat er sich sogar erdreistet, dem Sänger eindringlich ans Herz zu legen, sich endlich Hilfe zu suchen.

Toni seufzt genervt bei dieser bitteren Erinnerung. Natürlich, er könnte immer noch vor Scham im Erdboden versinken, wenn er auch nur an diesen lausigen Fehltritt denkt, trotzdem braucht er keine belanglosen Ratschläge von seinem ehemaligen Manager. Immerhin erwähnt Hannes die Entgleisung des Sängers in seiner Nachricht mit keinem Wort. Stattdessen bietet er ihm vorerst einen kleinen Auftrag an, anstelle des zuvor versprochenen festen Jobs im Tonstudio. Er soll ein paar Songs schreiben, für eine Newcomer-Band, in die Hannes, wie er überdeutlich betont, momentan viel Mühe und Geld investiert. Toni weiß beim besten Willen nicht, ob er die jungen Musiker dafür beneiden oder bemitleiden soll. Nichtsdestotrotz sagt er zu, während er aufgeregt an seinem Whiskey nippt.

Ein paar der anderen, noch ungelesenen Nachrichten sind von Kaddy, wie Toni anschließend freudig feststellt. Bilder von ihrer derzeitigen Tour, hastig aufgenommen in chaotischen Backstagebereichen oder in den prunkvollen Fluren der Sternehotels, in denen sie übernachten. Dazu noch ein paar liebe Worte von ihr, Maik und Daniel. Toni muss darüber schmunzeln. Der Kontakt zur Band ist nie abgebrochen, und wenn er ehrlich mit sich ist, vermisst er seine Freunde gerade extrem. Er wirft einen wehmütigen Blick hinter sich, an die Wohnzimmerwand, an der nach wie vor sämtliche Plakate und jede Menge Fotos aus seiner Zeit als Bandchef von *Milestone* hängen. Die Aufnahmen wecken jedoch schnell sehnsüchtige Erinnerungen, die ihn allzu traurig stimmen.

Toni wendet sich hastig ab, kippt den letzten Rest des bitteren Whiskeys hinunter und betrachtet die nächste kurze Nachricht. Viktor. Es ist irgendwie zur Gewohnheit geworden, dass er mit seinem Kollegen aus dem Café schreibt oder ab und an sogar mit ihm ausgeht. Als Toni immer öfter unentschuldigt die Arbeit geschwänzt und bald nonchalant verkündet hat, dass er auch einfach kündigen könne, hat Viktor ihm beinahe heimlich seine private Handynummer zugesteckt. Mehr hat Tonis aufmüpfiges Verhalten natürlich nicht bewirkt, für die unerwartete Freundschaft, die sich seitdem zwischen ihm und Viktor entwickelt hat, ist er trotzdem dankbar. Ohne länger darüber nachzudenken, antwortet er dem jungen Theaterschauspieler, bevor er abermals beklommen auf die ungelesenen Nachrichten von Jack starrt.

Toni weicht seinem besten Freund wieder einmal seit Wochen aus. Selbstschutz, das versucht sich der Sänger zumindest hartnäckig einzureden. Tatsache ist jedoch, dass er einfach nicht mehr weiß, wie er sich in Jacks Nähe verhalten soll. Sein bester Freund wandelt immerhin nach wie vor auf Wolke sieben, während Toni seinen Liebeskummer in jeder Menge Alkohol ertränkt. Wie dumm von ihm zu glauben, dass alles wieder leichter wird, obwohl Jack und Mona als glücklich verlobtes Paar aus ihrem Urlaub zurückgekommen sind. Er hat die beiden danach nur ein einziges Mal besucht, wobei Mona ihm sofort den funkelnden Silberring an ihrer Hand präsentiert hat, kurzzeitig den Argwohn vergessend, den sie Toni sonst entgegenbringt.

Der Sänger überfliegt gerade Jacks wohlgemeinte Nachrichten, als das Handy in seiner Hand aufgeregt klingelt und vibriert. Sein bester Freund ruft ihn an, wobei Tonis Herz sogleich schneller schlägt.

»Hallo.« Wie gerne wäre Toni jetzt nüchtern. Er hält gebannt die Luft an, während es in der Leitung knistert und Jacks gut gelaunte Stimme ertönt.

»Hey, Toni. Ich störe dich hoffentlich nicht?«

Der angesprochene Sänger schüttelt ungesehen den Kopf. Es dauert, bis seine verworrenen Gedanken Worte, geschweige denn ganze Sätze formulieren können. »Nein, natürlich nicht. Was gibt's denn?«

Beim Sprechen klemmt sich Toni das Handy zwischen Ohr und Schulter, damit er sich mit den Händen hektisch über die immer stärker kribbelnden Arme fahren kann. Warum muss auch ausgerechnet in diesem Moment die nächste unheilvolle Woge des Unwohlseins über ihn hereinbrechen. Er blinzelt angestrengt und hofft inständig, dass ihm sein Unbehagen nicht anzuhören ist. Trotzdem dringt Jacks ruhige Stimme nur schwer zu ihm durch. »Hast du meine letzte Nachricht gelesen?«

Toni murrt leise, unzufrieden. »Die habe ich gelesen, ja.

Aber du weißt doch, dass ich keine Lust habe, bei euren Kieztouren mitzumachen.«

Wieder knackt es in der Leitung, Jack lässt sich mit seiner Antwort Zeit. »Sag das nicht so abfällig. Klingt ja fast, als würden wir uns nur maßlos betrinken.«

Ihm scheint die bittere Ironie seiner Worte schlagartig bewusst zu werden. Jack verstummt, überdenkt seine Aussage hastig noch einmal und erklärt sein Anliegen dann ganz anders. »Eigentlich ist es Martins Idee gewesen. Er hat vorgeschlagen, dass wir meine Verlobung richtig feiern, nur hatte ich bis jetzt keine Zeit dafür.« Während Jack weiterspricht, lehnt sich Toni wieder zurück, bis sein Rücken gegen die Sofalehne stößt. Er nimmt das Handy in die Hand und legt den Kopf weit in den Nacken. »Deswegen wollen wir uns heute in einer Bar auf St. Pauli treffen. Ich dachte, du willst vielleicht mitkommen?«

Toni seufzt leise. Sein Blick ruht abermals auf der spröden, weißen Zimmerdecke. Er kennt niemanden aus Jacks Freundeskreis, abgesehen von ein paar alten, belanglosen Schulkameraden, die ihn inzwischen wahrscheinlich genauso vergessen haben wie er sie auch. Die einzige Ausnahme ist Martin, aber auf den ist der Sänger noch nie gut zu sprechen gewesen. Allerdings versucht Jack schon seit Jahren, Toni vom Mitkommen zu einem dieser regelmäßigen Treffen zu überzeugen.

»Na gut. Ich komme heute Abend mit.« Toni fährt sich mit der freien Hand übers Gesicht. Beinahe hätte er seine Zusage direkt bereut, doch als Jack zufrieden lacht, verflüchtigen sich all seine Zweifel. »Das freut mich! Ich schicke dir gleich die Adresse, an der wir uns später treffen.«

Toni nickt abermals ungesehen, gedankenverloren. Ja, er freut sich immerhin, Jack wiederzusehen.

· · ·

Ihr Treffpunkt ist ein kleiner Irish Pub in den ruhigeren Gassen von St. Pauli. Toni glaubt sogar, schon einmal dort gewesen zu sein, wobei die stereotypisch überladene Einrichtung genauso gut zu jedem anderen, ähnlichen Pub gehören könnte. Nichtsdestotrotz ist es ein schönes Lokal, gemütlich und auf vertraute Art heimelig. Es erinnert den Sänger an die Bars, in denen er früher mit Kaddy, Daniel und Maik aufgetreten ist, lange bevor sie wirklich bekannt wurden. Tatsächlich spielt auch in diesem Irish Pub gerade eine Liveband. Drei junge Männer mit Fiedeln und Akustikgitarren, die mit schnellen, wilden Melodien zwei Sängerinnen begleiten. Sie geben Folkmusik zum Besten, nicht unbedingt Tonis Lieblingsgenre, doch ihre tiefen, warmen Stimmen berühren ihn. Er bleibt stehen, hört ihnen eine Weile zu und beobachtet gleichzeitig neugierig, wie die Band ausgelassen durch den gesamten Schankraum tanzt. Doch schon im nächsten Augenblick ruft eine wohlbekannte Stimme seinen Namen.

»Ah, Toni! Ich habe fast nicht mehr mit dir gerechnet!« Der Sänger holt tief Luft und dreht sich dann zu Martin, der ihm mit weit ausgebreiteten Armen entgegenkommt. Das diebische Lächeln auf seinem Gesicht zeigt deutlich, wie urkomisch er es findet, den Sänger ausgerechnet in dieser nichtigen Bar auf dem Kiez wiederzutreffen. »Sicher nicht der Standard eines Rockstars, aber schön, dass du trotzdem hier bist.«

Martin legt ungefragt einen Arm um Tonis Schultern. Gut zu wissen, dass er seit ihrer letzten Begegnung zu seinem alten, unausstehlichen Selbst zurückgefunden hat. »Los, komm mit! Die anderen sind schon alle da.«

Bevor er Toni bis zu ihrer Sitzecke mitschleifen kann, windet sich der Musiker lieber schnell aus seinem Griff und schreitet eigenmächtig zu dem großen, runden Tisch, auf den Martin zuvor gedeutet hat. Zu zwölft sind sie insgesamt, Jack nicht mitgerechnet, der sofort breit lächelt, als er den Sänger sieht.

Zwei der anderen Gäste kennt Toni noch von früher. Martins Kumpane, Felix, dem er mit wohlweislich abfälliger Gleichgültigkeit entgegenkommt, und Lou, der Toni sofort ungefragt in eine knochenbrechend feste Umarmung zieht. Über seine Anwesenheit freut sich Toni tatsächlich ein wenig. Früher war er immerhin beeindruckt vom vorwitzigen, furchtlosen Lou. Zusammen haben sie in ihrer Jugend einige Dummheiten angestellt, dazu zählt der Sänger im Übrigen auch das unerfahrene Rumknutschen in einer zugestellten Garage während einer ausschweifenden Gartenparty. Damals war Toni zwar schon Hals über Kopf in Jack verknallt, aber auch bereits unfreiwillig geoutet, während Lou irgendwie schon immer offen dazu stand, Frauen und Männer gleichermaßen attraktiv zu finden.

Die anderen anwesenden Männer werden Toni nun ebenfalls vorgestellt, wobei er sich keine Mühe macht, ihre Namen zu verinnerlichen. Anschließend setzt er sich auf den freien Stuhl neben Jack, denn wenn Martin wirklich erwartet, dass er sich stattdessen zusammen mit den anderen auf die abgenutzte Eckbank quetscht, dann überschätzt er Tonis Bereitschaft für dieses Treffen doch immens.

»Auf einen schönen Junggesellenabschied!« Martins Stimme ist immer ein wenig zu laut. Auch jetzt hallt sie unüberhörbar durch den kleinen Pub, bereits etwas undeutlich vom Alkohol, der seine Zunge schwer macht.

Nachdem die anderen Gäste am Tisch Martin mit lautem Grölen zugestimmt haben, meldet sich Lou zu Wort. Dabei wischt er sich das Bier vom Arm, das spritzend auf ihm gelandet ist, als Martin zum Anstoßen sein Glas überschwänglich in die Luft gehoben hat. »Dafür ist es wohl noch ein bisschen zu früh. Außerdem kümmert sich doch sicher Toni um den Junggesellenabschied, oder?«

»Ach, komm schon. Toni würde Jack doch nur in irgendeine dreckige Schwulenkneipe schleppen.« Martin zuckt unbekümmert mit den Schultern, als würde er die Bosheit seiner Worte gar nicht bemerken. Toni hingegen hat sich sofort wutentbrannt aufgerichtet, bereit, auf diesen aufgeblasenen Besserwisser loszugehen.

»Lasst den Blödsinn.« Es ist Lou, der warnend die Stimme erhebt. Dabei greift er nach Tonis Arm und zieht ihn auf seinen Platz zurück. Der Sänger gehorcht jedoch nur widerwillig und wirft dem hämisch grinsenden Martin über den Tisch hinweg weiterhin feindselige Blicke zu.

Der guten Stimmung in ihrer gemütlichen Runde tut dieser kurze Zwischenfall allerdings keinen Abbruch. Die heiteren Gespräche werden schnell weitergeführt, als wäre überhaupt nichts passiert. Nur Toni bleibt nachdenklich, beinahe bedrückt.

Ehrlicherweise hat er bis dahin nicht ein einziges Mal daran gedacht, dass er Jacks Trauzeugen mimen könnte. Wobei das verfängliche Thema Hochzeit bei ihren sporadischen Gesprächen sowieso kaum erwähnt wurde. Aber in diesem absurden Moment, im lauten Pub und umringt von Leuten, die ihm, mit Ausnahme von Jack, wirklich egal sind, kann Toni nicht aufhören, darüber nachzudenken. Die Vorstellung, an einem derart wichtigen Tag im Leben seines besten Freundes dabei und an dessen Seite zu sein, ist schön, doch gleichzeitig ist da auch Angst, die sich unterschwellig in Tonis Gedanken ausbreitet. Er weiß nicht, ob er überhaupt in der Lage ist, bei Jacks Hochzeit dabei zu sein.

Toni trinkt bald eine Flasche Bier nach der anderen, um seine aufgewühlten Nerven zu beruhigen. An ihrem Tisch hingegen finden Kartenspiele statt, einige der anderen Männer tanzen auch passend zur Musik wankend durch den Schankraum. Jack ist in ein Gespräch vertieft und hat dabei noch gar nicht bemerkt, dass sich sein bester Freund etwas abseits an den Bartresen gestellt hat. Dort kann er ungestört rauchen und zugegeben auch die anderen beobachten, ohne selbst in ungewollte Gespräche verwickelt zu werden. Der Alkohol steigt ihm allmählich wieder zu Kopf, lässt ihn entspannen. Aber dann kommt Martin auf die dumme Idee, ihm Gesellschaft zu leisten. Er torkelt an den Tresen, ein breites Lächeln auf den Lippen und die Augen bereits unfokussiert verklärt.

»Wollen wir was rauchen? Ich habe noch ein bisschen Gras bei mir.« Wahrscheinlich versucht Martin zu flüstern, scheitert aber kläglich. Gleichzeitig beugt er sich verschwörerisch weit zu Toni herüber, der nur genervt mit den Augen rollt. Den ihm entgegengestreckten Joint nimmt er trotzdem an.

»Danke.«

Die beiden Männer reichen den glimmenden Joint eine Weile lang wortlos hin und her, bis Martin ungefragt ein neues Gespräch startet. »Du bist aber nicht mehr wütend wegen vorhin, oder? Ich habe ja nur ein bisschen Spaß gemacht.«

Er lallt mittlerweile und wäre bei seiner großspurigen Halbentschuldigung beinahe gestolpert, hätte er sich nicht noch rechtzeitig an Tonis Schulter abgestützt.

»Hör auf mit dem Unsinn. Wir wissen beide, dass es dir in Wirklichkeit vollkommen egal ist.« Toni ist gänzlich unbeeindruckt. Er versucht, Martin von sich wegzuschieben, doch der schlingt seine Arme nur noch fester um die Schultern des Sängers.

»Jetzt sei doch nicht so ruppig.« Er lacht schallend, doch lässt versöhnlich von Toni ab, als dieser abermals versucht, sich aus der Umklammerung loszureißen.

»Hände weg!«

Martins Lächeln wird nur noch breiter, die Streitlust überkommt ihn. Er hebt gespielt entschuldigend die Hände, während Toni murrend Abstand nimmt. »Okay, tut mir leid. Ich habe ganz vergessen, dass du dich für etwas Besseres hältst.«

Er wartet gespannt ab, doch der Sänger gibt einfach den Joint an ihn zurück und flieht anschließend kopfschüttelnd aus der Situation. »Lass mich in Ruhe.«

Toni hat schon den halben Schankraum durchquert, als Martin ihn stolpernd einholt. Er ist hartnäckig und dank des Alkohols übertrieben mutig. »Jetzt stell dich nicht so an! Du hast dich doch dazu entschieden, uns allen den Rücken zu kehren, kaum dass du ein bisschen Ruhm abbekommen hast.«

Er greift nach dem Arm des Sängers und zieht ihn zu sich. Dabei wäre Toni nach dieser Aussage sowieso stehen geblieben. Alle Vorsätze, sich bloß nicht noch einmal provozieren zu lassen, in den Wind schlagend, dreht er sich zu Martin um und fixiert ihn mit wutkaltem Blick. »Das hat dich sicher auch ziemlich verletzt, natürlich.«

Seine Worte triefen vor Hohn, doch Martin lacht nur amüsiert auf. »Darum geht es überhaupt nicht. Du hast dich schlichtweg bei der erstbesten Gelegenheit aus dem Staub gemacht und bist dann zurückgekommen, als der Erfolg dir über deinem hübschen Köpfchen zusammengebrochen ist.«

Martin hat dem Sänger in seiner Hast unbewusst den Weg abgeschnitten und steht gleichzeitig so nah vor ihm, dass Toni seinen eklig alkoholisierten Atem riechen kann. Zwischen ihnen sind nur wenige Zentimeter Platz. Neue Wut und verzweifelter Frust überkommen den Sänger, beides Gefühle, die sich in ungutem Maße mit seinen drogenvernebelten Gedanken vermischen. Es wäre leicht, Martin einfach aus dem Weg zu schubsen, geht es ihm durch den Kopf. Er könnte aus diesem Gespräch fliehen, sich vielleicht zu Lou und Jack zurückziehen, die ihn immerhin in Ruhe lassen würden. Bei diesem Gedanken huscht sein Blick kurz an Martin vorbei zum Tisch, wo die anderen sitzen.

»Stört es dich eigentlich?«

Diese zusammenhanglose Frage lässt Toni kurz innehalten. Er überlegt, ohne eine passende Antwort zu finden, und zuckt dann resigniert mit den Schultern. »Was meinst du?«

Das süffisante Lächeln, das sich langsam auf Martins Gesicht ausbreitet, verheißt nichts Gutes. Toni bereut sofort, überhaupt auf seine Frage eingegangen zu sein. »Dass Jack heiratet, meine ich. Oder gönnst du ihm das wirklich, ohne den kleinsten Funken Eifersucht?«

Toni verspannt sich schlagartig. Plötzlich ist die Musik im Raum zu laut, der Pub zu voll. »Das geht dich nichts an, Martin. Spar dir die dummen Fragen.«

Er versucht verzweifelt, sich an seinem Gegenüber vorbeizudrängeln, doch diesmal lässt Martin den Sänger nicht einfach so davonkommen. »Ach, wem willst du denn etwas vormachen? Ich wette mit dir, alleine heute Abend konnte jeder deine Gefühle mehr als deutlich erkennen, und das ist echt abartig. Am liebsten würdest du doch mit Jack vor den Altar treten.«

Weiter kommt Martin nicht, denn Toni verpasst ihm einen derart heftigen Schlag ins Gesicht, dass er nach hinten, gegen einen der im Raum stehenden Tische taumelt. Dieser kippt scheppernd und krachend um, die darauf stehenden Gläser fallen klirrend zu Boden. Der Tumult im Schankraum ist enorm. Der Lärm und das aufgeregte Tuscheln der umstehenden Leute alarmieren auch sogleich den grimmig dreinschauenden breitschultrigen Barkeeper, der mit festen Schritten hinter dem Tresen hervorkommt.

Toni bemerkt nichts von alledem. Er steht nur wie paralysiert da, unfähig zu reagieren. Seine Hände sind immer noch zu Fäusten geballt, er atmet schwer und könnte schreien vor aufgestautem Frust. Aber ein zweites Mal wird er nicht ausholen. Dieser Angriff war ein Versehen, Martins aufdringlichem Verhalten und den dämlichen Drogen geschuldet. Irgendwie tut es dem Sänger sogar leid, auch wenn Martin es mehr als verdient hat.

Er rappelt sich gerade ächzend auf, eine Hand gegen seine rechte Wange gepresst. Blut tropft aus seiner Nase, die Augen hat er zusammengekniffen. Vielleicht will sich Martin die Schmerzen nicht anmerken lassen, denn er verzieht das Gesicht zu einer angestrengten Fratze und taumelt wütend schnaubend nach vorne, als wollte er einen mickrigen Gegenangriff starten. Doch schon nach zwei wackligen Schritten bleibt er stehen und schaut Toni ungläubig an. Ihm sind wohl die Tränen in den hellen Augen des Sängers aufgefallen. Wahrscheinlich würden ihm auch dazu jede Menge boshafte Beleidigungen und Spötteleien einfallen, aber so weit kommt es gar nicht erst, da sich in diesem Moment Lou erneut zwischen die beiden streitenden Männer stellt.

»Hört auf, alle beide. Was ist denn nur in euch gefahren?« Seine Stimme ist streng und lässt sowohl Martin als auch Toni zusammenzucken. Die anderen Leute hat der Sänger bis zu diesem Zeitpunkt völlig vergessen. Nun fühlt es sich jedoch an, als würden sich deren neugierige Blicke in seine Haut brennen, die geflüsterten Gespräche dröhnen laut in seinen Ohren. Dass Jack die ganze unsinnige Szene mit angesehen hat, daran will Toni gar nicht erst denken. Er will nur noch verschwinden.

Martin versucht gerade, sich vor den anderen als Opfer dieser ganzen Sache darzustellen, als Toni mit schnellen Schritten an ihm vorbeigeht und fluchtartig nach draußen eilt.

Warme Sommerluft schlägt dem Sänger entgegen, kaum dass er den Pub verlassen hat. Er rempelt versehentlich den obligatorischen Türsteher an, der sich jedoch nur verwundert umdreht und ihn dann kommentarlos passieren lässt. Toni stammelt trotzdem eine halbherzige Entschuldigung, bevor er sich auf der Straße umsieht und schlussendlich Schutz in der Seitenstraße neben dem Pub sucht.

Die schmale Sackgasse zwischen dem Irish Pub und der nächsten angrenzenden Bar ist nur spärlich beleuchtet. Eine wacklige Holzbank steht an der rechten Hauswand, der darauf abgestellte, überquellende Aschenbecher und die gleichgültig zurückgelassenen Gläser deuten darauf hin, dass dieses kleine, dunkle Fleckchen die Raucherecke der Angestellten ist. Toni zieht sich trotzdem dorthin zurück, setzt sich sicher abgeschirmt zwischen den spröden Hauswänden auf die Bank und vergräbt das Gesicht frustriert in den Händen.

»Ist alles in Ordnung?« Toni weiß nicht, wie lange er alleine in der ruhigen Gasse gesessen hat, bis Jack zu ihm kommt. Er manövriert seinen Rollstuhl etwas ungelenk neben die Bank und legt seinem besten Freund dann behutsam eine Hand auf die Schulter. »Wenn es dich beruhigt, Martin ist schon wieder auf den Beinen. Er schimpft höllisch über dich, aber sonst geht es ihm gut.«

Jack spricht gewohnt ruhig, auch wenn Toni nicht auf ihn reagiert. Der Sänger hebt nicht einmal den Kopf, sondern bleibt nur niedergeschlagen, zusammengekauert auf der Bank hocken. »Eine gebrochene Nase hätte ihm auch nicht geschadet.«

Toni knurrt die Worte mürrisch. Ehrlich gesagt wäre er lieber alleine. Aber Jack meint es nur gut, selbst wenn er nach diesem Kommentar bekümmert seufzt. Seine Hand, die bis dahin auf Tonis Schulter geruht hat, zieht er behutsam zurück. »Was ist denn zwischen euch passiert, dass du so ausflippen musstest? Ich meine, klar, Martin kann ein Arsch sein, aber das ist doch kein Grund, gleich eine Schlägerei zu starten.«

Toni zuckt bei diesen Worten erschüttert zusammen. Dass ausgerechnet Jack so zerrissen zwischen Verständnis und Ungläubigkeit ist, tut ihm leid. Gleichzeitig befürchtet er, dass sein bester Freund dieses hitzig gewalttätige Verhalten als weiteren Beweis für sein Scheitern ansieht. Ein deutliches Zeichen, dass Toni gar nichts mehr im Griff hat.

Der Sänger erschaudert. Nun richtet er sich doch auf, streckt die versteiften Glieder und blinzelt einige Male hektisch, bevor er vorsichtig zu Jack sieht. Doch dem nachdenklich besorgten Blick seines besten Freundes kann er nicht lange standhalten. »Ich hatte sicher nicht vor, euren ausgelassenen Abend zu stören.«

Er klingt kleinlaut. In der Tat schämt sich Toni, wie so oft in den letzten Wochen, für sein aufbrausendes Verhalten und kann am Ende doch nichts dagegen tun. Er starrt angestrengt in die dunklen Schatten der Gasse, während Jack neben ihm leise seufzt.

»Das weiß ich doch. Versteh mich bitte nicht falsch, ich will dich nicht bevormunden, aber vielleicht solltest du dir doch Hilfe suchen?« Jack verstummt nach diesem zaghaften Vorschlag, als würde er auf eine Antwort warten, von der er insgeheim genau weiß, dass sie nicht kommt. »Oder du fährst eine Weile weg? An einen Ort, an dem dich deine Sorgen nicht einholen können.«

Ihre Blicke treffen sich abermals, kaum dass er diese Idee hat verlauten lassen. Toni lächelt sogar, auch wenn sein blasses Gesicht und die rot unterlaufenen Augen diese sorglose Gebärde Lügen strafen. »Ich fürchte, so einfach geht das leider nicht.«

Er zuckt freudlos mit den Schultern und wischt sich über die Augen. Jack lächelt mild. »Na ja, ansonsten kannst du einfach zu mir kommen. Ich bin für dich da.«

Eine Weile lang sitzen sie einfach stillschweigend

beieinander, in der dreckigen Gasse auf dem Kiez, und lauschen andächtig den dumpfen Geräuschen der belebten Hauptstraße. Gelächter und laute Gespräche, ein paar Jugendliche grölen ausgelassen einen alten Partysong.

»Es tut mir leid, dass ich deine Gefühle nicht bemerkt habe.« Irgendwann spricht Jack doch die Worte aus, die seit Monaten ungesagt und zentnerschwer zwischen ihnen stehen. Es lässt Toni unwillkürlich zusammenzucken und doch wieder den Blickkontakt zu seinem besten Freund suchen. Ihm ist schwindelig, warm und kalt gleichzeitig. Doch was nützt es inzwischen noch, die immer stärker aufbrodelnden Gefühle abzustreiten.

»Dafür musst du dich nicht entschuldigen.«Toni würde gerne lächeln, doch es bleibt ihm im Halse stecken. Dafür blitzen neue Tränen in seinen Augen auf. Eigentlich hat er gedacht, er hätte sie schon alle vergossen.

Neben ihm schüttelt Jack vehement den Kopf. »Oh doch. Du musst doch glauben, dass ich dich all die Jahre nur ausgenutzt habe.« Er wirkt plötzlich verlegen und senkt niedergeschlagen den Blick. Das schlechte Gewissen nagt an ihm, die Erkenntnis, dass er seinen besten Freund durch ungewollte Ignoranz verletzt hat. »Ich habe deine Gefühle lange nicht verstanden, und ich fürchte, danach wollte ich es einfach nicht wahrhaben. Das tut mir leid.«

Wieder wird es still zwischen den beiden. Toni laufen stumme Tränen über die Wangen, doch er ist zu müde, um sie länger zu verbergen. Am liebsten würde er schreien, all die Enttäuschung und den Kummer herausbrüllen, vielleicht auch Jack mit Vorwürfen überschütten. Doch letztendlich tut er nichts von alledem. Er denkt nur nach, so wie es wohl auch sein bester Freund neben ihm tut. Seine große Jugendliebe und sein innigster Vertrauter.

»Nun ja, du hast zugegebenermaßen noch nie mitbekommen, wenn jemand in dich verknallt war.«

Jacks schallendes Lachen lässt Toni zuerst erstaunt aufschrecken, doch dann lächelt auch er matt. Zum ersten Mal seit langer Zeit scheint sich der Knoten in seiner Brust zumindest ein klein wenig zu lösen.

»Das stimmt wohl leider. Ich hätte dir trotzdem einigen Kummer ersparen können.« Jack kratzt sich verlegen am Hinterkopf. Das Gespräch ist für ihn unangenehm, so wichtig es auch sein mag.

»Ich habe die letzten Jahre sehr genossen. Ich bin glücklich gewesen, deine Nähe hat mir ehrlich gutgetan. Du hast mir geholfen.« Toni lächelt immer breiter, überflutet von bitterschönen Erinnerungen. Seine nächsten Worte sind wohlüberlegt und schmerzen zu seinem Erstaunen beim Aussprechen nicht so sehr wie befürchtet. »Aber dich macht Mona glücklich, das ist dir anzusehen. Ich freue mich wirklich für dich.«

Er blinzelt die letzten Tränen fort und greift unüberlegt nach Jacks warmer Hand. Einen Moment lang hält er sie in der seinen und genießt die sanfte, vertraute Berührung. »Ich liebe dich sehr.«

Jack wartet nicht lange mit seiner Antwort. »Ich weiß.«

Er mustert Toni eindringlich, bevor er sich vorsichtig nach vorne beugt und dem Sänger einen behutsamen Kuss auf die Stirn gibt. Als er sich wieder zurücklehnt, funkelt aufrichtige Liebe in seinen blauen Augen. »Ich lasse dich als meinen besten Freund nicht sitzen, nur weil ich in einer Beziehung bin. Ich bleibe an deiner Seite und unterstütze dich, wie zuvor auch. Wenn du das denn überhaupt noch möchtest.«

Dieses Mal ist es Toni, der schnell den Kopf schüttelt. »Was für eine Frage! Natürlich möchte ich dich an meiner Seite wissen. Du bist immerhin mein bester Freund.«

Er lächelt, doch dann huscht sein Blick zur Hauptstraße und erinnert ihn daran, dass dieser innige Moment nicht ewig andauern kann. »Vielleicht solltest du jetzt lieber wieder zurückgehen. Die anderen warten sicher schon auf dich.«

Jack folgt seinem Blick und nickt dann einsichtig. »Ja, du hast recht. Kommst du auch wieder mit rein, oder brauchst du noch einen Augenblick?«

Jack manövriert seinen Rollstuhl bereits vorsichtig aus der Gasse. Nur Toni rührt sich keinen Zentimeter. »Ich denke, es ist besser, wenn ich jetzt nach Hause fahre. Aber du solltest dir noch einen schönen Abend machen.«

Toni reibt nervös die Hände gegeneinander und versucht sich noch einmal an einem leichten Lächeln. Er winkt Jack sogar zu, als dieser verständnisvoll nickt und sich dann langsam entfernt. Bevor er ganz aus der Gasse verschwunden ist, wendet er sich aber noch einmal an seinen besten Freund. »Es wäre übrigens sehr schön, wenn du mein Trauzeuge wärst.«

Toni schluckt schwer, bevor er seinerseits zaghaft nickt. »Gerne.«

Er versucht gelassen zu wirken, aber die Zweifel von zuvor kommen schnell zurück. Wahrscheinlich sind es auch genau diese Sorgen, die Jack sofort zu bemerken scheint. »Zuerst solltest du jetzt aber an dich denken. Komm gut nach Hause und bitte melde dich zwischendurch bei mir.«

Toni verspricht es halbherzig, während Jack wieder im Pub verschwindet. Er geht anschließend jedoch nicht gleich nach Hause, sondern in eine seiner Lieblingskneipen, die er früher oft mit Daniel besucht hat, wenn sie nach einer langen Tour wieder in Hamburg waren. Ein bunter, aber angenehmer Ort, an dem Toni noch lange sitzt und nachdenkt. Es soll vorerst seine letzte Nacht in einer Bar sein.

Es ist absurd, wie schnell ein Jahr vergeht, und ehrlich gesagt erinnert sich Toni auch nur ungern an die vergangenen zwölf Monate. Besonders das erste halbe Jahr war die reinste Qual, nachdem Jacks Worte ihn einfach nicht mehr losgelassen haben. Entsetzlich ging es ihm, schlechter als die ganze Zeit davor. Am Ende hielt er es selbst nicht mehr aus und zog schlussendlich doch die Reißleine.

Er fuhr nach Montpellier, einer Stadt in Südfrankreich, ganz nah bei dem Ort, in dem seine Familie früher lebte. Allerdings war es kein nostalgischer Urlaubstrip, der ihn dort erwartete, sondern ein ausgedehnter Aufenthalt in einer renommierten Entzugsklinik. Die Anschrift dieser Klinik gab ihm sein Vater bereits vor Ewigkeiten, zu einer Zeit, als Toni noch lange nicht über Entzug oder Problembewältigung nachdachte und sein Vater solche Hilfsangebote noch urteilslos in stillen Vieraugengesprächen machte.

Knapp sechs Monate verbrachte der Sänger dort, bis er wieder gesund genug war, um guten Gewissens entlassen zu werden. Länger hätte es Toni vermutlich auch nicht ausgehalten. Mit dem Rückweg nach Hamburg ließ er sich trotzdem Zeit und fuhr stattdessen, ganz nach Jacks gut gemeintem Anraten, eine Weile einfach mit dem Cabrio durch Frankreich. Vielleicht steckte dahinter aber auch das kleinste bisschen Angst, die bange Befürchtung, dass ihn die gerade bezwungenen Probleme in seiner Wohnung und dem üblichen Alltagstrott wieder einholen würden. Zum Glück ist das jedoch nicht geschehen, selbst wenn die alten Wunden noch lange nicht ganz verheilt sind.

Das unmelodisch klägliche Knarren von über den Holzboden schrammenden Stuhlbeinen reißt Toni schlagartig aus seinen Gedanken und bringt ihn zurück auf die sonnengeflutete Hotelterrasse mit Blick auf den Elbstrand. Dem Ort von Jacks und Monas Hochzeit.

Toni blinzelt ein paarmal, strafft die ungewollt verspannten Schultern und sieht sich dann prüfend um. Die Terrasse wurde extra für die freie Trauung hergerichtet. Es wurden Stühle aufgestellt, zwischen denen ein breiter Durchgang bis zum Traubogen aus cremefarbenen Blumen führt. Er umrahmt den länglichen Holztisch, an dem später das Brautpaar und die Trauzeugen Platz nehmen werden. Genau dort steht Toni, zusammen mit Jack, der in seine eigenen nervösen Gedanken versunken ist.

Der Sänger dreht sich unterdessen um, beobachtet aufmerksam die eintrudelnde Gästeschar. Gerade ist Mia auf die Terrasse hinausgetreten, Sven und ihre drei aufgeweckten Kinder im Schlepptau. Sie bringen neue Aufregung mit sich, zumindest bis sie alle einen Platz in der vordersten Reihe gefunden haben. Er nickt ihnen kurz zu, bevor sein Blick zu Rita huscht, die in der Reihe dahinter sitzt und in ihrem rosa Tüllkleid aussieht, als wäre sie in zarte Zuckerwatte eingehüllt. Ihre Anwesenheit beruhigt ihn, denn Toni weiß, dass es an diesem Tag genug Leute unter den Gästen gibt, die heimlich, argwöhnisch über seine bloße Anwesenheit urteilen. Ein Grund, warum er bis jetzt auch seinen Eltern konsequent ausgewichen ist. Glücklicherweise braucht Jack ihn sowieso an seiner Seite, sodass sich der Sänger nicht einmal halbherzige Ausreden dafür einfallen lassen muss.

»Wie spät ist es denn, Toni?«

Es ist wirklich erstaunlich, wie nervös Jack ist. Toni kann darüber nur schmunzeln, insgeheim findet er es auch ziemlich süß. Er wendet sich von den Gästen ab und wirft stattdessen einen flüchtigen Blick auf seine Armbanduhr. »Na ja, du hast mich vor fünf Minuten das letzte Mal gefragt. Demnach ist es jetzt zehn vor elf.«

Ihre Blicke treffen sich, wobei Toni nicht umhinkommt, seinen besten Freund abermals neugierig zu mustern. Jack trägt einen schicken, hellblauen Anzug mit Fliege und zarten Sommerblumen am Revers. Mit seinen Fingern tippt er einen unruhigen Rhythmus auf den Armlehnen seines Rollstuhls.

»Noch haben wir Zeit, falls du durchbrennen willst.« Toni murmelt diese ironischen Worte so leise, dass nur sein bester Freund ihn hören kann. Dabei lächelt er vorwitzig, und auch Jack lacht, Gott sei Dank, amüsiert auf. Dabei hätte Toni dieses Angebot vor gut einem Jahr noch viel zu ehrlich gemeint.

»Auf keinen Fall! Ich bin nur aufgeregt.« Jack schüttelt entschuldigend den Kopf und stößt seufzend einen ganzen Schwall Luft aus, während Toni ihm nachdrücklich eine Hand auf die Schulter legt. Für eventuelle Worte des Zuspruchs bleibt keine Zeit mehr, denn in diesem Moment kommt auch schon Tanja, Monas Trauzeugin, eilig den Gang zwischen den Stuhlreihen entlanggelaufen.

Sie ist eine kleine, stämmige Frau und wirkt in ihrem blassrosa Kleid irgendwie verloren. Die langen, dunkelbraunen Haare trägt sie offen, das erste Mal seit Toni sie kennengelernt hat, und auch der kleinste Hauch Make-up auf ihrem sommersprossengesprenkelten Gesicht ist für den Sänger neu.

Tanja begrüßt die beiden Männer überschwänglich und positioniert sich dann ebenfalls unter dem Traubogen. Auch sie wirkt auf freudige Art nervös, schaut sich immer wieder neugierig um und stößt einen aufgeregten Freudenschrei aus, als endlich die Musik einsetzt. Die Gäste erheben sich von ihren Plätzen, dann tritt Mona auch schon auf die sommerhelle Terrasse hinaus.

Sie wird von ihrem Großvater begleitet, der sie den Gang entlangführt, während ein leises Raunen durch die

Reihen geht. Jack hält überwältigt den Atem an, von grenzenloser Liebe berührt. Er hat Freudentränen in den Augen und ein überglückliches Lächeln auf den Lippen.

Aber auch Mona strahlt vor Freude. Sie trägt ein ärmelloses, cremefarbenes Brautkleid, mit Spitze geschmückt und aufgebauscht von weichem Tüll, der sie in mehreren Lagen umhüllt. Die Haare trägt sie offen und gekrönt von einem üppigen Blumenkranz. Sie genießt diesen Augenblick, der Stolz ist ihr anzusehen.

Der erste, kurze Moment, an dem sich Jack und Mona dann gegenüberstehen, gehört ganz allein ihnen. Sie sehen einander wie verzaubert an, sind von ihren Gefühlen derart übermannt, dass sie weder etwas sagen noch mit der Zeremonie beginnen können.

Mona kann sich zuerst aus diesem eigenartigen Bann lösen, wobei sie lachend ihren Brautstrauß an Tanja weiterreicht und anschließend der Traurednerin das Zeichen gibt, um anzufangen.

Die folgende Trauung ist wundervoll und wird feierlich mit einem Kuss beendet, der alle Anwesenden jubeln lässt. Als das frisch vermählte Brautpaar dann den Gang zwischen den Stuhlreihen entlanggeht, regnet haufenweise buntes Konfetti auf sie nieder.

Die Hochzeitsfeier findet anschließend im prunkvoll maritim hergerichteten Festsaal des Hotels statt. Es ist ein fröhliches Fest, bei dem jede Menge getanzt, geredet und gelacht wird. Schlichtweg perfekt für Mona und Jack.

Die meisten Gäste verlassen die Feier erst weit nach Mitternacht, während die Stimmung im Festsaal immer entspannter wird. Die Lichter sind mittlerweile gedimmt, Luftballons und Konfetti liegen auf der verwaisten Tanzfläche. Das Buffet ist schon lange geplündert, leise Musik erfüllt den Raum. Die übriggebliebenen Gäste haben sich an zwei Tischen nahe dem Durchgang zur Terrasse zusammengesetzt. Die Tür ist offen und lässt angenehm kühle Nachtluft herein.

Nur Toni hockt alleine an seinem Tisch. Er hat die Beine ausgestreckt und seine Arme locker vor der Brust verschränkt. Sein Blick wandert träge durch den Festsaal, zumindest bis er zwei warme Hände auf seinen Schultern spürt.

»Willst du dich nicht lieber mit zu den anderen setzen?« Der Sänger legt blinzelnd seinen Kopf in den Nacken und schaut sogleich in Monas warme Augen. Die Tänzerin steht hinter ihm und deutet zur Erklärung schnell zu den letzten beiden besetzten Tischen.

»Nein, danke. Ich wollte mir gleich ein Taxi rufen und nach Hause fahren.«

Mona nickt verständnisvoll, und damit ist auch schon der Moment erreicht, an dem sie nicht mehr wissen, was sie einander sagen sollen. Also steht Toni einfach auf und streckt sich ausgiebig, tut so, als wäre er völlig unbeeindruckt von dieser beklemmenden Zweisamkeit. Doch als er sich abwendet, hält ihn etwas zurück, hindert ihn daran, einfach abzuhauen. Er seufzt theatralisch schwer und schaut dann resigniert zu Mona, die seinen intensiven Blick nur zögerlich erwidert.

»Okay, hör zu.« Er tritt noch einen Schritt näher an die Tänzerin heran und mustert sie eingehend. »Ich wünsche dir und Jack alles erdenklich Gute. Ihr beide seid ein wundervolles Paar, und du bist mit Abstand das Beste, was Jack nur passieren konnte. Aber du musst mir versprechen, dass du gut auf ihn aufpasst.«

Toni spricht hastig, aus Angst, seine Gefühle sonst nicht mehr unter Kontrolle zu haben. Er stottert und stolpert über jedes einzelne Wort, verlegen und unbeholfen zugleich. Insgeheim hat er sich wirklich auf jede nur mögliche Reaktion von Mona vorbereitet, nur mit einer plötzlichen Umarmung hat der Sänger nicht gerechnet. Ein wenig perplex erwidert er die zaghafte Geste.

»Das werde ich, versprochen.« Mona flüstert ihm die Worte zu. Sie klingt glücklich. »Danke, Toni.«

Als sie von ihm ablässt, strahlt Mona tatsächlich vor purer Freude, und auch Toni fühlt sich von einer unsichtbaren Last befreit.

Sie haben tatsächlich geholfen, die paar geflüsterten Sätze, die Akzeptanz und Zuspruch anstelle von argwöhnischer Duldung mit sich bringen. Ein behutsames Versprechen von wohltuender Veränderung.

EPILOG

Turn off the lights, turn off the lights. Turn on the charm for me tonight. I've got my heavy heart to hold me down, once it falls apart, my head's in the clouds.

Turn Off the Lights – Panic! at the Disco

AUGUST, DREI JAHRE SPÄTER

Toni hätte nie gedacht, dass ihm ausgerechnet in Mias beschaulichem Garten einmal auffallen wird, wie glücklich er eigentlich ist. Dass ihm diese Erkenntnis außerdem während eines Familientreffens kommt, macht die ganze Situation nur noch absurder. Aber etwas anderes als pures Glück kann dieses federleichte Empfinden gar nicht sein, dieses überschäumende Gefühl von vollkommener Euphorie. Toni muss unwillkürlich lächeln.

»Okay, gleich gibt es Essen, also versammelt euch bitte alle langsam am Tisch!« Mia klatscht auffordernd in die

Hände und wirft dabei besonders ihren über den Rasen tollenden Kindern einen strengen Blick zu.

Gut, vielleicht ist ›Familientreffen‹ ein wenig übertrieben, mutmaßt Toni, während er seine Sonnenbrille abnimmt und sich blinzelnd umsieht. Ihre Eltern sind zum Beispiel nicht mit dabei, was den Sänger allerdings nicht allzu sehr bekümmert. Er bezweifelt, dass sich das Verhältnis zu ihnen irgendwann wieder bessern wird. Dafür sind Mona und Jack da, auch wenn die beiden im Moment noch gemeinsam auf der Hollywoodschaukel am anderen Ende der Terrasse sitzen, vertieft in ihre eigenen Gespräche.

»Soll ich dir beim Tischdecken helfen?«

Ja, und Viktor ist diesmal auch da. Toni schmunzelt, als er die sanfte Stimme des Theaterschauspielers hinter sich hört und im nächsten Moment eine Hand behutsam auf seiner Schulter landet. Es ist das erste Mal, dass er irgendjemandem seinen neuen Partner vorstellt. Allerdings sind er und Viktor auch noch nicht lange zusammen.

»Nein, alles gut. Du bist unser Ehrengast, also setz dich einfach hin und entspann dich.« Bevor Viktor protestieren kann, drängt Mia ihn auch schon auf den Rattanstuhl neben Toni. Der Musiker schmunzelt, sieht zu seinem Partner hinüber und umfasst dessen Hand behutsam mit der seinen. Verliert sich in Viktors warmen, braunen Augen und seinem Lächeln.

»Okay! Jetzt, wo wir alle zusammensitzen, wird es Zeit für das Kreuzverhör. Wir müssen dich ja immerhin kennenlernen, Viktor.«

Während der angesprochene Mann über Svens aufgeregte Worte lacht, seufzt Toni theatralisch schwer. Allmählich würde er doch gerne den Tisch verlassen. Jack manövriert unterdessen seinen Rollstuhl neben ihn, als hätte er die Fluchtgedanken des Musikers erahnt. Tatsächlich hat sich ihre Freundschaft in den letzten Jahren gewandelt, ist inniger und trotzdem unabhängiger geworden. Natürlich treffen sie sich immer noch regelmäßig.

»Na gut, dann fangt ruhig an.« Viktor wartet, bis alle einen Moment später am Tisch versammelt sind, bevor er breit lächelnd die von Sven scherzhaft gestellte Herausforderung annimmt. Er hat auf jeden Fall mehr Geduld als Toni, aber das wusste der Musiker auch vorher schon. Deshalb hält er sich bei den folgenden Gesprächen wohlweislich zurück, bis die erste unnötige Aufregung abgeklungen ist.

Lässt stattdessen seine Gedanken abschweifen, zur in der nächsten Woche anstehenden Arbeit im Tonstudio und zu dem chaotischen Arbeitszimmer in seiner neuen Wohnung im Hamburger Norden, in dem Viktor leichtherzig auch seine Arbeitsmaterialien ausgebreitet hat. Zu den Gesprächen, die er vorhin mit Mona und Jack geführt hat, sowie zu der geplanten Feier, auf die er Viktor demnächst begleitet. Zu all den Dingen, die schön und unproblematisch sind.

Gedankenverloren greift Toni abermals nach Viktors Hand, der kurz in seinem Redefluss innehält, zu Toni sieht und ihm dann einen flüchtigen Kuss gibt.

Ja, Toni ist sich sicher, dass sich so pures Glück anfühlt.

DANKSAGUNG

Damit ist mein erstes Buch beendet. Ich bedanke mich bei allen, die bis hierhin mitgelesen haben, und nun vielleicht auch noch die folgenden Sätze lesen.

Zunächst möchte ich mich bei den lieben Menschen vom Zeilenfluss-Verlag bedanken, die mich und meinen Roman bei sich im Verlag aufgenommen haben. Dank der super Kommunikation mit Jenny Spanier und den beiden Korrekturdurchgängen mit Tanja Eggerth und Dr. Andreas Fischer hat mein Debütroman noch einmal mehr Form angenommen. Danke auch an alle anderen Beteiligten vom Verlag und speziell an Lisa Winter für das wunderbare Cover.

Außerdem möchte ich mich bei meiner Familie bedanken, die dem Schreibprozess von Anfang an beigewohnt hat. Für all das Zuhören und Unterstützen, auch wenn mich das Schreiben zeitlich viel in Anspruch genommen hat.

Zuletzt möchte ich noch einmal allen Leser:innen danken, die meinen Charakteren durch die Handlung gefolgt sind. Ich hoffe, das Lesen hat Freude bereitet.

ÜBER FINN BECK

Finn Beck, geboren 1996, stammt aus Wernigerode im Harz und ist eine nicht-binäre Person, die schriftstellerisch tätig ist. Das Schreiben begleitet fae* bereits das ganze Leben lang – und letztendlich wurde aus dem Hobby eine riesige Leidenschaft.

Finn Beck ist stolzes Mitglied der LGBTIQ+-Community, was sich auch in faes Texten widerspiegelt.

Der Roman „Papierschiffe auf rauer See" ist Finn Becks Debüt.

*fae: bevorzugtes Neopronomen, geschlechtsneutrale Alternative zu er/sie